KB086325

다인

茶人-不夜之侯

Copyright ⓒ 1997 by Wang Xu Feng

Korean Translation Copyright ⓒ 2022 by Publishing company the BOM

This translation is published by arrangement with People's Literature Publishing House through SilkRoad Agency, Seoul, Korea. All rights reserved.

이 책의 한국어판 저작권은 실크로드 에이전시를 통해 People's Literature Publishing House와 독점 계약한 더봄출판사에 있습니다. 저작권법에 의해 한국 내에서 보호를 받는 저작물이므로 무단 전재와 복제를 금합니다.

일러두기

1. 본문 중의 인명과 지명은 독자들의 친숙함을 고려하여 한자음 그대로 표기하였습니다.
   다만 일부 현대 인물은 중국어 발음에 따랐습니다.
2. 본문 중의 괄호 안에 뜻을 풀이한 것은 모두 옮긴이의 설명입니다.

다인

茶人

③

2부_불야지후 不夜之侯

왕쉬핑 장편소설 | 홍순도 옮김

더봄

차례

프롤로그

장장 2000년 동안 일화독방^{一花獨放}(홀로 핀 꽃 한 송이), 유아독존^{唯我獨尊}의 자리를 고수해온 중국의 차는 격변의 시대를 맞아 예전과는 완전히 다른 운명을 맞이했다.

20세기 초 안휘성 일대에서 유행한 다음과 같은 민요를 살펴보면 그 같은 상황을 엿볼 수 있다.

3월에는 차 따는 아가씨를 모집하고,

4월에는 차 덖는 기술자를 모셔온다네.

1000상자씩 묶어서 100척의 배로 보내니,

한구^{漢口}는 홍차, 오중^{吳中}은 녹차라네.

차 파는 차상^{茶商}들은 차 가격이 싸다고 해마다 불평하나,

차농의 어려움을 알아주는 이는 없다네.

눈 속의 명초^{茗草}를 빗속에서 따니,

1000묶음이라 해봤자 비단 한 필 값도 안 된다네.

값을 깎는 것도 모자라서 외상손님까지 있으니,

입으로는 사시오, 외치나 눈물부터 삼키네.

관가官家에서는 불같이 세금을 독촉하고,

췌호贅胡들의 농단 극심하다네.

고용인, 여女상인 모두들 힘들다지만,

그중에서 차농이 제일 힘들다네.

1910년대에 유행해 안휘성《지덕현지》至德縣志에 수록된 이 민요에는 '관가'와 '췌호'라는 단어가 등장한다. '관가'와 '췌호'는 역대 민간 다가茶歌에 예외 없이 등장하는 비난의 대상으로 기관이나 인물을 이른다.

'췌호'는 '서양인의 종(주구)'이라는 정도로 해석할 수 있다. 차 업계에는 췌호와 비슷한 의미로 '양행'洋行이라는 것이 있었다. '양행'洋行은 20세기 초의 중국차 산업을 논할 때 빼놓을 수 없는 중요한 기구이다.

정부로부터 독점권을 부여받아 대외무역을 전담한 기구는 예전에도 없지 않았다. 다만 청나라 때에 이르러 '양행'이라는 이름으로 바뀌었을 뿐이었다. '양행'의 취급 품목은 모직물, 서양 포목, 시계 등 매우 다양했지만 주종은 뭐니 뭐니 해도 중국차였다.

차의 기원을 논할 때 화하華夏민족을 빼놓고는 논할 수 없다. 가장 먼저 차와 친해진 민족이 중국인이기 때문이다. 다성茶聖은《다경》茶經〈육지음〉六之飮에 "날아다니는 새, 뛰어다니는 짐승과 사람은 모두 하늘과 땅 사이에서 먹고 마시면서 살아간다. 먹고 마시는 것의 의미는 얼마나 깊고 넓은가. 갈증을 없애려면 물을 마시고, 근심을 벗어버리려면 술

을 마시고, 정신을 맑게 하고 잠을 깨려면 차를 마셔야 한다."라고 기록
했다.

차가 어떻게 발견되고 이용됐는지는 동방의 전설을 통해 알 수 있
다. 《신농본초》神農本草에서는 "신농씨는 온갖 종류의 풀을 맛보던 중 하
루는 72가지 독을 만났다. 그런데 도荼로써 해독했다."라고 전한다. 여기
의 '도'荼는 곧 '차'茶를 이르는 것이다.

중국 고서에 의하면 신농은 지금으로부터 4, 5천 년 전 상고시대의
부족장으로, 머리에 황소의 뿔이 달리고 앞니가 하나 빠진 사내의 형상
을 하고 있다고 전해진다. 인간에게 농사짓는 법과 누에치는 법을 가르
쳐줘 '신농씨'로 추앙받았다고 한다. 그리스 신화에 등장하는 프로메테
우스와 같은 '영웅'적 인물인 셈이다. 전설대로라면 '신농씨'는 온갖 풀
을 맛보다가 중독돼 쓰러졌으나 마침 차나무에서 떨어진 물방울을 받
아먹고 살아난 것이다.

이 전설은 어느 정도 진실에 가까운 역사로 보인다. 따라서 '신농씨'
는 중국에서 농업과 의학의 창시자로 추앙받을 뿐 아니라 세계에서 가
장 먼저 차를 발견하고 이용한 사람이라고도 할 수 있다.

중국 최초의 지지地誌인 《화양국지》華陽國志에 따르면 지금으로부터 3
천 년 전에 중국의 사천四川 지역에서 차나무를 인공적으로 재배해 당시
의 천자인 주무왕周武王에게 헌상했다고 한다.

차 세계의 고요함을 깬 것은 전쟁이었다. 지금으로부터 2천여 년 전
의 춘추전국시대에 중원中原 일대의 진秦나라 군대는 험산준령이 사방을
가로막은 파촉巴蜀을 함락시켰다. 그러다 병사들은 이곳에서 달여 마실
수 있는 '차'라는 식물을 처음 발견했다. 차는 이렇게 해서 군마의 잔등

에 실려 촉도蜀道를 지나 넓은 세상으로 전파됐다.

　사실 차는 전국시대 이전에 이미 호북湖北으로부터 호남, 강서江西를 비롯한 장강長江 중하류 지역으로 서서히 보급되기 시작했다.

　그렇게 시작된 차 문화는 당唐나라 때부터 번성해 송宋나라 때 절정에 이르렀다. 당 정관貞觀 15년, 문성文成공주는 토번吐蕃의 송찬간포松贊幹布에게 시집갈 때 차를 혼수로 가지고 갔다. 이로써 차를 마시는 풍속과 차 문화가 티베트로 전파돼 변방 소수민족의 중요한 음식문화로 자리 잡았다.

　차 문화가 활발하던 당송 시기에 차는 말 잔등에 실려 설산과 초원을 넘고, 승려들의 봇짐에 끼여 북쪽의 추운 지역까지 널리 보급됐다. 또 정교하게 포장돼 고관대작들 사이에서 선물로 인기가 높았다. 서기 8세기 초부터는 북방에서도 차를 마시는 습관이 유행하기 시작했다.

　명나라 때는 중국의 유명한 항해가 정화鄭和가 일곱 차례나 함대를 이끌고 원항하면서 머나먼 아프리카 동해안과 홍해 유역까지 차를 전파했다.

　날개가 커진 새가 광활한 하늘을 날듯이 중국차가 전 세계로 비상할 역사적 시기가 성숙되었다.

　'차'를 뜻하는 영어 단어 'tea'와 프랑스어 'thé'는 중국 복건福建 지역의 방언 'Te'의 발음과 매우 비슷하다. 차가 바닷길을 통해 영국과 프랑스로 전파됐음을 알 수 있는 방증이다. 이 밖에 차는 육로를 통해서도 서아시아와 동유럽으로 전해졌다. 러시아어 'чай'와 터키어 'Chay'의 발음이 중국 내륙 지방의 '차'의 발음과 비슷한 것을 보면 알 수 있다. 이렇듯 언어학적 연구를 통해서도 중국차의 유구한 문명사를 엿볼 수 있다.

서한西漢 시대에 차는 실크로드를 따라 서역 각국으로 전해졌다. 아랍의 비단 무역상들은 중국에서 비단과 차를 사서 페르시아로 가져갔다. 터키 상인들도 중국의 국경 지대에서 차를 가지고 물물교환을 했다. 서기 9세기경에 술라이만Sulayman이라는 북아프리카 상인은 《인도차이나기행》이라는 책에서 차를 설명하기를, "잎이 세 개이고 향이 진하면서 맛이 쓰다. 끓는 물에 우려서 마신다."라고 묘사했다.

중국차가 일본으로 건너간 것은 서기 9세기 초이다. 일본의 사이초最澄 선사와 그의 제자 구카이空海가 중국으로부터 차의 종자와 제다도구들을 도입하면서 중국의 차 문화와 음다 풍속이 일본에도 전해지게 됐다. 또 송나라에 두 번 유학한 에이사이榮西 선사가 귀국할 때 차나무 종자와 한문으로 음다법을 기록한 저서 《흘다양생기》吃茶養生記를 가져가면서 일본 다도의 기반을 닦아놓았다.

이로부터 600여 년이 지난 1559년 베니스 작가 기암 바티스타 라무시오는 《중국차》, 《항해와 여행》이라는 책 두 권을 저술해 중국차를 유럽에 소개했다. 중국 최초의 가톨릭 선교사인 크루즈 신부는 1560년에 포르투갈로 귀국하면서 중국차에 관한 지식을 전파했다. 그의 말을 입증이라도 하듯 얼마 지나지 않아 포르투갈인 선원이 직접 중국차를 가지고 귀국했다.

이로써 차는 16세기부터 17세기 초까지 네덜란드, 러시아, 프랑스 및 영국에 전파됐다.

중국차가 유럽 특히 영국에서 크게 환영받은 것은 영국의 찰스 2세와 결혼한(1662년) 포르투갈 공주 브라간자 캐서린 덕분이라고 해도 과언이 아니다. 그때부터 '동양의 선물'이었던 차는 영국 왕실음료가 되었고, 영국은 지금도 홍차대국의 자리를 지키고 있다.

그전까지 영국은 '커피의 왕국'이었다. 그런데 차는 신사의 나라라고 자부하는 영국인들의 취향에 잘 맞았기 때문에 귀족은 물론 평민들에게까지 폭발적인 호응을 얻었다. 1657년 런던의 한 유명한 커피점은 다음과 같은 광고를 냈다.

100가지 질병을 치료하는 특효약 – 차를 팝니다. 두통, 결석, 부종, 졸음 치료에 탁월한 영단묘약입니다!

차 애호가인 캐서린 왕비는 건강을 해치는 술 대신 차를 왕실에 보급했다. 고관대작들이 앞을 다퉈 왕비를 따라 하면서 차는 영국에서 '귀족음료'로 인식되었다. 이로써 귀부인들이 집에 정교한 다실茶室을 만들어 놓고 차를 음미하면서 서로 아름다움과 우아함을 겨루는 풍속이 유행하기도 했다. 1669년 동인도회사는 중국으로부터 수입한 '공부차' 功夫茶를 진상해 왕비의 환심을 샀고 덕분에 차 무역 독점권을 획득하게 됐다.

영국 시인 알렉산더 포프Alexander Pope는 여왕의 차 마시는 모습을 다음과 같이 찬미한 바 있다.

위대한 앤 여왕이여,

3개국이 일제히 당신을 향해 머리를 숙이옵니다.

당신은 때로는 신하들과 더불어 대정大政을 논하시고,

때로는 차 테이블에서 벗들을 격려하시는군요.

이로써 이 섬나라의 1인당 차 소비량은 세계 최고 수준을 기록했다. 영국인들은 오전 10시 반과 오후 4시를 '티타임'으로 정해놓고 철칙처럼 지켰다. 차를 마시면서 학문을 탐구하고 학술 교류를 하는 자리를 일러 '찻잔정신' 혹은 '찻주전자정신'이라고도 했다. 오후 4시에는 '티타임'이라는 TV프로그램도 방영됐다. 이에 조지 버나드 쇼는 "몰락한 영국 신사는 마지막 남은 양복을 팔아서 차를 마신다."라고 영국인들의 차 사랑을 풍자했다.

> 괘종시계가 네 번 울리면
> 모두가 하던 일을 멈추고 차를 마셨다.
> ……

영국의 차 무역사를 살펴보면 재미있는 에피소드와 일화가 많다. 이를테면 중국 평수平水의 주차珠茶는 예로부터 '녹색 진주'로 불려온 명차이다. 하지만 1706년에 설립된 영국의 홍차회사 트와이닝Twinings사는 전단지에 이 차의 명칭을 'GUN POWDER GREEN'라고 적었다. '녹색 진주'가 졸지에 '녹색 화약'으로 탈바꿈한 웃지 못할 해프닝이었다.

이 밖에 전통 배합차(향차) '얼 그레이'에 얽힌 일화도 빼놓을 수 없다. 얼 그레이 2세 백작이 외교사절로 중국에 갔을 때였다. 그는 당시 청나라 관원으로부터 맛이 매우 훌륭한 대대화차玳玳花茶 배합 비법을 얻었고, 귀국 후 한 회사에 이 비법을 전수했다. 그러자 회사는 백작에 대한 고마움의 표시로 차의 이름을 '얼 그레이차'로 명명했다. 아울러 겉포장에 '청나라 모모 고위 관원으로부터 전수받은 비법'이라는 글을 적어 널리 홍보했다.

18세기에 차는 영국 국민경제의 중요한 수입원이었다. 19세기 영국의 한 궁중 신하는 "식량, 소금, 그리고 차는 국가에 꼭 필요한 것들이다. 이 세 가지 품목의 공급을 독점한 국가는 통치체제 유지를 위한 힘 있는 카드를 쥐고 있는 것과 같다."라고 평가했다. 국가경제에 큰 영향을 끼칠 만큼 중요한 품목이니 정치와 연결되는 것은 지극히 당연한 일이었다. 1773년, 영국 의회는 '차세법'茶稅法을 통과시켰다. 차 1파운드당 3펜스의 세금을 부과한 것이다. 미국 독립전쟁의 불씨가 됐던 '보스턴 차 사건'Boston Tea Party은 이렇게 발발했다. 보스턴 항에는 지금까지도 다음과 같은 비문碑文이 적혀 있다.

> 이곳은 예전에 그린핀 부두였다. 1773년 12월 16일, 차를 실은 영국 선박 3척이 이곳에 정박했다. 그러자 1파운드당 3펜스의 가혹한 관세법에 격분한 90여 명의 보스턴 시민들이 배를 습격, 324상자를 모조리 바다로 던졌다. 차 무역 독점을 반대해 일으킨 이 사건은 보스턴 시민들의 애국적 장거로 전 세계에 알려졌다.

유럽에는 차 사랑에 관한 한 영국에 뒤지지 않을 국가가 또 있다. 바로 러시아다. 시베리아의 살을 에는 찬바람도 러시아인들의 중국차 사랑을 막지는 못했다. 중국차는 차마茶馬무역을 통해 몽고로부터 러시아에 도입됐다. 이렇게 해서 19세기 초, 중국 호북성 양루동羊樓洞에서 가져온 차나무 종자는 그루지야 땅에서 성공적으로 싹을 틔웠다. 차르는 유劉씨 성을 가진 차 무역업자에게 '차류'茶劉라는 별호를 특별히 하사했다. 유명한 러시아 시인 푸쉬킨은 〈예프게니 오네긴〉이라는 글에 다음과 같이 묘사했다.

다인_3

날이 어두워지기 시작했다.

저녁 어스름 속에서 찻주전자가 반짝반짝 빛을 뿌린다.

불 위에서 주전자는 쉭쉭 물 끓는 소리를 낸다.

엷은 물안개가 주변에서 일렁인다……

요약하면 중국차는 10세기 이전에 아시아와 서북아프리카, 16세기에 유럽, 18세기에 미국으로 전파됐다. 그리고 17세기에는 남하해 바다로 둘러싸인 남양군도로 수출됐다.

중국차가 해외에서 인기몰이를 하게 되자 청나라 정부는 1840년 이전에 관상官商 13명을 광주廣州에 파견해 차 무역을 관장하게 했는데, 이를 십삼행十三行이라고 했다. 이로써 관료, 호상豪商과 서양인이 수출무역을 독점하는 국면이 형성됐다. 특히 차 무역 독점은 심각했다. 심지어 황제까지도 높은 수익을 탐해 친히 개입할 정도였다. 그래서 사람들은 황제를 '황상'皇商이라고 불렀다.

십삼행과 영국 상인들이 중국의 수출입무역을 독점하던 국면은 1840년 아편전쟁을 계기로 완전히 바뀌었다. 양행은 점차 각국 기업가들의 독점 상행商行으로 변해버렸다. '오구통상'五口通商(광주·하문廈門·복주福州·영파寧波·상해 등 5대 항구 개방) 이후 '1000상자씩 묶어서 100척의 배로 보내니, 한구는 홍차, 오중은 녹차'의 풍경이 실제로 펼쳐졌다. 복주, 한구, 구강九江 및 영파는 당시 중국차 수출이 제일 활발했던 항구 소재지였다.

제1차 세계대전은 중국의 경제구도를 또 한 번 크게 바꿔놓았다. 당시 상해로 이전한 양행은 번창하여 가장 많을 때는 40~50개에 달했

을 정도였다. 더불어 상해의 차 수출량도 전국의 절반 이상을 차지할 정
도로 급증했다.

양행이 중국의 차 무역을 독점한 국면이 약 100년 동안 이어지면서
중국 본토의 차 산업은 쇠퇴의 길을 걷기 시작했다. 급기야 20세기 초
에 이르러서는 풍전등화처럼 위태로워졌다. 그 와중에 중국차의 영광
을 재현하기 위해 힘쓴 지식인들도 없지 않았다. 그중에서 가장 대표적
인 인물로 오각농吳覺農을 꼽을 수 있다.

오각농은 1897년에 중국 절강성의 고현古縣 상우上虞 풍혜진豊惠鎭에
서 태어났다. 그가 중국차 산업 진흥을 위해 실무적 노력을 시작한 것
은 1930년대부터였다. 처음에 그는 중국의 저명한 농학박사, 농업교육
가이자 당시 상해상품검사국 국장을 맡고 있던 추병문鄒秉文의 권유로
차 수출 심사업무에 종사했다. 이어서 강서성 수수修水, 안휘성 기문祁門,
절강성 삼계三界 등지에 차 개량농장을 세웠다. 이로써 중국 현대 차 산
업의 기본 형태가 갖춰졌다.

그는 또 중국 국내 차 산지들과 해외 차 산업 현장을 두루 고찰해
대량의 조사보고서를 저술했다. 이를 토대로 양행, 양장洋莊과 차잔茶棧
(차 도매상)의 중국차 무역 독점현상을 통렬하게 규탄했다. 더불어 중국
차 재배농들의 비참한 현실을 폭로한 다음 이들을 이중, 삼중으로 착취
하는 통사通事, 다호茶號, 수객水客 등 업자들을 비난했다. 이 밖에 외국 차
업계의 선진 기술과 경험을 소개하고 중국차 산업의 성장을 위한 타당
한 방안들을 제시하고 직접 실천했다.

'중간업자들의 착취를 없애 차농들의 실질적인 이익을 되찾아주고
중국차 산업을 부흥시키기 위한' 오각농의 노력은 헛되지 않았다. 1936
년, 안휘성과 강서성은 '환감홍차운송판매위원회'皖贛紅茶運銷委員會를 설립

해 기문 홍차와 영주寧州 홍차의 운송과 무역을 일괄 통제하게 했다.

이는 약 100년 동안 지속돼온 중국차 산업의 판도를 바꿔놓은 역사적 움직임이었다. 상해양장차잔동업조합上海洋莊茶棧同業行會의 입장에서는 마른하늘에 날벼락이 따로 없었다. 당연히 가만히 있을 리 만무했다. 조합은 이내 다분히 협박 섞인 내용을 담은 〈통절한 성명〉痛切宣言을 발표했다. 이들의 위세에 맞대응할 힘이 없는 중국 다인들은 결국 양보하고 타협할 수밖에 없었다.

1936년 오각농은 《중국농촌》 2권 6호에 시극강施克剛이라는 필명으로 〈반제반봉건적반막극〉反帝反封建的半幕劇이라는 글을 실어 중도에 막을 내린 중국차 '보위전'에 대한 유감을 표시했다.

······지금 사회에서 대자본이 소자본을 구축하는 현상은 비일비재하다. 이번 '중국차 무역 일괄 통제' 분쟁은 배경을 감안해볼 때 웃지도 울지도 못할 희비극에 불과할 뿐이다. ······중국의 차 산업은 제국주의 금융자본과 차잔茶棧의 통제를 받고 있다. 그 결과 가난한 차농들은 사지로 내몰릴 수밖에 없다. 반제국주의와 반봉건주의의 연극은 원래 기세 드높게 계속돼야 마땅했다. 하지만 제일 중요한 배역인 차농들이 전부 무대 아래에 찌부러져 있었기 때문에 절반도 달리지 못하고 황급히 막을 내리지 않으면 안 됐다······.

다행히 오각농이 통탄했던 '반막극'은 '정극'의 밑거름이 됐다. 중국 실업부가 오각농의 건의에 관심을 보인 것이다. 수많은 우여곡절 끝에 1937년 6월 1일에 드디어 '중국다엽공사'中國茶葉公司가 상해 북경로 간업實業빌딩에 설립됐다. 실업부를 비롯해 안휘성, 강서성, 절강성, 복건성, 호

남성, 호북성 등 6대 차 산지 성정부와 일부 개인들의 출자로 이뤄낸 쾌거였다. 이후 오각농은 총기사^{總技師}에 임명됐다.

그리고 37일이 지난 후 머나먼 북방의 노구교^{盧溝橋}에서 일본군의 대중국 침공이 시작됐다. 갓 업무를 개시한 중국다엽공사는 어쩔 수 없이 상해에서 무한, 나중에는 중경^{重慶}으로 이전했다. '불야후'^{不夜侯}(밤을 새워 음미할 정도로 고귀한 물건이라는 의미)로 불리던 중국차는 수백 년 동안의 수난을 거쳐 유사 이래 가장 거칠고 사나운 역사의 급류에 휩쓸리게 됐다.

그야말로 "깊은 골짜기에서 나는 교목^{喬木}, 봉황열반^{鳳凰涅槃}의 고통을 겪는구나."라는 시구가 딱 어울린다고 하겠다! ☞

제1장

　고산孤山과 갈령葛嶺을 잇는 다리 길이는 불과 반 리도 되지 않았다. 다리 위에는 크고 작은 정자가 세 개 있었다. 다리 양옆으로 연잎이 쪽 펼쳐졌다. 상쾌한 바람이 사람들의 얼굴을 어루만졌다. 항주杭州 망우차장忘憂茶莊의 젊은 주인 항가화杭嘉和가 한쪽 팔로는 외조카 망우忘憂를 안고 다른 손으로는 아들 항억杭憶과 조카 항한杭漢을 이끌면서 이 다리를 건넌 날은 민국 18년(1929년) 6월 6일이었다. 중국인의 책력으로 볼 때 크게 운수대통한 날이었다. 항주 서호西湖박람회도 곧 개막을 앞두고 있었다. 망우차장 항씨 가문이 예기치 않은 재난을 당한 지 채 2년이 지나지 않은 시점이었다. 또 노구교 사건을 8년 앞둔 시점이기도 했다.

　가화는 그동안 오래도록 서호에 오지 않았다. 망우차장은 묵은해에도, 새해에도 먹구름이 잔뜩 낀 하늘처럼 분위기가 침침하고 어두웠다. 가화의 부친 항천취가 세상을 뜬 지 1년이 넘었음에도 가족들은 여전히 슬픔에서 헤어 나오지 못하고 있었다. 게다가 가화의 이복동생 항가평杭嘉平은 죽었는지 살았는지 행방이 묘연했다. 가평의 생모 심록애沈綠愛는 아들 걱정에 정신이 오락가락할 때도 있었다. 다행히 의술을 조금 아는 조기객趙寄客이 며칠에 한 번씩 찾아와 위로한 덕에 완전히 정신을 놓지는 않았다. 심록애는 본래 꿋꿋하고 굳센 여자인지라 망우차장이 무너지지 않도록 그런대로 버텨내고 있었다.

그러나 망우차장은 완전히 무너지지는 않았으나 장사가 예전 같지 않았다. 가게가 온종일 파리만 날릴 정도로 손님이 줄었을 뿐 아니라 문을 닫는 날도 빈번했다. 더 이상의 변고 없이 평온한 나날이 흘러가는 것만 해도 다행일 지경이었다. 적어도 어느 날 갑자기 불청객이 찾아와 지팡이로 망우차장의 대문을 쾅쾅 두드리기 전까지는 그랬다.

국민당 절호浙沪(절강성과 상해 일대) 특파원 심록촌沈綠村은 가화의 큰 외삼촌이었다. 그는 망우저택을 찾아가려다 잠깐 주저했다. 이제 와서 망우저택의 대문을 두드리자니 체면이 깎이는 것 같아 내키지 않았던 것이다. 그러나 그는 항상 자신감이 넘치는 남자였다. 게다가 감정이 극도로 메말라 웬만해서는 마음에 파도가 이는 일이 없는 사람이었다. 그 것은 그가 신사 지팡이로 망우저택의 대문을 리듬감 있게 탕탕탕탕! 두드린 동작만 봐도 알 수 있었다.

'시간이 약'이라는 말이 있다. 시간이 지나고 나면 아무리 힘들었던 일도 잊히고 깊었던 상처도 옅어지기 마련 아닌가. 심록촌은 여차하면 여동생 앞에서 당국을 한바탕 욕할 각오도 돼 있었다. 당국을 욕하는 것이 뭐 그리 대수인가. "금수보다 못한 것들 같으니!", "지옥 불에나 떨어져!" 같은, 차마 입에 담기도 어려운 욕설을 퍼부은들 또 어떠랴. 심록촌 자신의 웅대한 계획에는 아무런 영향도 미치지 못할 테니까.

솔직히 그가 여동생을 전혀 그리워하지 않은 것도 아니었다. 누가 뭐래도 피붙이가 아닌가. 게다가 그는 중요한 일을 앞두고 항씨 집안의 도움이 절실히 필요하기도 했다. 아무튼 그는 이런저런 이유로 여동생과 항씨 집안을 향해 화해의 손길을 내밀기로 결심했다. 가능하다면 계룡산鷄籠山에도 한번 올라가볼 생각이었다. 단 한 번도, 꿈속에서조차 그리워한 적이 없었던 죽은 매부의 산소를 방문할 생각이었던 것이다.

심록촌은 지팡이로 문을 두드리는 한편 대문 양쪽 위에 걸려 있는 등롱을 쳐다봤다. 누렇게 색이 바랜 등롱에는 '망우'忘憂라는 녹색 글씨가 쓰여 있었다.

'거 참 유치하기 짝이 없는 좌우명이로군!'

심록촌은 흥, 하고 코웃음을 쳤다. 세상에는 생각 없는 사람들이 정말 많다. 생각이 없으니 할 줄 아는 것이라고는 걱정밖에 없는 것이다. 그렇다 하더라도 나약하고 감성적인 성격이 뭐가 그리 자랑거리라고 버젓이 대문에 걸어 만천하에 공개한다는 말인가. 심록촌은 이른바 '감성적인 사람'들을 뼛속 깊이 멸시했다. 그런 사람들은 아둔한 미개인쯤으로 치부할 정도였다.

'세상에 나처럼 똑똑한 사람도 얼마 없어. 암, 그렇고말고.'

심록촌은 항씨네 대문을 두드리면서 자아도취에 흠뻑 빠졌다. 드디어 문이 열렸다. 품속에 어린 아이를 안은 여자가 대문 밖으로 고개를 쑥 내밀었다. 하지만 심록촌이 여자의 얼굴을 미처 확인하기도 전에 그녀의 입에서 고막을 찌르는 날카로운 비명이 먼저 터져 나왔다. 심록촌은 얼떨결에 지팡이를 떨어뜨렸다. 여자는 발을 구르고 어깨를 들썩이면서 계속 고함을 질렀다. 품속의 아이도 으앙, 울음을 터뜨렸다. 곧이어 길고 날카로운 손톱이 심록촌의 어깨를 파고들었다. 심록촌은 어안이 벙벙한 채 여자에게 이끌려 속절없이 대문 안으로 끌려들어갔다. 여자는 마치 저주라도 퍼붓듯 음침한 목소리로 한마디 말만 반복했다.

"당신 따라 갈래요! 당신 따라 갈래요! 당신 따라 갈래요……."

심록촌은 봉두난발한 여자의 얼굴을 알아보고는 놀라서 숨을 헉, 들이마셨다. 임생林生이 피살된 후 항가초杭嘉草가 미쳐버렸다는 소식은 심록촌도 들어 알고 있었다. 그러나 그는 전혀 개의치 않았다. 가초가 미치든 말든 아예 관심조차 없었다. 사실 그는 가초를 항씨네 가족으로 생각하지도 않았다. 가초는 심록애의 소생도 아니고 아들도 아닌 데다 조용하고 눈에 잘 띄지 않는 성격이었기 때문이다. 심록촌은 심지어 가초를 미워하기까지 했다. 떠돌이 광대 출신의 여자가 싸지른 천한 년이 겁도 없이 공산당과 동침해 이도저도 아닌 '병신새끼'를 낳다니 말이 되는 소리인가. 대갓집 체면이 있지, 이런 년은 하루 빨리 항씨 가문에서 쫓아내버려야 항씨 마님 심록애도 발 편히 뻗고 잠을 잘 수 있을 게 아닌가. 심록촌은 임생이 처형당한 그날 눈엣가시 같은 가초도 한꺼번에 없애버리고 싶어 손이 근질거리는 것을 겨우 참았었다. 바로 그런 가초가 가장 먼저 튀어나와 심록촌의 금테안경을 잡아채 내던진 것이다.

심록촌이 속수무책으로 당하고 있을 때 예닐곱 살 가량의 남자아이 둘이 달려왔다. 두 아이는 서로 엉켜 있는 두 어른을 멀거니 바라보다가 그중의 한 아이가 소리를 질렀다.

"작은 고모, 작은 고모! 빨리 와 봐요. 큰고모가 또 발작해요……."

심록촌도 덩달아 고함을 질렀다.

"어서, 어서 가서 너희들의……."

심록촌은 선뜻 말을 잇지 못하고 머뭇거렸다. 두 남자아이가 누구인지, 심록애와 어떤 관계인지 몰랐기 때문이었다. 그는 가초의 공격을 간신히 막아내면서 헉헉대며 말했다.

"빨리 가. 빨리 가서 너희들의 그 누구를 데려오너라."

남자아이들의 '작은 고모'가 도착했다. 말이 '작은 고모'이지 남자아이들보다 겨우 몇 살 더 먹은 아이일 뿐이었다. 심록촌은 여자아이의 눈을 보고 누구인지 짐작하고 소리를 질렀다.

"어서, 어서 너의 엄마 좀 데려와. 이 미치광이를 나에게서 떼어내줘."

"당신이야말로 미치광이예요."

여자아이는 어미의 품에서 자지러지게 우는 망우를 건네받아 달래면서 사정없이 내쏘았다.

"나는 너의 큰외삼촌이야."

"나는 당신을 몰라요."

항기초杭寄草가 고개를 돌리며 소리를 질렀다.

"엄마. 큰외삼촌이라는 사람이 가초 언니하고 싸우고 있어요."

심록촌은 가림벽 뒤에서 두 아이의 손을 잡고 허둥지둥 달려오는 여동생 심록애를 보고 화가 치솟은 나머지 역정을 냈다.

"이게 무슨 짓이냐? 너희 항씨 가문이 아무리 사람이 없기로서니 어찌 미치광이를 문신門神으로 세우느냐?"

심록애가 검고 둥근 눈을 크게 뜨고 한참 동안 오빠의 얼굴을 멍하니 바라봤다. 그러더니 그의 어깨를 와락 붙잡으면서 소리를 질렀다.

"내 아들을 내놔. 우리 가평을 내놔. 우리 천취를 돌려줘! 이 나쁜놈, 우리 항씨네 식구들을 다 돌려줘!"

심록애의 목소리는 가초의 가늘고 음침한 목소리와 달리 하늘땅을 울릴 정도로 우렁찼다. 마치 천군만마가 항씨네 마당에서 울부짖는 것 같았다. 항억은 그 후로 여러 해가 지나도록 이날 미친 듯이 울부짖던 할머니의 모습을 잊지 못했다. 심록애는 가만히 있을 때는 얌전한 처녀 같지만 움직였다 하면 그물을 벗어난 토끼처럼 빠른 여자였다.

방금 전까지만 해도 깔끔하게 쪽진 머리를 하고 있던 심록애가 고개를 쳐드는 순간 '복수의 여신'이 따로 없었다. 그녀는 머리를 풀어헤치고 분노로 이글거리는 눈으로 심록촌을 쏘아보면서 새하얀 이빨을 드러내고 포효했다.

두 여자에게 붙잡혀 옴짝달싹 못하고 당하는 심록촌의 모습이 우습기 짝이 없었다. 그가 급기야 목이 터져라 고함을 질렀다.

"내 말 좀 들어봐. 내 말 좀……. 나 좀 놓아줘……."

"나쁜 놈. 급살 맞아 뒈질 놈. 씨가 말라 죽을 놈. 우리 항씨네 식구들을 다 돌려줘……."

심록애의 분노의 눈빛은 여전했다.

"당신 따라 갈래요. 당신 따라 갈래요. 당신 따라 갈래요……."

가초도 여전히 똑같은 말만 반복했다. 창백한 얼굴, 검고 깊은 눈으로 결연하게 한마디 말만 읊조리는 그 모습이 심록촌에게는 여동생 심록애의 패악질보다 더 섬뜩하게 느껴졌다.

다행히 영리한 기초가 뒷마당을 가로질러 망우차장 가게로 가더니 큰오빠 가화의 장삼자락을 잡고 끌고 왔다. 안 그랬다면 심록촌은 두 여자에게 얼마나 더 봉변을 당했을지 모를 일이었다. 아무튼 가화가 허둥지둥 현장에 도착했을 때 심록촌은 꼴불견도 그런 꼴불견이 없었다. 고도 근시인 심록촌은 안경을 잃고 머리 떨어진 파리처럼 우왕좌왕하고 있었다. 안간힘을 써서 두 여자의 손아귀에서 벗어나는 것까지는 성공했으나 대문을 찾지 못해 도망도 가지 못하고 있었다.

가화는 땅에서 주운 금테안경을 심록촌에게 건넸다. 심록촌은 부랴부랴 안경을 썼다. 그제야 눈앞이 환해졌다. 심록촌은 아무 말도 하지 않은 채 가화를 밀쳐버리고는 대문을 나섰다. 이어 문 앞에 마차를 세워놓았다는 사실도 까맣게 잊은 채 총총히 앞으로 걷기만 했다. 얼마쯤 갔을까, 갑자기 발에 뭔가가 걸려 앞으로 고꾸라질 뻔한 그가 자세히 내려다보니 자신의 신사 지팡이였다. 그는 고개를 돌렸다. 길고 마른 체형의 가화가 서 있는 것이 보였다. 가화가 지팡이를 던진 것이 틀림없었다. 심록촌은 지팡이를 집어 들고 다시 몇 걸음 걷고 나서야 마차를 깜빡했다는 생각이 들었다. 그는 아무 일도 없었던 것처럼 억지로 태연한 표정을 지으면서 되돌아 걸었다. 가화는 대문 앞에 서서 말없이 그를 지켜보고 있었다. 항주에는 "말이 없는 사람이 제일 무섭다"는 속담이 있다. 심록촌은 그런 가화를 보면서 조금 전 두 여자에게 봉변을 당할 때보다 더 큰 분노를 느꼈다. 그는 너무 화가 나서 온몸을 덜덜 떨었다. 손에 쥔 지팡이까지 덜덜 떨며 그는 낡은 등롱과 가화를 번갈아 가리키고는 겨우 한마디 내뱉었다.

"이제야 알겠다. 너희 집 인간들은 이런 방식으로 '망우'忘憂(시름을 잊음)를 실천하는구나."

"아무도 당신을 부르지 않았어요."

가화의 말투는 담담했다.

"내가 다시 이 집에 찾아오면 사람이 아니다."

심록촌은 씩씩거리면서 마차에 오르려다 마부의 놀란 눈빛을 보고는 동작을 멈췄다. 그제야 정신이 퍼뜩 들면서 자신이 무엇 때문에 이곳에 왔는지 생각이 났다. 확실히 특파원은 뭐가 달라도 달랐다. 그는 손으로 얼굴을 쓱 만지고 헛기침을 몇 번 하고는 몸을 돌려 가화에게 말했다.

"나는 원래 내년 서호박람회 때 명차를 전시하는 일을 너하고 의논하려고 찾아온 거다. 항씨 가문에서 사리분별을 할 줄 아는 사람은 너뿐이니 너를 찾아온 거지. 하지만 이제는 다 필요 없게 됐어. 너희들이 수백 년 역사를 자랑하는 '망우차장'을 대수롭게 생각하지 않는데 외부인인 내가 괜한 오지랖을 부릴 필요가 있겠느냐."

심록촌은 말을 마치자마자 마차에 훌쩍 뛰어올랐다.

1929년 6월 6일 항주 서호박람회가 막을 올렸다. 당시의 절강성 국민정부가 실업 장려와 문화 진흥을 목적으로 마련한 박람회였다. 막을 올린 장소는 서호의 황금지대였다. 개막식에서는 절강국술國術(중국 전통무술) 분관分館의 전통 무술공연이 관람객들의 박수갈채를 받았다. 또 밤에는 경극京劇, 가무, 음악, 영화, 서커스, 포려跑驢(나귀 탈을 쓰고 추는 춤), 사교춤, 오락, 무반주 노래자랑 등 다양한 볼거리와 놀거리가 곳곳에서 펼쳐졌다. 가장 볼 만한 것은 전용 차량까지 보내서 모셔온 유명 경극배우 매란방梅蘭芳과 김소산金少山의 공연이었다. 그들은 대가답게 호숫가 대강당에서 〈귀비취주〉貴妃醉酒를 멋들어지게 열창했다. 어느덧 날이 뿌옇게 밝아왔다. 얼마 후에는 전기 발명가 에디슨이 83세의 고령에도 불구하고 친히 미국에서 항주로 날아와 박람회 강당에서 '세상 모든 것은 다 자기 나름대로의 쓸모가 있다'라는 주제로 연설도 했다. 한쪽에서는 연화등 띄우기 행사도 열었다. 항천취도 생전에 서호에서 연화등 띄우기를 즐겼었다. 주위는 마치 하늘의 별무리가 내려앉은 듯 꽃등들이 점점이 물결을 따라 떠다녔다. 곳곳에서 "아미타불!" 소리와 염불소리가 울려 퍼졌다. 이곳이 속세인지 서방 극락세계인지 헷갈릴 정도였다. 시인들은 이날 밤 서호의 풍경을 다음과 같이 묘사했다.

　　달 밝은 밤 면면한 노랫소리 삼천계三千界에 울려 퍼지고,
　　서풍에 날리는 만 개의 등불 빛 점점이 별 같네.
　　놀러 온 사람들 모두 착한 일만 하여,
　　온 가정에 봄경치만 깃들기를.

차장에서 집으로 돌아온 가화는 복도에 쪼그리고 앉아 약을 달이고 있는 여동생 기초를 보고 걸음을 멈췄다.

"기초, 뒤뜰에 갔다 올래? 며칠 후에 다 같이 서호박람회 구경을 가자고 너의 둘째 올케에게 전해줘."

기초가 입을 삐쭉거리면서 대답했다.

"오빠가 직접 가서 말해요."

가화가 짐짓 화가 난 척을 했다.

"오빠 말을 안 듣는 거냐?"

기초가 그러자 어깨를 으쓱이고 양손바닥을 펼쳐 보이면서 말했다.

"그게 아니라 정말 짬이 없어요. 가초 언니가 약을 다 먹을 때까지 옆에서 지켜야 해요. 둘째 올케는 오빠가, 가초 언니는 제가 맡아서 돌봐주기로 우리 약속했잖아요."

가화는 여동생과 언제 그런 약속을 했는지 기억이 나지 않았다. 다만 분명한 것은 기초가 둘째 올케 하네다 요코羽田葉子를 챙기는 오빠 때문에 불만이 있다는 것이었다. 그가 한숨을 쉬면서 여동생을 달랬다.

"나는 뭐 시간이 남아돌아서 밖으로 놀러 나가자는 줄 아느냐? 우리 망우가 불쌍해서 그래. 두 살이 될 때까지 아직 한 번도 바깥 구경을

못했잖느냐."

"그러니까요! 제 말이 맞죠? 양백인洋白人(백색증 환자)이 뭐 어때서요? 양백인은 사람이 아닌가요? 우리 망우가 양백인이면 그게 뭐 어때서요? 그래서 말이지만 사실 저는 망우를 데리고 나간 적이 몇 번 있어요."

"뭐라고?"

가화의 언성이 높아졌다.

"다른 사람들……, 사람들이 뭐라고 안 하더냐?"

"뭐라고 안 하기는요? 원숭이 구경하듯 빙 둘러서서 구경하죠. 그럴 때마다 제가 호통을 쳤어요. '다들 꺼져요! 누구든 감히 내 조카의 털 끝 하나라도 건드리면 가만히 있지 않을 거예요.' 이렇게요."

가화는 눈이 휘둥그레져서 여동생을 바라봤다. 갑자기 말문이 막혔다. 기초는 열 살밖에 안 된 어린 아이지만 모르는 것이 없었다. 언니인 가초와 달리 재잘재잘 말도 잘했다. 이 순간에도 마당 다섯 개가 딸린 대저택에서 들리는 것은 기초의 목소리뿐이었다. 그래서 아마도 모두의 귀여움을 독차지하는지 모를 일이었다. 가화도 막내 여동생을 유난히 예뻐했다. 지나친 슬픔으로 무너질 듯 위태로운 항씨 대가족에 활기를 불어넣는 유일한 존재가 기초였다.

가화가 제일 걱정하는 사람은 제수인 요코였다. 그녀는 두문불출하고 말 그대로 '산송장'처럼 살고 있었다.

가화와 요코는 서로 마주치는 일이 거의 드물었다. 설사 마주쳤다 할지라도 몇 마디 나누지 않았다. 남편 소식도 모른 채 생과부가 된 여자와 아내와 헤어진 남자. 두 사람 다 속으로는 하고 싶은 말이 산더미지만 굳이 입 밖으로 털어놓지 않았다. 가화는 박람회가 열린다는 소식을 듣고 기분 전환도 할 겸 요코도 데리고 나가기로 했다.

"오빠, 나하고 약속 하나만 해요. 그러면 오빠 말을 따르겠어요……."

기초가 조건을 내걸었다. 이어 가화의 대답을 기다리지도 않고 빠르게 말을 이었다.

"가초 언니도 데려가요. 가초 언니도 같이 가면 좋겠어요."

기초의 눈에 이슬이 맺혔다. 크고 굵은 눈물방울이 기초의 볼을 따라 또르르 굴러 내렸다. 기초가 고개를 홱 돌리는 바람에 눈물방울이 가화의 손에 흩뿌려졌다. 기초가 뒤뜰로 달려가면서 목청을 높였다.

"오빠 말대로 제가 둘째 올케에게 얘기할게요. 대신 가초 언니는 꼭 데려가야 해요……."

그렇게 해서 노인, 아이, 여자와 환자로 구성된 기이한 가족 행렬이 서로를 부축하면서 청하방淸河坊 담벼락 뒤에서 모습을 드러냈다.

박람회장에 거의 도착할 무렵이었다. 북산로北山路와 단교斷橋 앞에 있는 옅은 노란색의 문루門樓가 눈에 띄었다. 일행의 표정은 그제야 눈에 띄게 편안해졌다. 기초는 어리둥절해하는 가초의 손을 꼭 잡고 문루에 새겨져 있는 글자를 또박또박 읽었다.

호수와 산이 있고, 22개 성의 수출품과 전국의 특산품을 구경할 수 있습니다. 6월 6일 열리는 공전의 성대한 대회에 여러분을 초대합니다.

가화 집안의 어른들은 모두 걸음을 멈췄다. 그들의 얼굴 표정 역시 가초의 뭐가 뭔지 모르겠다는 얼떨떨한 표정과 별반 다름이 없었다. 아직도 2년 전의 비극으로 인한 슬픔에서 헤어나지 못한 사람들에게 있어 공전의 성대한 대회나 즐겁게 노래하고 춤추는 사람들의 모습은 마치 먼 나라의 풍경화처럼 생경하게 느껴졌던 것이다. 사람들의 시선은 일제히 무리의 인솔자인 가화에게로 향했다. 가화가 가볍게 미소를 지었다. 항씨 가문의 사람들만 알아볼 수 있는 그런 미소였다.

가화가 미소를 지은 채 조용히 말했다.

"고산 문란각文瀾閣 농업관에 우리 망우차장의 연신軟新 용정차도 진열돼 있어요."

항씨네 아이들은 오랜만에 가족 모두와 나들이를 나온 이날을 유년 시절의 성대한 명절로 기억했다. 아이들에게 가장 깊은 인상을 남긴 것은 악묘岳廟 중공업관에 떡하니 버티고 서 있는 '장사'였다. 항억과 항한 두 아이는 착정기가 6분도 채 안 되는 짧은 시간 동안 우물 하나를 뚝딱 파내는 것을 보고는 놀라서 입을 딱 벌렸다. 반면에 항씨네 여자들은 위생관衛生館을 참관하고 부끄러워 얼굴이 귀밑까지 빨개졌다. 남자와 여자의 은밀한 부위를 확대한 사진이 떡하니 걸려 있었기 때문이었다. 그러나 아직 어려서 남녀유별을 잘 모르는 기초는 가초와 함께 흥미진진하게 구경을 했다. 이 무렵에는 항주 사람들도 옛날에 비해 많이 개화된 터라 삼삼오오 무리를 지어 구경을 하고 있었다. 그러면서도 쯧쯧 혀를 차는 것은 잊지 않았다.

박람회에서 유난히 관객들의 이목을 집중시키는 사람이 있었다. 그는 전 〈신보〉申報의 '자유담'自由談이라는 코너를 주관하는 진접선陳蝶仙이었다.

항주 태생인 진접선은 '원앙호접파'鴛鴦蝴蝶派의 대표 인물이었다. '천허아생'天虛我生이라는 별명에 걸맞게 글재주가 뛰어난 것은 물론이고 두

뇌 회전이 빨라 경영에도 능했다. 그때 당시 중국 시장의 치분齒粉(가루치약) 장사는 일본 상인들이 독점하다시피 했다. 제일 많이 팔린 것은 일본제 '금강석'金剛石표 치분이었다. 진접선은 이때 조수 이상각李常覺과 함께 막 번역을 마친《셜록 홈스 탐정 전집》을 출판사에 넘긴 후 곧바로 가내수공업장을 차렸다. 참으로 엉뚱한 기행이 아닐 수 없었다. 그는 직접 생산해낸 치분 브랜드를 '무적'無敵으로 정했다. 일본 브랜드 '금강석'에 맞서 '무적'이라 칭했으니 애국주의의 발로라고 해도 좋았다. 또 중국어 발음이 진접선의 별명인 '호접'蝴蝶과 비슷하기도 했다. 문인들은 누가 뭐래도 운치를 중요하게 여기는 것이 분명했다. 마침 중국 방방곡곡에서 일본제품 배척 열기가 뜨겁던 '5.4운동' 시기였던 터라 '무적'표 치분은 출시되자마자 선풍적인 인기를 끌면서 일본의 '금강석'을 납작하게 눌러버렸다. 10년이 지난 후 '무적'표의 생산 품목은 치분에서 콜드크림, 수분크림, 향수 등 다양한 품목으로 발전했다. 다재다능한 진접선은 본인이 직접 여장을 하고 나와 제품을 홍보했다. '무적'표 콜드크림으로 얼굴을 하얗게 칠하고 하이힐을 신고 거리와 골목을 살랑살랑 거닐면 그야말로 진풍경이 따로 없었다. 당연히 이번 서호박람회에서도 여지없이 두각을 드러냈다. 호숫가에 향수를 내뿜는 분수를 만들어 여인네들의 집중적인 관심을 받는 데 성공한 것이다. 여인네들은 '무적'표 향수의 향을 옷에 스며들게 하기 위해 '분수' 주위를 물샐틈없이 에워쌌다.

항씨네 여자들은 처음에는 기분이 울적했지만 떠들썩한 분위기에 점차 자신들도 모르게 끌려들어갔다. 요코와 심록애는 왕성기王星記 부채를 하나씩 사기도 했다. 요코가 산 것은 단향목 부채였다. 심록애가 산 부채는 펼치면 양산 절반 크기가 되는 커다란 검은색이었다. 가초는 여전히 멍한 표정이었다. 부채와 장신구에는 눈길도 주지 않았다. 그러나 꽃 난전 앞에 오자 발걸음이 딱 멈췄다. 월계화, 백합, 라일락, 자등紫藤……. 가지각색의 아름다운 꽃무더기 속에서 가초의 후각을 자극한 것은 치자나무 꽃이었다. 그녀는 얇은 콧방울을 벌름거리면서 중얼거렸다.

"꽃이다, 꽃이야……."

가초의 얼굴에 참으로 오랜만에 발갛게 혈색이 피어났다. 기초는 즉각 두 조카에게 명령을 내렸다.

"작은 고모는 꽃을 살 거야. 큰 고모도 꽃을 가지고 싶대. 너희들은 얼른 가서 돈을 가져와."

기초는 영 미덥지 않은 표정으로 두 조카를 보다 말고 다시 가까이에 있는 심록애를 불렀다.

"엄마, 돈 좀 줘요. 언니에게 치자나무 꽃을 사줄래요."

머리에 치자나무 꽃을 꽂은 가초는 꽃처럼 어여뻤다. 머리에서부터 발끝까지 검은 담요에 감싸여 있는 어린 망우도 꽃향기를 맡고 칭얼거렸다.

"엄마, 안아줘. 엄마, 안아줘."

항씨네 일행은 바람에 흔들리는 버드나무 아래에서 가초가 다정하게 아들을 달래는 모습을 넋을 잃고 지켜봤다. 그때 제비 한 마리가 두 모자의 머리 위를 날아 지나면서 버들잎 몇 개가 팔랑팔랑 떨어져 내렸다. 가화와 요코의 시선이 허공에서 잠깐 마주쳤다. 둘은 마치 무언의 약속이라도 한 것처럼 항억과 항한을 안아 올리고 등에 업었다.

차를 전시한 농업관은 문란각文瀾閣에 있었다. 그다지 넓지 않은 공간에 수십 가지 차가 종류별로 투명한 유리 상자에 담겨 빼곡하게 진열돼 있었다. '망우차장' 팻말 앞에는 망우차장에서만 볼 수 있는 '연신' 차가 진열돼 있었다. 순수한 현미 색을 띤 차는 언뜻 봐도 다른 차들과 많이 달라 보였다. 한참 구경하던 심록애가 가화를 향해 말했다.

"가화, 역시 너야!"

심록애가 말하는 것은 가화가 춘분을 앞두고 직접 용정산에 가서 연신 햇차를 수매한 일이었다. 당시 심록애는 길을 떠나기에 앞서 행장을 꾸려달라는 가화의 부탁을 듣고는 잠깐 주저했었다. 그때 공교롭게도 가화의 아들 항억이 많이 아팠던 것이다.

"안 가면 안 되겠느냐? 그깟 '연신'이 없으면 뭐 어때서 그래. 사람들도 하나둘씩 저 세상으로 가는 마당에 그깟 '연신'이 뭐가 대수냐?"

심록애의 말에 가화의 옆에 서 있던 소촬小撮이 움찔했다. 소촬은 '4.12 정변' 이후 당국에 잡혀가 꽤 오랫동안 옥살이를 했었다. 다행히 가화가 보석금을 내준 덕분에 풀려날 수 있었다. 출소 당일, 소촬은 가화를 따라 항씨 저택으로 돌아왔다. 가화가 대문 앞에서 걸음을 멈추고 말했다.

"자네, 잘 생각해보고 결정하게. 지금 나하고 같이 이 집으로 들어갈 건가, 아니면 자네 동지들을 찾아갈 건가?"

소촬이 한동안 어리둥절한 표정으로 가화를 바라보더니 발을 구르고 이를 악물면서 말했다.

"아비를 죽인 원수는 반드시 갚아야죠."

가화는 더 이상 말하지 않고 주머니에서 동전을 한 움큼 꺼내 소촬의 호주머니에 넣어줬다. 몇 걸음 걸어가던 소촬이 고개를 돌리고 말했다.

"이번에 동지들을 찾게 되면 항씨 집안과는 영영 이별입니다. 그렇지만 찾지 못한다면 다시 돌아올 것이고, 그리고 아무리 내쫓아도 나가지 않을 겁니다."

몇 달이 지난 뒤 소촬은 상거지 꼴을 하고 망우차장으로 돌아왔다. 그의 '조직'과 '동지'들을 찾지 못했던 것이다. 이때부터 그가 그동안 경멸하고 깔봤던 '도련님' 가화는 그의 새로운 '조직'이자 '동지'가 됐다.

소촬이 가화의 눈치를 살폈다. 가화는 가타부타 말없이 잠깐 서 있더니 조용히 심록애에게 다가가 말했다.

"'연신'이 없으면 안 됩니다."

심록애는 유리 상자 속의 차를 물끄러미 보면서 "'연신'이 없으면 안 된다."고 하던 가화의 말을 되새겼다. 그녀는 얼마 전까지만 해도 사람이 하나둘씩 죽어나가는 판에 그깟 '연신'이 뭐가 대수냐고 생각했었다. 그러나 지금은 생각이 바뀌었다. 그녀가 며느리 요코를 가까이로 당기면서 물었다.

"자네는 이 안에서 뭐가 보이는가?"

요코가 뚫어져라 유리상자 속을 들여다보더니 아들 항한을 불렀다.

"애야, 자세히 봐봐. 네 아빠의 얼굴이 보이느냐?"

항한은 차를 한참 응시하더니 어린애답지 않게 정색을 하고 말했다.

"보여요."

"누가 보여?"

두 여인이 이구동성으로 물었다. 항한이 마른 침을 꿀꺽 삼키고 대답했다.

"다 보여요. 아빠, 할아버지, 촬착攝着 할아버지……. 그리고 소림小林 삼촌도 보여요……."

어른들은 항한의 말에 모두 입을 다물었다. 항씨네 가족은 와자지 껄 떠들어대는 사람들 무리 속에서 말없이 한참이나 서 있었다. 이윽고 심록애가 한숨을 쉬면서 오열하듯 내뱉었다.

"하늘이시여!"

여기까지는 좋았다. 이쯤에서 마무리하고 집으로 돌아왔더라면 항씨 가족의 이번 외출은 가히 무사, 무탈했을 것이다. 일행이 문란각을 나와 방학정放鶴亭으로 향할 때였다. 다리 위에서 누군가가 가화를 불렀다. 절강제1사범학교를 같이 다닌 학우 진읍회陳揖懷였다.

진읍회는 풍채가 좋았다. 그는 두꺼운 근시안경을 끼고 다리 위의 정자에 있는 책상 앞에서 대련對聯을 쓰고 있었다. 그는 항주에서 달필로 꽤 유명한 서예가로 특히 안체顔體(안진경체)에 능했고, 숭문崇文중학에서 학생들을 가르치고 있었다. 그가 가화를 보고는 왕일품호필王一品湖筆(중국 최고의 명품 붓)을 들어 올리면서 말했다.

"가화, 참으로 오랜만이네. 마침 자네에게 선물할 대련을 쓰고 있던 중이네."

가화가 대련을 보더니 웃으면서 말했다.

"이건 방금 전에 교육관 문 앞에서 봤던 대백大白 선생의 글이 아닌가?"

교육관은 도서관을 비롯해 서조사徐潮祠, 계현사啓賢祠, 주문공사朱文公祠 등 여러 곳에 설치돼 있었다. 가화가 말한 '대백 선생'은 성이 유劉씨로 절강제1사범학교 교사를 지냈던 신문학가였다. 또 5.4 신문화운동 시기

에 항주 '4대 금강'四大金剛 중 한 명이었다. 진읍회가 쓰고 있는 대백 선생
의 대련은 이러했다.

상련 건설 규모를 결정하는 것은 선지자先知이고, 건설 사업을 행하는 것
은 후지자後知이다. 선지자가 후지자들을 깨우치려면 대학, 중학, 초등학
교를 발전시키지 않으면 안 된다.

하련 교육 경비를 얻을 길이 없고, 교육받은 인재는 장래가 보이지 않는
구나. 교육 경비를 마련하고, 인재들의 장래를 보장하려면 농공상업을
진흥시키지 않으면 안 된다.

가화가 곰곰이 생각하더니 입을 열었다.

"대백 선생은 뭐가 달라도 달라. 혁신에 앞장서는 분이야. 그분이 쓴
대련만 봐도 호불호의 분별이 칼날처럼 날카롭지 않은가."

그때 가화의 말을 듣고 있던 진읍회가 누군가를 발견하고는 가화에
게 눈짓을 했다. 의아한 눈으로 고개를 들던 가화의 표정이 딱딱하게 굳
어졌다.

이전에 부부였던 두 사람이 생각지도 못한 곳에서 딱 마주쳤다. 가
화의 손을 잡은 남자아이와 맞은편 여자의 손을 잡고 있는 여자아이가
서로를 그리운 듯 바라보았다.

가화와 방서령方西泠이 정자 위에서 서로를 마주 볼 때 마침 박람회
주제가가 울려 퍼지기 시작했다.

훈풍薰風이 불어와 수운향水雲鄕(서호의 별칭)을 따뜻하게 감싸고, 온갖 상
인들이 모습을 드러냈다네. 남방의 금광석, 동방의 대나무화살, 서호의

보물들, 일제히 아름다운 전당錢塘을 장식하네. 육교六橋에서 차와 말이 들끓고, 구경꾼들 만리 바닷길에 늘어선 배들을 구경한다네……

가화와 방서령은 본능적으로 각자의 옆에 있는 아이를 품안으로 끌어당겼다. 그 짧은 순간 두 사람은 똑같은 생각을 했다.

'저 사람이 이렇게 생경한 사람이었다니, 나는 어떻게 인생에서 가장 중요한 시기를 저런 사람과 함께 보냈던 것일까?'

방서령이 보기에 가화의 차림새는 추레하고 궁상맞기 그지없었다. 다 낡아빠진 장삼 때문에 원래 키가 크고 마른 가화의 몸매는 더욱 볼품없어 보였다. 마치 중국 고전소설《홍루몽》에 등장하는, 큰 재액을 당한 견사은甄士隱을 연상케 하는 몰골이었다.

상대방의 모습에 반감을 갖기는 가화도 마찬가지였다. 방서령의 몸에서 단발머리에 까만 치마를 입었던 '5.4' 신 청년의 모습은 찾아보려야 볼 수 없었다. 여느 도시 여자들처럼 화려한 장신구들을 치렁치렁 매달고 뽀얗게 분을 바른 얼굴은 속물 그 자체였다.

두 사람은 긴장한 채 냉랭한 눈빛으로 서로를 바라보면서 누구도 먼저 길을 비켜줄 생각을 하지 못했다. 때맞춰 한 남자가 나타나지 않았더라면 두 사람이 언제까지 그러고 있었을지 모를 일이었다.

외모로만 보면 가화와 이비황李飛黃은 둘 다 전형적인 남방형南方型 남자였다. 두 사람 다 마르고 용모가 수려하고 어딘가 우울한 기운을 풍겼다. 다른 점이라면 이비황이 가화보다 키가 머리 하나는 작다는 것이었다. 또 차를 즐겨 마시는 가화는 안색이 맑고 깨끗하고 치아가 희고 기질이 고결한데 반해 술과 담배를 좋아하는 이비황은 잇몸이 시커멓고 안색이 칙칙하고 얼굴에 얽은 자국이 있었다. 이비황은 그나마 일거수일투족에 서생 티가 조금은 묻어 있어 아직까지는 어디를 가도 교양이 없다는 평가를 듣지는 않았다.

아나나 다를까 이비황은 가화를 보자마자 함박웃음을 지으며 손을 내밀었다. 그러다 갑자기 무슨 생각이 들었는지 손을 거둬들이고 가화의 어깨를 툭툭 쳤다.

"가화, 여기서 자네를 만날 줄은 생각도 못했네."

가화는 이비황을 힐끗 쳐다보기는 했으나 아무 말도 하지 않았다. 성격이 급한 진읍회가 불쑥 끼어들었다.

"우리 셋이 한자리에 모인 게 얼마만인가? 참으로 '원수는 외나무다리에서 만난다'는 옛말이 틀린 데가 없군."

세 사람은 절강제1사범학교 동창이었다. '5.4운동' 시기에는 누가 먼저랄 것도 없이 '도원결의'桃園結義를 제안했을 정도로 돈독한 사이였다. 이비황의 집은 작은 잡화점을 경영했고 진읍회는 가난한 서생 가문 출신이었다. 셋 중 가장 부유한 사람이 가화였기에 그는 두 친구에게 물질적인 도움을 적지 않게 베풀었다. 이비황과 진읍회는 하루라도 서로를 안 보면 안 될 절친이면서 또 정작 만나면 서로를 잡아먹지 못해 으르렁대기도 했다. 두 사람이 다툴 때면 어김없이 가화가 중재 역할을 했다. 이비황은 고문古文에 능통하고 사학史學에 관심이 많았다. 반면에 진읍회는 외국어를 좋아했다. 영원할 것 같았던 세 사람의 우정은 그해 가화가 '새마을' 건설을 실천한답시고 산으로 들어가면서 깨어졌다. 가화와 함께하기로 굳게 약속했던 이비황과 진읍회가 돌아섰던 것이다. 지난 몇 년 동안 가화의 뇌리에 남은 것은 어스름한 새벽에 아버지와 함께 잡화점 문을 열던 이비황의 뒷모습이었다. 가화와 진읍회는 연락이 끊어지지는 않아 가화는 이비황이 대학교수가 되고 명사明史 전문가가 됐다는 소식을 진읍회로부터 들었다. 또 방서령과 이비황이 사귄다는 소식을 전해 듣고 놀라기도 했다. 그때의 놀라움이 채 가시지도 않았는데 오늘 뜻밖의 자리에서 두 사람을 맞닥뜨린 것이었다.

이비황은 가화의 데면데면한 태도에도 전혀 당황해하지 않았다. 그는 방서령이 안고 있던 항분抗盼─이분李盼으로 개명했다─을 빼앗아 가화의 품에 안겨주면서 말했다.

"분아, 네 아빠야."

가화가 얼떨결에 딸을 받아 안았다. 방서령은 억지로 만들어낸 친근한 분위기가 마음에 들지 않은 듯 이내 화제를 다른 쪽으로 돌렸다.

"오구안吳瞿安 선생이 이번 대회 주제가를 만드셨다죠? 참으로 대단한 분이신 것 같아요."

이비황이 제꺽 맞장구를 쳤다.

"당연하지. 자네들은 오구안이 누구인지 아는가?"

가화가 말없이 고개를 저었다. 진읍회가 딱딱한 분위기를 풀고 싶은지 짐짓 밝은 목소리로 말했다.

"남경南京 중앙대학의 그분 말인가?"

"맞네, 맞아. 오구안은 요즘 떼돈을 벌었다네."

이비황이 흥미진진하게 사설을 늘어놓기 시작했다.

"장정강張靜江이 손가락으로 책상을 두드리면서 연거푸 세 번 읽더니 그 자리에서 '원고료 1000원을 지불하라'는 지시를 내렸다지 뭔가. 1000원이면 한 자당 자그마치 13원이야, 13원. 예전에 내가 〈신보〉에 기고했을 때 원고료가 얼마였는지 아는가? 자네들은 아마 상상도 못할 걸. 1원이었어, 1원."

교수라서 그런지 말주변이 다르기는 달랐다. 이비황이 자학 우스개를 입에 올리면서 한바탕 수선을 떤 덕분에 긴장된 분위기는 많이 누그러졌다. 방서령은 아들 항억을 품에 꼭 끌어안은 채 눈물을 글썽였다. 사람들 앞에서는 도도한 척, 무심한 척했으나 아들 앞에서는 그녀도 어쩔 수 없는 어머니일 뿐이었다. 심록애는 대놓고 불쾌한 표정을 지었다. 그녀는 이비황의 사람 됨됨이를 잘 알고 있었다. 이씨네 잡화점은 예전에 항씨네에 외상 빚을 많이 졌었다. 하지만 빚을 갚기는커녕 "미안하다"는 한마디조차 없었다. 그래놓고는 마치 아무 일도 없었던 것처럼 입을 싹 씻고 지금까지 모르쇠를 하고 있었다. 심록애는 아들을 봐서 차마 빚 독촉을 못하고 속으로만 끙끙 앓았다. 이토록 철면피한 인간이 손녀의 의붓아버지가 되고 대학교수 대접을 받는다니 말이나 되는 소리인가? 이비황을 더 이상 상대하지 않겠다는 생각을 굳힌 심록애가 항억을 빼앗아 안고는 일행에게 말했다.

"집에 가자. 애들이 힘들어해."

항씨네 일행은 심록애의 말에 그제야 정신을 차린 듯 하나둘 방서령의 어깨를 스치고 지나갔다.

그 순간 가화는 딸아이의 눈을 마주보지 못했다. 그저 말없이 딸아이의 머리를 쓰다듬을 뿐이었다. 아직 어린 딸아이는 오랜만에 보는 아버지가 서먹서먹한 듯 몸을 돌려 팔을 내밀면서 어머니를 불렀다.

"엄마, 안아줘. 안아줘."

방서령은 딸을 안으며 울먹이는 목소리로 아들을 향해 말했다.

"억憶아, 엄마가 나중에 보러 갈게."

항억도 어머니의 얼굴이 낯설기는 마찬가지였다. 몇 년 동안 못 본데다 화장도 진해서 더욱 알아보기 힘들었던 것이다. 그래서 다정하게 건네는 어머니의 말에 대답도 못하고 얼떨떨한 표정을 지었다. 발걸음을 옮기던 아이가 뭔가 깨달은 듯 심록애에게 물었다.

"할머니, 방금 전의 그 여자가 우리 엄마예요?"

심록애가 퉁명스럽게 대답했다.

"아니면 누구겠니?"

항억이 고개를 돌려 가화에게 물었다.

"아빠, 엄마가 예전과 많이 달라졌어요."

"그래, 많이 달라졌지."

"그래도 우리 엄마 맞아요?"

"그렇겠지."

가화가 나지막이 한숨을 내쉬었다. 그때 다부지게 생긴 항한이 씩 씩하게 달려왔다.

"큰아버지, 우리 다음에 또 서호로 놀러 와요. 저는 다시 와서 놀고 싶어요."

가화는 두 아이의 손을 잡고 고개를 돌렸다. 호수 위에서는 생황소 리와 노랫소리가 흥겹고 호숫가에는 수양버들이 한들거리고 있었다. 다 리 위의 행인들 속에 딸아이의 조그맣고 여린 모습이 보였다. 딸아이는 다른 남자의 품에 안겨 있었다.

진읍회는 붓을 든 채 무슨 말을 하면 좋을지 몰라 쩔쩔 맸다. 이윽 고 그가 물기 어린 목소리로 가화를 향해 말했다.

"가화, 말만 하게. 자네가 쓰라는 대로 쓰겠네."

가화가 딸아이의 멀어져가는 모습을 응시하면서 잠깐 생각하더니 말했다.

"······끓인 차 생각이 간절해, 화로에 입을 대고 부는구나."

가화가 읊조린 구절은 한漢나라 문학가 좌사左思의 〈교녀〉嬌女라는 시로 딸이 작은 화로를 후후 불면서 차를 끓이는 장면을 묘사한 것이었다. 진읍회는 가화의 부정父情에 코끝이 찡해졌다. 황급히 종이를 펼치고 붓을 잡는 그의 손이 미세하게 떨렸다. 가화도 고개를 돌리며 항한을 데리고 자리를 피했다. 이어 무더기로 피어난 연꽃을 내려다보면서 항한에게 말했다.

"우리 다음에 또 놀러오자. 큰아버지가 약속할게."

서호의 경치는 여전히 아름다웠다. 화가 날 정도로 아름다웠다. 이렇게 아름다운 호숫가에서 어떻게 그토록 무참한 살육이 일어날 수가 있었지? 그렇게 많은 피를 뿌렸는데 서호는 어떻게 여전히 아름다울 수 있지?

기분 좋게 나왔다가 다들 불쾌해져 귀가한 나들이였다. 가화는 나중에 생각해봐도 이날 서호 구경을 간 것이 잘한 일인지 못한 일인지 알 수 없었다. 망우차장의 '연신' 차를 박람회에 출품한 것이 무슨 의미가 있는지 허망할 뿐이었다.

제2장

어린 소년 망우는 눈살을 찌푸린 채 우두커니 복도에 앉아 있었다. 눈처럼 새하얀 얼굴에 수심이 가득했다.

가족들은 모두 어딜 갔는지 보이지 않았다. 요즘 들어 다들 많이 바쁜 것 같았다. 어린 망우와 놀아주는 사람은 아무도 없었다. 평소에 잘 놀아주던 기초 이모도 뭐가 그리 바쁜지 망우에게는 눈길도 주지 않고 총총히 밖으로 향했다. 망우가 옷자락을 잡자 기초 이모는 속사포처럼 빠르게 말했다.

"어제 상해에서 중국군과 일본군 사이에 전투가 벌어졌어."

기초의 목소리는 높고 낭랑했다. 앵두처럼 빨간 입술이 불꽃을 튀길 것처럼 빠르게 움직였다. 말을 마친 기초는 가초가 만들어준 적십자회 깃발을 겨드랑이에 낀 채 대문 밖으로 달려 나갔다. 망우가 잡았던 옷자락은 팽팽해지다 툭 빠져나갔다.

"옥천玉泉으로 물고기 구경 가자고 약속했잖아요……."

기초는 울먹이는 망우의 목소리를 듣지 못했다. 그래서일까, 뒤도 돌아보지 않고 문병門屏(밖에서 집안이 보이지 않도록 대문을 가린 벽)을 지나 멀리 사라져버렸다.

또다시 적막이 찾아왔다. 망우의 두 사촌 형은 학교에 가고 큰외삼촌은 차장에 나갔다. 외할머니인 심록애 역시 조기객 할아버지를 만나러 자동차조합에 가고 없었다. 항일전선에 자동차 50대를 지원하는 일을 상의한다고 했다.

보슬비가 내리는 8월, 어린 소년 망우의 가슴도 촉촉하게 젖어들었다.

망우는 큰 대문을 들어서면 보이는 마당 앞 복도에 앉아 있었다. 빗물이 마당에 줄지어 있는 커다란 물독에 떨어지면서 반짝이는 물방울을 튕겼다. 망우는 무릎 위에 펼쳐져 있는 책을 가만히 내려다봤다. 청나라 문인 사인영查人漢이 쓴 〈옥천관어〉玉泉觀魚라는 글이 보였다. 그는 빗소리를 들으면서 청지오靑芝塢의 입구인 옥천에 있다는 커다란 물고기를 머릿속으로 상상했다.

누군가 옆으로 지나가는 소리가 들렸다. 망우는 고개를 들지 않았다. 열 살이면 그렇게 어린 나이가 아니었다. 주변 돌아가는 일쯤은 알 만한 나이였다. 당연히 온 가족이 그를 희귀한 보물처럼 여기며 싸고돈다는 사실도 알고 있었다. 그는 속으로 씩씩거렸다.

'나는 왜 이렇게 남들과 다른 모습으로 태어난 거야? 왜 나만 온몸이 새하얗고 눈이 잘 보이지 않는 거야? 밖에 나가면 사람들이 몰려들어 구경하는 것이 정말 싫어. 이렇게 놀림거리가 될 바에는 차라리 태어나지 말걸.'

지나가던 발길이 멈췄다. 망우는 게다(나무로 만든 끌신)만 보고도 외숙모인 요코임을 알 수 있었다.

"망우야, 혼자 여기서 뭐해?"

요코가 놀란 표정을 지으면서 아이의 옆에 쪼그리고 앉았다.

"아무것도 안 해요. 책을 읽고 있어요."

요코가 한숨을 지었다. 망우는 청지오의 옥천에 있다는 큰 물고기를 보고 싶은 것이 틀림없었다. 이것은 망우의 두 사촌 형들 탓이었다.

남들과 다르게 태어난 망우는 정규학교에 다닐 수 없었다. 그래서 따로 선생님을 초빙해 집에서 글공부를 하고 있었다. 8월이 되자 선생님은 여름휴가를 떠났다. 공부를 가르치는 임무는 망우의 두 사촌 형들에게 떨어졌다. 그런데 뜻하지 않게 '7.7 노구교 사건'이 터졌고 전국적인 항일전쟁이 발발했다. 피 끓는 청춘들이 이런 시국에 어찌 집에만 가만히 앉아 있을 수 있겠는가. 항억과 항한 두 아이는 매일 항일을 외치며 밖으로 나갔다. 사거리에 사람들을 모아놓고는 〈너의 채찍을 내려놓으라〉, 〈구일팔, 구일팔, 비참한 나날들〉 같은 단막극을 공연하기도 했다. 다른 식구들의 항일 열기도 하늘을 찔렀다. 심지어 가초도 아들을 방치한 채 군화 만들기에 열중했다.

유독 망우만 다른 세상 사람처럼 항일전쟁과 동떨어져 있었다. 가족들이 그에게 바라는 것은 아프지 않고 얌전하게 지내는 것이었다. 사실 그깟 공부는 해도 그만 안 해도 그만이었다. 그저 어린 망우가 소외감을 느끼지 않도록 형식적으로 공부를 시키는 척할 뿐이었다. 항씨네 사람들은 태생적으로 성격이 깐깐하고 섬세했다. 그래서 장애가 있는 망우를 대할 때 다른 정상적인 아이 대하듯 함부로 하지 않고 늘 조심하고 세심하게 배려했다.

그저께는 항한이 망우에게 《장자》莊子 〈추수편〉秋水篇을 가르치기로

한 날이었다. 머릿속에 딴생각이 가득한 항한이 무슨 "자비어안지어지락, 자비아안지아불지어지락"子非魚安知魚之樂, 子非我安知我不知魚之樂(자네는 물고기가 아닌데 어떻게 물고기의 즐거움을 아는가, 자네는 내가 아닌데 어떻게 내가 물고기의 즐거움을 모른다는 것을 아는가.) 따위를 가르칠 정신이 있겠는가? 그는 《장자》를 망우에게 획 던져주면서 말했다.

"너 스스로 먼저 읽어봐. 혼자 뜻을 깨치고 나중에 소감을 말해줘."

망우가 밖으로 나가려는 항한을 막아서면서 냉랭하게 말했다.

"벌써 다 읽었어요. 무엇 때문에 황정견黃庭堅(북송시대 문학가)이 '호숫가 둑에서의 즐거움이 으뜸'이라고 했는지 해석해줘요."

어디선가 하모니카 소리가 들려왔다. 항한이 고개를 들어보니 항억이 창문에 엎드려 하모니카로 〈소무목양〉蘇武牧羊이라는 곡을 연주하면서 그를 향해 눈을 찡긋거리고 있었다. 어서 자리를 뜨자는 암호였다. 항한이 부드러운 말투로 동생을 달랬다.

"망우야, '호숫가 둑'에 대해서는 내일 설명해주면 안 될까? 형이 오늘은 정말 급한 일이 있단다."

"안돼요!"

망우가 단호하게 말했다.

"둘이서 신호 좀 그만 보내요. 〈소무목양〉이 형들이 쓰는 암호인 걸 누가 모른대요? 나는 형들 따라 밖에 나가고 싶은 생각은 눈곱만큼도 없으니 이 구절만 설명해주면 보내주겠어요."

항억과 항한은 어린 사촌동생을 늘 안쓰럽게 생각하고 있었다. 하지만 마음뿐이지 섣불리 데리고 나갈 수도 없는 상황이었다. 어른들의 꾸지람도 두렵고 또 자칫 밖에서 아이를 잃어버릴까봐 걱정되기도 했던 것이다. 순간 궁하면 통한다고 항억의 머릿속에 번뜩 떠오르는 것이 있었다.

"망우야, '호숫가 둑에서의 즐거움'을 알리면 옥천의 '어락국'魚樂國 구경을 가면 돼. 사람 키만 한 다섯 가지 색깔의 물고기를 보면 저절로 알게 될 거야."

재미있는 구경거리가 있다는 말에 망우의 눈이 반짝 빛났다. 그가 항한의 허리를 와락 끌어안으면서 떼를 썼다.

"큰형, 둘째 형, 우리 옥천에 물고기 보러 가요."

항한이 항억에게 눈을 흘겼다.

"이런! 다 네 탓이야."

항억은 그러나 전혀 당황한 기색이 없었다. 그는 방안에서 〈옥천관어〉라는 글이 수록된 책을 들고 나오면서 말했다.

"먼저 이걸 읽어 봐. 다 읽고 나면 같이 물고기 보러 가자."

"모르는 글자가 너무 많아요."

"무슨 소리! 너는 두 살 때부터 모르는 글자가 없는 아이였어. 우리 집에서 머리가 제일 좋잖아. 큰외삼촌도 항상 너만 칭찬하는걸."

말도 안 되는 칭찬에 망우는 구름 위를 걷듯 가슴이 부풀었다. 항억과 항한은 망우가 책에 한눈을 판 사이를 틈 타 얼른 대문 밖을 나섰다. 망우가 사촌형들의 등 뒤에 대고 큰 소리로 말했다.

"약속 지켜야 해요. 약속 안 지키는 사람은 강아지예요."

안타깝게도 망우의 사촌 형들은 '강아지'가 된 지 이미 오래였다. 거리에서 항일을 고취하느라 망우와의 약속은 까맣게 잊었기 때문이었다. 그동안 망우는 〈옥천관어〉라는 문장을 거의 외우다시피 익혔다. 모르는 글자는 사전을 찾아가면서 뜻까지 완벽하게 파악했다.

망우는 천천히 고개를 들었다. 이제 도움을 청할 사람은 외숙모밖에 없었다. 요코를 바라보는 어린 소년의 눈에서 굵은 눈물방울이 뚝뚝 떨어졌다. 요코가 깜짝 놀라며 물었다.

"왜 울어?"

"일본놈들이 곧 올 거예요. 그들이 저를 죽일 거예요."

"아니야, 그렇지 않아. 너는 어린 아이니까 괜찮아."

"외숙모가 어떻게 알아요? 외숙모는 일본사람이 아니잖아요."

말이 떨어지기 무섭게 망우가 흠칫 놀라더니 이내 덧붙였다.

"그러고 보니 외숙모는 일본사람이네요."

요코는 한참을 멍하니 망우를 바라보고 있다가 망우의 머리를 쓰다듬고는 천천히 일어섰다.

"외숙모도 나가시려고요?"

"응. 절에 좀 다녀오려고."

"절에는 왜요?"

"죽은 사람들의 혼령을 위로하고 싶구나."

"죽은 사람들? 죽은 일본사람들 말인가요?"

요코가 망우의 눈을 보면서 천천히 머리를 저었다.

"아, 죽은 중국사람들을 위해서군요?"

망우가 웃음을 지었다.

"중국, 일본 할 것 없이 그냥 죽은 사람들 모두……. 이번 전쟁으로 죽은 사람들 모두를 위해서란다."

이내 요코 외숙모도 일어나 가버렸다. 망우는 멀거니 처마 밑 빗줄기만 바라보다가 일어서서 마당을 서성이기 시작했다. 신발이 빗물에 젖었으나 상관없었다. 이제 뭘 하면 좋을지 생각이 나지 않았다.

하릴없이 마당을 거닐던 망우는 지금쯤이면 낮잠을 자고 있을 어머

다인_3

니의 방 앞에 이르렀다. 다른 사람들은 어머니를 '정신이 이상한 사람'이라고 했다. 그러나 망우는 그렇게 생각하지 않았다. 그가 생각하는 어머니는 그냥 말하기를 싫어하는 조용한 여자였다. 또 다른 어느 누구보다도 그의 말을 잘 들어주는 사람이기도 했다. 그래서 그는 어머니에게 마음속 말을 털어놓기를 좋아했다.

망우는 어머니 방 창문에 매달려 혼잣말로 중얼거렸다.

"엄마, 다들 나가버렸어요. 밖에는 비가 내리고 있어요. 저는 오늘처럼 흐린 날에만 눈이 잘 보여요. 해가 나오면 안 보여요. 엄마, 일본사람들이 곧 쳐들어온대요. 그들이 오기 전에 큰 물고기를 보러 가야 돼요. 안 그러면 영영 못 볼지도 몰라요. 시간이 없어요. '호숫가 둑에서의 즐거움'을 깨우치려면 지금 당장 떠나야 해요. 안 그래요, 엄마?"

갑자기 망우의 두 눈이 화등잔처럼 둥그레졌다. 언제 나왔는지 어머니 가초가 우산을 들고 그의 앞에 서 있었던 것이다.

"물고기…… 보러…… 가자."

옥천의 물은 맑디맑고,

나는 바람에 날리는 구름 위를 노니네.

한가로운 마음으로 고요한 샘을 마주하니,

나의 마음도 물처럼 먼지 한 점 없다네.

*백거이의 시 〈제옥천사〉題玉泉寺의 일부

'어락국'魚樂國은 '옥천지'玉泉池의 별칭으로 명明대의 대서예가 동기창董其昌이 지은 이름이다. 이 '어락국'이라는 편액은 지금도 연못의 정자에 걸려 있다. 옥천지는 길이 넉 장, 너비 석 장, 깊이 한 장 정도의 네모난

못이다. 어린 소년 망우는 '호숫가 둑에서의 즐거움'을 깨닫기 위해 어락 국을 찾았다. 그러나 수백 마리의 물고기를 실제로 본 순간 그만 혼이 나갈 정도로 멍해지고 말았다. 그는 자기도 모르게 두 손으로 가슴을 부여잡으며 감탄을 토했다.

"엄마…… 엄마……."

망우의 사촌 형 항억의 말은 거짓이 아니었다. 못 속에는 붉은색, 누런색, 옥색, 검은색, 비취색 다섯 가지 색깔의 사람 키만 한 물고기들이 유유히 헤엄치고 있었다. 망우는 엄마를 바라봤다. 엄마 역시 눈빛을 반짝이며 아이처럼 기뻐하고 있었다. 망우는 그만 코끝이 찡해졌다.

'엄마도 나처럼 평소에 혼자 밖에 나오지 못하는 사람이야. 사람들은 엄마를 미쳤다고 하지만 그건 틀린 말이야. 엄마는 아빠를 많이 그리워하고, 아빠하고 얘기하기를 즐길 뿐이야. 자기가 좋아하는 것을 보고, 자기가 하고 싶은 일을 하는 사람은 미친 사람이 아니야.'

망우는 두서없는 생각을 하면서 주위를 둘러봤다. 오늘 따라 다른 관람객이 한 명도 보이지 않았다.

'왜 이리 한산하지? 비가 와서인가? 아니면 일본사람들 때문인가?'

망우는 참으로 다행이라는 생각을 했다. 사람들의 따가운 시선을 받지 않아도 되기 때문이었다.

그때 웬 노승이 복도에 있는 탁자 위에 차 두 잔을 내려놓으면서 두 사람을 불렀다.

"시주님, 차 드시죠."

가초가 웃으면서 의자에 앉았다. 이어 코를 벌름거리면서 한참 향기를 음미했다. 그리고는 아들에게 손짓을 했다. 아들이 다가오자 찻잔을 코앞에 들이밀면서 말했다.

"향기로워, 향기로워……."

망우도 노련하게 차 향기를 음미했다. 그 모습이 마치 애늙은이 같았다.

"스님, 이 차는 용정차가 아니군요."

스님이 어린 소년의 말에 깜짝 놀라 눈을 크게 떴다.

"어린 시주님, 이 차가 용정차가 아니라는 것을 어떻게 알았습니까?"

망우가 차를 한 모금 마시고는 말했다.

"스님, 이 차에서는 풋내가 납니다. 용정차의 향기와는 달라요."

가초는 아들의 말이 혹시 스님의 심기를 건드릴까 우려하는 것 같았다. 그래서 고개를 끄덕이며 같은 말을 반복했다.

"향기…… 향기로워……. 향기로워……."

스님이 고개를 끄덕이며 웃으면서 말했다.

"어린 시주님, 참으로 대단하십니다. 시주님 말씀대로 이 차는 정통 용정차가 아닙니다. 노승이 뒷산에서 채집한 차를 미차眉茶 제법에 따라 덖은 것입니다. 살청殺靑(가마솥에서 찻잎 덖기) 후 말린 과정이 짧고 압편壓扁(차를 눌리는 것)도 하지 않았기 때문에 풋내가 나는 것입니다. 다인茶人이 아니고서는 이 같은 평가를 할 수 없는데, 어린 나이에 참으로 대단하십니다."

노승은 망우에게 찐빵을 하나 주면서 물고기에게 밥을 줘보라고 했다. 망우가 찐빵을 떼어내 연못에 던지자 물고기들이 우르르 몰려와 뜯어먹었다. 그는 문득 〈옥천관어〉의 한 구절을 떠올렸다.

……승려는 못가에 탁자를 놓고 차를 끓여 손님을 대접했다. 손님이 못

을 따라 걸으니 못 속의 물고기들도 손님을 뒤따라 헤엄쳤다. 손님이 걸음을 멈추자 물고기들도 멈춰 서서 뭔가를 갈구하듯 머리를 쳐들고 손님을 바라봤다……

망우는 엄마 손을 잡고 못을 따라 천천히 걷기 시작했다. 아나나 다를까, 책에서 본 대로 물고기들이 두 사람의 뒤를 우르르 따라왔다. 망우와 엄마는 걸음을 멈추고 찐빵을 못에 던졌다. 커다란 물고기들이 찐빵을 먹기 위해 펄쩍펄쩍 뛰어올랐다.

"와, 입이 정말 크구나."

망우가 궁금한 표정으로 노승에게 물었다.

"할아버지, 이 물고기들은 모두 할아버지가 키우는 것들이죠? 나이가 얼마나 될까요?"

노승이 물고기들을 바라보면서 한결 친숙해진 말투로 말했다.

"허허, 나도 이 물고기들의 정확한 나이를 모른단다. 아마 너무 오래 살아서 요정으로 둔갑한 놈들도 있을걸. 이 물고기들은 모두 사람들이 가져와 방생한 거란다. 아미타불, 모두 부처님이 보우하는 물고기들이지. 그래서 함부로 만지면 안 된단다. 함부로 만지는 사람은 벌을 받게 돼."

망우는 은빛 비늘이 번뜩이는 물고기들을 구경하고 나자 기분이 상쾌하기 이를 데 없었다. 저도 모르게 찬탄이 터져 나왔다.

"아아, 오늘은 참으로 운수 좋은 날이야. 엄마, 스님 할아버지, 야생차, 커다란 물고기……. 다 너무 좋아……."

망우와 못 속의 물고기들이 마치 장난을 하듯 동시에 위로 펄쩍 몸을 솟구쳤다. 일제히 수면 위로 튀어 올랐던 물고기들은 이내 물속으로 쑥 들어갔다. 그런 와중에 마치 우왕좌왕 도망가는 사람들처럼 서로 머리를 부딪치는 놈들도 있었다.

곧이어 갑작스런 사이렌 소리가 울려 퍼지면서 가초의 입에서 찢어지는 비명소리가 터져 나왔다. 찻잔이 바닥에 나뒹굴었다. 가초가 손으로 귀를 막고는 새된 소리를 질렀다.

"기다려요, 기다려요. 나도 당신 따라 갈래요. 나도 당신 따라 갈래요……."

망우는 무서워서 벌벌 떠는 엄마와 물고기들을 차마 볼 수 없어 눈을 꼭 감았다. 하지만 그렇게 두려운 와중에도 엄마를 끌어안고 달랬다.

"엄마, 무서워하지 마세요. 엄마, 제가 있잖아요."

노승이 두 사람을 탁자 밑으로 피신시키고는 한숨을 쉬었다.

"세상이 어떻게 돌아가려는지 원! 갑작스런 공습경보라니. 아미타불, 아미타불, 아미타불. 일본놈들 때문에 사람도 놀라고 물고기들도 놀라는구나……."

1937년 8월 14일 오후, 항주에 요란한 공습경보 사이렌이 울려 퍼졌다. 일본군이 곧 항주를 침공할 것임을 예고하는 신호였다.

일본군은 상해 침략전쟁을 시작하면서 상해에서 수백 킬로미터나 떨어진 절강성까지도 공격 범위에 넣었다. 일본군 제3함대의 항공모함 '카무이'神威 호는 그래서 이때 이미 절강성 상산象山현 동쪽의 구산韭山열도 인근 해상까지 쳐들어와 있었다. 항주에 공습경보가 울리기 사흘 전, 일본군 수상 정찰기는 서시西施(중국 고대 4대 미녀)의 고향인 절강성 제기諸暨, 항주 인근의 정교定橋, 교사喬司와 옹가부翁家埠에 대한 정찰 임무도 마쳤다. 일본군의 대규모 육해공 공격을 앞두고 절강성 경내의 각 공군 기지는 긴급 전투태세에 돌입했다.

8월 13일 오후, 국군 공군 제4대대 대대장 고지항高志航은 남경에서 "하남河南성 주가구周家口에 주둔해 있는 공군 제4대대를 신속히 항주 견교筧橋공항에 파견해 일본 해군함대를 폭격하라."는 명령을 받았다. 이 대대는 청일색淸一色의 미제 '호크' 쌍발 전투기로 무장한 공군대대였다. 전투기는 기관총 2대와 250파운드짜리 폭탄 2개를 적재한 채 최대 170마일을 비행할 수 있었다.

그 당시 항주 견교공항은 중국 공군 군관軍官(장교)학교 훈련기지로 공군 제9대 독립 제32중대가 주둔해 있었다. 일본 공군의 주요 타깃은 공항에 있는 중국 전투기 수십 대였다.

1937년 8월 14일 오후, 항주는 흐리다가 비가 내렸다. 견교공항은 가시거리가 매우 낮았다. 활주로에는 빗물이 잔뜩 고여 있었다. 오후 2시 50분, 일본 해군 제1연합 기사라즈木更津항공대 소속 96식 육상공격기 13기가 대북臺北에서 발진해 온주溫州, 금화金華를 거쳐 항주 견교공항을 공습하기 시작했다.

거의 같은 시각, 동북 태생의 젊은 공군 장교 고지항은 수송기를 타고 남경에서 항주 견교공항으로 향하고 있었다. 그가 일본군의 폭격기 대열이 청전靑田에 이른 것을 보고 조급해하고 있을 때였다. 중국 공군 제4대대 전투기들이 차례로 공항에 도착했다. 그의 전용기로 지목된 TV-1호 전투기도 조사영曹士榮이라는 비행사에 의해 막 착륙하고 있었다.

고지항은 막 착륙한 비행사들을 향해 큰 소리로 명령을 내렸다.

"이륙! 이륙! 적기가 곧 도착한다!"

비행사들은 유리창을 통해 대대장이 명령을 내리는 것을 볼 수 있었다. 하지만 비행기의 굉음 때문에 목소리는 하나도 들리지 않았다. 노련한 비행사들은 그러나 대대장의 명령을 감으로 짐작하고 더 지체할세라 조종간을 잡고 하늘로 방향을 틀었다.

고지항도 TV-1호 전용기를 몰고 빗발이 내리치는 창공으로 돌진했다. 이 시각 고지항의 손목시계는 15시 10분을 가리키고 있었다. 중화민족의 항일전쟁 역사상 첫 번째 공중전이 항주 상공에서 막을 올리는 순간이었다.

항주 시민 모두가 날카로운 공습경보 사이렌 소리에 놀라서 방공호로 뛰어 들어간 것은 아니었다. 적어도 항주경비사령부의 젊은 참모인 중위 나력羅力은 방공호로 대피하지 않았다. 적기가 머리 위에서 포효하는 상황에서 목숨이 아깝지 않아서 그런 것은 아니었다. 군인이랍시고 무모한 만용을 부린 것도 아니었다. 그가 방공호에 들어가지 않은 이유는 한 여자 때문이었다.

나력은 적십자회 완장을 팔에 두른 처녀가 사거리에 서서 뭐라고 외치는지 제대로 듣지 못했다. 하얀 치파오旗袍(중국 전통의상) 차림의 여자가 허리를 반쯤 숙이고 손나팔을 한 채 미친 듯이 울부짖고 있었다. 거리는 비행기소리, 대포소리, 총소리가 요란하고 곳곳이 불과 연기로 아수라장이 따로 없었다.

전쟁이나 죽음과는 거리가 멀 것 같은 젊고 아름다운 여자가 금방이라도 파리 목숨처럼 사라질 절체절명의 순간 나력은 운전하던 지프차를 골목어귀에 세우고는 차에서 뛰어내렸다. 이어 여자를 구하러 정신없이 뛰어갔다. 그런데 그가 미처 다가가기도 전에 나력을 발견한 여자가 소리를 지르며 물었다.

"아이 하나 못 봤어요?"

나력은 어이가 없어 대꾸할 말을 찾지 못했다. 당장 자기 목숨을 잃을 판에 뜬금없이 웬 아이 타령이란 말인가? 그는 여자의 물음에는 대답도 하지 않은 채 그녀의 팔을 잡고 방공호 쪽으로 이끌었다. 그녀가 몸부림을 치면서 울부짖었다.

"아이 하나 못 봤어요? 온 몸이 새하얀 아이인데? 아이 엄마는 못 봤어요? 망우야, 망우야, 망우야……."

여인의 새된 목소리가 공습경보 사이렌보다 더 날카롭게 귀를 파고들었다. 나력은 손바닥으로 여자의 머리를 탁 쳤다.

"입 다물어!"

쿵!

굉음과 함께 하늘에서 불덩어리가 떨어졌다. 나력은 사방으로 부서져 흩어지는 불꽃을 보고 입이 딱 벌어졌다. 그 사이에 안간힘을 써서 나력의 손에서 빠져나온 여자도 휘둥그레진 눈으로 하늘을 쳐다봤다.

"설마 일본놈들의 비행기가……?"

나력은 믿을 수 없다는 표정으로 여자를 보면서 중얼거렸다. 여자도 의혹에 찬 눈으로 나력을 바라봤다.

"일본놈들의 비행기예요. 틀림없이 일본놈들의 비행기예요."

두 사람이 반신반의하면서 멀뚱멀뚱 서로를 쳐다보고 있을 때였다. 마치 두 사람에게 확답을 주기라도 하듯 두꺼운 구름층 위에서 무거운 굉음이 들려왔다. 곧이어 또 하늘에서 커다란 불덩어리가 불꽃을 튕기면서 떨어져 내렸다. 두 사람은 약속이나 한 듯 동시에 펄쩍 뛰면서 외쳤다.

"견교로 가야 돼!"

국군 작전 참모 나력은 군용차에 여자를 태우고 견교를 향해 질주했다. 그의 임무는 견교로 가서 공중전 상황을 살피고 보고하는 것이었다. 그의 옆자리에 앉아 있는 여자는 그가 호빈湖濱사거리에서 '주운' 사람이었다. 여자는 차가 너무 흔들려 그런지 제대로 몸도 가누지 못하고 있었다.

나력은 동북 태생으로, '9.18사변'(만주사변) 이후 항주로 내려온 군인이었다. 그는 지난 6년 동안 탄환이 빗발치는 곳을 제집 드나들 듯 해서 전쟁에 대한 두려움 따위는 없었다. 그러나 이상하게 항주와 항주 사람들은 싫었다. 특히 명절이면 겨드랑이에 돗자리를 끼고 가족들과 서호로 놀러 나오는 항주 남자들을 보면 사내답지 못하다고 못마땅해 했다. 그는 또 항주 관리들도 경멸했다. 끼리끼리 모여앉아 물고기 요리나 처먹으면서 입으로만 호방하게 항일을 부르짖었지 할 줄 아는 거라곤 하나도 없었으니 말이다. 그는 중국에 항주가 하나뿐인 것이 참으로 다행이라는 생각을 했다. 안 그러면 중국인들은 이미 오래전에 망국노예가 됐을 터였다.

항주가 싫고 항주 남자들이 싫으니 항주 여자들도 똑같이 싫어졌다. 얼굴이 예쁘고 허리가 가늘면 뭐하는가? 수양버들처럼 한들한들 허리를 꼬면서 걸어봤자 무슨 소용이 있는가? 여자의 상징인 가슴이 하나도 없는데. 크고 육중한 가슴을 쑥 내밀고 씩씩하게 걷는 동북 아가씨들이 제일 아닌가? 나력을 비롯한 동북 태생 젊은이들은 처음 항주에 왔을 때 다들 이렇게 생각했었다. 당시 그들은 스무 살도 채 안 된 파릇파릇한 애송이들이었다. 그때까지만 해도 항주에 3년 정도 머물고 나면 다시 동북으로 돌아갈 것이라고 믿어 의심치 않았다. 여느 동북 남자들처럼 '밭 2무, 소 한 마리, 마누라와 아이 한 구들'을 꿈꾸었다. 다들 동북 여자가 아니면 결혼하지 않을 것이라고 진지하게 맹세할 수 있었던 것도 바로 이 같은 이유 때문이었다.

하지만 6년이 지난 지금 함께 맹세했던 사람들 중에서 가정을 이루지 않은 사람은 나력뿐이었다. 다른 동북 남자들은 모두 항주 여자들과 결혼했다. 어느 날 나력은 겨드랑이에 돗자리를 끼고 가족들과 함께 평호平湖로 달구경을 가는 고향사람과 마주쳤다. 그 고향사람은 입을 딱 벌린 채 아무 말도 못하고 서 있는 나력을 향해 쓴웃음을 지으며 말했다.

"나력, 오늘은 추석이네. 집이 있어도 돌아가지 못하는 우리 같은 사람은 새집이 필요하다네. 그래야 이렇게 멀리서라도 동북의 달을 바라볼 수 있지 않겠는가."

나력은 동북에서 광부로 일하다가 참전해 장교가 된 사람이었다. 그는 동북 사내들이 항주로 와서 남성미를 잃고 여자처럼 변한 이유가 이곳 여자들 때문이라고 생각했다. 그래서 그 어떤 이유로도 이곳 여자와 결혼할 일은 없을 것이라고 다짐했다. 반드시 동북으로 돌아가서 동북 아가씨를 아내로 맞이할 것이라고 결심했다. 이런 이유로 그는 한창 결혼할 나이인 스물다섯이 되도록 철저한 금욕 생활을 해왔다.

그런 나력이었으니 어쩌다 우연히 항주 아가씨를 길에서 '주워' 차에 태웠으나 그녀에게는 아무 관심도 없었다. 그의 신경은 온통 일본군과의 싸움에 쏠려 있었다. 제기랄, 쪽발이 새끼들, 겁도 없이 도발하다니, 한판 붙자는 건가?

하지만 조수석에 탄 항주 아가씨는 나력을 가만 놔두지 않았다. 나력은 이렇게 말이 많은 여자는 태어나서 처음 봤다. 여자는 가는 내내 쉴 새 없이 재잘거렸다.

"저기요, 우리 내기할래요? 일본놈들의 비행기는 꼼짝 못하고 아군에게 패배할 거예요. 틀림없어요. 제 말이 믿어지지 않아요? 아니면 우리 동전을 던져서 결정해요. 앞면이 나오면 제가 이긴 거고, 뒷면이 나오면 당신이 이긴 걸로 해요, 어때요?"

나력은 응대하지 않았다. 대신 속으로 중얼거렸다.

'한심하기는, 전쟁이 아이들 장난인 줄 아나?'

나력의 독백이 채 끝나기도 전이었다. 갑자기 여자가 고함을 질렀다.

"망우야! 차 세워요!"

나력이 깜짝 놀라 끼익, 하고 차를 세웠다. 순간 급정거를 한 반동으로 여자의 몸이 나력의 품으로 쓰러졌다. 여자는 차문을 열려고 허둥댔다. 하지만 한 번도 차를 타보지 못한 터라 문을 여는 방법을 알 리 만무했다. 다급해진 여자가 소리를 질렀다.

"문 열어요! 문 열어요!"

짜증이 치밀어 오른 나력이 차문을 열고 퉁명스럽게 말했다.

"내려!"

어이없게도 여자는 내리지 않고 도로 자리에 주저앉았다.

"아니에요, 망우가 아니에요."

나력이 화가 잔뜩 난 어조로 말했다.

"내려! 싸우러 가는 사람 방해하지 말고."

여자가 멈칫하더니 고개를 들었다. 두 사람은 처음으로 서로를 마주봤다. 여자의 눈에 갑자기 눈물이 가득 고였다. 나력은 지금까지 살아오면서 여자의 우는 모습을 처음 봤다. 여자는 눈물을 글썽이면서 입술을 실룩이더니 두서없이 중얼거렸다.

"······망우가 보이지 않아요. 집에 와보니 언니도 보이지 않았어요······. 망우는 밖에 나가면 안 되는데······."

여자가 말을 채 마치지도 않고 차에서 훌쩍 뛰어내렸다. 나력은 길게 생각할 것도 없이 액셀을 꾹 밟았다. 군용차가 부르릉 소리를 내면서 앞으로 쑥 나갔다. 나력은 여자 앞에서 브레이크를 밟았다. 굵은 빗방울이 차창을 툭툭 때렸다. 나력이 차에서 뛰어내렸다. 이어 몸부림치는 여자의 팔을 꽉 잡아 억지로 차에 밀어 넣고 다시 시동을 걸었다. 견교를 향해 질주하는 차 안에서 나력은 동북 사투리로 고함치듯 말했다.

"닥쳐. 얌전히 앉아 있어. 우리는 지금 비행장으로 간다. 일본놈들의 전투기가 머리 위까지 쳐들어왔으니 쓸데없는 소리는 집어치워! 걱정 마, 아가씨의 망우인가 누구인가 하는 사람은 우리가 반드시 찾아준다. 그러기 위해서는 먼저 쪽발이들의 전투기부터 격파시켜야 해. 알겠어? 일본놈들을 납작하게 만들어야 한다는 말이다. 함부로 움직이지 마! 입 다물어! 죽기 싫으면 얌전히 있어! 항주 인간들은 자기 가족밖에 몰라. 당장 나라를 잃게 생겼는데 말이야. 또 뭐라고 떠드는 거야? 울기는 왜 울어? 뚝 그치지 못해? 입 다물어!"

항주 망우차장의 규수 항기초는 태어나서 스무 살이 되는 지금까지 이토록 심한 말은 한 번도 들은 적이 없었다. 마음 같아서는 당장 차에서 뛰어내리고 싶었지만 그럴 수도 없었다. 머리 위에 떠 있다는 일본군 전투기가 무서운 것도 있었지만 더 큰 이유는 동북 장교가 욕지거리를 해대면서 미친 듯이 차를 몰았기 때문이었다. 항기초는 너무 억울해 눈물이 날 것 같았다. 항일? 그녀는 항일을 위한 일이라면 누구보다도 적극적인 열성분자가 아니던가. 당연히 항일도 중요하다. 그러나 그렇다고 해서 사랑하는 조카를 잃어서야 되겠는가. 항일도 하고 조카도 찾아야 하는 것 아닌가? 보기에 무척 용감무쌍해 보이는 젊은 장교는 무엇 때문에 이렇게 화를 내는 건가? 기초가 그렇게 속으로 울분을 삭이고 있을 때 군용차는 견교공항에 도착했다.

그러던 두 사람이 공항에 도착해서는 갑자기 서로를 얼싸안게 되었다. 젊은 장교는 분노에 찬 욕설을 퍼부으며 나는 듯이 차를 몰더니 순간 끼익, 하고 급정거를 했다. 비행장에 있던 사람들이 두 사람을 향해 달려오면서 소리를 질렀다.

"두 대나 떨어뜨렸어요. 일본놈들 비행기를 두 대나 떨어뜨렸어요. 첫 전투 승리요, 승리!"

"저 사람들이 지금 뭐라고 말하는 거야?"

나력은 자신의 귀를 의심하면서 고개를 돌려 항주 여자에게 물었다. 그러나 미처 무슨 영문인지 깨닫기도 전에 축축하고 뜨거운 몸이 그를 와락 끌어안았다. 그를 끌어안은 사람은 어린 아이처럼 환호했다.

"와, 우리가 승리했어요! 우리가 승리했어요! 두 대나 쳐부수다니, 정말 대단해요. 맙소사, 우리가 승리하다니! 너무 좋아요."

여자가 두 주먹으로 나력의 어깨를 아프게 때리면서 기뻐서 어쩔 줄 몰라 했다. 나력은 여자의 갑작스러운 포옹과 주먹질에 깜짝 놀랐다. 그래도 그 얼떨떨한 와중에도 잊지 않고 달려온 사람들에게 물었다.

"아군은? 아군은 피해가 없소?"

"없, 어, 요. 사상자는 한 명도 없어요. 제 말 들려요?"

항주 아가씨가 나력을 밀쳐내며 차에서 뛰어내렸다. 이어 마치 어린 아이처럼 펄쩍펄쩍 뛰면서 소리를 질렀다.

"만세! 만세! 공군 만세!"

젊은 장교 나력은 입을 딱 벌린 채 운전석에 그대로 굳어있었다. 그는 갑작스런 승전 소식과 느닷없는 여인의 포옹 때문에 한동안 제 정신을 차리지 못했다.

1937년 8월 14일 밤은 항주 사람들에게 승리의 밤이었다. 축제의 밤이었다. 또 젊은 장교 나력에게는 갑작스러운 사랑이 찾아온 밤이었다.

거리는 사람들로 붐볐다. 신문팔이 아이들은 잉크가 채 마르지도 않은 신문을 승리의 깃발처럼 높이 쳐들고 말꼬리를 길게 빼면서 승전 소식을 전했다.

"호외요! 호외! 우리 공군이 왜놈들과의 첫 전투에서 6대 0으로 승전했다오. 호외요, 호외!"

나력은 어둠속에서 항주 아가씨의 손을 꼭 잡고 있었다. 그는 여자의 이름도 몰랐다. 다만 분명한 것은 그가 이름도 모르는 이 여자를 이 세상 그 어떤 말로도 표현하지 못할 만큼 깊이 사랑한다는 사실이었다. 두 사람의 사랑은 하늘에서 뚝 떨어진 것이었다. 땅에서 불쑥 솟아나온 것이었다. 세상에 이런 사랑이 있으리라고 누가 상상이나 했겠는가. 둘은 손을 꼭 잡고 밤새 걷고 또 걸었다. 둘은 승전 소식을 사령부에 보고하고 승전 축하주도 함께 마셨다. 무엇보다 좋았던 것은 망우 모자를 찾은 것이었다. 두 사람이 해야 할 일은 다 했다. 하지만 여전히 뭔가 부족한 느낌이 들었다. 아무것도 하지 않은 것 같은 느낌이 들었다. 여자는 쉬지 않고 재잘거렸다. 나력의 귀에는 그저 '차장', '망우', '큰오빠', '양아버지', '항일', '승리' 등과 같은 단어들이 띄엄띄엄 들릴 뿐이었다.

나력은 이 모든 것이 꿈만 같았다. 그는 혹시나 사람들이 많은 곳에서 여자를 놓칠세라 그녀의 손을 더 꽉 잡았다. 가끔 곁눈질로 훔쳐본 여자의 얼굴은 보면 볼수록 아름다웠다. 빨간 입술, 크고 맑은 눈, 찰랑거리는 새까만 단발머리, 발그레한 귓바퀴에 송골송골 맺힌 투명한 땀방울…… 어느 한 군데 예쁘지 않은 곳이 없었다. 심지어 재잘대는 여자의 목소리마저 은방울 소리처럼 듣기 좋았다.

……이런 상황에서 한 쌍의 청춘남녀가 사랑을 나누는 것 외에 무엇을 더 할 수 있겠는가. 두 사람은 손을 꼭 잡고 발길 닿는 대로 항주의 옛 거리를 걷고 또 걸었다. 그리고 어느 은밀한 골목 모퉁이에서 나력은 뜨거운 입술로 여자의 재잘대는 입술을 덮쳤다…… 이것을 시작으로 두 사람은 인적이 드문 곳에 이를 때마다 뜨겁게 서로의 입술을 탐했다. 꾀꼬리처럼 재잘대던 여자가 갑자기 입을 꼭 다물었다. 그러더니 엄숙한 표정으로 걷기만 했다. 또 다른 골목 모퉁이에 이르렀을 때였다. 나력이 어색하게 여자의 머리를 끌어안고 말했다.

"우리는 지금 승리를 경축하는 거야."

여자가 고개를 끄덕였다.

"당연하죠. 우리는 승리를 경축하고 있어요."

여자가 마치 경건한 의식을 치르듯 눈을 감고 고개를 살짝 들었다. 태어나서 지금까지 한 번도 연애를 못해본 두 청춘남녀는 승리의 밤에 달콤한 입맞춤의 묘미를 만끽하고 있었다. 이것도 운명이라면 운명일 터, 나력은 여자와 뜨거운 키스를 하면서 더운 피가 끓어올랐다.

'승리 만세! 승리가 없었더라면 지금 내 옆에 있는, 이름도 모르는 사랑하는 여자를 만나지 못했을 테지. 승리는 참 좋은 거야, 승리 만세!'

제3장

11월이 되었다. 온통 시든 가지와 떨어진 나뭇잎뿐인 가을 풍경이 스산했다. 찬바람 속에서 앙상한 몸을 떠는 수양버들은 마치 손님을 붙잡기 위해 억지로 웃음 짓는 청루의 메마른 여인을 연상케 했다.

서호 호숫가에는 작은 배들이 빈틈없이 빼곡하게 정박해 있었다. 여섯 번째 부두에 있는 진영사陳英士의 동상에서 멀지 않은 곳에도 조그마한 배가 있었다. 유난히 용모가 수려한 한 소년이 배에 앉아 심드렁한 표정으로 하모니카를 불고 있었다.

"항주 사람들은 참 이상해요. 폭격기가 온다는데 다들 꽁꽁 숨는 것이 아니라 서호로 몰려오다니, 그것도 시퍼런 대낮에 말이에요."

항역의 맞은편에 앉아 있던 마르고 피부가 거무스름한 여자가 실눈을 뜨면서 입을 열었다. 항역이 오늘 처음 만난 여자였다. 둘은 배에 함께 타고 있었다.

항역이 하모니카를 내려놓고 말했다.

"이상할 것 없어요. 일본군이 지금까지 호수에 폭탄을 던진 적은 단한 번도 없었으니까요. 저기 좀 봐요, 배에 앉아 있는 저 사람은 절강성정부의 주석으로 갓 부임한 황소횡黃紹竑이잖아요? 저 사람이 공습을 피해 서호로 오니 다른 사람들도 다 여기로 대피하는 거잖아요. 황소횡은신호탄이에요. 안 그러면 우리 작은고모가 왜 하필 이곳에서 당신을 만나자고 했겠어요?"

"그건 우연의 일치일 뿐이에요. 항주 사람들은 정말 웃겨요. 호수주변에 절이 많으니 부처님께서 보우해주실 거라고 철석같이 믿는 것같아요."

여자가 미간을 찌푸리면서 시계를 봤다.

항억은 살짝 당황했다. 예민하고 세심한 그는 여자가 약속시간에늦는 작은고모와 항한 때문에 불쾌해하고 있다는 사실을 눈치챘던 것이다. 항억은 불안한 마음을 감추려고 거창한 얘기를 장황하게 늘어놓았다.

"중화민족은 최대의 위기를 맞았어요. 하지만 이 사실을 모르는 동포들이 아직 많아요. 우리가 나서서 민중을 일깨워야 해요!"

최근 들어 전투가 잦아졌다. 일본군은 걸핏하면 항주 상공에 폭격기를 띄웠다. 특히 지난달 13일에는 일본 전투기 여섯 대가 폭탄 열한개를 투하해 일곱 명의 희생자가 발생했다. 이틀 뒤에는 기차역을 폭격해 완전히 가루로 만들었다. 또 며칠 후에는 갑구閘口를 타깃으로 삼았다. 화물선 8척이 침몰되고 사상자가 서른 명이 넘었다고 한다.

이 같은 상황에서도 대다수의 항주 사람들은 여전히 서호를 떠나지 못하고 있었다. 이유도 그럴 듯했다. 항주가 절강성 소재지인 데다 소주蘇州에서 가흥嘉興에 이르는 국방공사國防工事가 있기 때문에 안전하다는 것이었다. 누군가는 심지어 이 국방공사를 프랑스의 마지노선에 비유해 석 달은 거뜬히 버텨낼 것이라고 큰소리를 치기도 했다.

항주시 정부는 시민들에게 대피령을 내렸다. 뿐만 아니라 유사시에 필요한 방공호를 각자 구축할 것을 권했다. 물론 대다수의 시민들은 여전히 요지부동이었다. 항억의 할머니인 심록애는 뒷마당에 방공호를 파라고 식구들을 들볶았다. 가화, 조기객과 소촬도 당연히 방공호 '공사'에 동원됐다. 항억은 그런 할머니를 보면서 화가 부글부글 끓어올랐으나 속으로만 끙끙 앓았다.

'항주 사람들은 참 이상해. 나고 자란 고향이 아무리 좋기로서니 당장 목숨을 잃게 생겼는데 어쩌면 꿈쩍도 안 할 수가 있을까? 적어도 남들과는 어디가 달라도 다르다고 생각한 할머니마저 어찌 이럴 수가 있을까?'

가화는 평소 심록애가 뭘 하든 내버려두는 편이었다. 그러나 이번에는 조심스럽게 반대 의견을 내놓았다.

"어머니, 괜한 헛수고하지 마세요. 항주는 물로 둘러싸인 곳입니다. 양쪽에 서호와 전당강錢塘江이 있고 시내 안에도 대운하와 강이 있어요. 어디든 대충만 파도 우물이 생기는 곳에 방공호라니요, 말도 안 됩니다."

심록애가 즉각 언짢은 표정을 지었다.

"결국은 전당강을 건너 피난을 가야 한다 이 말이냐? 미리 말하지만 너희들은 갈 테면 가거라. 나는 안 가! 일본놈들이 무슨 짓을 하는지 내 두 눈으로 똑똑히 볼 테다. 나는 아무것도 무섭지 않아!"

가화는 난처한 표정으로 요코를 힐끗 쳐다봤다. 요코는 아무런 내색도 하지 않고 바지를 걷어 올렸다. 이윽고 직접 삽을 들고 석 자 깊이로 땅을 팠다. 구덩이의 물은 어느새 발목까지 차올랐다. 두 사람은 재빨리 시선을 교환하면서 쓴웃음을 지었다.

심록애의 진두지휘 아래 항씨 저택 후원에 커다란 방공호가 생겨났다. 말이 방공호이지 물이 잔뜩 고여 있어서 아무도 들어가려고 하지 않았다. 어린 망우도 마찬가지였다.

항씨네 후원에서 방공호 '공사'가 대거 진행되는 동안 항억과 항한 두 형제는 '비밀 활동'에 몰두했다. 두 형제가 사거리에서 항일을 고취하는 연극공연을 할 때 그들을 유심히 지켜본 사람이 있었다. 그리고 얼마 후 둘은 상급생의 권유를 받아들여 〈전시생활〉戰時生活이라는 잡지의 비정규 기자가 됐다. 두 형제는 공산당이 발행하는 잡지라는 말만 듣고도 지대한 호기심을 가졌다. 둘은 임생林生을 알고 난 이후로 '공산당'이라는 세 글자만 들어도 이유 없이 친근감을 느끼고는 했다. 예민한 항억은 은밀하게 그들에게 접근한 사람들이 자기보다 항한에게 더 큰 관심을 보인다는 사실을 눈치챘다. 이런 사실이 그의 호기심을 더 자극했다. 한마디로 항억은 오롯이 감정적인 판단만으로 항일전쟁 초기의 수많은 항일단체들 중 하나를 선택한 것이었다.

항억은 자신과 '접선'한 비밀조직 요원이 젊은 여자일 줄은 꿈에도 생각하지 못했다. 항억은 약속한 대로 하모니카를 들고 접선장소에 나타났다. 상당히 로맨틱한 접선방식이라고 해도 좋았다. 하지만 상대방은 미간을 잔뜩 찌푸린 채 그를 아래위로 훑어보더니 한참이 지나서야 손을 내밀면서 말했다. 목소리도 딱딱하고 엄숙했다.

"내 이름은 나초경那楚卿이에요. 초나라 초楚, 벼슬 경卿이에요."

항억이 놀란 눈으로 여자를 아래위로 훑어봤다.

"나씨 성이면 혹시 기인旗人(만주족을 일컬음)입니까?"

"항주에는 기인이 적지 않아요."

여자는 표준어뿐만 아니라 항주 사투리도 유창했다. 항억은 얼음장처럼 차가워 보이는 여자의 회색 눈동자를 보면서 저도 모르게 긴장이 되었다.

'이 여자는 우리 또래지만 무척 성숙해 보여. 마치 윗세대 같은 연륜이 느껴져.'

공습경보 사이렌이 울려 퍼졌다. 호숫가 버드나무 그늘 속에 흩어져 있던 배들은 일제히 호수 한가운데로 미끄러져갔다. 그때 기초와 항한이 헐레벌떡 달려와 배에 도착했다. 항억이 뭐라고 잔소리를 하기도 전에 나초경이 큰 소리로 말했다.

"빨리 배를 저어요!"

작은 배는 시위를 벗어난 화살처럼 호수 한가운데를 향해 빠르게 움직였다. 항억이 참았던 불평을 터뜨렸다.

"왜 이렇게 늦었어? 한 시간이나 지각했잖아."

항한이 숨을 고르면서 말했다.

"금산위金山衛 전장에서 막 돌아온 나력 형을 만나 최신 전황 소식을 듣느라 좀 늦었어. 너도 함께 들었으면 좋았을걸."

기초가 재빠르게 항한의 말을 가로챘다.

"국방공사가 마지노선처럼 견고하다는 소문은 말짱 거짓말이었어. 소절변구蘇浙邊區(강소성과 절강성 일대) 주임 장발규張發奎가 작전을 지휘하기 위해 친히 가선嘉善(절강성 가흥시 동북부에 자리한 현급 행정구역)으로 갈 때 나력 형도 동행해 전선을 시찰했대. 총알이 빗발치는 진짜 전쟁터 말이야. 막상 가보니 웬걸, 공사도면을 보관한 사람이나 엄폐물 열쇠를 가지고 있는 사람까지 죄다 도망가고 없어서 부대가 안으로 들어가지도 못하고 있었대."

일본군이 이번 달 초에 짙은 안개를 뚫고 항주만杭州灣에 상륙했다는 소식을 항주에서는 모르는 사람이 없었다. 금사낭교金絲娘橋 수비병 십여 명이 전부 전사했다는 소식도 비밀이 아니었다. 하지만 구체적인 전황에 대해 아는 사람은 별로 없었다. 온갖 추측만 난무할 뿐이었다. 따라서 기초에게 처음으로 자세한 전황을 전해 듣는 여럿은 가슴이 덜컥 내려앉는 느낌이었다.

사이렌이 여전히 요란하게 울리고 있었다.

"지금은 어떤 상황이래?"

"나력 형 말에 의하면 상해는 이미 함락됐고 가흥과 호주湖州도 적들의 손에 들어갔대. 일본군은 병력을 집중해 남경으로 진군하고 있대. 보아하니 항주도 안전하지 못해. 빨리 피난가야 할 것 같아."

모두들 아연한 표정으로 입을 꾹 다물었다. 언제 공습경보가 해제됐는지 사이렌 소리는 더 이상 울리지 않았다. 다른 배에서 어린 아이의 낭랑한 노랫소리가 들려왔다.

8월 14일, 지항志航대대,

하늘을 나는 장군,

두 눈을 부릅뜨니 뜨거운 피가 끓어오르고

두 팔을 펼치니 적기들이 유성처럼 우수수 떨어지네.

아군의 전투력은 일당백,

6대 0으로 적들을 대패시켰다네.

항억이 노랫소리를 듣다 말고 갑자기 피식 웃음을 터뜨렸다.

"우리 항주 사람들은 참 대단해. 어떤 상황에서도 유쾌함을 잃지 않아."

호수에 떠 있던 사람들은 공습경보가 해제되자 하나둘씩 호숫가로 뱃머리를 돌렸다. 항억의 배도 돌아가려고 했다. 그때 나초경이 나서서 말렸다.

"잠깐만, 조금만 더 있다 가요."

"왜요? 나중에 다시는 오지 못할까봐 걱정돼요?"

기초는 그렇게 말해놓고 자신도 흠칫 놀랐다. 그녀의 썰렁한 농담에 분위기는 싸늘하게 변했다. 다들 주위를 휘휘 둘러보던 중 누군가가 입을 열었다.

"기왕 여기까지 왔으니 섬에 올라가서 조금 걸읍시다."

나초경의 회색빛 눈동자가 잠깐 흔들리는가 싶더니 다시 실눈이 됐다.

서호에는 섬이 세 개 있다. 그중에서도 사람이 제일 많이 다니는 섬은 삼담인월三潭印月이었다. 때가 때인지라 이날은 이곳조차 한적하고 쓸쓸했다. 봄여름에 울긋불긋 아름답게 피어나 섬을 화려하게 수놓던 월계화, 장미, 라일락, 목련, 해당화도 소박맞은 아낙네처럼 메마른 봉두난발을 드리운 채 바람에 떨고 있었다. 삼담인월은 예로부터 무더위 속에 흐드러지게 피는 연꽃으로 유명했다. 꽃 색깔도 빨강, 노랑, 분홍, 하양으로 알록달록해 "꽃 한 송이가 하나의 세상이고, 잎 하나가 한 분의 여래이다."라는 말을 실감케 하는 장관을 이루었다. 하지만 지금은 늦가을이라 연꽃도 시들고 연잎도 시들었다. 장관은커녕 보는 이의 마음에 쓸쓸함만 자아낼 뿐이었다. 게다가 한적한 오솔길 양쪽에 있는 대나무도 어느새 잎이 누렇게 말라 있었다.

일행은 오솔길을 걸어 어비정御碑亭에 이르렀다. 정자 기둥에는 강유위康有爲의 장련長聯이 아직도 남아 있었다.

섬 안에 섬이 있고 호수 밖에 호수가 있네. 그림 같은 다리는 아홉 개, 제방 따라 버드나무 무성하네. 10경頃 못에 연꽃이 흐드러지고 순채蓴菜는 맛도 좋구나. 서호를 다 돌아봐도 이 같은 원림은 보지 못했다네…….

사실 따지고 보면 강유위가 항주에 머물러 있은 것도 이미 17년 전의 일이었다. 경자庚子년을 기점으로 중국에 수난의 역사가 시작된 것이다. 그때부터 나라가 나라꼴이 아니었으니 통탄할 노릇이 아닐 수 없었다. 혁명의 열정과 기백이 넘치는 항억이 서호의 쓸쓸한 경치를 보면서 두보杜甫의 〈춘망〉春望을 읊은 것도 이 같은 이유 때문이었다. 항억은 이럴 때면 항씨 가문의 혈통답게 감성적인 모습이 드러났다.

"나라는 망해도 강산은 여전해, 성에 봄이 오니 초목이 울창하네. 시국을 아는 꽃들은 눈물 보이고, 이별이 한스러워 나는 새도 놀라네……."

안 그래도 생사를 도외시한 연인 걱정에 마음이 편치 않던 기초도 쓸쓸한 분위기에 감염돼 긴 탄식을 내뱉었다.

"이십사교二十四橋 다리는 아직 있건만, 물결은 흔들리고 차가운 달빛은 말이 없구나. 다리가에 피어 있는 붉은 작약은 누구를 위해 해마다 피고 또 필까……."

눈물을 글썽이며 시를 읊던 기초가 갑자기 고개를 세차게 가로젓더니 큰 소리로 떠들었다.

"안 돼, 안 돼. 내가 왜 강백석姜白石(남송南宋의 문학가이자 음악가)의 〈양주만〉揚州慢을 읊고 있지? '장강을 넘보는 오랑캐', '황폐한 연못가의 교목'다 싫어. 차라리 신기질辛棄疾(남송의 시인이자 정치가)의 〈파진자〉破陣子를 읊는 게 낫겠다. '취중에도 등불을 밝혀 칼날을 살피고, 일어나면 병영을 깨우는 나팔을 분다……. 군왕의 천하평정 위업을 완수해 살아서는 일신에, 죽어서는 명예를 얻고자 했는데 가련하여라, 어느덧 흰머리가 생겼구나.'"

나초경은 그저 묵묵히 걷기만 했다. 그럴 수밖에 없었다. 몰락한 귀족 가문 태생인 그녀에게 눈앞의 풍경은 참으로 오랜만에 느껴보는 부르주아적 감성을 불러일으켰던 것이다. 8개월 전, 중국공산당 중앙대표 주은래周恩來는 요양 중인 장개석蔣介石의 초청에 응해 항주에서 회담을 가졌다. 나초경은 그때 국민당 감옥에 수감 중이었다. 아무려나 1937년 3월 서호 남산南山 연하령煙霞嶺에서 장개석과 주은래 사이에 이뤄진 국공회담은 상당히 성공적이었다. 곧 7월에 전 민족적 항전이 시작됐다. 중공 민절閩浙(복건福建성과 절강성)변구 임시 성省위원회는 국민당과의 재협상을 통해 공산당원 나초경을 구해냈다. 10월, 중국공산당이 이끄는 '국민혁명군 민절변구 항일유격총대總隊'는 절강성 평양平陽현 북항산문北港山門에 집결했다. 나초경은 정치위원 유영劉英의 보고를 듣고 조용히 부대를 떠나 절강성 소재지 항주에 잠입했다. 그녀는 경력이 오래된 중공 지하공작원이었다. 그녀의 이번 임무는 후방에서 〈전시생활〉 잡지와 함께 할 편집기자를 물색하는 것이었다. 나초경은 처음부터 항씨네 가족을 주목했다. 항억과 항한은 물론이고 기초도 빼놓지 않고 유심히 관찰했다. 그리고 내린 결론은 항일전쟁에 이들의 도움이 필요하다는 것이었다. 이상과 신념을 실현하기 위해서는 이들이 필요했다. 그녀는 주문을 외듯 속으로 되뇌었다.

'그래요, 우리는 당신들이 필요해요. 당신들은 반드시 우리와 함께 해야 해요.'

하지만 나초경은 이들을 처음 만났을 때 깜짝 놀랐다. 그동안 상상해왔던 이미지와는 사뭇 달랐던 것이다. 항억과 기초가 장탄식을 하면서 시를 읊는 모습 역시 전혀 예상치 못한 것이었다. 내내 침묵을 지키던 항한이 바지를 말아 올리더니 입을 열었다.

"바람이 무척 세군. 약간 춥네."

말이 떨어지기 무섭게 항한의 모습이 획 사라져버렸다. 일행이 눈을 크게 뜨고 보니 그는 어느새 다리 난간 위에 올라가 있었다. 곧이어 원숭이처럼 날렵하게 이쪽 난간기둥에서 저쪽 난간기둥으로 훌쩍 건너 뛰었다. 마치 잠자리가 수면을 스치듯 그의 모습은 어느새 저 멀리 사라졌다. 나초경은 자기도 모르게 경탄을 토했다.

"저건 무슨 재주예요? 저런 재주가 있는 줄은 몰랐네요."

항억이 대답했다.

"우리는 대여섯 살 때부터 무예를 연마했어요. 기객 할아버지가 남 소림사의 행각승을 초청해 소림권少林拳의 일종인 '역근경'易筋經 내공을 가르쳤죠. 권술을 연마하려면 먼저 기공을 배워야 해요. 기공의 기본자세는 기마자세지요. 이렇게 말입니다."

항억이 기마자세 시범을 보였다. 나초경이 놀란 표정으로 물었다.

"당신도 할 줄 알아요?"

"조금은 할 수 있어요. 물론 한이의 백분의 일에도 못 미치지만. 저는 이쪽에는 별로 관심이 없어서 한이처럼 꾸준히 연마하지 못했어요.

한이의 무예는 아마 항주 시내에서도 몇 손가락 안에 들 겁니다."

두 사람이 말을 주고받는 사이 멀리 새까만 점처럼 보이던 항한이 순식간에 가까이 다가왔다. 그리고는 날렵한 동작으로 나초경 앞에 착지하더니 양손으로 읍을 하면서 말했다.

"부끄럽습니다."

나초경은 눈앞의 소년을 자세히 훑어봤다. 두 눈이 부리부리하고 눈썹이 굵고 진한 것이 사내다웠다. 그녀는 문득 항한의 어머니가 일본인이라는 사실이 떠올랐다.

"과연 고수로군요!"

갑자기 뒤에서 누군가의 소리가 들려왔다. 일행은 일제히 고개를 돌렸다. 손에 빗자루를 쥔 웬 중년남자가 일행을 보고 웃고 있었다. 옷차림을 보아서는 잡역부 같았다. 사내가 어리둥절해하는 일행에게 자신을 소개했다.

"주이周二라고 해유. 노주老周라고 불러주시면 돼유."

"이 섬에 살아요?"

기초가 물었다.

"그렇기도 하고 그렇지 않기도 하죠."

주이가 앞에 보이는 '아심상인정'我心相印亭을 가리키면서 말했다.

"저기 정자에서 차 한잔 하시고 가셔유."

일행은 별 이상한 사람 다 본다는 듯 황당한 표정을 지었다. 시국이 어느 때인데 차 한잔의 풍류를 즐기느냐는 눈치였다. 하지만 차라는 말에 갑자기 갈증을 느낀 일행은 사양하지 않고 중년사내를 따라 정자로 향했다.

'아심상인'이라는 이름은 "말하지 않아도 서로의 마음을 안다"는 의미를 가지고 있었다. 섬의 남쪽에 자리한 이 정자에 올라서서 멀리 바라보면 우뚝 솟은 탑 세 개를 한눈에 볼 수 있었다.

정자에는 탁자 하나와 네모난 의자 몇 개가 있었다. 주이는 마술을 부리듯 보온병과 청자 찻잔을 몇 개 꺼내더니 김이 모락모락 나는 차를 탁자 위에 올려놓았다.

"도련님, 아가씨, 차 드셔유."

나초경이 입가로 가져갔던 찻잔을 조용히 내려놓으면서 물었다.

"우리가 도련님, 아가씨들이라는 걸 어떻게 알았죠?"

주이가 미소를 지으면서 대답했다.

"제가 다른 사람은 몰라도 이 몇 분은 알아유. 항씨네 큰 도련님, 둘째 도련님과 작은고모 아가씨잖아유."

항억이 차를 한 모금 마시더니 말했다.

"이 차는 우리 집 차가 아니군요."

"옹릉성翁隆盛 차도 아니야."

나초경이 놀란 표정을 짓자 기초가 설명했다.

"나 아가씨는 잘 모르실 수도 있어요. 우리 항씨 집안과 옹씨네는 제철 차만 취급하거든요. 해마다 봄이면 매일 새로 채집한 용정 햇차를 사서 밤 새워 덖고, 까부르고, 부스러기를 골라낸 뒤 이튿날 포장해 석회항아리에 담죠. 팔기 전에 또 2차 선별과 배합과정을 거치죠. 항씨 집안과 옹씨네는 입하 이후의 용정차를 일률적으로 취급하지 않는다는 사실을 항주에서는 모르는 사람이 없어요. 이 차는 맛이 쓰고 찻잎 형태가 가지런하지 않은 것으로 보아 춘차가 아닌 것이 확실해요."

"그렇다면 아가씨는 이 차가 누구네 차인지 아세유?"

기초가 주이의 질문에 웃으면서 손가락으로 동남쪽을 가리켰다.

"노주, 그걸 제 입으로 꼭 말해야 하겠어요? 당신은 우리 항주 차상茶商들의 '공공의 적'이잖아요. 당신은 저기 건너편 상해에 있는 왕유태汪裕泰 왕씨네 사람이죠?"

"참으로 안목이 예리하십니다. 어떻게 아셨어유?"

그러자 항억이 크게 웃으면서 찻잔 밑면의 글자를 가리켰다.

"그걸 누가 모르겠어요? 여기 '왕'汪자가 새겨져 있잖아요."

나초경이 황급히 주이에게 물었다.

"왕장汪莊이 일본군에 폭격당했다는 소문이 있던데 사실인가요?"

주이가 한숨을 쉬면서 말했다.

"폭격당한 거나 마찬가지지유. 차장은 진즉에 장사를 접었고 왕씨네 가족은 상해, 홍콩으로 돌아갔어유. 하인들도 뿔뿔이 흩어지고 남아 있는 사람은 우리 몇몇밖에 없어유. 주인장이 목숨처럼 애지중지 아끼던 당금唐琴과 송금宋琴도 지금은 '금권환금루'今蜷還琴樓에 처박혀 아무도 관심을 갖는 사람이 없어유."

"당신은 어떻게 여기까지 왔어요?"

"나도 처음에는 폭격을 피해 서호로 왔지유. 그런데 생각해보니 무작정 도망만 다니느니 이전에 하던 일을 하면 좋겠다 싶었어유. 여러분도 아시다시피 우리 왕씨네 가게들 중에서 호숫가에 있는 '시명실'試茗室이 장사가 제일 잘 됐잖아유. 다객들은 좋은 차를 석 잔쯤 마시고 나면 누가 시키지 않아도 자연스럽게 주머니에서 돈을 꺼내쥬. 제가 시명실에서 차를 팔았던 사람이유."

나초경이 연신 고개를 끄덕였다.

"알겠어요. 당신은 차를 팔려고 이 섬에 온 거군요."

주이가 얼굴을 붉히면서 말했다.

"이 난리 통에 장사라고 할 것까지는 없고 폭격도 피할 겸 그냥 겸 사겸사 하는 거쥬. 손님이 차를 마시고 동전 몇 푼이라도 쥐어주면 고맙 게 받고 정 없으면 안 주셔도 어쩔 수 없지유. 시국이 어느 때인데 그깟 돈에 연연하겠어유. 폭탄이 떨어지면 머리통이 서호로 굴러들어갈 판인 데⋯⋯. 항주에서 반세기를 살면서 오늘 같은 날이 올 줄은 꿈에도 생 각 못했어유."

주이의 눈시울이 붉어졌다. 그가 쑥스럽게 웃으면서 일행의 찻잔에 차를 따랐다.

"오늘은 내가 같은 찻잎밥을 드시는 사람들을 만나서 반갑다는 의 미로 차 대접을 하는 거니 돈 얘기는 꺼내지 마셔유. 옷깃만 스쳐도 인 연이라는데 오늘 같은 만남이 처음이자 마지막일 수도 있잖아유."

주이는 말주변이 대단했다. 다만 때가 때인지라 말마다 처량함이 배어 있었다. 주이를 측은하게 바라보던 항한이 먼저 주머니에서 돈을 꺼냈다.

"더 드리고 싶은데 이것밖에 없어서 미안해요."

"싸움이 시작되면 돈 쓸 일이 많아질 거예요. 일본놈들이 쳐들어오 기 전에 돈을 많이 모아두세요. 그리고 여차하면 외지로 피난을 가세 요. 시내에 남아 있다가는 어떤 봉변을 당할지 모르니까요. 일본놈들이 무슨 짓을 할지 아무도 몰라요."

기초가 지갑에서 돈을 꺼내 주이에게 주면서 말을 이었다.

"나력이 그러는데 일본군은 사람도 아니래요. 평호, 가선嘉善 저쪽에 서 무고한 백성들을 엄청 많이 죽였대요."

주이는 일일이 고마움을 표했다. 그러더니 갑자기 이를 갈면서 욕 을 퍼부었다.

"쪽발이들은 인간도 아니유. 딱 봐도 사람새끼가 아니잖유. 짐승 밑 구멍에서 빠져나온 종자들이유. 내가 공신교共宸橋에 있는 일본인들을 많이 봐서 알아유. 죄다 짐승들이유. 우리 왕장 뒤에 있던 뇌봉탑雷峰塔 이 무너진 걸 다들 아시쥬? 사람들은 손전방孫傳芳 부대가 쳐들어와서 몹쓸 짓을 한 걸로 알고 있지만 사실은 그렇지 않아유. 손전방이 아무 리 나쁜 사람일지라도 그래도 중국사람이쥬. 중국사람은 최소한의 인간 적 양심은 있어유. 일본인은 양심 따위는 개나 줘버린 짐승종자들이유. 제기랄, 뇌봉탑은 전대에 왜구가 불로 태워서 저 지경이 된 거유. 이제 두고 봐유, 언젠가는 우리 중국이 일본에 승리하고 망할 놈의 일본새끼 들 씨를 말려버릴 테니. 암, 씨를 말려 죽여야 하고말고. 두 번 다시 중 국에 대가리를 기웃거리지 못하게 해야쥬."

주이의 입에서 듣기 거북한 욕설이 거침없이 쏟아져 나왔다. 주이 야 아무 생각 없이 분통을 터뜨린다지만 듣는 일행은 그렇지 않았다. 일본인의 피가 섞인 항한의 눈치를 보지 않을 수 없었다. 평소 같으면 항한이 듣는 데서 누구든 이런 말을 하면 기초가 가만히 내버려두지 않았을 것이었다. 하지만 아무래도 때가 때인지라 아무도 주이의 말을 반박하지 못했다.

항주 사람들의 일본인을 향한 욕설은 최근 몇 년 동안 점점 더 거칠 어졌다. 차마 입에 담기 어려울 정도라고 해도 좋았다. 하지만 그런들 무 슨 소용이 있겠는가. 일본은 파죽지세로 중국을 점령해가고 있었다. 항 씨네 가족들은 함께 식사할 때 일본을 비난한 적은 있었으나 '짐승 종 자'니, '짐승새끼'니 하는 말로 일본인을 향해 인격적인 모독을 가한 적 은 한 번도 없었다. 따라서 처음으로 이토록 심한 말을 듣는 항한은 난 처해 어쩔 줄을 몰랐다. 금세 얼굴이 벌겋게 달아올랐다. 그는 짐짓 아무렇지도 않은 척 찻잔을 들고는 얼굴을 가렸다. 일본인의 피가 섞인 자신의 혈통이 부끄러워서인지 아니면 얼굴도 모르는 사람에게 심한 욕을 먹고 있는 자신의 생모 때문에 난감해서인지는 누구도 알 수 없었다. 하기야 그 자신도 스스로의 마음을 알지 못했다. 그는 벌겋게 달아오른 얼굴을 들키지 않으려고 안간힘을 썼다. 그러자 숨이 차서 온몸이 덜덜 떨렸다. 그는 기분 나쁜 티를 내지 않으려고 찻잔에 대고 길게 심호흡을 했다. 그때 아무것도 모르는 주이가 항한을 향해 웃으면서 말했다.

"도련님, 천천히 드세유. 중국 땅에서 왜놈들을 다 몰아내고 나면 제가 여기서 여러분께 또 차 대접을 할게유."

일행은 고개를 끄덕여 사의를 표했다. 항억이 지나가는 말처럼 주이에게 말했다.

"노주, 물 한 주전자 더 끓여주실래요?"

주이가 자리를 뜨자 항억이 나초경에게 말했다.

"나 아가씨, 우리에게 할 얘기가 있다면서요?"

기초가 나초경을 똑바로 보면서 작은 소리로 말했다.

"듣자 하니 우리 조카들을 데리고 갈 거라면서요? 다른 가족들은 아직 몰라요. 애들이 저한테만 말했거든요."

"네, 맞아요."

나초경도 기초의 눈을 똑바로 마주보면서 말했다.

"그런데 약간 오해가 있는 것 같아요. 둘 다가 아니라 둘 중 한 사람만 갈 거예요. 그리고 아가씨에게만 미리 알려준 건 제가 얘기하라고 한거예요."

"아유, 어쩜 우리 두 사람의 생각이 이렇게 똑같을 수가 있죠? 저도 애들에게 말했어요. 제가 아가씨를 만나서 얘기를 해본 뒤 결정하겠다고요. 제가 허락하지 않으면 다른 가족들은 말할 필요도 없다고 했어요."

나초경이 담담하게 웃었다. 기초 역시 그랬다. 둘은 처음 본 순간부터 서로가 호락호락하지 않은 상대라고 생각했다.

"저는 열여섯 살에 가출했어요. 부모님이 부잣집 남자와 정략결혼을 강요하셨죠. 제가 집을 떠나자 부모님은 항주 시내에서 사흘 밤낮 동안 우물을 찾아 다니셨대요. 혹시 제가 우물에 몸을 던지지 않았나 생각하신 거죠."

"그건 저도 들었어요. 다만 아가씨가 몇 년 후에 다시 돌아올 줄은 정말 상상도 못했어요. 그런데 아가씨 부모는 아가씨와 연을 끊겠다고 했다면서요?"

"아니요, 제가 먼저 연을 끊었어요."

나초경이 고개를 저으며 단호하게 덧붙였다.

두 여자는 차분하게 얘기를 나누는 것 같았지만 팽팽한 신경전을 펼치는 중이었다. 항억과 항한은 서로 눈짓을 교환했다. 항억이 두 사람의 대화에 끼어들었다.

"편집기자는 한 명만 필요하다지만 저와 한이는 같이 가기로 이미 얘기를 끝냈어요. 노약자들 틈에 끼어 피난 가는 건 싫어요."

"누가 피난을 간대? 적어도 어머니와 큰오빠는 안 갈 거야."

"그러면 남아서 망국노가 되라는 말이야?"

항한이 발끈했다.

나초경의 눈빛이 반짝 빛났다. 그녀가 회색빛 눈으로 항한을 응시하면서 조용히 말했다.

"맞아요. 그러지 않아도 얘기하려고 했는데, 당신이 남아야 해요!"

당황한 항한이 급기야 말까지 더듬었다.

"왜……, 왜…… 나는……, 나는 가면 안…… 안 돼요? 내가……, 내가…… 일본어를 안다고…… 쓸모가 있을 거라고 하지 않았어요? 어떻게…… 이럴 수가……."

항한이 애처로운 눈빛으로 항억을 보면서 말을 잇지 못했다.

"당신은 못 가요!"

나초경의 말투는 냉정했다.

"왜……, 왜죠?"

항한의 짙은 눈썹이 잔뜩 찌푸려져 일자가 됐다.

"조직의 결정이에요. 항억은 나와 함께 떠나고 당신은 여기 남아요."

항한이 벌떡 일어났다.

"내가……, 내가 일본사람이기 때문인가요?"

항한이 이내 한마디 덧붙였다.

"내가 절반은 일본인이기 때문에?"

항한은 의사 표현에 능한 사람이 아니었다. 더욱이 마음이 급하다 보니 말을 더듬게 되고 자기 생각도 제대로 표현하지 못했다. 그 말에 기초의 안색이 변했다.

"말도 안 되는 소리! 누가 너를 일본사람이라고 했어?"

항한이 망연한 눈빛으로 다시 주저앉았다. 항억은 항한의 시선을 피하면서 나초경을 바라봤다. 항억과 항한은 비록 사촌간이지만 친형제처럼 가까운 사이였다. 두 사람은 비밀 활동을 하면서 한 몸처럼 움직여 왔었다. 항한은 말이 적고 사람이 무던한 반면 무예가 뛰어났다. 반면 항억은 눈치가 빠르고 언변이 좋았다. 항억은 항한과 떨어져서 혼자 항일투쟁을 하러 갈 거라고는 꿈에도 생각해본 적이 없었다.

나초경은 항한의 분노에 찬 질문에 대꾸하지 않았다. 침묵은 곧 긍정을 뜻하는 법이다. 달리 말하면 나초경이 항한을 일본사람으로 생각한다는 의미이기도 했다. 항한은 온몸을 와들와들 떨기 시작했다. 이어 덜덜 떨리는 목소리로 항억을 향해 소리를 질렀다.

"어떻게 이럴 수 있어? 어떻게 이럴 수가 있느냐 말이야?"

나초경이 그제야 엷은 미소를 지으며 입을 열었다.

"왜 다들 호들갑을 떨고 그래요? 설마 나도 일본사람이라고 생각하는 건 아니겠죠?"

항한의 표정이 다소 누그러졌다. 나초경이 항한을 보면서 말했다.

"조급해 하지 말아요. 당신을 남으로 한 것은 나중에 더 큰 임무를 맡기기 위해서예요. 당신은 당신의 신분이 얼마나 특별한지 모르죠?"

"설마 애를 간첩으로?"

기초의 얼굴이 하얗게 질렸다.

"글쎄요."

나초경이 시선을 서호로 돌렸다.

"한 달 후에 항주가 어떻게 변할지는 아무도 몰라요. 이 정자에 서 있는 사람들이 일본 병사들이 될지도 모르는 일이죠. 저기 호수에서 자유롭게 노니는 물오리들 보이죠? 한 달 후에 저 녀석들은 침략자들의 사냥감이 될 수도 있어요. 저 녀석들의 피 묻은 깃털이 호수에 가득 날릴 수도 있어요……."

나초경의 반짝이는 회색빛 눈동자가 항한을 응시했다.

"그때가 되면 당신은 진짜로 사람을 죽여야 할지도 몰라요. 사람을 죽일 수 있겠어요?"

나초경의 목소리는 가녀린 몸에서 나오는 것이라고 믿기 어려울 정도로 낮고 묵직했다. 항억은 흥분으로 돼 숨이 턱턱 막힐 지경이었다. 마치 자신이 실제로 사람을 죽이는 임무를 맡은 것 같은 느낌이 들었다.

"할 수 있어요!"

항억이 항한을 앞질러 부르짖었다.

기초가 애써 아무렇지 않은 표정을 지으면서 말했다.

"그러게 말이야. 왜병은 사람이 아닌 짐승새끼이니 깡그리 다 죽여도 괜찮아. 짐승 죽이는 일이 뭐가 어려워?"

항억은 작은고모가 항한이 들으라고 일부러 모진 말을 한다고 생각했다. 기초가 찻잔에 뜨거운 물을 따르면서 말을 이었다.

"자, 자, 자, 평소 같으면 입에 대지도 않았을 상해 왕씨네 차를 오늘은 실컷 마십시다. 나중에는 마시고 싶어도 못 마실 수도 있어요."

"왜 못 마셔요?"

항억이 말했다.

"우리는 2, 3년 안으로 왜놈들을 전부 중국 땅에서 몰아낼 거예요. 그때 다시 여기 모여서 마시면 되죠."

나초경이 말했다.

"그때 가서 어떻게 될지는 아무도 몰라요. 지금 여기 있는 사람들이 그때까지 다 살아 있을 것이라는 보장도 없고요."

기초가 들고 있던 찻잔을 탁, 소리 나게 내려놓았다.

"혁명가 아가씨, 왜 그렇게 재수 없는 말을 해요?"

나초경이 낮게 대답했다.

"재수 없는 말인가요?"

아무도 입을 열지 않았다. 나초경의 말이 결코 재수 없는 소리가 아니라는 것은 다들 알고 있었던 것이다. 모두 묵묵히 차를 홀짝였다.

기초가 목소리를 한껏 깔고 나초경에게 물었다.

"아가씨, 하나만 물어볼게요. 우리 조카들을 선택한 이유가 뭔가요?"

"집안사람 중에 임생林生이라는 사람이 있죠?"

"단지 그것 때문인가요?"

"그리고……."

나초경이 잠깐 생각하더니 덧붙였다.

"우리는 제일 강경한 항일 결사조직이에요. 그래서 가장 뛰어난 청년들이 필요해요."

기초가 작정한 듯 집요하게 말꼬리를 잡고 늘어졌다.

"지금 시국은 무릇 중국인이라면 당파를 따질 때가 아니에요. 모두 다 목숨을 걸고 항전하고 있죠. 전선에서 피를 흘리고 희생되는 장병들은 누구라도 대단한 청년들이에요."

"나는 전선에서 싸우는 장병들이 대단하지 않다는 말은 안 했어요. 다만 우리가 가장 철저한 항일조직이라는 점만 강조하고 싶어요."

나초경의 말투는 단호했다.

"나력과 그의 동료들도 철저한 항전파예요."

기초가 자리를 박차고 일어났다. 불쾌한 기색이 역력했다. 내내 차분하던 나초경도 결국은 평정심을 잃고 벌떡 일어났다.

"내가 '9.18사변' 때의 구체적인 실례를 들어 설명해 볼까요?"

"필요 없어요. 나도 학생 시절엔 남경에 가서 청원에 참가했던 사람이에요. 나도 다 생각이 따로 있어요."

"언젠가 내 말이 맞다는 것을 알게 될 거예요."

"이게 무슨 짓이에요? 사람을 불러놓고 당파 싸움을 하자는 건가요?"

"우리는 가장 철저한 항전파예요. 나는 그저 그걸 알려주고 싶었어요."

나초경의 회색빛 눈동자는 차갑게 얼어붙은 쇠를 연상케 했다. 기초는 답답해서 속이 터질 것 같았다.

'나초경, 어디서 굴러온 이상한 여자가 감히 우리 나력을 폄하해? 우리 나력은 탄환이 빗발치는 전쟁터에서 목숨을 걸고 항일하는 사람이야. 당신이 뭔데 우리 나력을 마음대로 평가해?'

기초가 딱 잘라 말했다.

"나는 당신과 시시비비를 가리자고 이 자리에 나온 게 아니에요. 우리 조카들을 데리고 갈 사람이 믿을 만한지 보러 온 거라고요. 그런데 당신은 누가 제일 철저한 항전파니 아니니 하는 쓸데없는 말싸움이나 하고 있죠. 그게 무슨 의미가 있어요? 나는 당신들이 어떤 조직인지는 관심이 없어요. 아무튼 우리 나력은 세상에서 가장 철저한 항일전사예요. 그는 일본놈들에게 부모와 형제를 다 잃었어요. 그는 세상에서 가장, 가장, 가장 철저한 항일용사예요. 당신이 뭘 안다고 우리 나력을 함부로 평가해요? 나는 당신하고 더 이상 할 말이 없어요."

항억과 항한은 어안이 벙벙해졌다. 아직 어린 두 소년은 두 여자가 무엇 때문에 갑자기 화를 내는지 이해가 되지 않았다. 둘은 어찌할 바를 몰라 쩔쩔매다가 작은고모의 팔을 하나씩 붙잡고 말했다.

"작은고모, 화 내지 말아요. 나 아가씨는 그런 뜻으로 한 말이 아닐 거예요."

"몰라, 몰라. 아무튼 나는 그런 뜻으로 들었어. 나 먼저 갈게. 더 있다가는 나도 내가 무슨 짓을 할지 모르겠다. 너희들은 이제 다 컸으니 마음대로들 해."

기초는 그러나 말을 다 마치고도 자리를 뜨지 않았다. 조카들도 함께 가자는 뜻이 분명했다. 하지만 두 조카는 서로 얼굴만 멀뚱멀뚱 쳐다볼 뿐 선뜻 움직이지 않았다. 기초는 더 기다려봤자 소용없음을 알고는 휙 돌아서서 훌쩍 가버렸다.

두 소년은 멀어져가는 작은고모의 뒷모습을 바라보다가 다시 앞에 있는 나초경을 쳐다보고는 마땅히 할 말을 찾지 못했다. 이윽고 항억이 머리를 짜냈다.

"한아, 너는 얼른 작은고모한테 가 봐. 아가씨는 내가 저쪽까지 모셔드리고 갈게."

항한은 항억의 말에 난간 기둥에 사뿐히 올라서더니 바람처럼 휙 사라졌다. 항억은 그제야 나초경의 맞은편에 앉아 조심스럽게 말했다.

"저, 너무 고깝게 생각 마세요. 우리 작은고모는 성격이 원래 그래요. 다른 식구들도 다들 작은고모한테는 양보해줘요."

나초경이 고개를 절레절레 저었다. 그러더니 뜬금없이 불쑥 내뱉었다.

"미안해요."

나초경의 두 눈에 이슬이 맺혔다. 항억은 놀라서 눈이 휘둥그레졌다. 걱정스럽고 불안해서 뭐라고 해야 할지를 몰랐다. 나초경이 말을 이었다.

"미안해요, 내가 나온 지 얼마 안 돼서 아직 적응이 덜 된 것 같아요."

"그게 무슨 말이에요?"

"얼마 전까지 나는 나오고 싶어도 나올 수 없는 곳에 있었어요."

나초경이 항억을 향해 활짝 웃었다. 항억은 순간 자신의 눈을 의심했다. 방금 전 나초경의 눈가에 맺혔던 이슬은 환각이었다는 말인가.

"3년 전에도 다른 사람과 함께 바로 여기서 차를 마셨었어요. 아마 당신네 가게의 차였을지도 모르죠. 아쉽게도 저는 차에 문외한이라 어떤 맛이었는지 기억도 나지 않아요. 우리는 그때 참으로 많은 얘기를 나눴었어요. 그리고 3년, 3년이 지났어요. 그는 영영 돌아올 수 없는 곳으로 갔어요."

나초경이 웃으면서 호숫가를 향해 천천히 걸음을 옮겼다. 항억은 걱정스러운 표정으로 나초경을 따라 걸었다. 나초경은 걸음을 멈추지 않고 말을 이었다.

"오늘은 제가 실수했어요. 감정이 앞서서 쓸데없는 말을 너무 많이 했어요. 고모께서 제가 했던 말을 다른 사람들에게 옮기지는 않겠죠? 이것은 우리 조직의 기율이에요. 우리와 함께 하려면 첫째도 말조심, 둘째도 말조심이에요. 말이 많으면 실수를 하게 마련이니까요. 꼭 명심해요. 오늘은 제가 기율을 위반했어요. 당신의 작은고모와 불필요한 논쟁을 하지 말았어야 했어요. 어떤 사람은 항일하고 싶은 마음이 굴뚝같지만 영영 나올 수 없다는 걸 당신의 작은고모는 아마 모를 거예요……."

호숫가에 이른 나초경이 천천히 얼굴을 돌려 항억을 외면했다.

항억은 입을 반쯤 벌린 채 나초경의 뒷모습만 멍하니 바라봤다. 아직 어린 그는 지금까지 살면서 이런 여자는 처음이었다. 그러나 나초경이 말한 "영영 돌아올 수 없다.", "영영 나올 수 없다."라는 말의 의미를 어렴풋이 알 것만 같았다.

제4장

망우차장 뒷마당 창고에는 반년 전에 저장해둔 평수枰水 주차珠茶가 수십 상자나 쌓여 있었다. 원래대로라면 상해에 있는 양행洋行들을 통해 외국으로 팔려나갈 것들이었다. 그러나 상해가 일본군의 수중에 들어간 비상시국에 차 무역은 어불성설이었다. 가화는 고민 끝에 소촬을 불렀다.

"주차 수십 상자를 뒷마당에 저대로 놔두려니 마음이 놓이지 않네. 어디 안전한 곳이 없을까?"

소촬이 대답했다.

"일본군이 쳐들어오면 금은보화를 약탈하지 풀 냄새나 풀풀 나는 차장에는 관심을 갖지 않을 겁니다."

가화가 손사래를 쳤다.

"아닐세. 보이는 건 모조리 빼앗으려고 들 거네. 안 그러면 무엇에 의지해 중국에 둥지를 틀겠나?"

"설마 왜놈들이 중국에 3년 넘도록 있진 않겠죠?"

가화가 고개를 저었다. 이는 그가 뭐라고 대답할 수 있는 문제가 아니었다.

"이 차들을 후원의 가산假山 암실暗室로 옮기는 건 어떨까요?"

가화가 고개를 끄덕였다.

"좋은 생각이네. 암실이 약간 습하기는 하지만 괜찮을 것 같네. 생석회를 좀 많이 펴고 방수포로 몇 겹 감싸면 될 것 같네. 그런데 수십 상자가 다 들어갈까?"

소촬이 가화를 모신 지는 꽤나 오래 되었다. 덕분에 이제는 척하면 척이었다. 가화는 마음속으로 결정을 다 해놓고 다른 사람의 의견을 묻곤 했다. 다른 사람의 입에서 자신의 생각과 똑같은 말이 나오는 것을 좋아했다. 소촬은 어제 주인이 가산 근처를 배회하는 것을 봤었다. 그래서 오늘 주인의 질문에 만족스러운 대답을 할 수 있었던 것이다.

소촬이 하인들을 부르려고 하자 가화가 말렸다.

"이 일은 아는 사람이 적을수록 좋네. 날이 어두워지면 내가 억이와 한이를 부를 테니 우리끼리 옮기도록 하지. 자네 생각은 어떤가?"

"그렇게 하시죠."

가화는 말끝마다 "당신 생각은 어떤가?"라는 말을 입버릇처럼 쓰고는 했다. 가화를 잘 모르는 사람들은 이 말을 들을 때 자신의 견해를 솔직하게 털어놓는 경우가 많았다. 그런데 성격이 꼼꼼한 가화는 남들이 한 가지를 생각할 때 열 가지를 생각하는 사람이었다. 그저 상대방의 체면을 세워주기 위해 의견을 물어보는 척할 뿐이었다. 그는 상대방이 얘기할 때 절대 끼어들거나 말을 가로채지 않았다. 조용히 집중해서 듣다가 가끔 고개를 끄덕여 수긍의 뜻을 보이기도 했다. 그렇듯 말하는 사람도 듣는 사람도 모두 편안한 그런 분위기를 만들 줄 알았다. 물론 결론부터 말하면 그는 열심히 경청하고 나서 결국은 자기 방식대로 일을 처리했다. 가화의 최대 장점은 구석구석 자질구레한 것까지 주도면밀하게 신경을 쓰고 상대방의 체면을 세워주는 것이었다. 함께 일하는 사람에게 전혀 스트레스를 주지 않았다. 반면 단점이라면 에둘러 말하기를 즐기는 것이었다. 그래서 눈치가 무디고 머리가 똑똑하지 못한 사람은 가화의 말에 숨어 있는 의미를 이해하기 어려웠다. 다행히 소촬은 수년간 가화를 보필하면서 주인의 장단점을 속속들이 꿰뚫고 있었기에 남들은 파악하기 힘들어하는 주인의 '화법'도 잘 알아들었다.

가화가 망우차장의 대문을 닫았다. 이어 뒷문으로 나와 옆문으로 향했다. 시간은 자시子時가 가까워오고 있었다. 이 시간이면 아이들은 이미 잠이 들었으리라. 사방이 칠흑처럼 어두웠다. 하늘에는 별도 보이지 않았다. 가화의 기분은 걷잡을 수 없이 가라앉았다. 마치 그를 겹겹이 둘러싼 어둠처럼 그의 마음속에도 짙고 깊은 어둠이 가득찬 것 같았다. 그는 가슴이 답답해지면서 여느 때와는 사뭇 다른 불안감이 엄습했다. 잠시 걸음을 멈춘 그는 크고 얇은 오른 손바닥으로 가슴을 살짝 눌렀다. 쿵쿵, 빠르게 뛰는 심장박동이 느껴졌다. 그는 애써 침착함을 유지하면서 망연하게 생각했다.

'어떻게 된 거지? 이번 고비도 무사히 넘길 수 있을까?'

가화는 마당에 들어섰다. 왕년에 이곳은 그와 가평 두 사람의 '천하'였다. 창문 틈으로 새어나온 불빛이 밤의 장막을 찢고 나갔다. 그때 가평은 집을 나서 푸르스름한 밤의 장막 속으로 떠났다. 가화는 아무 소리도 내지 않고 그 자리에 한참을 서 있었다. 이윽고 그가 뭔가에 놀란 듯 펄쩍 뛰었다.

'내가 지금 뭘 하고 있는 거지? 설마 가평을 기다리고 있는 건가?'

가화는 동생 가평을 향한 감정을 누구에게도 털어놓지 않았다. 세월의 흐름 속에서 두 사람의 관계가 점점 소원해진 사실을 다른 사람들도 알게 되는 것을 원치 않았던 것이다. 마치 다른 사람들에게 비밀로하면 두 형제의 소원해진 관계가 없던 일이 되는 것처럼 말이다. 하지만 다른 사람을 속일 수는 있어도 자기 자신을 속일 수는 없었다. 요 몇 년동안 그는 동생 가평에 대한 생각을 하지 않으려고 무던히도 애썼다. 하지만 요코의 외롭고 우울한 눈빛과 마주칠 때마다 가슴이 덜컹 내려앉으면서 숨이 막혔다.

2년 전 가평의 편지 한 통을 끝으로 두 사람은 연락이 끊어졌다. 가화는 가평의 편지 내용을 아무에게도 말하지 않았다. 그는 편지를 딱한 번 읽고는 찢어버렸다. 편지에는 그가 두 번 다시 생각하기도 싫은 내용이 들어 있었다. 그는 스스로가 의심 많은 성격임을 잘 알고 있었다. 하지만 가평이 싱가포르에서 다른 여자와 결혼해 새 가정을 꾸렸다는 편지 내용은 다르게 해석할 여지가 전혀 없었다. 가화는 동생을 용서할 수 없었다. 요코가 불쌍해서가 아니었다. 누군가는 가평을 위해 스스로 희생하기를 마다하지 않았는데 그에게는 고마움이나 미안한 감정이 눈곱만큼도 없다는 사실에 새삼스레 울컥했던 것이다. 너무 불공평했다.

가화가 칠흑 같은 어둠속에서 이제는 익숙해진 절망감을 되새김질하고 있을 때에도 가평은 모습을 드러내지 않았다. 여느 때처럼 모든 짐은 그의 책임이었다. 몇 년 전부터 그는 모든 짐을 혼자서 오롯이 짊어지는 데 익숙해져 있었다. 이 밤도 예외는 아니었다.

제4장

가화는 불이 켜져 있는 사랑채 창문에 얼굴을 바싹 붙였다. 창문 틈으로 방안의 정경이 보였다. 항억이 종이를 펴놓고 책상 앞에 앉아 있었다. 잔뜩 찌푸린 미간에 가늘고 깊은 주름이 몇 개 보였다.

'아아, 어쩌면 저렇게 판에 박은 듯이 나하고 꼭 닮았을까? 아니야, 흥분에 들떠 어쩔 줄 몰라 하는 저 표정은 나를 닮지 않았어. 나는 속마음을 고스란히 담아두지만 저 아이는 글로 표현하기를 좋아해.'

가화는 조용히 아들을 훔쳐보면서 속으로 화가 치밀었다. 그는 아들이 곧 집을 떠날 것이라는 사실을 전해 들어 알고 있었다. 그가 보기에 항억은 앞길을 예측할 수 없는 아들이었다. 또한 극도로 예민한 성격이었다. 쉽게 흥분하고 경거망동할 때도 있었다. 남달리 정의감이 강하긴 하지만 자기를 지킬 힘은 없었다. 아들은 적에게든 혹은 자기 자신때문이든 쉽게 목숨을 잃을 수 있는 사람이었다. 더구나 생사를 건 이별이 어떤 의미인지도 전혀 모르고 있다. 가화는 아들과 흉금을 터놓고 대화를 해본 적이 없었다. 시간이 없어서가 아니었다. 그동안 너무 많은 이별을 경험했기 때문에 일부러 피했다고 하는 편이 더 정확할 터였다.

밤이 깊은데 항억은 도무지 잠들 생각을 하지 않고 있었다. 갑자기 시흥이 떠올랐는지 자리에 누웠다 일어났다를 반복하면서 좀체 흥분을 감추지 못했다. 낮에 서호 호숫가에서 보여주던 무게 있고 세련된 모습과는 전혀 딴판이었다. 항억은 사촌동생 항한 앞에서는 자신의 감정을 숨기지 않았다. 항한은 항억의 영원한 '첫 번째 청취자'라고 할 수 있었다. 항억이 입을 열었다.

"한아, 자면 안 돼, 내 십사행시를 다 듣고 자야지. 벌써 열둘째 줄까지 썼어. 시인이 되기는 정말 힘들구나."

항한은 낮에 들었던 '짐승종자'니 뭐니 하는 험한 말의 충격에서 아직 벗어나지 못한 상태였다. 또 사촌형과 함께 항일전선으로 나갈 수 없다는 사실 때문에 상처 입은 마음도 추스르지 못한 상태였다. 한가하게 십사행시를 듣고 있을 마음의 여유가 없었다.

항한은 어릴 때부터 항상 '시인 형님' 항억을 존중해줬다. '시인' 내면의 목소리에 귀를 기울여주고 가끔 날카로운 질문이나 지적을 하기도 했다. 이 밤도 그는 울적한 마음을 억지로 누르고 그나마 또렷한 목소리로 사촌형에게 말했다.

"십사행시는 좋아하는 여학우들에게 많이 줬잖아. 하나도 아니고 여러 개를 말이야."

"그 얘기는 꺼내지도 마. 그건 항일전쟁이 시작되기 전의 일이야. 그때는 내가 철이 없었어. 오늘 나는 새로 태어났어."

"새로 태어났다는 말도 벌써 세 번이나 들었어. 처음 그 말을 했을 때가……."

"이번에는 진짜야."

항억이 동생의 비웃음 섞인 말을 뚝 잘랐다. 지나친 흥분으로 목소리는 물론 손까지 덜덜 떨리고 있었다.

"'항일하는 여자, 혁명하는 여자, 영원한 여자가 나를 끌어올려주는구나.' 어때? 멋있지 않아?"

항한은 잠이 확 깼다. 바로 벌떡 일어나 앉으면서 말했다.

"나초경을 위해 시를 쓴 거야?"

"왜? 이상해?"

항억이 고개를 돌렸다.

"내가 여자 혁명가를 찬양하는 시를 쓸 거란 생각은 못했어?"

항한은 침대에 도로 누웠다. 사실 항억이 혁명가를 칭송한다고 해도 별로 이상할 것도 없었고 그러지 않는 것이 오히려 더 이상할 터였다.

항억이 책상 가장자리에 기댄 채 하모니카를 불기 시작했다. 그러나 연주는 곡조도 맞지 않고 엉망이었다. 하모니카는 그가 어느 날 우연히 발견한 것이었다.

"이거 아버지 거예요?"

그때 가화는 고개를 끄덕였다. 항억은 놀란 눈으로 아버지를 쳐다봤다. 아무리 생각해봐도 아버지와 하모니카를 연결 지을 수가 없었던 것이다. 항억은 잠시 주저하다가 살며시 하모니카를 입에 가져다 댔다. 입술을 통해 전해지는 차갑고 쓸쓸한 느낌과 달리 맑고 명랑한 소리가 나는 것이 놀랍고도 신기했다. 처음 접해보는 하모니카는 단숨에 그의 마음을 사로잡았다.

"이거 저 주시면 안 돼요?"

가화가 또 고개를 끄덕였다. 항억이 하모니카를 쥐고 후원에서 채소를 심고 있던 항한에게 뛰어갔다. 이어 아무렇게나 한 곡조 불고 항한에게 물었다.

"이거 어때? 근사하지 않아?"

항한이 사촌형과 하모니카를 번갈아보더니 대답했다.

"응, 형하고 잘 어울리는 것 같아."

그때부터 항억은 하모니카를 손에서 놓지 않았다. 집에 사람들이 많이 모이는 명절 때면 방안에 틀어박혀 하모니카를 불었다. 마치 세상의 외로움을 혼자 다 짊어진 사람처럼 청승을 떨면서 누가 불러도 나가지 않았다. 그런 행동은 집안 식구들의 관심을 받기에 충분했다. 그는 수많은 푸른 꽃 중에서도 단연 빛나는 청일점이 될 수 있었다.

그러나 안목이 예리하고 직설적인 기초는 대놓고 조카를 조롱했다.

"어유, 불쌍한 우리 조카. 많이 힘들었어? 그만 좀 해, 세상에 엄마 없는 사람이 너 하나뿐이냐?"

"나는 엄마가 필요해요."

항억의 말투는 고집스러웠다.

"온 식구가 귀여워해줬더니 응석이 늘었어."

기초가 말했다.

항한은 작은고모의 말에 아무 대꾸도 하지 않았다. 하지만 그 역시 가끔 사촌형이 경망스럽다는 생각을 할 때가 있었다. 그는 아무도 없을 때 단도직입적으로 항억에게 물었다.

"그 여자가 또 편지를 보냈어?"

항한이 말한 '그 여자'는 항억의 생모인 방서령이었다.

"네가 그걸 어떻게 알아?"

항억은 항한에게 정곡을 찔릴 때마다 엄청나게 화를 냈다.

"네 관심 따위는 필요 없으니 내 일에 참견하지 마."

항한은 이럴 때면 어떻게 해야 하는지 잘 알고 있었다. 항억이 말한 대로 입을 딱 닫고 관심을 끊어버리는 것이었다. 아니나 다를까, 몇 분도 지나지 않아 항억이 참지 못하고 물었다.

"그녀가 편지를 보냈다는 건 어떻게 알았어?"

"형 표정만 봐도 알 수 있어. 형이 지금 마음을 못 잡고 있잖아."

항억이 솔직하게 털어놓았다.

"나한테 호빈공원 대문 앞에서 만나자고 했어."

"그래서? 갈 거야?"

항억이 잠깐 생각하더니 말했다.

"가고 싶긴 하지만 아버지를 속이는 짓은 하고 싶지 않아."

"그렇지? 나도 그렇게 생각해. 내가 형 대신 큰아버지께 말씀드릴 까?"

항억이 손을 저었다. 그에게는 다른 사람의 감정을 배려하는 세심함이 있었다. 남들이 잘 알아차리지 못하는 장점이었다.

"아니야, 말하지 마. 아버지는 겉으론 표현을 안 하셔도 괴로워하실 거야."

"큰아버지는 허락하실 거야. 큰아버지는 사리에 밝으신 분이잖아."

항한이 형을 위로했다.

"사리에 밝으신 분이니 당연히 괴로워하시지."

항억이 마음 정리를 한 듯 손을 저으면서 말했다.

"됐어, 그만하자. 나도 그쪽 집안과 엮이고 싶은 마음은 없어. 분^粉이가 그러는데 평소에 두 분이 자주 다투신대. 분이의 계부는 어머니가 아직도 항씨 가문에 미련을 가지고 있다고 생각하나봐. 이런 상황에서 내가 어머니를 만나면 입장이 더 난처해질 거야, 안 그래?"

항억 역시 가화처럼 마음속으로 결론을 내려놓고 항한의 의견을 묻는 척했다.

항억은 나초경을 만나기 얼마 전 잠깐 연애를 한 적이 있었다. 상대는 〈너의 채찍을 내려놓으라〉는 단막극에서 노래로 먹고 사는 역을 맡았던 여학생이었다. 그는 그때까지만 해도 항일과 사랑 두 마리 '토끼'를 모두 놓치지 않았다고 의기양양했었다. 항한의 비웃음을 샀던 시는 바로 그 여학생을 위해 쓴 것이었다.

그대의 눈이 버드나무 뒤에 걸려 있는 차가운 별이 아니라면

어찌 그토록 외롭고 청량할 수 있을까요?

그대의 눈동자가 불속에서 치솟는 불꽃이 아니라면

어찌 그토록 열렬하고 도도할 수 있을까요?

이 시를 써놓고 한껏 자아도취에 젖어 있던 항억에게 항한이 찬물을 끼얹었다.

"도도? 도도 좋아하고 있네. 공습경보 사이렌이 울리면 제일 먼저 도망갈 여자가 어디를 봐서 도도해? 목청도 얼마나 높은지, 나는 사이렌 소리인 줄 알았어."

항억은 뭐라고 반박하고 싶었으나 항한의 말이 틀린 것은 아니었다. 비유도 얼마나 절묘한지 항억은 그만 참지 못하고 푸웃 하고 웃음을 터뜨리고 말았다. 그때부터 항억은 그 여자아이에게 '공습경보'라는 별명을 붙여줬다.

항한은 항억 덕분에 어느새 잡념이 멀리 달아난 듯했다. 둘은 낮에 만났던 나초경이라는 여자에 대해 흥미진진하게 토론을 하기 시작했다.

"그거 알아? 그 여자는 먼 곳을 볼 때면 눈을 가늘게 뜨는 습관이 있어. 마치 뭔가 골똘히 생각하고 있는 것 같아. 그럴 때면 그 여자의 눈은 정말 신비로워. 나는 태어나서 지금까지 그런 눈은 본 적이 없어."

항한이 잠깐 생각하더니 한마디 툭 던졌다.

"눈이 나쁜 거겠지."

항억은 김이 확 샜다. 항한은 말 한마디로 촌철살인의 재주가 있었다. 항억은 그런 사실을 잘 알고 있었지만 그러나 기분이 상하는 것은 어쩔 수 없었다. 그가 속으로 중얼거렸다.

'내가 말하려는 것은 근시 문제가 아니잖아. 나는 내 삶에 나타난 중요한 사람에 대해 말하고 싶어. 자기 자신을 불태워 밤하늘의 어둠을 가르는, 영원히 지지 않는 별에 대한 얘기 말이야. 나도 곧 그 별을 따라 먼 길을 떠날 거야. 아아, 내가 집을 떠나 항일전쟁에 참가하게 되다니. 적들과 사투를 벌이는 느낌은 어떨까? 생각만 해도 가슴이 벅차올라.'

젊은 '시인'의 머릿속에 시상이 떠올랐다. 그가 조용히 읊조리기 시작했다.

"피, 철, 죽음, 사랑, 대지, 하늘, 태양, 달 그리고 철석같은 의지로 똘똘 뭉친 강철의 조직, 세상에서 제일 강건한 민족항일결사대, 이들과 함께 할 수 있다는 건 참으로 영광스러운 일이야. 임생 고모부가 무엇 때문에 자신의 목숨까지 선뜻 내놓을 수 있었는지 나는 지금에서야 알 것 같아. 아아, 희생이라는 것은 정말 영예로운 일이야. 그녀의 눈빛은 미세하게 밝아졌다 흐려지는 촛불을 닮았어. 맞아, 이제야 생각나는 건데 그녀의 눈에도 불꽃이 있었어. 그녀가 실눈을 뜰 때마다 회색빛 불꽃들이 우수수 떨어지는 느낌이었어. 그녀는 세상 그 어떤 여자와도 비교할 수 없는 특별한 여자야. 그녀는 지고무상해. 그런 그녀를 감히 좋아한다는 건 그녀에 대한 모독이야. 그녀는 저 하늘의 샛별처럼 우러러 봐야 하는 존재야."

항억이 동생을 불렀다.

"한아, 일어나. 형이 십사행시를 완성했어. 마음을 가다듬고 앉아서 형의 시를 들어봐. 그녀를 찬미하는 시는 누워서 들으면 안 돼."

그대는 소슬한 서풍을 맞으며 서 있는 여걸이오.

그대의 눈빛은 가을 기운을 닮았어요.

나는 호숫가의 늙은 버드나무 아래에서 그대를 기다리면서
그대가 오기 전 먼저 찾아온 첫추위에 마음을 떨었답니다.

이 호숫가에는 그대 같은 여인이 나타난 적이 없어요.
그대는 복숭아꽃처럼 화사하지 않아요.
그대의 눈에는 추파도 없어요.
나를 바라볼 때의 그 눈빛조차 다른 세상에 속해 있는 것 같았어요.

전쟁의 시대에 그대는 예고 없이 찾아왔어요.
나는 그대에게 첫눈에 반한 소년일 뿐이에요.
하지만 나는 그대의 이름을 부를 수 없어요.
그대의 영혼을 놀라게 하면 안 되니까요.

나는 다만 그대가 걸어왔던 길 위에 쓰러지고 싶을 뿐이에요.
영영 그대 곁을 떠난 그대의 친밀한 동지처럼 말이에요.

항억이 시를 다 읽었다. 두 소년은 희미한 촛불 아래에서 각자 깊은 생각에 잠겼다.

항한은 두 손을 머리 뒤에 깍지 끼고 누운 채 꼼짝도 하지 않았다. 시를 읽는 형에게는 눈길도 주지 않았다. 그는 문득 한 가지 사실을 깨달았다. 그의 형이 어쩌면 영원한 이별이 될지도 모르는 길을 떠날 거라는 것을. 그리고 그것은 소풍처럼 즐겁고 행복한 길이 아니라는 것을. 두 소년의 마음속에서 무언가 소리 없이 빠져나가고 또 다른 것이 조용히 들어왔다. 둘은 난생 처음 느껴보는 이런 느낌이 당황스럽고 놀라웠

지만 싫지는 않았다. 가슴 깊은 곳에서부터 용솟음치는 격정이 낯설고 쑥스러워 뭐라고 표현할 수 없었을 뿐이었다. 이윽고 항한이 길게 심호흡을 하면서 창문을 활짝 열었다.

창밖의 한기가 확 밀려들어왔다. 창밖으로 고개를 내민 형제는 화들짝 놀라며 그 자리에 굳어버렸다. 항억이 입을 벌린 채 아버지의 얼굴을 바라봤다. 아버지의 머리카락은 이슬에 젖어 있었다.

도둑 장^張씨는 그날 밤 현장에서 덜미를 잡혔다.

항주에서는 도둑을 전문용어로 '배아수'扒兒手라고 불렀다. 유명한 도둑은 뒤에 성을 붙여 "배아×"라고 불렀다. 항씨네 집에서 덜미를 잡힌 배아장의 본명은 장삼張三이었다. 그는 그즈음 좀도둑의 단계를 넘어 점차 유명해지는 중이었다. 항씨네 집은 워낙 담장이 높은 데다 성격이 꼼꼼한 가화가 집단속을 엄하게 해 도둑이 쉽게 넘볼 수 없는 곳이었다. 하지만 비상시국인 탓에 모든 것이 엉망진창이 돼버렸다. 배아장은 망우저택 후원에 파놓은 방공호를 통해 침입했던 것이다.

그날 밤 가화, 항억, 항한, 소촬 네 사람은 어둠을 틈타 몇 십 상자나 되는 주차를 안전한 곳으로 옮겼다. 겨우 일을 끝내고 한숨 돌리려고 할 때였다. 갑자기 발밑에서 철벅거리는 물소리가 들렸다. 귀가 밝은 가화가 낮은 소리로 말했다.

"쉿, 조용히 해. 누가 왔다."

항억 형제와 소촬은 숨을 멈추고 귀를 기울였다. 어둠에 눈이 익어 주변 풍경이 어슴푸레하게 보였다. 방공호 쪽에서 철벅거리는 물소리가 한참 들려오고 머리에 마대자루를 인 사람이 허리까지 찬 물속에서 조심스럽게 위로 기어오르기 시작했다. 항한이 달려가려고 하자 가화가 붙잡았다.

"조금만 더 기다리자."

방공호에서 기어 나온 도둑은 살금살금 벽을 따라 걷더니 '화목심방'花木深房 앞에서 걸음을 멈췄다. '화목심방'은 가화의 아버지 항천취가 생전에 염불과 참선을 하던 방이었다. 그가 죽은 뒤에는 드나드는 사람이 거의 없었다. 가화가 부르르 몸을 떨었다. 등 뒤로 식은땀이 한 줄기 흘러내렸다. '화목심방'에 귀한 물건이 적지 않게 있다는 사실이 생각났던 것이다. 명나라 때의 관음상, 천목天目 찻잔 몇 개, 천축天竺에서 가져온 염주 외에도 항성모項聖謨의 〈금천도〉琴泉圖도 있었다. 그 그림은 항천취가 생전에 목숨처럼 애지중지하던 것이었다. 평소에는 깊숙이 보관해두다가 제사 지낼 때를 맞춰 '화목심방'에 걸어둔 것이 불과 며칠 전의 일이었다. 그런데 망할 놈의 도둑이 마치 냄새라도 맡은 것처럼 때맞춰 침입한 것이었다. 삐걱 소리와 함께 '화목심방'의 문이 열렸다. 방안에 들어간 도둑이 성냥에 불을 붙였다.

으스러져라 주먹을 쥐고 있던 항한은 가화가 등을 밀자 버럭 소리를 지르면서 뛰쳐나갔다. 배아장은 무림 고수인 항한의 상대가 되지 못했다. 항한이 배아장을 제압하자 가화가 성냥불로 침입자의 얼굴을 비췄다. 소촬이 놀란 목소리로 소리를 질렀다.

"제기랄, 네놈은 배아장이로구나."

가화는 성냥불이 꺼지는데도 가타부타 말없이 멍하니 서 있기만 했다. 항억이 조심스럽게 물었다.

"아버지, 없어진 물건이 없는지 살펴봐야 하지 않겠어요?"

가화가 어둠속에서 더듬더듬 의자를 찾아 앉았다.

"잠깐, 생각 좀 해보자."

배아장은 가화의 느긋한 태도에 겁을 집어먹었는지 털썩 무릎을 꿇었다.

"항 사장님, 제발 한 번만 봐주십시오. 저는 오늘이 처음입니다. 없어진 물건들은 제가 훔친 것이 아닙니다. 다른 사람들이 이 댁 담장 밑으로 드나들면서 옷가지들을 가지고 나오는 것을 보고 저도 흑심이 동해서 그만⋯⋯. 저는 정말 오늘이 처음입니다. 제발 신고하지 말아주세요. 집에 팔순 노모와 세 살짜리 아이가 있습니다. 제가 잡혀가면 제 가족들은⋯⋯."

배아장의 말이 끝나기도 전에 소촬이 불이 번쩍 나게 그의 뺨을 철썩철썩 갈겼다.

"닥쳐! 악명 높은 네놈을 누가 몰라? 네놈의 어미는 네놈 때문에 화병 나서 죽은 지 오래잖아. 가족 좋아하고 있네. 멀쩡한 여자가 미쳤다고 네놈과 결혼해서 새끼를 낳을까. 얼른 사실대로 다 털어놓지 못해? 우리 집에서 뭐 훔쳤어? 솔직히 말 안 할래? 좋아, 신고는 나중에 하고 일단 방공호로 끌고 가서 똥물부터 실컷 먹어봐."

혼비백산한 배아장이 닭이 모이를 쪼듯 머리를 조아리며 가화에게 용서를 빌었다. 가화가 한숨을 쉬면서 성냥을 켰다. 아니나 다를까, 방에 걸려 있던 〈금천도〉가 보이지 않았다. 가화는 치밀어 오르는 화를 억지로 참았다. 배은망덕한 놈 같으니라고! 가화는 배아장이 초면이 아니었다. 몇 번인가 배아장이 거리에서 사람들에게 두들겨 맞는 것을 보고 측은지심이 들어 도와준 적이 있었다. 하지만 그것이 무슨 소용인가. 배아장은 도둑질을 멈추지 않은 것은 물론이고 심지어 '은인'의 집을 터는 짓까지 서슴지 않았으니 말이다. 가화가 손을 내저었다. 더 있어봤자 실토할 것 같지도 않았다. 그는 배아장을 끌어내라고 소촬에게 분부하고 말미에 짧게 덧붙였다.

"때리지는 말게. 어디 부러지기라도 하면 안 되니까."

가화가 항억과 항한에게 말했다.

"너희들도 다 봤지? 도둑은 방공호를 통해 들어왔어. 날이 밝기 전에 얼른 방공호를 메우거라."

가화가 이어 막 걸음을 떼려는 두 아이를 붙잡고 덧붙였다.

"이 일은 다른 사람들에게는 비밀이야. 특히 너희들 할머니가 아시면 안 돼. 알겠느냐?"

항억과 항한은 삽을 메고 뒷문으로 나가면서 작은 소리로 소곤거렸다. 항한이 먼저 말했다.

"당연히 할머니가 아시게 해서는 안 되지. 그토록 애지중지하시던 물건이 도둑맞았다는 걸 알면 몸져누우실걸?"

항억이 담장 밖에 있는 방공호 구멍을 촛불로 비춰보더니 삽으로 흙을 파면서 말했다.

"너는 어쩌면 도둑보다도 머리가 돌지 않냐? 도둑은 방공호를 통해 안으로 들어왔어. 그렇다면 이 방공호는 누가 시켜서 팠어? 바로 할머니야. 아버지는 할머니가 이 일을 아시고 미안해하실까봐 우리에게 입단속을 시키신 거야. 할머니의 체면을 세워드린 거지."

날이 희뿌옇게 밝아왔다. 가화는 구석구석 빼놓지 않고 망우저택 안팎을 꼼꼼하게 살폈다.

"그래도 일찍 발견해서 참 다행이야."

가화가 안도의 숨을 내쉬다 말고 갑자기 자신의 이마를 가볍게 툭 쳤다.

"내 정신 좀 봐, 한 곳을 빠트렸군."

가화가 커다란 감나무가 있는 정원을 향해 서둘러 걸음을 옮겼다. 그곳에는 요코의 방이 있었다.

초겨울이라 빨간 감나무 잎은 거의 다 떨어지고 줄기에 겨우 한두 개만 붙어 있었다. 쓸쓸한 풍경이었다. 이곳은 네 번째 대문 옆에 있는 조그마한 정원이었다. 예전에는 사람이 살지 않고 간간이 찾아오던 손님들만 사용하던 곳이었다. 요코는 조용해서 마음에 든다면서 이곳으로 거처를 옮겼다. 가화는 평소에는 이곳에 오는 일이 거의 없었다. 두 사람 사이에는 대화도 점점 줄어들어 나중에는 가끔씩 마주쳐도 할 말이 없었다. 가화는 요코가 무슨 생각을 하는지 알 수 없었다. 그저 말못할 죄책감을 가지고 있을 뿐이었다. 요코에게 생긴 모든 일들, 요코가 다른 사람으로 인해 받은 상처까지도 모두 그 자신의 잘못처럼 느껴져 마음이 괴로웠던 것이다.

그런데 아직 정원 가까이 가지도 않았는데 낮은 울음소리가 들려왔다. 가화는 그 자리에 굳은 채 꼼짝 못하고 있다가 천천히 무거운 걸음으로 샛문 앞에 이르렀다. 문은 잠겨 있지 않았다. 정원에 들어선 가화의 눈앞에 끔찍한 광경이 펼쳐졌다. 요코가 감나무를 끌어안고 쿵쿵 소리가 나도록 머리를 나무에 부딪치고 있었던 것이다. 놀란 가화가 한달음에 달려가 요코를 붙잡았다. 요코의 이마에서 피가 뚝뚝 흘러내렸다. 가화를 본 요코는 가화의 가슴에 머리를 부딪쳤다. 가화의 앞섶이 피로 벌겋게 물들었다. 요코가 울음 섞인 소리로 울부짖었다.

"저는 더 이상 못 살겠어요. 아주버님, 저는 이대로는 도저히 못 살겠어요."

요코의 손에는 싱가포르에서 온 편지가 들려 있었다. 가화는 필체로 보아 그것이 가평의 편지임을 알 수 있었다. 가화가 요코의 어깨를 지그시 누르면서 말했다.

"그만, 그만. 가슴이 너무 아프오."

요코가 고개를 들었다. 이어 백짓장처럼 창백해진 가화의 얼굴을 보더니 울음을 멈추고 걱정스럽게 물었다.

"아주버님, 왜 그러세요? 괜찮으세요?"

요코가 가화를 부축해 방으로 데려 가려고 했다. 그러나 가화는 고개를 저었다. 이어 눈시울을 붉힌 채 감나무에 기대면서 억지웃음을 지었다.

"괜찮소."

2년 전 가화는 가평의 편지 한 통을 받았다. 그 전에도 가평은 사소한 고민을 편지로 털어놓곤 했다. 그러나 그날의 편지는 가화를 경악시키기에 충분했다. 가평은 자신이 동남아 일대의 명망 높은 사회활동가가 됐다면서 놀라운 사실을 털어놓았다. 같은 신문사에 여성 화가로 근무하는 부잣집 아가씨와 사귀고 있으며 곧 결혼할 예정이라는 것이었다. 가평의 말을 그대로 옮기면 "공동의 분투 목표, 공동의 이상, 공동의 시련과 공동의 포부가 두 사람을 결합시켰다."고 했다. 가평은 편지 말미에 으레 그렇듯 고민을 털어놓았다. 여자의 부모가 독실한 크리스천인 탓에 두 사람의 결혼을 허락하지 않는다는 것이었다. 가평은 또 염치없지만 자신을 대신해 이 소식을 요코에게 전해줄 것을 부탁한다고 덧붙였다.

"언젠가는 들통이 날 줄 알았소."

가화가 고개를 저었다.

"하지만 차마 요코에게 말할 수 없었소. 차마 그걸 내 입으로 말할 수가 없었소."

"저도 아주버님이 알고 계실 줄 알았어요. 오히려 저는 아주버님께 직접 듣고 싶었어요. 저 너무 힘들어요. 제가 얼마나 힘든지 아무도 모를 거예요……."

"나는 요코의 기분이 좋아지면 말해주려고 했지. 허나 요코는 항상 우울한 얼굴이었소……."

"아주버님, 설마 모르고 계셨어요? 그이가 돌아온대요. 그 여자를 데리고 말이에요……. 맙소사, 못 살아. 아주버님, 저 이렇게는 못 살겠어요……."

……

"항일을 위해 귀국한대요. 둘이 같이 돌아온대요. 둘이…… 함께요……."

요코가 감나무를 끌어안고 목 놓아 울었다. 얼마나 슬프게 우는지 샛문이 열리고 항한이 들어오는 것도 두 사람 다 모르고 있었다.

"엄마, 무슨 일이에요? 여기도 도둑이 들었어요?"

항한이 놀란 눈으로 물었다.

제5장

국군 중위 작전참모 나력은 경비사령부 당직실에서 동시에 전화 두 개를 받고 있었다. 하나는 여자 친구 기초가 걸어온 전화였다. 그는 한쪽 귀에 하나씩 전화기를 대고 나랏일과 집안일을 동시에 처리하느라 귀가 먹먹할 지경이었다.

상해 전장에서 패배한 후 군 당국은 즉각 전당강대교를 폭파하라는 명령을 내렸다. 적들이 강을 건너지 못하게 하려는 것이었다. 나력에게 걸려온 전화 내용은 즉각 경비사령부 담당자를 성 정부에 보내 다리 폭파를 의논하라는 것이었다.

나력이 저쪽 수화기를 내려놓기도 전에 이쪽 전화기에서 기초의 다급한 목소리가 흘러나왔다.

"나력, 큰일 났어요!"

나력이 기초의 목소리가 심상치 않음을 느끼고 이쪽으로 고개를 돌리면서 작은 소리로 물었다.

"무슨 일이오? 얼른 말해요. 지금 전황을 보고해야 해서."

"집에 도둑이 들었어요."

'이 난리통에 도둑이 들끓는 것은 당연한 일이지.'

나력은 속으로 그렇게 생각하면서 다시 물었다.

"어떻게 됐소?"

"현장에서 잡았어요."

"그러면 경찰서로 끌고 가야지."

"큰오빠가 반대해요. 큰오빠는 도둑을 놓아주겠대요. 다들 당신을 기다리고 있어요."

나력이 한숨을 내쉬었다.

'장사꾼이라는 사람들이 도둑 하나도 상대하지 못하다니, 참.'

나력은 수화기를 둘 다 내려놓고 황급히 상관에게 상황을 통지했다. 이어 군용차에 올라탔다. 다리를 폭파하는 것은 중요한 사안이니만큼 본인이 직접 성 정부에 가서 의논하려는 것이었다.

절강성은 절동浙東과 절서浙西를 합쳐서 부르는 말이다. 절동과 절서의 경계는 전당강이다. 흔히 항杭, 가嘉, 호湖 3개 부府가 절서에 들어가고, 영寧, 소紹, 태台, 금金, 구衢, 엄嚴, 온溫, 처處 8개 부가 절동에 포함된다.

예전에 다리가 없었을 때는 도도히 굽이쳐 흐르는 전당강에 의해 절동과 절서가 자연스럽게 분리됐었다. 그래서 중화민국 초년에 절강성 의회에서 전당강대교 건설 의제가 거론됐었다. 하지만 군벌 혼전의 시대에 거액의 자금을 마련할 수 없었던 탓에 흐지부지 없던 일로 돼버렸다. 그러다 민국 22년에 다리 건설 의제가 재차 논의됐다. 교량 전문가 모이승茅以升이 총공정사 물망에도 올랐다. 이렇게 해서 1934년 11월 11

일, 제1차 세계대전 종전 기념일에 전당강대교 착공식이 열렸다. 그리고 1937년 9월 26일 길이가 1,453미터에 달하는 세계 최장의 교량이 완성됐다.

당시는 '8.13 송호松滬' 항전이 이미 발발한 뒤였다. 그래서 이 다리를 이용한 물자 운송량이 엄청났다. 많을 때는 하루에 다리를 건너는 기관차가 300여 대, 화물차가 2,000대가 넘을 정도였다. 11월 17일 도로 노면까지 정식 개통되면 다리를 건너는 사람들의 수는 하루 10만 명을 넘을 터였다. 말 그대로 사람들이 물밀 듯이 밀려다니는 장관이 펼쳐질 터였다.

하지만 전당강대교는 세계 교량 역사에서 전무후무한 비운을 맞았다. 미처 개통이 되기도 전에 폭파당할 위기에 처한 것이다. 9월 26일, 대교 아래층 철도가 완공되고 새벽 4시에 첫 번째 열차가 서서히 다리를 향해 다가왔다. 이때까지만 해도 대교 남쪽 연안 2번 교각에 폭약을 놓기 위한 직사각형 구멍이 새로 생겼다는 사실을 아는 사람은 많지 않았다.

중국은 처음으로 스스로 설계하고, 건설한 대교를 자기 손으로 무너뜨리게 되었다.

긴 토론이 끝났을 때는 자정이 지난 후였다. 나력은 군용차를 몰고 서호 호숫가를 따라 천천히 달렸다. 딱히 급할 일은 없었다. 호숫가 늙은 버드나무 사이를 지날 때까지도 그의 머릿속은 텅 비어서 아무 생각도 없었다.

사람들을 공포에 떨게 할 짙은 붉은색 냄새가 풍겨오고 있었다. 공포의 냄새는 이미 도시 상공을 완전히 뒤덮었다. 이제는 이 도시의 땅 밑에서도 올라오고 있었다. 그것들은 마치 천천히 수면 위로 솟아오르는 흉악한 괴물처럼 어둠 속에서 소리 없이 차가운 웃음을 흘리며 아무것도 모른 채 달콤한 꿈을 꾸고 있는 이 도시의 시민들을 향하고 있었다.

나력은 머나먼 동북에서 항주로 온 젊은이였다. 전쟁이 아니었다면 그가 이곳까지 올 일은 평생 없었을 것이었다. 이곳 남자들은 투박한 동북 사내들과 달리 호리호리하고 여자처럼 피부가 맑았다. 장삼을 즐겨 입고 얼굴에는 속을 알 수 없는 표정을 짓고 있었다. 나력은 상대가 무슨 생각을 하는지 알 수 없다는 사실도 기분 나빴다. 게다가 이곳의 남자들은 입만 열면 한다는 소리가 "차 마시러 가자."였다. 나력도 몇 번인가 "서호 호숫가로 차 마시러 가자."는 제의를 받은 적이 있었다. 그럴 때마다 그는 속으로 코웃음을 쳤다. 동북에서는 상상도 할 수 없는 일이었다. 동북 사내들은 만나기만 하면 "어이, 술 한 잔 하러 가세."라고 소리를 지르기 때문이었다. 이 고장에서는 군인들도 크게 다르지 않아서 한바탕 통쾌하게 술을 마시는 경우가 거의 없었다. 심지어 젊은 장교들은 여자만 생겼다 하면 어김없이 장삼을 입고 말쑥해진 '항주 남자' 행렬에 가담하고는 했다.

나력은 도무지 이 도시에 적응을 하지 못했다. 그것은 그가 항주 여자와 사랑에 빠진 후에도 마찬가지였다. 이 도시와 사람들에게는 그가 이해할 수 없는 것이 많았다. 그중에서도 그가 제일 궁금한 것은 항주 사람들이 무엇 때문에 서호를 떠나지 못하는가 하는 것이었다. 그가 보기에 항주 사람들은 서호를 목숨같이 여기거나 목숨과도 바꿀 수 있는 존재로 여기는 것이 틀림없었다. 얼마 전 상해가 일본군에 의해 함락된 후 이곳 항주에도 한동안 피난 열풍이 불었었다. 하지만 최근 들어 일본군의 침범 소식이 잠잠해지자 피난 갔던 사람들이 다시 하나둘씩 돌아왔다. 돌아온 사람들은 짐을 내려놓자마자 물 한 모금 마실 시간도 없이 서호로 달려갔다.

"얼른, 얼른 가자고. 오랜만에 서호를 보러 가야지."

사람들은 그리고는 호숫가의 마른 버드나무숲에서 용정차를 음미하면서 세상을 다 가진 듯한 표정으로 긴 한숨을 토해냈다.

"후유, 집에 돌아왔어. 드디어 집에 왔어."

나력은 그런 사람들을 보면서 고개를 절레절레 저었다.

서호가 아무리 좋다 한들 커다란 물웅덩이에 불과할 뿐, 동북의 광활한 평원을 따라올 수 있을까. 칼날처럼 날카롭게 뺨을 쩍쩍 가르는 동북의 눈이 제대로 된 눈이지, 이곳의 눈이 어디 눈인가. 형체도 없이 빌빌대면서 떨어지는 물방울에 불과했다.

나력은 이곳의 바람도 마음에 들지 않았다. 호수에서 살랑살랑 불어오는 바람이 여인네의 손길처럼 부드러운데 그걸 어디 바람이라고 할 수 있겠는가.

나력은 어깨를 으쓱하면서 코를 벌름거렸다. 여인네의 손길처럼 부드러운 호숫가의 바람을 맞으니 스르르 눈꺼풀이 내려왔다. 그는 천천히 차를 세우고 운전대에 머리를 기댔다.

시간이 얼마나 흘렀을까, 나력은 깜짝 놀라 잠에서 깨어났다. 정적을 깨고 어디선가 새소리가 들려왔다. 그 소리는 마치 설움에 겨운 아낙네의 넋두리처럼 처량하면서도 구슬펐다. 인기척을 눈치챈 듯 새소리는 가늘게 떨리더니 멈춰버렸다. 사람과 새는 각자 자기만의 생각에 빠져들었다.

나력은 운전대를 꽉 잡았다. 느닷없이 밀려든 고향 생각에 가슴이 찢어질 듯 아파왔다. 그가 그토록 싫어하던 서호가 그에게 그런 감정을 일깨웠던 것이다. 하지만 그는 그런 사실을 깨닫지 못했다. 갑자기 그녀가 미친 듯이 보고 싶어졌다. 그가 사랑하는 그녀, 아름다운 여인…….
그리고 그는 방금 전까지 잊고 있던 가장 중요한 일을 기억해냈다.

청하방 망우차장에서 새어나오는 불빛이 나력의 시선을 확 끌었다. 기초의 말에 의하면 전쟁이 발발한 이후 많은 차장이 문을 닫고 장사를 접었다고 했다. 그런데 야심한 밤에 난데없는 불빛이라니. 나력은 대문 틈으로 안을 훔쳐봤다. 장삼을 입은 남자가 문을 등진 채 앉아 있었다. 기초의 큰오빠 가화였다. 나력은 가화를 몇 번 본 적이 있었다. 그러나 가화에 대해 아는 것은 별로 없었다. 그저 그가 항상 냉담한 표정을 짓고 있다는 것 정도였다. 특히 나력을 볼 때의 쌀쌀맞은 눈빛은 그 자신도 충분히 눈치챌 수 있었다.

그런데 혼자여서 그럴까, 가화의 얼굴에는 여느 때와 달리 슬픔이 짙게 깔려 있었다. 나력이 지켜보는 내내 꼼짝도 않고 앉아 있었다. 그러다 가끔은 무엇에 놀란 듯 고개를 들어 주위를 휘휘 살피고는 다시 생각에 잠기곤 했다. 나력은 문밖에서 한참 서 있다가 가볍게 대문을 두드렸다.

두 사람의 대화는 어색하기 짝이 없었다. 가화는 필요 이상으로 나력에게 예의를 차렸다. 남자들은 불편한 자리에서는 불편한 티를 내게 마련이다. 남쪽이든 북쪽이든 태생과는 상관없이 말이다. 다만 표현하는 방식이 다를 뿐이었다.

가화가 친절하게 자리를 권했다.

"자자, 여기 앉게. 기초 그 아이가 별일도 아닌 걸 가지고 또 호들갑을 떤 모양이군. 그 아이는 자네를 내내 기다리다가 어두워져서야 빈아원賓兒院으로 갔네. 별일 아니네. 지금 같은 시국에 한두 번 도둑맞지 않은 집이 어디 있겠나. 차를 내올 테니 잠깐만 기다리게. 잠을 쫓는 데는 차만 한 게 없지. 평수 주차 어떤가?"

가화가 가게 안을 바쁘게 왔다 갔다 하면서 차를 찾더니 물을 끓이느라 부산을 떨었다.

나력은 가화의 행동이 이해가 되지 않았다. 지난번에 나력을 만났을 때는 꼴도 보기 싫은 듯 대충 고개를 끄덕여 보이고는 자리를 피했던 사람이었다. 그런 사람이 갑자기 열정적으로 차 대접을 하다니 뭔가 이상한 느낌이 들었다. 나력은 자신이 항씨네 식구들에게 그다지 환영받는 존재가 아니라는 사실도 잘 알고 있었다. 언젠가 기초가 눈물을 흘리면서 이런 말을 한 적도 있었다.

"나 이제 어떡해요? 당신을 미워해야 하는데 미워할 수가 없어요. 머리로는 미워해야 하는 줄을 아는데 가슴은 당신을 죽도록 사랑하니 괴로워서 미칠 것 같아요. 가초 언니를 볼 면목이 없어요. 어머니도 저를 경멸해요. 당신이 그쪽에 속하는 사람이기 때문에요."

"웃기는 소리. 나는 항일하러 온 사람이야. 군인이라고! 당신에게 분명히 말하는데 나는 어느 개인에 속한 사람이 아니야. 당신, 그래도 나를 사랑하지?"

나력은 일부러 화난 척하며 발을 탕탕 굴렀다. 성격이 급한 그는 마음속에 할 말을 담아두고는 못 사는 사람이었다. 기초가 나력의 가슴팍을 두드리면서 울먹거렸다.

"당신이 나빠요. 당신 때문에 화가 나서 못 살겠어요. 당신이 미워요."

기초의 말이 끝나기 무섭게 그녀와 나력 두 사람은 서로를 껴안은 채 미친 듯이 입맞춤을 했다. 열정적인 여자 기초는 공습경보 사이렌이 울릴 때까지 나력을 놓아주지 않았다.

나력은 가화의 친절이 혹시 친절을 가장한 '축객령'은 아닐까 하고 잠깐 고민했다. 항주에 온 지 꽤 오래되다 보니 그는 이곳 사람들이 거부감을 표현할 때에도 직설적으로 표현하지 않고 완곡하게 돌려 말한다는 사실을 모르지 않았다.

나력이 입을 열었다.

"형님, 저는 괜찮습니다. 아무 차나 다 괜찮아요. 아니, 차는 안 주셔도 돼요. 정말입니다. 저는 차를 별로 안 좋아해요."

가화가 고개를 돌렸다. 어슴푸레한 불빛에 잘 보이지는 않았으나 가화는 분명 이해할 수 없다는 표정을 짓고 있었다.

"여기까지 와서 어떻게 차를 안 마실 수가 있나?"

나력은 자신의 말실수를 바로 깨달았다. 가화는 진심으로 나력에게 차 대접을 하려 했던 것이었다. 나력이 이내 화제를 돌렸다.

"없어진 것은 없어요? 도둑은요? 피해가 어느 정도예요?"

가화가 평수 주차를 담은 찻잔을 나력 앞에 내려놓고 맞은편에 앉았다. 그리고는 자신의 찻잔을 입에 대고 한참 홀짝이다가 입을 열었다.

"도둑은 놓아줬네."

"네? 풀어줬다고요?"

"얼마 지나지 않아 항주 시내도 곧 함락될 걸세. 이건 나보다 자네가 더 잘 알겠지. 감옥에 갇혀 있는 죄수들을 다른 곳으로 보내거나 방면한다는 소문이 돌더군. 육군 감옥도 해산한다는 말이 있네. 이런 상황에 도둑을 감옥에 보내봤자 뭐하겠나. 차라리 놓아줘서 일찌감치 항주 시내를 빠져나가게 하는 게 낫지. 안 그러면 갇혀 있다가 꼼짝 못하고 일본놈들에게 죽임을 당할 수도 있으니…….”

나력이 고개를 끄덕였다. 가화의 말에 일리가 있다고 생각한 것이다.

“그러면…… 피해는 어느 정도인가요?”

가화가 곰곰이 생각해보더니 대답했다.

“선친의 '화목심방'을 다 뒤져간 것 같더군. 다른 건 없어져도 별 상관이 없지만 선친께서 생전에 아끼시던 〈금천도〉가 없어진 것이 가슴 아프네.”

“아주 귀한 것인가 보네요?”

항주에서 글깨나 안다는 사람들은 서화작품 소장하기를 즐긴다는 것을 나력도 알고 있었다. 마치 동북의 농민들이 가을에 식량을 쌓아놓는 것처럼 말이다.

“명나라 사람 항성모의 작품이라네. 길이 두 자, 너비 한 자 되는 종이에 물독 몇 개와 거문고 하나가 그려져 있는 그림이지. 귀하다고 할 것까지는 없고, 선친께서 그림에 있는 시를 매우 좋아하셨네. '웃으면서 거문고 줄을 다듬고, 차가 생기기도 전에 샘물을 먼저 준비한다.'라는 시지. 됐네, 됐어…….”

가화가 손을 휘저었다.

“몸 밖의 물건, 태어나면서 가지고 온 것도 아니고 죽으면서 가져갈 것도 아닌걸. 시국이 어느 때인데 그까짓 물건 생각을 다 하겠나.”

어색한 침묵이 흘렀다. 가화도 더 할 말이 없는 듯 차만 홀짝였다.

나력은 차를 사본 적이 단 한 번도 없었다. 기초를 만나기 전까지는 차장이라는 곳에 들어간 적도 없었다. 이날 처음 망우차장에 왔는데 하필이면 밤이었다. 그래서 그런지 차장은 매우 신비로운 느낌이 들었다.

매장 궤짝 안에는 주석을 비롯해 양철로 만든 각양각색의 다관茶罐들이 진열돼 있었다. 바닥에 깔린 꽃무늬 타일도 처음 보는 것이었다. 그리고 무슨 목재로 만들었는지는 모르나 상판이 대리석으로 된 커다란 탁자는 척 보기에도 고급스러웠다. 주위를 둘러보던 나력이 고개를 쳐들었다. 그러자 그를 마주보던 가화와 시선이 딱 마주쳤다. 나력이 멋쩍게 싱긋 웃었다. 가화도 따라 웃으면서 말했다.

"자네를 보니 한 사람이 생각나는군."

"누구요?"

"죽었네."

가화는 나력을 보면서 임생 생각을 했다. 잘 생긴 남자, 가초가 사랑한 사람, 망우의 아버지인 임생도 그때 나력처럼 탁자 옆에 앉아 미소를 지었었다. 아마 지금쯤 다른 세상에서 새로 망우차장을 방문한 이 남자를 지켜보고 있을 것이다. 임생이 북방에서 온 국군 장교를 마음에 들어 할까?

"그 사람이 누군지 알 것 같군요."

나력이 젊은 혈기에 참지 못하고 군모를 벗어 책상에 탁 내려놓으면서 말했다.

"형님, 형님도 잘 아시겠지만 전쟁이 아니었더라면 저는 이곳에 올 일이 없었을 겁니다. 저는 광부였어요. 태어날 때부터 군인이었던 건 아니에요."

나력의 거친 말투에 가화가 고개를 들고 뜻밖이라는 표정을 지었다.

"전쟁을 좋아하는 사람은 없다네."

가화의 말이 끝나기 무섭게 전등이 꺼졌다. 전시상황에 흔히 있는 일이었다. 나력이 물었다.

"형님, 초 있어요?"

"있네. 하지만 가게에서는 초를 켜면 안 된다네. 차장 규정이지."

가화는 나력이 다인茶人이 아니라는 사실을 깨닫고 어둠속에서 그 이유에 대해 설명했다.

"차에는 다른 냄새를 흡수하는 성질이 있다네. 그래서 냄새나는 물건을 차와 함께 두면 안 되지. 차장 직원들이 파, 마늘, 생강 등 냄새나는 음식을 먹지 않는 이유도 이 때문이라네. 양초도 냄새가 심한 물건이어서 우리 가게는 전등이 나오기 전까지는 등초燈草를 사용했다네."

두 남자는 어둠속에서 손을 더듬어 찻잔을 집어 들고 홀짝였다. 나력은 이날 평수 주차라는 것을 처음 맛보았다. 그전에는 세상에 이런 차가 있다는 말도 들어보지 못했다. 마른 찻잎은 동글동글한 형태인데 물에 들어가니 길쭉하게 펴지는 것이 신기했다. 다만 맛은 생각했던 것보다 훨씬 쓰고 진했다.

'평수 주차, 평생 잊지 못하겠군.'

나력이 속으로 생각하면서 가화에게 물었다.

"형님, 영업을 계속 하실 생각인가요?"

어둠속에서 한참 뜸을 들이던 가화가 나력에게 되물었다.

"자네 생각에는 내가 계속 하는 게 좋을 것 같나, 아니면……?"

나력이 찻잔을 내려놓았다. 어둠속이라 그런지 탁, 하는 소리가 유난히 크게 들렸다.

"형님, 제가 오늘 여기 온 목적은 도둑사건보다 더 중요한 일을 위해서입니다. 형님네 가족들을 안전하게 후방으로 철수시키는 것이지요. 지금 겉보기에는 아무 일도 없이 잠잠한 것 같지만 항주가 함락되는 건

시간문제입니다. 형님 가족들을 안전한 곳으로 보내고 나면 저도 곧 떠날 겁니다."

"어디로 간다는 말인가?"

"전장으로 나갑니다."

가화가 입을 다물었다. 그는 갑자기 기초가 나력의 이런 계획을 알고 있는지 궁금해졌다. 그렇다고 나력에게 물어볼 수도 없는 일이었다. 국난이 눈앞에 닥친 비상시국에 일개 군인이 선택할 수 있는 길이 그리 많지 않다는 것은 그도 알고 있었다. 결국 가화의 입에서는 엉뚱한 말이 나왔다.

"음, 그렇게 하는 게 좋겠군. 남자는 전선에 나가고 여자는 아이를 데리고 후방으로 철수하는 게 좋겠군. 기초는 망우를 데리고 빈아원으로 가기로 했다네."

나력은 항씨네 다른 가족들의 생각도 궁금해졌다. 그의 직감이 틀리지 않는다면 항씨네 사람들은 전쟁 통에 악착같이 살아남을 정도로 생활력이 강한 사람들이 아니었다. 나력의 우려는 불행히도 적중했다.

"기초와 망우는 빈아원으로 가고 항억은 항일조직을 따라 금화金華로 철수할 거네. 나머지 사람들은 아무도 항주를 떠날 생각이 없다네."

가화의 말투는 담담했다. 나력은 그래도 가화를 설득하려고 애썼다.

"제가 알기로 항주 시내에서 돈깨나 있다는 사람들은 모두 후방으로 피난을 떠났다고 합니다. 후조문候潮門 밖에 있는 열 몇 개의 차행茶行도 전부 문을 닫았습니다."

나력의 말투에서는 조급증이 느껴졌다. 가화는 묵묵히 들으면서 속으로 생각했다.

'그래, 그래. 자네 말이 다 맞네. 우리도 그걸 모르는 게 아니네. 하지만 어머니가 한사코 안 가신다고 고집을 부리니 어쩔 수가 없다네. 요 며칠 동안 우리는 입술이 부르트도록 어머니를 설득하고 있다네.'

여자와 전쟁을 논하려니 도무지 말이 통하지 않는 것은 당연한 일이었다. "항주를 떠야 한다. 안 그러면 죽음밖에 없다."고 아무리 말해도 심록애는 고집불통이었다. 기껏 찾아낸 이유도 말도 안 되는 것들이었다.

"용정차가 일본사람하고 무슨 상관이냐? 사봉獅峰 최상품 차는 한 근에 16원, 특등 용정차도 한 근에 12원 80전씩 몇 년 동안 쭉 이 가격을 유지해왔다."

"일본군은 항주에 안 와. 설사 쳐들어올지라도 사람은 못 죽여. 항주는 부처님의 보우를 받는 곳이야."

"설사 사람을 죽인다고 해도 나를 죽이지는 않을 거야. 쭈글쭈글하고 빼빼 마른 늙은 노인네를 죽여서 어디다 쓰겠느냐?"

"항일전쟁은 반드시 승리한다. 그것도 빠른 시일 내에 승리한다. 공산당, 국민당, 수많은 당파들이 단결해 항일하는데 승리하지 못할 리가 있겠느냐. 중국은 인구가 많아도 단결력이 부족해서 일본놈들에게 당했던 거야. 하지만 지금은 달라. 피난 갔던 사람들도 곧 돌아올 거야. 나는 귀찮게 두 번 걸음 하는 건 질색이야."

말도 안 되는 핑계만 이리저리 늘어놓던 심록애는 나중에는 눈물까지 보였다.

"나는 가초를 두고 갈 수 없어. 가초는 임생이 처형당하는 모습을 보고 정신이 이상해졌어. 가초는 집을 떠나면 안 돼. 집을 떠나는 즉시 죽고 말거야. 나는 가초의 친어머니가 아니야. 내가 배 아파 낳은 딸은 아니나 지금까지 친 모녀처럼 가깝게 지내왔어. 나는 가초를 두고 갈 수 없어."

"어머니, 가초 걱정은 안 하셔도 돼요. 제가……"

심록애가 단박에 가화의 말을 잘랐다.

"입 다물어. 남자들이 뭘 안다고 그래? 여자는 여자가 보살펴야 해."

"어머니, 요코가 한이와 함께 집에 남겠다고 했으니 가초를 돌봐줄 겁니다."

가화의 말에 심록애의 표정이 돌변했다. 그녀는 마치 지하 공작원처럼 가화의 귀에 입을 바짝 대고 소곤소곤 말했다.

"요코는 일본사람이야."

심록애의 말투와 표정은 마치 큰 비밀이라도 알려주는 것처럼 진지했다.

아무리 설득해도 말이 통하지 않자 가화도 슬슬 화가 나기 시작했다.

'기객 어르신이 가신다고 하면 어머니도 가실 건가요?'

가화는 목구멍으로 튀어나오려는 말을 가까스로 삼키고 완곡하게 말했다.

"어머니, 우리 기객 어르신께 여쭤봅시다. 어때요?"

'조기객'이라는 말에 심록애의 얼굴에 갑자기 생기가 돌았다. 마치 젊은 시절로 되돌아간 듯 입가에 부드러운 미소도 번졌다. 심록애는 비록 나이가 들었어도 항주 시내에서 여전히 손꼽히는 미인이었다.

'그래, 그래. 기객의 의견을 들어봐야지. 너희들은 잘 모르겠지만 기객은 항주와 마지막까지 운명을 같이 하기로 결심한 사람이야. 그러니 내가 항주를 떠나면 기객을 영영 볼 수 없게 돼. 나는 이미 사랑하는 아들과 생이별을 했어. 그러니 평생 내가 의지해온 사람과 또 이별하는 건 꿈도 꾸기 싫어. 차라리 죽는 게 나아.'

물론 심록애는 아이들 앞에서는 이런 말을 하지 않았다. 그는 가화를 볼 때마다 안쓰러워 가슴이 미어졌다.

'지금까지 힘들게 살아온 아이, 앞으로도 힘든 나날들을 얼마나 더 많이 보내야 할까? 적출嫡出이 아니라는 이유로 가평처럼 자기가 원하는 삶도 살지 못하고, 항씨네 장자라는 이유로 평생을 무거운 짐을 지고 살아가야 할 테니, 얼마나 불쌍한가?'

가화의 생각은 그러나 또 달랐다. 얼마 전 그는 일부러 모가부茅家埠에 있는 도금생都錦生이라는 사람을 찾아간 적이 있었다. 비단상인인 도금생은 가화와 젊었을 때부터 친하게 지내온 사이였다. 두 사람은 몇 년 전부터 공동의 목표인 '공업구국'工業救國이니, '실업구국'에 대해 많은 얘기를 나눈 적도 있었다. 그런데 이제 나라가 곧 망하게 생긴 것이다. 도금생은 가화를 보자마자 새로운 소식을 전해줬다.

"자네 중국다업공사의 총기술자 오각농 선생 알지? 상우上虞 태생 그분 말이야. 그분이 '7.7사변' 이후 상해상품검험국에서 나와 차업계 유명인사들과 함께 소흥, 상우, 협嵊 등의 3개 현 접경지대에 절강다엽개량장浙江茶葉改良場을 세웠다네. 아마 그곳에서 항일 게릴라전을 장기적으로 펼칠 모양이야."

가화는 귀가 번쩍 뜨이는 것 같았다. 마음 같아서는 한 치의 망설임도 없이 오각농이 있는 곳으로 달려가고 싶었다. 그러나 자기만 바라보는 가족들을 생각하면 그럴 수는 없었다. 직접 항일활동에 참가할 수 없다면 다른 방법은 더 없는 걸까? 긴 고민 끝에 그는 드디어 중대한 결정을 내렸다.

'그래, 남아 있자. 이곳에 남는 거야. 설사 중국이 지옥으로 변할지라도 중국사람들은 살아남을 거야. 사람이 살아가는 한 차는 마셔야 하지 않겠어? 그래, 내가 해야 할 일은 정해졌어.'

차를 생존과 연결시킨 가화의 생각은 참으로 기발한 것이었다.

하지만 가화는 나력에게 속내를 털어놓을 수가 없었다. 방금 전 어둠속에서 전사戰事에 대해 논하면서 나력의 마음을 짐작할 수 있었기 때문이었다. 가화는 차에 대해서는 더 이상 거론하지 않기로 했다. 두 사람 사이에 또다시 어색한 침묵이 흘렀다. 더 이상 할 말이 없었다. 동북 사람답게 성격이 급하고 직설적인 나력이 침묵을 견디지 못하고 먼저 자리에서 일어났다.

"형님, 저는 이만 가보겠습니다. 기초하고 다시 얘기해볼게요. 더 하실 말씀이 있습니까?"

가화는 일어나지 않았다. 솔직히 그는 단 몇 분이라도 더 이 동북 젊은이를 붙잡아두고 싶었다. 어쩌면 이 어둠속에서의 만남이 마지막 만남이 될지도 모른다고 생각하니 가슴이 알싸하게 아파온 탓이었다. 정말 이대로 영영 못 보게 되는 걸까? 가화는 불과 몇 분 만에 나력을 좋아하게 된 자기 자신이 스스로도 신기했다. 지난 몇 년 동안 그는 극도로 절제된 삶을 살아왔다. 모든 것을 속에 담아두기만 하고 겉으로 표현을 하지 않았다. 그러나 오늘은 그러고 싶지 않았다. 이 순간을 놓치면 두 번 다시 기회가 오지 않을지도 모른다는 아쉬움이 피어올랐다. 가화가 작은 소리로 부드럽게 말했다.

"나력, 이쪽으로 와보게."

나력은 가화의 말에 가슴이 쿵! 하고 내려앉는 것 같았다. 그로서는 처음 느껴보는 감정이었다. 섬세하고, 부드럽고, 미묘하고, 신비롭고,

여자처럼 유순하고 온화한 그런 느낌을 남자한테서 느껴보기는 처음이었다. 어둠속에서 맑은 향기가 났다. 나력은 이 향기가 가게 고유의 차향茶香인지, 아니면 두 사람이 마신 차에서 나는 향기인지, 그것도 아니면 가화의 몸에서 나는 향기인지 알 길이 없었다. 아무튼 그는 알 수 없는 힘에 이끌리듯 가화에게 다가갔다. 가화가 자리에서 일어났다. 그는 남방 사람 치고는 작은 키가 아니었다. 하지만 나력보다는 약간 작았다. 가화가 조금 뒤로 물러서면서 말했다.

"나력, 반드시 살아남아야 하네!"

나력은 말문이 턱 막혔다. 뭐라고 대답해야 할지 갑자기 생각이 나지 않았다. 항일전쟁 발발 이후 나력을 비롯한 군인들이 제일 많이 들었던 말은 '죽음'이라는 단어였다. 나력은 잠깐 망설이다가 겨우 한마디 했다.

"그럴 수만 있다면……."

가화가 나력의 어깨에 손을 얹었다. 그리고는 마치 귀엣말을 하듯 낮게 속삭였다.

"정말 살기 힘들 때는 아무것도 생각하지 말고 산에서 자라는 야생차 생각만 하게. 야생차가 어떻게 자라는지 아는가? 흙과 물이 거의 없는 곳에 뿌리를 내리고 제대로 먹지도, 마시지도 못하면서 죽지 못해 살아간다네. 사람이나 차나 이 정도면 참으로 불쌍한 생명이라고 해도 좋겠지. 하지만 야생차는 어떤 어려운 상황에서도 악착스럽게 땅속으로 뿌리를 뻗는다네. 살길을 찾을 때까지 말이네. 내가 하는 말을 이해하겠는가?"

가화가 손바닥으로 나력의 어깨를 지그시 눌렀다.

나력은 "알겠다."라고 대답하고 싶었다. 그러나 목구멍으로 뜨거운 것이 치밀어 올라 말이 나오지 않았다. 나력은 대답 대신 오른손을 가화의 어깨에 얹었다. 어둠 속에서 또 침묵이 흘렀다. 서로에게 해줄 수 있는 말은 이제 더 이상 남아 있지 않았다.

"가보게."

가화가 나력의 등을 가볍게 밀었다. 이어 한 걸음 앞으로 나서서 대문을 열었다. 짙은 밤기운이 두 사람을 덮쳤다.

항주의 초겨울 밤, 얼마나 많은 사람들이 전쟁으로 인한 두려움 속에서 달콤한 꿈 대신 기도로 밤을 새고 있을까?

여교사 항기초는 하화지荷花池에 있는 빈아원에서 막 돌아오는 길이었다. 그녀는 혼자 씩씩하게 걸으면서 노래를 흥얼거렸다. ……큰 칼로 침략자들의 머리를 자르리……. 그녀는 가족들을 공황상태로 몰아넣었던 '도둑 소동'은 깡그리 잊어버린 듯했다.

기초는 어릴 때부터 온갖 일들을 겪었다. 그래서인지 비상사태나 해괴망측한 사건에 맞닥뜨려도 별로 동요하지 않았다. 적응능력이 대단했다. 이는 어머니로부터 물려받은 장점이었다. 심지어 청출어람이라고, 어머니인 심록애보다 마음이 더 호탕하고 개방적이었다. 생면부지 사내의 군용차에 앉아 행인들의 따가운 눈총에도 아랑곳하지 않고 항주 시내를 누빈 일만 봐도 그랬다. 기초는 나력에게 완전히 빠져버렸다. 그것은 마치 마른 폭죽이 우연히 성냥불에 닿아 터지는 것처럼 뜨겁고 열렬하면서도 본능에 충실한 사랑의 감정이었다.

기초는 우연한 기회에 빈아원을 방문했다. 처음에는 양부와 함께 적십자회 병원에서 일했었다. 예전에 가초가 하던 일을 이어받은 것이었다. 그날 기초는 일 때문에 기독교 청년회에 갔다가 참으로 오랜만에 조카 항분抗盼을 만났다.

운명의 장난이라고 해야 할까. 가화는 이혼을 하고 나서 성격이 방서령을 꼭 빼닮은 항억과 함께 살게 되었고, 방서령은 가화를 꼭 닮은 항분을 데리고 갔다. 항분은 망우저택을 나온 후 몇 년 동안 외할머니와 함께 살기도 했다. 그때 외할머니는 항분에게 세례를 주고는 "인간이 원죄에서 벗어날 수 있는 유일한 길은 하나님을 믿는 것이다."라고 가르쳤다. 성격이 내성적이고 사람들과 어울리기 싫어하는 항분은 그래서 믿음과 참회 속에서 성장했다.

항상 우울한 표정을 짓고 있는 소녀가 종교적 믿음을 가진 것은 그나마 다행이었다. 그녀는 거의 매주 일요일마다 기독교청년회 모임에 참가했다. 그곳에서 영어를 배우고 보건 강연도 들었다. 물론 그녀는 처음부터 끝까지 '청중'이었다. 방서령은 항분의 일거수일투족을 매의 눈으로 감시하고 엄하게 통제했다. 딸이 혹시라도 친아버지 집으로 가버릴까봐 두려웠던 것이다. 방서령이 유일하게 허락하고 지지하는 것은 청년회 모임이었다. 본인 역시 독실한 크리스천이면서 사회활동가로 활약하고 있기 때문이었다. 그녀에게 사회활동을 떠난 삶은 의미가 없었다. 청년회 대청에는 대련이 걸려 있었다. 당시 절강사립체육전문학교 교장이었던 왕탁부王阜夫가 쓴 글이었다. 상련은 "이 신축 건물은 청년들의 두 번째 집이라."로 돼 있었다. 방서령은 그 대련을 볼 때마다 뭔가 살짝 아쉽다는 생각을 했다. 그녀가 생각하기에 이곳은 청년들의 두 번째 집일 뿐만 아니라 '중년들의 두 번째 집', 더 나아가 그녀 방서령의 '두 번째 집'이기도 했기 때문이다.

방서령은 기독교청년회 활동이라면 하나도 빠짐없이 열성적으로 참여했다. '하나님의 충실한 종'이라는 사명감을 가지고 쥐잡기, 모기잡기, 신도 맞이, 관리들과의 협상에 이르기까지 모든 일에 열심히 임했다. 덕분에 일반인들이라면 꿈도 못 꿀 특권까지 누릴 수 있었다. 청년로青年路에 자리한 4층짜리 청년회 건물에서 아무 때나 샤워를 하고, 또 2층 식당에서는 서양음식과 아이스크림도 무료로 먹을 수 있었다.

항분은 어릴 때는 어머니를 따라 청년회관에 다니다가 조금 자란 뒤에는 혼자서 다녔다. 그녀는 방서령과 많이 달랐다. 아마 영원히 방서령 같은 인물이 될 수는 없을 것이었다. 항분은 언뜻 보면 멍해 보이는 구석이 있었다. 방서령은 딸의 그런 표정이 소름끼칠 정도로 싫었다. 딸을 보고 있으면 항씨네 사람들의 얼굴이 저절로 떠올랐기 때문이었다. 그런 이유로 방서령은 하나밖에 없는 딸에 대해 별다른 모정을 드러내지 않는 한편 딸을 엄하게 통제했다.

항분은 생부를 자주 만나지 못하다 보니 어쩌다 만나게 되더라도 고개를 푹 숙이고 몸을 돌려 피하곤 했다. 당연히 아버지에게 말을 거는 일도 없었다. 그녀가 속으로 아버지를 얼마나 그리워하고 사랑하는지는 하나님만이 알 일이었다. 하지만 그리움과 사랑이 지나치다보면 엄청난 분노로 변질되는 법이다. 그래서 항분의 마음속에는 늘 증오와 원망이 서려 있었다. 가화도 딸의 모순된 마음을 느끼고 슬프고 괴로웠다. 항분은 아버지의 눈을 정면으로 바라본 적이 한 번도 없었다. 그 이유를 모르는 가화는 답답하기만 했다. 다만 자신의 눈빛이 딸로 하여금 무엇인가를 연상하게 한다는 것은 짐작할 수 있었다. 그러던 어느 날, 항분은 경건하게 기도를 올리던 중 놀라운 체험을 했다. 갑자기 울컥하면서 눈물이 쏟아지고 십자가에 못 박힌 예수의 눈과 아버지의 눈빛이 겹쳐 보였던 것이다. 그녀는 그러나 이 일을 아무에게도 말하지 않았다.

청년회관은 항분의 마음의 안식처였다. 이곳에 오면 마음이 편안

했다. 청년회관에서 가끔씩 작은고모 기초를 만날 때도 있었다. 기초는 항분이 항씨네 사람들 중 유일하게 부담감이나 죄책감 없이 만날 수 있는 사람이었다. 부모의 이혼으로 어린 딸이 '십자가'를 지는 것은 부당한 일이 아닐 수 없었다.

기초는 조카딸을 안쓰럽게 바라봤다. 영양실조 때문인지 해쓱한 얼굴, 납작한 가슴에 걸려 있는 십자가 목걸이, 멍한 표정……. 볼 때마다 가슴이 쓰리고 아팠다. 기초가 항분의 이마를 쓰다듬으면서 말했다.

"겨울에 웬 땀을 이렇게 흘리니? 어디 아픈 건 아니지? 함께 살지 않으니 돌봐주고 싶어도 마음뿐이구나. 너 스스로 건강을 잘 챙겨. 일본군이 언제 쳐들어올지 몰라 뒤숭숭하구나. 방씨네는 어떻게 할 생각이더냐? 네 생각은 어때?"

"엄마는 떠날 생각이 없는 것 같아요. 미국사람들이 우리 뒤를 받쳐주기 때문에 일본군도 감히 우리 집을 어떻게 하지 못할 거래요. 그리고 제 남동생이 아직 많이 어려요. 아무것도 모르는 천진난만한 아이를 끌고 다니면서 고생시키기 싫다는 것이 엄마의 주장이에요. 엄마가 그러는데 정 안 되면 미국으로 피난 갈 거래요."

"그러면 너는?"

기초가 상냥하게 물었다.

"너는 피난 안 가? 일본놈들은 젊은 여자만 보면 가만 놔두지 않는다던데, 차라리 나하고 같이 갈래?"

항분의 눈빛이 반짝반짝 빛났다. 기초의 말을 기다렸다는 듯 자연스럽게 용건을 꺼냈다.

"작은고모, 저도 그래서 고모를 찾아온 거예요. 저는 원래 빈아원과 함께 가기로 했었어요. 빈아원의 이차구李次九 원장님은 아빠 대학 동기

이시고 엄마와도 잘 아시는 사이래요. 제가 그분을 따라가면 엄마도 한시름 놓으실 수 있죠. 그런데 제가 요즘 몸이 안 좋아요. 기침과 미열이 연 며칠 지속되는 걸로 봐서 폐병에 걸린 것 같아요. 이 상태로는 아이들을 데리고 갈 수가 없죠. 원장님께서 저를 대신할 적임자가 있다고 하셔서 궁금했는데 알고 보니 그 사람이 작은고모였어요. 작은고모, 저 대신 가줄 수 있죠?"

기초는 깊이 생각할 겨를도 없이 냉큼 대답했다.

"그럼, 그럼. 양아버지하고 잘 의논해서 식구들만 설득하면 돼. 사실 어디를 가든 다 똑같아. 항주가 함락당하는 꼴을 두 눈으로 지켜보고 있기도 싫었어. 차라리 잘 됐다, 이참에 망우도 데리고 갈 수 있어서. 망우는 임생 형부의 아들이야. 우리가 다 죽는 한이 있더라도 그 아이만은 끝까지 살려야 해. 승리의 그날까지 우리 모두 무사히 살아 있을 수 있다면 얼마나 좋을까."

대종루大鍾樓의 시계가 네 시 정각을 알렸다. 기초와 항분은 높이 솟은 종루로 동시에 시선을 옮겼다. 종루는 망우차장에서 멀지 않은 곳에 있었다. 기초와 항분은 어릴 때부터 종루의 시계소리를 들으면서 자랐다. 아아, 이제 이곳이 곧 침략자들에게 마구 짓밟히게 된다는 말인가? 낙담한 표정의 기초와 항분은 종루에 걸린 시계를 오래도록 쳐다봤다.

기초는 양부인 조기객을 찾아갔다. 이차구 원장에 대해 알고 싶어서였다. 조기객은 '이차구'라는 이름을 듣자마자 웃음을 터뜨렸다.

"허허, 이 선생 말이냐? 원래는 항주 시내에서 꽤 유명했던 무정부주의자였지. '4대 금강金剛'의 일원으로 '1사一師(절강제1사범학교) 소동'에서 중요한 역할을 했었지. 네 큰오빠와 둘째오빠도 한때 그의 충실한 추종자였느니라. 안 그래도 요 몇 년간 너무 조용하게 지내는 것 같아 궁금했는데, 그 사람을 만나봤느냐?"

"당연히 만났죠. 인자하고 인상 좋은 어르신이던데요. '무정부주의자'였을 줄은 꿈에도 상상 못했어요. 그분도 아버지께 안부를 전하시더군요. 젊은 시절에 서로 알고 지낸 사이라고 하시면서요."

"물론이야. '청매실을 안주 삼아 영웅을 논하던' 사이였지. 그분을 또 보게 되면 내 안부도 전해다오. 나 조기객이 조만간 찾아가겠다고 말이야."

기초는 양아버지 기분이 좋아보이자 엉뚱한 제안을 했다.

"아버지, 아버지도 우리하고 같이 가면 안 돼요? 제가 옆에서 돌봐드릴 수 있게 말이에요."

"이미 너희들에게 말했지 않느냐. 나는 이제 다시는 항주를 안 떠난다."

조기객의 안색이 눈에 띄게 어두워졌다. 기초가 말했다.

"아버지, 시름이 가득한 얼굴이네요. 혹시 무슨 걱정거리라도 있으세요? 저에게 말씀해주세요. 제가 도와드리겠어요."

조기객이 고개를 저었다.

"너는 네 일이나 잘하면 된다. 동북 젊은이하고는 잘 돼가고 있느냐?"

"당연하죠."

기초의 눈빛이 반짝반짝 빛났다. 조기객이 어느새 두 뺨이 발그레해진 양녀를 보면서 말했다.

"기초, 네가 가기 전에 한마디만 하마. 이 양아버지가 하는 말을 명심해. 혼인은 함부로 하면 안 된다, 알겠느냐?"

기초가 멍한 표정을 지었다.

"잘 모르겠어요."

"혼인을 함부로 하면 안 된다는 말은 섣불리 아기를 가지면 안 된다는 뜻이야."

기초의 눈이 화등잔처럼 휘둥그레졌다. 평소에 한시도 쉬지 않고 재잘거리던 그녀가 꿀 먹은 벙어리처럼 한참 동안 아무 말도 못하고 입만 딱 벌리고 있었다. 이윽고 기초가 벌떡 일어나 주먹으로 조기객의 등을 때리면서 어리광을 부렸다.

"양아버지 나빠요, 나빠요. 다시는 아버지하고 말 안 할 거예요, 나빠요."

기초가 말을 마치자마자 얼굴을 붉히며 달아나버렸다.

조기객은 양녀의 그런 뒷모습을 보면서 고개를 절레절레 저었다.

"저 아이는 내 말을 농담인 줄 아는구나."

자정이 가까워오고 있었다. 기초는 빈아원에서 집으로 돌아가는 길이었다. 콧노래를 흥얼거리면서 춤추듯 경쾌하게 발걸음을 옮기던 그녀가 갑자기 걸음을 멈췄다. 앞에서 두 줄기의 강한 헤드라이트 불빛이 그녀를 비추고 있었던 것이다.

기초가 새된 소리를 질렀다.

"나력!"

기초가 날렵하게 차에 올랐다.

"집으로 가는 길인가요?"

"아니야. 당신 집에서 오는 길이야."

"이렇게 늦은 시간에요?"

"그러게 말이야. 길이 엇갈려서 다시는 당신을 못 볼 줄 알았어."

"왜요?"

"내일 부대가 집결해. 당신과도 이제는 안녕이야. 어쩌면 영영 못 볼 수도 있어."

"에이, 설마요!"

"그럴 줄 알았어. 당신이 꿈쩍도 하지 않을 줄 알았어. 항주 여자들이 다 그렇지 뭐."

나력이 풀 죽은 목소리로 말하면서 브레이크를 꾹 밟았다.

"집으로 돌아가. 원래 살던 대로 차장이나 하면서 살아."

기초가 풋 웃음을 터뜨렸다.

"아유, 이거 무서워서 농담도 못하겠네, 삐돌이 동북 아저씨야."

기초가 나력의 머리카락을 마구 흐트리며 애교를 부렸다.

"가요, 제가 좋은 곳을 알아요."

"어딜?"

"아무튼 좋은 곳이에요. 향기롭고, 새파랗고……, 직진하세요. ……홍춘교洪春橋에서 오른쪽으로……. 그래요, 여기 길이 안 좋아요. 곧 도착해요. 뭐라고요? 왜 교외로 왔냐고요? 항주 교외가 얼마나 아름다운지 모르죠? 냄새 좀 맡아봐요. 어디선가 향기가 느껴지지 않아요? 다 왔어요, 차 세워요. 여기에요. ……이제는 향기가 느껴지죠? 안 느껴져요?"

입을 꾹 다물고 운전만 하던 나력이 차를 세우고 코를 벌름거렸다. 엔진 소리가 꺼지고 주위가 고즈넉해지자 차창 밖에서 달짝지근한 향기가 흘러들어 코끝에 전해졌다. 나력은 차에서 내려 하늘을 쳐다봤다. 그리고는 그 자리에 못 박힌 듯 굳어져버렸다. 그는 이제껏 일부러 항주의 달을 쳐다보지 않았었다. 그는 이제껏 '둥근 달'은 고향인 동북에서

만 구경할 수 있는 것이라고 생각해왔었다. 그런데 이게 웬일인가. 방금 전까지 금방이라도 내려앉을 것처럼 희뿌옇게 깔려 있던 하늘이 이곳에 오자마자 맑고 청명하게 개어 있었다. 나력은 사랑하는 여인을 와락 끌어안았다.

"내가 어쩌다 당신을 좋아하게 됐는지 모르겠어. 당신 혹시 선녀 아니야?"

"그걸 이제야 알았어요? 저 선녀 맞아요. 선녀니까 당신을 이렇게 좋은 곳으로 데리고 왔죠."

두 젊은이의 발 아래로 부드러운 비탈이 길게 쭉 뻗어 있었다. 그 끝은 육안으로는 보이지 않는 달빛 깊숙한 곳까지 닿아 있었다. 비탈에는 종려나무들이 듬성듬성 서 있었다. 가지 이쪽저쪽에 무심하게 매달려 있는 커다란 잎사귀들이 바람에 살랑살랑 흔들리고 있었다. 그 모습이 마치 넓은 승복자락을 펄럭이면서 제방을 휘적휘적 걸어오는 승려를 연상케 했다.

기초가 나력의 품에 안긴 채 종알거렸다.

"저 나무들 좀 봐요. 마치 달 속에 있는 호수에서 막 건져낸 것 같지 않아요? 저 커다란 잎사귀도 봐봐요, 달빛이 바스락 바스락 부서져 내리는 소리가 들리지 않아요?"

하지만 나력은 종려나무 양옆에 한 무더기씩 가지런히 자라고 있는 새파란 나무에 온통 시선을 빼앗겼다. 달빛 아래 약간 어두운 녹색을 띤 나무 위에는 작고 하얀 꽃들이 잔뜩 달려 있었다.

"저건 설마 달빛이 나무 위에 꽃을 피운 건가?"

"당신, 차나무꽃 처음 봐요? 육우는 '차나무의 생긴 모습은 과로瓜蘆와 같고, 잎은 치자와 같다. 꽃은 흰 장미를 닮았고, 열매는 병려栟櫚, 줄기는 정향, 뿌리는 호두와 같다.'라고 했어요. 자세히 봐요, 저 꽃이 흰 장미를 닮지 않았어요?"

나력이 잠깐 멍해 있다가 기초의 볼에 입을 맞췄다.

"미안해, 나는 몰랐어. 그런데 육우가 누구야? 당신 집안사람이야?"

이번에는 기초가 멍해졌다. 그러나 이내 배를 끌어안고 깔깔 웃음을 터뜨렸다.

"지금 나를 비웃는 거야?"

나력의 말투는 곱지 않았다.

"아니에요, 당신 말이 맞아요. 육우는 우리 집안사람이에요."

기초는 웃음을 그치고 깊은 생각에 빠졌다.

나력이 지프차에서 외투와 군용 우비를 꺼내왔다. 이어 기초의 손을 잡고 차나무숲 깊숙한 곳으로 들어가면서 말했다.

"우리 잠깐 쉬었다 가자. 솔직히 나는 차나무꽃은 처음 봐."

두 사람은 차나무 아래에 우비를 펴고 앉았다. 바람도 피할 수 있는 널찍한 곳이었다. 머리 위에 크고 둥근 달이 둥실 떠 있고 주위는 대낮처럼 밝았다. 두 사람은 서로 꼭 끌어안고 외투를 걸쳤다.

갑자기 두 사람 앞에 있는 차나무가 심하게 떨더니 주변이 소란스러워졌다. 나력이 온몸의 신경을 곤두세우면서 낮은 소리로 으르렁거렸다.

"누구야?"

기초가 또 웃음을 터뜨렸다.

"차나무에서 잠을 자던 새예요. 당신은 남의 잠을 다 깨워놓은 것도 모자라 적반하장으로 화까지 내네요."

그제야 나력은 편안한 표정으로 바닥에 드러누웠다. 그리고는 약간

난폭하게 기초를 끌어당겨 옆에 뉘였다. 기초의 머리를 가슴팍에 꼭 끌어안은 나력의 입에서 엉뚱하게 동북 사투리가 튀어나왔다.

"에구머니나, 우리 마누라가 이런 사람인 줄 몰랐네유. 우리 마누라는 어쩌면 아는 게 이리도 많을까유? 내가 못살아, 못살아, 못살아!"

기초는 나력의 표정과 말투 때문에 숨이 넘어갈 정도로 웃었다. 실컷 웃고 나서는 다시 나력에게 바짝 붙어 누워 하늘의 달을 바라봤다.

나력이 사랑하는 여인을 꼭 껴안고 황홀한 듯 탄식을 발했다.

"이곳은 참 좋구려."

"아유, 당신은 멀리 동북에서 온 사람이라 제가 아무리 말로 설명을 해줘도 이해 못할 거예요. 그래서 직접 이곳으로 데려온 거예요. 여기서 멀지 않은 저기 계룡산鷄龍山에도 차밭이 있어요. 우리 항씨 가문의 선산이 있는 곳이죠. 우리 집은 매년 동지가 되면 성묘를 가요. 지금쯤 차밭에 차나무꽃이 활짝 폈을 거예요. 차나무도 사람 키 절반쯤 자랐을 거고요."

교교한 달빛이 고요히 내려와 푸른 차나무와 새하얀 꽃을 부드럽게 감쌌다. 그윽한 꽃향기가 두 사람을 감싸고 맴돌았다.

"이 꽃 좀 봐요. 꽃잎은 눈처럼 새하얗고 꽃술은 단풍든 은행잎처럼 노란색이에요. 가초 언니는 차나무꽃을 제일 좋아해요. 차나무만 보면 자리를 뜰 생각을 안 해요. 그럴 때마다 가화 오빠는 꽃나무 몇 가지를 꺾어서 청화자기 꽃병에 꽂아주고는 해요. 신기하게도 만개한 차나무꽃은 한 달이 지나도 시들지 않는다니까요."

"유명하지 않다고 절대 얕보면 안 돼요. 화려하지는 않지만 향기롭고 운치가 있는 꽃이에요. 애석하게도 이걸 아는 사람이 많지 않아요."

기초는 나력의 가슴에 꼭 기댄 채 재잘재잘 쉴 새 없이 떠들어댔다.

나력으로서는 알아들을 수 없는 말도 많았다. 조용히 듣고만 있던 나력이 갑자기 무엇인가에 놀란 것처럼 부르르 떨더니 기초를 더욱 바싹 끌어안았다.

"무슨 일이에요? 갑자기 왜 그래요?"

기초는 나력의 품에서 빠져나오려고 몸부림을 쳤다. 하지만 나력은 억센 팔로 더욱 힘을 줘 끌어안으면서 기초의 귀에 대고 말했다.

"참 이상해. 방금 전 잠깐이지만 전쟁 생각이 하나도 나지 않았어."

기초가 몸부림을 멈추고는 나력을 마주 끌어안았다. 두 젊은이는 서로의 심장박동이 빨라진 것을 느낄 수 있었다. 생각지도 못한 일이 곧 일어날 거라는 것을 둘 다 어렴풋이 짐작할 수 있었다. 그것은 긴장되고 설레면서도 약간은 부끄러운 느낌이었다. 차나무 아래에 서서히 뜨거운 열기가 달아오르기 시작했다. 나뭇잎들은 바스락대던 움직임을 멈췄다. 새하얀 차나무꽃이 비처럼 두 젊은이의 몸 위로 떨어져 내렸다. 새들도 둘에게 방해될까 저어하듯 울음소리를 죽이고 날갯짓도 멈췄다. 크고 둥근 달은 다 이해한다는 듯 푸근한 얼굴로 말없이 두 젊은이를 내려다보고 있었다.

"무슨 생각을 하고 있어?"

나력의 숨결이 거칠어졌다. 그의 손은 어느새 여인의 은밀한 곳으로 향하고 있었다.

"저, 저, 저는……, 가초 언니…… 그리고 임생 형부……. 저, 제……양아버지는…… 함부로 남자하고 혼인하지 말라고……."

기초가 두서없이 말하다가 그예 울음을 터뜨렸다. 나력이 깜짝 놀라 손을 거둬들였다.

"미안해, 미안해. 일부러 그런 거 아니야. 내가……, 당신을……,

나는 내일 전쟁터로 나가게 되면 다시는 당신을 보지 못할 것 같아서……."

나력이 기초의 눈물을 손으로 닦아줬다. 하지만 가슴 깊숙한 곳에서 염치없는 욕정이 또 꿈틀대기 시작했다.

기초가 손으로 나력의 입을 막았다. 두 사람은 한동안 말이 없었다. 이윽고 기초가 나력의 어깨를 끌어안고 말했다.

"우리 둘이 한 사람이었으면 좋겠어요."

"나는 당신이 내 신부였으면 좋겠어."

나력이 불쑥 내뱉었다. 기초가 깜짝 놀라 눈을 화등잔처럼 떴다. 이어 새된 소리를 지르면서 나력의 어깨를 때렸다.

"나빠요! 당신 나빠요."

기초는 한참 웃고 난 뒤 자신 때문에 얼떨떨해진 남자를 놓아줬다. 이어 차나무꽃을 한 묶음 꺾어 한 송이씩 머리에 꽂았다.

"어때요? 새 신부 같아요?"

나력은 넋이 나간 표정으로 기초의 얼굴에서 눈을 떼지 못했다.

"이건 꿈일 거야. 진짜일 리 없어."

함초롬하니 차나무꽃처럼 예쁜 기초의 몸에서 은은한 향기가 풍겼다. 기초가 나력을 툭 쳤다.

"왜 대답이 없어요? 새 신부 같지 않아요?"

"새 신부 같아……."

"그러면 우리 결혼해요."

기초는 살며시 눈을 감았다. 해맑은 표정만 봐서는 그녀가 무슨 생각을 하는지 알 수 없었다.

나력은 여인을 품에 안고 꼼짝도 하지 않았다. 왠지 모르겠지만 방금 전까지 온몸을 뜨겁게 달구던 욕정이 온데간데없이 사라져버렸다. 남아 있는 것은 단지 뜨거운 물로 목욕을 하고 난 뒤 느낄 법한 나른함, 편안함, 피곤함과 만족스러움이었다.

'그래, 이제 곧 전쟁이야. 여자는 함부로 남자하고 혼인해서는 안 돼. 암, 안 되고말고. 특히 곧 전쟁터로 나가는 남자와 결혼해서는 안 돼……'

두 사람은 날이 희뿌옇게 밝아올 때 잠에서 깨어났다. 차나무에서 잠을 자던 새들의 지저귐 소리에 깬 것이었다. 무심코 밖으로 고개를 내민 두 사람은 얼떨떨한 표정을 지었다.

둥그렇게 무더기를 이룬 차나무마다 거미줄이 빼곡히 덮여 있고 그 사이로 작고 하얀 차나무꽃이 수줍게 머리를 내밀고 있었다. 거미줄 위에 내려앉아 반짝반짝 빛을 뿜어내는 새벽이슬이 맑고 투명한 유리구슬 같았다.

멀리서 쿵쿵, 대포소리가 울렸다. 적이 왔다…….

제6장

정세는 점점 더 악화되었다. 일본군은 이미 무강武康을 함락시켰다. 다음 타깃은 부양富陽이었다. 항주도 풍전등화 신세였다. 1937년 12월 23일 오후, 국군 항주경비사령부 작전참모 나력은 일찌감치 전당강 남쪽 기슭에 도착했다. 다리 폭파 과정을 감독하기 위해서였다.

100여 개의 도화선이 연결된 폭약은 이미 정해진 자리에 준비됐다. 상부의 "폭파시키라!"는 명령이 벌써 두 번째로 내려왔다. 하지만 선뜻 행동을 개시할 수가 없었다. 다리 북쪽에서 아직도 피난민들이 물밀듯이 밀려 내려오고 있기 때문이었다. 다리 위는 사람들로 빼곡히 들어차 발 디딜 틈도 없었다. 모두들 다리를 건너 남쪽으로 피난을 가는 항주 사람들이었다.

난간을 잡고 피난민들을 바라보는 나력의 귀에 익숙한 목소리가 들려왔다. 그가 사랑하는 여자의 목소리였다. 고개를 돌린 나력의 눈빛이 반짝 빛났다. 그는 한달음에 달려가 소년의 어깨를 잡았다.

"억아, 너도 가는 거냐? 누구하고 가? 기초는? 기초하고 빈아원 아이들은 다 철수했어? 기초가 다리를 건너는 걸 못 본 거 같은데."

항역 역시 반갑고 흥분이 되는지 횡설수설했다.

"형님, 아직도 떠나지 않으셨어요? 그럼 금화金華에서 합류하면 되겠네요. 그렇죠? 기초 고모는 지금 어디 있는지 모르겠어요. 망우를 데리고 라디오 방송국으로 간다고 했는데……"

나력은 아뿔싸를 외쳤다.

"바보 같으니라고. 지금이 어느 때인데 방송국엘 가? 방송국 놈들은 벌써 다 철수했어. 정부도 마찬가지야. 이 난장판에 누가 빈아원 아이들의 생사에 관심이 있다고 그래?"

"국민정부가 당연히 모든 책임을 져야지요."

항역 옆에 서 있던 회색 눈동자의 소녀가 차갑게 말했다.

"요행을 바라고 아무 준비도 안 했잖아요. 아직 옮기지 못한 기계 설비들이 가득해요."

나력은 이 상황에서 누구 책임이라고 따지고 싶은 생각이 없었다. 그는 항역에게 몇 마디 던지고 손을 흔들어보이고는 다릿목으로 걸어갔다. 얼마 지나지 않아 사람들 속에 파묻혀 그의 모습도 사라졌다.

"예비 고모부라는 그분인가요?"

나초경이 걸으면서 물었다.

"이렇게 헤어지면 언제 다시 만날지 몰라요."

항역이 망연한 눈빛으로 나력이 사라진 쪽을 응시했다. 그러던 그가 갑자기 걸음을 멈췄다.

"나력 형님을 도와 작은고모를 찾으러 가고 싶어요. 그래도 되죠?"

나초경이 잠깐 생각하더니 입을 열었다.

"잘 생각하고 결정해요. 우리하고 같이 안 갈 건가요?"

"안 간다는 말은 안 했어요."

"당신들에게는 아무것도 아닌 것들이 우리에게는 다른 의미로 느껴지거든요."

"뭐가 달라요?"

"우리에게는 한 번의 헤어짐이 곧 영원한 이별이에요."

항억은 가슴을 쿵, 하고 내려치는 충격에 비틀거리다가 겨우 중심을 잡았다. 사람들이 파도처럼 끝도 없이 새까맣게 몰려오고 있었다. 그래, 여기서 멈추면 안 돼. 적들이 코앞까지 닥쳐왔어. 꾸물거릴 시간이 없어. 그는 정신을 가다듬으면서 나초경을 재촉했다.

"어서 가요."

피부가 하얀 아이 망우는 기초 이모를 따라 라디오 방송국으로 가는 길에 피난대란의 현장을 똑똑히 지켜봤다.

흰 구름 저쪽은 첩첩 산,

첩첩 산 저쪽에 적들의

광기가 폭발했다네.

백발이 성성한 부모님,

언제면 내 꿈속에 돌아오시려나,

눈물 머금고 묻노라,

유랑하는 내 아들,

너는 무사하냐?

망우는 빈아원의 아이들과 함께 노래를 부르면서 걸음을 옮겼다. 길을 가는 행인들이 점점 줄어들었다. 가게들도 거의 다 문을 닫았다. 거리에는 황포차 몇 대가 어슬렁거리고 노점상 몇 개밖에 없었다. 망우는 차엽단茶葉蛋(찻잎과 향신료, 간장 등을 넣어 삶은 달걀)이 보이자 군침을 꼴깍 삼켰다.

"이모, 차엽단 먹고 싶어요."

"나중에 집에 가서 외할머니에게 만들어달라고 하자. 외할머니 차엽단이 항주에서 제일 맛있잖아."

"싫어요. 지금 먹고 싶어요."

망우는 딱 버티고 서서 고집스럽게 기초를 바라봤다. 다른 아이들도 모두 걸음을 멈추고 기초에게 시선을 고정했다. 기초는 잠깐 고민하다가 말했다.

"알았어. 이번만이야."

기초는 돈주머니를 꺼내 이미 차갑게 식어버린 차엽단을 몽땅 샀다. 방송국에서 노래 녹음을 마치고 나면 아이들 간식으로 줄 생각이었다.

그날 망우는 자신의 꾀꼬리 같은 노래솜씨를 원없이 자랑하려고 즐겁게 기초 이모를 따라나섰었다. 그러나 망우는 결국 소원을 이루지 못했다. 심지어 소원을 이룰 기회조차 영영 잃고 말았다. 아이들은 땅거미가 내려앉을 즈음에야 방송국에 들어섰지만 놀랍게도 방송국에는 사람 그림자조차 보이지 않았다. 스튜디오는 도둑맞은 집처럼 텅텅 비어 있었다. 기초가 자주 연주하던 독일산 피아노도 보이지 않았다. 아이들은 놀라고 당황해 어찌할 바를 몰라 했다. 빈아원에서 힘들게 자라온 아이들은 버림받는 것에 대한 두려움과 거부감이 컸다. 어쩌면 천성적으로 타고난 것인지도 몰랐다. 아이들은 약속이나 한 듯 일제히 기초에게 몰려왔다. 나이 어린 몇몇은 기초의 허리를 꼭 끌어안고 놓지 않았다. 한 무리의 크고 작은 그림자들이 소리 없이 기초를 겹겹이 에워쌌다.

기초는 팔을 크게 벌렸다. 한손에는 차엽단을 담은 주머니가 들려 있었다.

"얘들아, 차라리 잘 됐어. 우리 조용한 곳에서 노래 한 곡 부르고 돌아가자. 원장님이 기다리고 계셔. 자, 줄을 서자. 하나, 둘, 하나, 둘. 우리 무슨 노래를 부를까?"

기초가 줄을 서서 방송국을 빠져나오는 아이들을 향해 말했다.

"우리는 이제 곧 항주를 떠나게 돼. 우리 〈항주시 시가〉市歌를 부르자. 망우야, 너부터 시작해."

망우가 입을 크게 벌렸다. 그러나 갑자기 〈항주시 시가〉 가사가 하나도 생각나지 않았다.

"망우야, 시작해야지? '항주는 경치가 좋아요.'"

기초가 귀띔을 해주었다.

한기를 잔뜩 들이마신 망우는 퍼뜩 정신을 차렸다. 이윽고 텅 빈 거리에 아직 변성기가 오지 않은 어린 소년의 앳된 노랫소리가 울려 퍼졌다.

"'항주는 경치가 좋아요', 시~작~!"

아이들도 목청껏 따라 불렀다.

항주는 경치가 좋아요,

절서浙西와 절동浙東 모두 좋아요.

푸른 하늘, 밝은 태양,

호수와 산이 아름답게 어우러졌죠.

……

하늘에서는 적기들이 시끄럽게 날아다니고 있었다. 도시 변두리에
서 여느 때와 다르게 요란한 총소리가 들려왔다. 작은 골목에서 불량배
한 무리가 튀어나왔다. 단정하지 못한 옷차림에 언뜻 봐도 훔친 것이 틀
림없는 자전거를 타고 껄렁대며 주변을 두리번거리는 폼이 시비를 걸지
못해 안달하는 것 같았다. 게다가 각자 등에 일제 총을 메고 있었다. 기
초는 상황이 심상치 않음을 짐작하고 얼른 다른 골목으로 아이들을 피
신시켰다. 아이들은 무서워서 울음소리도 내지 못하고 기초의 품을 파
고들었다. 불량배 무리가 괴성을 지르며 영자가迎紫街와 연령로延齡路, 호
빈로湖濱路 쪽으로 우르르 사라지자 아이들은 그제야 고개를 쳐들었다.

"일본놈들인가요?"

망우가 기초의 옷자락을 잡아당기면서 조심스럽게 물었다.

기초는 고개를 저었다. 방금 나타난 자들은 현지의 불량배, 한간漢
奸(매국노)과 일본 낭인浪人들이 섞인 오합지졸이었다. 일본군이 쳐들어오
기도 전에 불 난 집에 부채질을 하는 격으로 무고한 시민들을 괴롭히는
인간쓰레기들이었다. 기초가 망우를 부둥켜안으면서 낮은 소리로 아이
들에게 말했다.

"지금부터 선생님 곁에서 한 발자국도 떨어지면 안 돼, 알겠니? 선
생님이 있는 한 아무도 너희들을 해치지 못해."

망우가 불쑥 물었다.

"우리는 집에 안 가요?"

"지금부터 빈아원이 우리 집이야. 알겠어?"

"그러면 엄마 약은 어떻게 해요? 엄마는 약을 안 먹으면 안 되는데."

망우가 걱정하자 기초가 낮은 소리로 나무랐다.

"임망우, 너 이모하고 같이 있기 싫어?"

망우가 고개를 숙인 채 잠깐 고민하다가 고개를 들고 어른스럽게 말했다.

"이모하고 얘들하고 같이 있을래요."

"가자."

아이들은 한 순간 철이 든 듯 군말 없이 기초의 뒤를 따라 걸었다.

"얘들아, 우리 마음속으로 노래를 부르자, '항주는 경치가 좋아요', 시~작~!"

아이들은 곧 소리를 죽여 노래를 불렀다.

항주는 경치가 좋아요,

절서와 절동 모두 좋아요.

푸른 하늘, 밝은 태양,

호수와 산이 아름답게 어우러졌죠.

......

남성교南星橋 방향에서 총소리가 요란했다. 적기의 움직임도 더 기민하고 잦아졌다. 항주는 서서히 함락당하는 중이었다.

나력이 전당강 다릿목에서 들은 익숙한 목소리는 환청이 아니었다. 기초는 멀리 떨어진 다리 아래 작은 배에서 목이 터져라 나력의 이름을 불렀다. 다리 난간에 엎드려 있는 나력은 기초의 눈에 작은 점처럼 보였다. 하지만 기초는 한눈에 사랑하는 사람을 알아봤다. 연인 사이에는 뭔가 서로 통하는 기운이 있는 것일까. 함께 있던 아이들도 기초를 따라 목청 높여 나력의 이름을 불렀다. 하지만 얄궂은 운명의 장난이랄까, 나력은 몸을 돌리더니 다리 아래에는 눈길도 주지 않은 채 인산인해를 이룬 사람들 속으로 사라져버렸다. 기초는 안달이 나 발을 동동 굴렀다. 옆에서는 흰 수염이 성성한 이차구 원장이 아이들을 인솔해 배에 오르고 있었다. 기초는 나력을 더 이상 부르지 못하고 원장을 도와 아이들을 배에 태웠다.

얼마 전부터 패전소식이 연달아 들려오면서 민심이 흉흉해졌다. 나력의 짐작대로 정부는 자기들 목숨부터 부지하기 바빠 빈아원이고 뭐고 잊어버린 지 오래였다. 빈아원 아이들은 말 그대로 '버림받은' 아이들이 돼버렸다. 기초가 소식을 듣고 달려갔을 때 젊고 쌩쌩한 교직원들은 다 달아나버리고 50여 명의 아이들과 노약자 교직원 몇 명만 남아 있을 뿐이었다. 살면서 온갖 풍상을 다 겪어온 이차구 선생조차 빈아원의 참담한 처지를 보고 눈물을 금치 못했다. 이차구의 부인과 두 딸도 서로 부둥켜안고 눈물을 흘렸다. 기초도 어찌할 바를 몰라 눈물만 뚝뚝 흘렸다.

빈아원에는 일찍 철이 든 아이들도 있었고 아직 철부지인 아이도 있었다. 아이들은 원장과 선생님이 눈물을 흘리는 것을 보고 무섭고 불안한지 너나없이 울음을 터뜨렸다. 아이들의 울음소리에 어른들은 정신이 번쩍 들었다. 전쟁은 눈물을 믿지 않는다는 냉혹한 사실을 깨달은 것이다. 원장은 즉시 배로 아이들을 철수시킨다는 결정을 내렸다. 목적지는 성 정부 임시 소재지인 금화金華였다.

어렵사리 작은 배 두 척을 빌려 겨우 아이들을 안정시켰는데 한 아이가 배가 고프다고 칭얼거렸다. 다른 아이들도 간절한 표정으로 기초를 바라봤다. 기초는 미리 사뒀던 차엽단을 하나씩 나눠줬다. 조금 전까지 울음을 터뜨리던 아이들은 먹을 것을 쥐어주자 언제 그랬냐는 듯 얌전해졌다. 멀리 다리 위에서 인산인해를 이룬 피난민들을 보면서 자신은 그나마 행운이라면서 안도하는 아이들도 있었다. 망우는 차갑고 딱딱하게 굳은 차엽단을 허겁지겁 먹으면서 만족스러운 표정으로 트림을 했다.

"외할머니가 해준 것보다 백배는 더 맛있어."

한 아이가 호기심에 찬 어조로 물었다.

"너의 외할머니 차엽단이 정말 항주에서 제일 맛있어?"

"응. 맛있어. 하지만 만드는 과정이 너무 번거로워. 먼저 맹물에 삶은 달걀을 건져서 국자 뒷면으로 껍질을 살살 두드려 깨야 해. 그리고 찻잎, 회향, 계피, 설탕, 닭육수 등 오만가지 향신료를 넣고 다시 오래 삶아야 해. 꼬박 하루 밤이 걸린다니깐. 옆에서 구경하기만 해도 머리가 복잡해지는 것 같아. 에잇, 그만하자. 아무튼 맛있으면 된 거지."

망우의 말에 모두 웃음을 터뜨렸다. 이차구 선생은 아이들이 얌전하게 자리에 앉아 있는 것을 보고 볶은 청대콩을 꺼내 조금씩 나눠줬다. 기초가 깜짝 놀라 소리를 질렀다.

"호주湖州 청대콩이군요."

"자네도 호주 청대콩을 아는가?"

"선생님, 제 어머니가 호주 태생이세요. 우리 집에서는 덕청德淸 함차咸茶를 배합할 때 볶은 청대콩을 넣거든요."

기초의 말에 노인이 충격을 받았는지 흠칫 놀라더니 한참 후에야 입을 열었다.

"자네한테서 '덕청 함차'라는 말을 듣다니 참으로 감회가 새롭군. 세상에 이토록 정감 가는 물건이 있었다는 것도 잊고 살았네. 잠깐이나마 딴 세상에 온 것 같았어."

잠시나마 안도하게 된 나이든 교직원들은 힘없이 탄식했다. 그때 어디에서 나타났는지 한 무리의 패잔병들이 요란하게 총을 덜그럭거리면서 고함을 질렀다.

"내려! 다들 내려! 이 어르신들은 피를 흘리면서 싸우고 왔는데 어디서 사람 같지도 않은 것들이 배를 차지하고 있어. 얼른 내려오지 못해? 안 내려오면 쏜다?"

마지막 한 조각의 차엽단을 입에 막 넣던 망우는 그 말에 사레가 들렸는지 켁켁거렸다. 기초가 망우의 등을 톡톡 두드려주면서 겁에 질린 아이들을 향해 말했다.

"괜찮아, 무서워하지 마. 저 사람들은 우리를 해치지 못해."

"뭐라고? 네년이 방금 뭐라고 했어? 우리가 뭐 어쩐다고?"

성질 급한 일부 군인들은 벌써 배에 올라와 아이들을 밖으로 잡아 끌었다. 작은 배는 심하게 요동치기 시작했다. 아이들이 겁에 질려 비명을 질렀다.

이차구 선생이 벌떡 일어나더니 욕을 퍼부었다.

"어디서 굴러온 패잔병들이 노약자들 앞에서 감히 횡포를 부려? 당신들은 염치가 뭔지 알기나 해? 그렇게 대단한 사람들이 전선에서 일본 놈들하고 싸우지 않고 여기는 왜 온 거야? 적들 앞에서는 끽소리도 못하고 도망친 주제에 자국민들을 괴롭혀? 당신들이 그러고도 사람이야? 차라리 전당강에 머리 처박고 뒈져. 에잇, 네놈들한테 들어가는 나랏돈이 아깝다. 악질 불량배 마적들 같으니라고……."

얼떨결에 욕을 잔뜩 얻어먹은 패잔병들은 어안이 벙벙해서 한마디 대꾸도 못했다. 이차구는 20년 전의 '노목금강'怒目金剛이 부활한 듯 매서운 눈빛을 뿜어댔다.

"좋아. 우리가 올라가지. 당신들은 내려오고 싶으면 내려와. 그런데 당신들 마음대로는 안 될걸. 내 제자들이 가만히 있지 않을 테니 말이야. 여기서 기다릴 테니 얼른 가서 주가화朱家驊 성 정부 주석을 불러와. 완의성阮毅成 민정청장도 불러오고. 그놈들은 모두 살겠다고 다 도망갔어. 스승이고 고아들이고 다 팽개치고 말이야. 우리들 따위는 항주 시내에 남아 망국노가 돼도 좋다 이건가? 빨리 갔다 오지 못할까? 뭘 꾸물거려? 양심 따위는 개나 줘버린 인간들 같으니라고."

갑자기 쿵, 하는 굉음이 울렸다. 지축이 흔들리는 것 같은 소리와 함께 뿌연 연기와 흙먼지가 허공으로 치솟았다. 강가에 서 있던 사람들은 모두 놀라서 그 자리에 굳어졌다. 작은 배는 허공으로 솟구쳤다가 파도에 떠밀려 강 한가운데로 밀려나갔다. 아이들이 울음 섞인 소리로 비명을 질렀다.

"저기 봐요! 대교! 우리 전당강대교가 무너졌어요!"

멀리 북쪽 연안으로 점점 접근하는 적들의 무리가 남쪽 연안에 서 있는 나력, 항억과 나초경의 눈에 어렴풋이 보였다. 나초경이 천천히 말했다.

"1276년에 원元나라 병사가 임안부臨安府를 공략했어요. 맞은편의 항주죠. 문천상文天祥(중국 남송의 정치가, 시인)이 처음 체포된 곳이 지금 이곳이에요."

항억이 나초경의 손을 와락 붙잡으며 문천상의 시를 읊었다.

"인생은 자고로 누가 죽지 않았던가, 충심을 청사에 남겨 후세에 비치리!"

나초경이 흠칫 놀라는 기색을 보였다. 그러나 항억에게 잡힌 손을 빼지 않고 무너진 다리를 보면서 말했다.

"다리는 다시 세우면 돼요."

"우리도 다시 다리 위를 걸을 수 있을 거요."

나초경이 고개를 저었다. 이어 항억에게 잡힌 손을 빼내 강 중심을 가리키면서 말했다.

"우리가 다시 돌아오고 안 오고는 별로 중요하지 않아요."

항억이 눈시울을 붉히면서 고개를 끄덕였다.

"그래요, 별로 중요하지 않아요."

저녁 무렵, 남성교 일대에서 총소리가 띄엄띄엄 울렸다. 하늘은 잔뜩 흐렸다. 항주는 마치 멸망을 앞둔 '외로운 성'과도 같았다.

항씨 집안과 평생 앙숙으로 살아온 오승은 잔뜩 수심에 잠긴 얼굴로 앉아 있었다.

누구에게도 지지 않기 위해 평생을 악을 쓰며 살아온 오승은 아들을 잘못 둔 죄로 늘그막에 걱정이 태산 같았다. 오승의 아들 오유吳有는 아비의 창승차행을 물려받아 경영하고 있었다. 오승은 아들 생각만 하면 피를 토하고 죽고 싶은 심정이었다. 오유는 천성적으로 불량기가 다분했다. 싸리밭에 싸리 난다고 오승을 닮은 것이었다. 하지만 오승은 예전의 오승이 아니었다. 특히 나이가 들면서 점점 더 체면을 중시하는 사람이 되었다. 평생의 라이벌이었던 항천취는 먼저 저 세상으로 갔다. 그는 소원대로 항천취를 대신해 호숫가에 인접한 좋은 자리를 차지했다.

그는 항천취처럼 '항탄'杭灘(항주 지역의 전통 희곡) 듣기를 즐겼다. 그럴 때면 가끔 항천취처럼 항주비단으로 만든 장삼 소맷자락을 살짝 걷어 올린 채 새하얀 안감을 내보이기도 했다.

이날도 그는 청자 찻잔을 들고 우아하게 용정차를 음미하다가 혼자 흠칫 놀랐다. 어찌된 영문인지 자신이 점점 항천취를 닮아가고 있다는 생각이 들었던 것이다.

애석하게도 그에게는 감상에 젖어 있을 시간이 오래 주어지지 않았다. 아래층이 한바탕 소란스러운가 싶더니 한 무리가 와자지껄 떠들면서 계단을 올라오는 소리가 들렸다. 귀가 밝은 다객이 오승에게 말했다.

"댁의 귀공자가 올라오시나 봅니다."

오승의 큰아들 오유는 입에 노도老刀 궐련을 물고 기녀를 옆구리에 낀 채 어중이떠중이 친구들과 함께 계단을 올라오고 있었다. 이들은 식당에서 밥을 먹고 돈을 내지 않기로 유명한 불량배들이었다. '사대금강'四大金剛, '오창사사'五猖使司, '채지아노'菜地阿奴, '나랑아태'螺螂阿太 등등 별명만 봐도 어떤 작자들인지 충분히 짐작할 수 있는 인물들이었다. 여기에 오유까지 합쳐서 항주 시내에서 '파각경'破脚梗(무뢰한)이라고 하면 모르는 사람이 없을 정도로 유명했다. 그런 아들을 보는 오승의 눈길이 곱지 않은 것은 당연한 일이었다. 오승은 하루는 작심하고 아들을 호되게 꾸짖은 적이 있었다. 하지만 오유는 아비의 훈계를 귓등으로도 듣지 않았다. '무뢰한이면 어떻고, 절뚝발이면 어떠냐. 나는 내 멋대로 살 거다.'라는 식이었다.

오승은 일본놈들이 입성한다는 소문을 듣고 크게 분노했다. 30년 전에 하마터면 일본사람의 손에 죽을 뻔했던 일 때문에 앙금이 남아 있는 탓도 있겠지만 더 중요한 것은 장사가 안 되기 때문이었다. 한 근에 16원씩 하던 용정차가 지금은 20전에도 팔리지 않으니 속이 터질 노릇이 아닐 수 없었다. 그래서 차장이고 찻집이고 다들 문을 닫아버렸다. 하기야 단골 고객들이 뿔뿔이 다 흩어져버렸는데 문을 열어봤자 무슨 소용이 있겠는가. 오승이 아무리 총명하고 장사수완이 좋다고 한들 없는 손님을 만들어낼 수는 없지 않겠는가.

물론 오승을 부러워하는 다객들도 있었다.

"저희는 오 사장님이 부럽구먼요. 오 사장님의 아들은 예전에 일본 사람들과 장사도 하고 양행 매판買辦으로도 있었잖아요. 비록 지금은 여기 없지만 그 아들의 체면을 봐서라도 오 사장님네는 털끝 하나 안 건드릴걸요? 든든한 아들이 없는 우리 같은 무지렁이들은 삼십육계 줄행랑이 제일이지요."

그럴 때면 오승은 황급히 반박하기에 바빴다.

"말이 좀 지나치네. 그 아이가 내 친자식이 아니라 양자라는 건 자네들도 잘 알잖은가. 나와 같은 성을 가진 것도 아닌데 나하고 무슨 상관인가?"

다객들은 피난 짐을 싸느라 분주하게 손을 놀리면서 말했다.

"오 사장님이 친아들인 오유보다 가교嘉喬를 더 아끼고 귀여워한 걸 모르는 사람이 어디 있어요? 가교를 상해로 보내 일본사람들과 장사하게 한 것도 오 사장이 시킨 거잖아요."

"나는 치열한 국내 경쟁을 피하기 위해 일본사람들과의 무역을 주선했을 뿐이네. 다른 뜻은 없었어. 나는 그 아이에게 한간漢奸이 되라고 부추긴 게 아니네."

"입바른 소리 하는 사람은 내가 아니라 오 사장이유. 가교가 일본 사람들과 7, 8년이나 장사를 하면서 한간 노릇을 했는지 안 했는지 오 사장이 어떻게 알아유? 어쩌다 돌아왔을 때 보면 콧수염을 기르고 알 아듣지도 못할 일본말만 하더구만."

오승은 꿀 먹은 벙어리처럼 아무 말도 못했다. 이윽고 낮은 소리로 중얼거렸다.

"아무튼 내 친자식이 아니야. 우리 오씨 가문에는 한간이 없어. 그 아이는 항씨야."

오승의 풀 죽은 모습에 마음이 약해진 다객들이 그를 위로했다.

"오 사장, 너무 속상해 말아유. 가교가 종무소식이라고 꼭 한간이 됐다는 법은 없잖수. 일본사람들과 장사하는 사람이 어디 한둘이유? 항씨네도 예전에 일본 무역을 했어유. 심지어 일본여자하고 결혼도 했 잖어유."

오승이 두 손을 맞잡으면서 말했다.

"이제야 마음이 놓이는군. 뭐 자네들도 잘 알겠지만 나 오승은 평생 남에게 손가락질 받을 짓은 안 하고 살아왔네. 한간 같은 짓은 말할 필 요도 없지. 나중에 누가 나에 대해 말도 안 되는 험담을 하면 자네들이 나서서 도와주게."

급기야 오승의 눈에 눈물이 흥건히 고였다. 당황한 다객들이 부랴 부랴 오승을 달랬다.

"오, 오 사장, 이러지 마슈. 가교한테서 소식이 있으면 그때 가서 고 민해도 늦지 않아유. 가교는 오씨가 아니잖아유."

다객들은 남은 차를 비우고 하나둘씩 자리를 떴다. 어쩌면 이들로 서도 찻집에서 마시는 마지막 차일지도 몰랐다. 다객들이 다 떠나기를 기다려 오유가 너털웃음을 터뜨리면서 말했다.

"아버지, 참 대단하십니다. 이 아들은 두 손 두 발 다 들었습니다. 예전에 제가 아버지 발뒤꿈치도 따라가지 못한다는 말을 들었을 때는 무척 억울했었는데 지금 보니 그게 틀린 말이 아니었습니다. 참, 대단하세요."

오승이 창문과 문을 닫아걸고 가볍게 아들을 나무랐다.

"네놈이 뭘 안다고 그래?"

"모르긴 뭘 몰라요? 저도 아버지 아들입니다. 아버지만큼은 아니지만 완전 바보는 아닙니다. 가교가 아버지에게 종종 편지를 보내는 것도, 가교가 지금 일본사람 통역관으로 일한다는 것도, 며칠 지나지 않아 일본군을 따라 항주로 돌아온다는 것도 다 알고 있습니다."

오승은 치밀어 오르는 화를 주체하지 못하고 온몸을 부르르 떨었다. 그리고는 한참 후에야 겨우 한마디 내뱉었다.

"네놈이 내 편지를 훔쳐본 거냐?"

오유는 아버지가 진짜로 화가 난 것을 보고는 바로 말투를 누그러뜨렸다.

"아버지, 고정하십시오. 저는 아버지의 마음을 다 이해합니다. 아버지는 체면을 중시하는 분이니 굳이 일본사람들을 상대하지 않으셔도 됩니다. 저희들이 다 알아서 하겠습니다. 솔직히 말씀드리면 가교는 저와 주아珠兒(오승의 딸)에게도 편지를 보냈어요. 저더러 사람들을 규합해 항주 시내 곳곳에 '황군의 입성을 환영한다'는 표어를 붙이라고 하더군요."

오승은 머리를 망치로 한 대 얻어맞은 느낌이었다. 그는 충격이 너무 컸는지 한참 후에야 가까스로 입을 열었다.

"절대 돌아오면 안 된다고 그렇게 신신당부했는데 기어이 온다는 말이지? 다른 말은 없더냐?"

"왜 없겠어요?"

오유가 가교의 편지를 흔들면서 말했다.

"가교가 그동안 죽어라 우리 집에 얹혀 산 이유를 아버지도 잘 아시잖아요. 그 자식은 처음부터 항씨네 재산을 빼앗는 것이 목적이었어요. 그런 자식이 일본사람을 등에 업었으니 당연히 기세등등하게 돌아오는 거죠."

"그것은 우리 오씨와 항씨 두 가문 사이의 일이다. 일본사람들과는 아무 상관이 없어. 일본사람을 등에 업지 않고도 충분히 항씨네 재산을 빼앗아올 수 있어. 그건 내가 장담한다. 그러니 얼른 가교에게 내 말을 전하거라, 절대 일본군의 통역관 신분으로 돌아오면 안 된다고 말이야."

"아버지도 참, 벌써 노망 드셨어요? 가교가 어릴 때야 아버지를 하늘처럼 여기고 아버지 말에 고분고분 따랐을지 모르지만 지금은 아닙니다. 지금 그 자식의 '하늘'은 아버지가 아닌 일본사람이라고요."

"가교에 대해 함부로 말하지 마라. 걔는 너 같은 망나니가 아니다. 걔가 한간이 됐다면 다 그럴 만한 이유가 있었을 거야."

오유는 쓴웃음을 지었다. 이어 속으로 구시렁거렸다.

'아버지가 노망이 나신 게 틀림없어. 시대가 어느 땐데 아직도 케케묵은 고리짝 같은 생각을 하시는 거야? 중국은 곧 일본사람의 천하가 될 거야. 시대의 움직임을 읽는 자가 걸출한 인물이라고 했어. 그리고 한간이 뭐가 어때서? 내가 한간이었더라면 차 장사를 지금보다 훨씬 더 잘했을 텐데.'

오유가 밖으로 나가면서 오승에게 말했다.

"아버지, 아버지는 지금 말도 안 되는 소리를 하고 계십니다. 가교가 기뻐서 춤을 추면서 한간이 됐는지 울며 겨자 먹기로 한간이 됐는지 그걸 누가 알아요? 그리고 내일 아침이면 일본군을 따라 입성할 사람을 제가 무슨 수로 만나서 돌려보낸단 말이에요?"

말을 마친 오유는 성큼성큼 계단을 내려갔다. 이어 밖에 세워둔 자전거를 타고 어중이떠중이들과 함께 어디론가 사라져버렸다.

오승은 안락의자에 털썩 주저앉았다. 너무 화가 나고 기가 막혀 말이 나오지 않았다. 이윽고 그가 어쩔 수 없다는 듯 혼잣말로 중얼거렸다.

"가교, 그놈은 결국은 우리 오씨 집안의 핏줄이 아니었어."

오승은 뿌루퉁한 얼굴로 오산吳山 원동문圓洞門으로 돌아왔다. 그리고는 마당에 있는 늙은 버드나무 아래에 서서 한참을 생각한 끝에 마누라를 불렀다.

"당장 짐을 싸. 우리 집으로 돌아가자고."

오승의 마누라가 펄쩍 뛰었다.

"영감, 여태 살던 집을 두고 가기는 어디를 간다는 말이에요?"

"여기는 오산 원동문이야. 우리 집이 아니야. 항씨네 집이지. 가교가 내일 돌아온다는군."

머리가 단순한 여자는 오승의 말에 뛸 듯이 좋아했다.

"내일 온다고요? 영감도 참, 그걸 왜 이제야 얘기해요? 이 난리통에 어디 가서 음식을 구해다 대접하나?"

마누라의 속없는 말에 오승이 벌컥 화를 냈다.

"남의 아들이야. 수선 떨지 마!"

여자가 남편의 돌변한 태도에 놀라 말을 더듬었다.

"아니, 예전에는……"

"그때는 그때고 지금은 지금이야. 그때는 한간이 아니었기 때문에 내가 거둬준 거야. 지금은 일본놈의 앞잡이가 됐으니 더 이상 우리 오씨 집안사람이 아니야."

여자가 한참을 생각하더니 아무래도 이해가 되지 않는 듯 또 입을 열었다.

"언젠가는 우리가 양패두羊壩頭에 있는 망우저택에 들어가 살게 될 거라고 영감이 말했잖아요. 그런데 이곳 오산 원동문에서도 쫓겨나게 생겼으니 이게 뭔 일이래요?"

오승이 긴 탄식을 발했다.

"가교가 나쁜 짓을 할 것 같아. 그런 사람은 일찌감치 멀리하는 게 좋아. 자칫 잘못하다간 창승차행도 무사하지 못할 수 있어."

오승의 마누라가 울음을 터뜨렸다.

"영감, 우리도 이참에 얼른 피난가요. 가업이 아무리 중요하기로서니 사람 목숨보다 더 중요하겠어요?"

어디에선가 총소리가 크게 울렸다. 동시에 교외 동남쪽에서 시뻘건 화염이 치솟고 있었다. 오승이 화광이 충천하는 하늘을 보면서 한숨을 지었다.

"늦었어. 사람들이 죽기 시작했어……."

오유는 어릴 때부터 공부와 담을 쌓았다. 대신 조계지에 장기 체류하는 일본 낭인들과 어울려 못된 짓을 일삼고 다녔다. 일본군의 항주 입성이 코앞에 다가오자 이번에는 도로변 담벼락에 표어를 쓰는 데 발 벗고 나섰다. 표어 내용은 '대일본 황군은 신이 내린 군사다!', '황군의 위용은 천추만대에 길이 빛나리!' 등과 같은 것들이었다. 사실 그가 하는 일이라고 해봤자 풀이 담긴 통을 들고 낭인들의 뒤를 졸졸 따라다니면서 담벼락에 풀칠을 하는 것에 불과했다.

'아아, 지금 가교가 말을 타고 입성한다면 얼마나 좋을까? 내가 이렇게 열심히 황군을 위해 충성하는 것을 보고 황군 앞에서 좋은 말 몇 마디라도 해준다면 얼마나 좋을까?'

오유는 말도 안 되는 상상을 하면서 혼자 흥분을 금치 못했다. 그의 꿈이라면 큰 세력을 등에 업고 항주 시내를 들었다 놨다 할 수 있는 큰 인물이 되는 것이었다.

오유가 신나게 풀칠을 하고 있을 때 바로 앞에 있는 집 대문이 열리더니 한 중년사내가 머리를 삐죽 내밀었다. 가화의 학우인 진읍회였다. 그는 느닷없이 나타나 야단법석을 떠는 무리를 보더니 조금 놀란 표정으로 말했다.

"어제도 누군가 우리 집 대문에 '일본제국주의를 타도하자'라고 써놓은 걸 돼지털솔로 겨우 문질러 지웠소. 당신들의 마음은 충분히 이해하겠으니 우리 집 대문에는 낙서하지 않았으면 좋겠소. 일본놈들을 몰아내고 나서 내가 직접 쓸 테니 오늘은 참아주시오. 내가 이래봬도 글씨깨나 쓴다는 사람이오. 못 믿겠으면 이웃들에게 물어보시오."

불량배들이 진읍회의 말에 낄낄대면서 웃었다.

"눈이 네 개라 잘 안 보이나 본데, 우리가 뭐라고 썼는지 직접 나와서 확인해보시지?"

표어 내용을 확인한 진읍회의 표정이 딱딱하게 굳었다. 어둠 속에서 유난히 창백해 보이는 얼굴 위로 당장이라도 안경알을 뚫고 나올 듯이 눈빛이 날카롭게 빛났다.

"이제 정신이 드나보군. 우리가 누구인지 알겠는가?"

"알다마다요. 다만 당신들의 행동이 이렇게 빠를 줄은 예상 못했소."

진읍회가 쾅, 하고 대문을 닫았다.

보기 좋게 무안을 당한 불량배들은 벌레 씹은 표정으로 대문을 노려봤다. 한 일본 낭인이 분통을 터뜨렸다.

"내일 황군이 도착하면 제일 먼저 저 자식부터 산채로 잡아먹어야겠어."

불량배들이 씩씩거리면서 막 떠나려는데 대문이 다시 열리더니 차가운 냉차^{冷茶} 벼락이 떨어졌다. 차 찌꺼기를 온몸에 뒤집어쓴 오유가 버럭 고함을 질렀다.

"뭐 하는 짓이야?"

진읍회가 담담하게 말했다.

"차에 찌꺼기가 있는 것처럼 인간들 중에도 쓰레기가 있지. 차 장사를 하는 당신이 더 잘 알 텐데."

오유가 아무리 아둔하다고 해도 진읍회가 한 말뜻을 모를 리 없었다. 그는 진읍회의 따귀를 때리려고 손을 올렸다. 그러자 옆에 있던 낭인이 다짜고짜 진읍회를 밖으로 끌어냈다.

"당신네 지나인들이 말도 잘하고 글도 잘 쓴다고 들었다. 네놈도 글씨깨나 쓴다면서? 지금 당장 내 앞에서 '대일본황군 만만세'라고 써봐, 당장!"

"일본군은 아직 입성하지 않았소."

"바가야로!"

낭인이 군도를 빼들었다.

"네놈이 고분고분하지 않을 줄 알았다. 인간쓰레기의 맛을 보여주마!"

순간 비명소리와 함께 진읍회의 오른 팔뚝이 절반쯤 잘려나갔다. 깜짝 놀란 오유가 펄쩍 뛰면서 뒤로 물러났다. 그때를 놓치지 않고 진읍회의 가족들이 울며불며 그를 안으로 끌고 들어갔다.

오유는 머리에 차 찌꺼기를 잔뜩 뒤집어쓴 채 웩웩 구역질을 했다. 분수처럼 피를 내뿜던 진읍회의 팔뚝이 눈앞에 어른거려 자꾸 욕지기가 치밀었다. 일본 낭인들이 오유에게 다가왔다. 이들은 공신교 아래에 살면서 조직폭력배들과 어울려 온갖 횡포를 부리는 족속들이었다. 사람을 찌르고 죽이는 일 따위도 눈 하나 깜짝 않고 할 수 있는 무리들이었다. 낭인들은 잔뜩 몸을 움츠린 오유의 멱살을 붙잡아 일으켜 세우면서 말했다.

"벌써 쫄았나? 이제 시작이야. 황군이 오면 재미있는 볼거리가 많을 거야."

오유 일행이 양패두 근처에 오자 푸른 벽돌로 쌓은 높다란 담벼락 두 개가 나타났다. 불량배들이 환호를 질렀다.

"여기가 딱이네. 한쪽에 한 줄씩 쓰면 되겠다."

오유가 망설이는 표정을 지었다.

"여기는 망우차장이라……."

"차라리 잘 된 거 아니야? 망우차장은 네 아비의 철천지원수라면서? 얼른 풀칠해. 내일 가교 통역관님이 금의환향하셔서 여기에 쓴 표어를 보시면 얼마나 기뻐하시겠나?"

오유는 머리에 붙어 있는 차 찌꺼기를 털어버리고 솔을 잡았다. 원수에게 보복한다고 생각하니 기운이 불끈 솟는 것 같았다. 그가 열심히 담벼락에 풀칠을 하던 중이었다. 갑자기 비명소리가 들렸다. 그것은 바로 자기 입에서 터져 나온 비명이었다. 그는 저도 모르게 비명을 지르면서 솔을 떨어뜨린 후에야 어깨가 잘려나가는 것 같은 아픔을 느끼고 고개를 돌렸다. 그러자 한 사내의 지팡이가 이번에는 그의 머리를 향해 날아들었다. 그가 손으로 머리를 싸쥐고 멀찌감치 피하면서 고함을 질렀다.

"어서, 어서 이자를 잡아요!"

사내는 그러나 전혀 기죽지 않고 우렁찬 소리로 일갈했다.

"어딜 감히?"

그런데 불량배들이 오히려 사내를 향해 굽실거렸다.

"넷째 어르신, 고정하십시오."

오유는 어스름한 황혼 빛을 빌어 사내의 얼굴을 알아봤다. 사내는 항주에서 '노영웅'으로 불리는 외팔이 조기객이었다. 오유는 어리둥절했다.

'조 넷째 어르신은 이곳 중국인들의 존경을 한 몸에 받는 인물이다. 일본사람들에게는 눈엣가시 같은 존재가 아니던가. 방금 진 선생에게도 칼을 휘두른 낭인이 왜 조 넷째 어르신 앞에서는 쩔쩔 매는 걸까? 내일 황군이 입성한다는데 뭐가 두려운 걸까?'

조기객의 목소리가 다시 들려왔다.

"어느 놈이 한 짓이야? 당장 원래대로 돌려놔!"

오유는 내키지 않은 걸음으로 다가갔다. 아무리 그래도 항주 시내에서 내로라하는 '깡패'이고 일본 통역관을 동생으로 둔 사람이 내일이면 숨이나 쉴 수 있을지 모를 노인네 앞에서 체면을 구겨서야 되겠느냐는 생각이 들었던 것이다.

그런데 뜻밖에도 낭인들이 오유를 닦달했다.

"오유, 얼른 닦지 않고 뭐해? 넷째 어르신의 분부를 거스를 셈인가?"

오유는 자신의 귀를 의심했다. 그때 조기객이 목석처럼 굳어져버린 오유의 옷자락을 지팡이 끝으로 들어 올리면서 말했다.

"이걸로 닦아!"

오유는 울며 겨자 먹기로 거의 새 것이나 다름없는 갈색 꽃무늬 비단겹저고리를 벗었다. 조기객은 울상을 짓고 담벼락을 닦는 오유를 매서운 눈으로 지켜봤다.

오유의 옷은 입을 수도 없을 정도로 너덜너덜해졌다. 조기객은 그제야 지팡이로 한 사람씩 가리키면서 으름장을 놓았다.

"명심해, 여기는 네놈들 같은 물건들이 함부로 올 수 있는 곳이 아니야. 한 번만 더 나 조기객의 눈에 띄면 가만두지 않을 것이야."

그때 대문이 벌컥 열리더니 봉두난발의 젊은 여성이 소리를 지르면서 뛰쳐나왔다.

"나도 당신 따라 갈래요! 나도 당신 따라 갈래요!"

뒤따라 나온 사람들이 여자의 어깨를 붙잡으며 달랬다.

"가초, 조급해하지 마. 망우는 곧 돌아올 거야. 이모하고 같이 갔으니 별일 없을 거야."

사람들이 여인을 달래면서 안으로 끌고 들어갔다. 조기객도 뒤따라 들어갔다. 오유는 그제야 걸레조각이 다 된 옷을 들고 퉤, 하고 침을 뱉었다.

"젠장, 이게 뭐야? 황군들도 조씨네 넷째를 무서워하나?"

불량배들은 오유의 말이 끝나기도 전에 왁자지껄 떠들면서 자리를 떴다. 한 낭인이 오유에게 한마디를 던졌다.

"네가 뭘 알아? 어제 황군이 명령을 내렸어. 항주 시내의 몇몇 인물은 절대 건드려서는 안 된다고 말이야. 조 넷째 어르신도 그중 한 사람이야. 솔직히 말해서 너 같은 건 백 명 죽여도 괜찮아. 하지만 조 어르신은 털끝 하나도 건드릴 수 없어."

오유는 목을 움츠린 채 끽소리도 못했다.

때마침 등장한 조기객은 가화에게 그야말로 '구세주'나 다름없었다. 성격이 온화하고 좀처럼 분노를 표출하지 않는 가화는 집안 여인들 때문에 폭발하기 직전이었다.

항주 시내 동남쪽에서는 총소리가 끊이지 않았다. 미처 철수하지 못한 국군부대와 일본군 사이에 전투가 벌어진 것이다. 남성교^{南星橋}－갑구^{閘口} 구간은 이미 불바다로 변했다. 항주 시내에는 아직 10만 명 정도가 남아 있었다. 그중 부녀자와 노약자들은 그나마 안전해 보이는 곳으로 뿔뿔이 흩어져 몸을 숨겼다.

항주는 예로부터 '동남불국'^{東南佛國}으로 불렸다. 또 비교적 일찍 기독교가 전파된 곳이었다. 게다가 중국 4대 이슬람 사원으로 불리는 '봉황사'^{鳳凰寺}가 망우차장 부근에 있었다. 평소에 향을 사르고 염불하기를 즐기는 사람들은 어려움이 닥쳤으니 더 기를 쓰고 부처님께 매달렸다. 기독교 신자들은 몇몇 목사들이 만국적십자회 명의로 세운 호산당^{湖山堂}, 사징당^{思澄堂} 등 난민수용소로 피난을 갔다. 알라를 믿는 회교도들은 봉황사로 도망갔다. 문제는 항씨네였다. 항씨 집안은 하나님도, 알라도 믿지 않았다. 항천취가 죽은 이후로는 부처님과 관세음보살 이름을 부르는 사람도 없었다. 난리통에 피신은 해야 하는데 도대체 어디로 가야 한다는 말인가. 가화가 고민 끝에 생각해낸 곳은 영은사^{靈隱寺}였다. 그곳에는 항천취가 생전에 가깝게 지내던 스님들이 몇 분 계셨다.

하지만 항씨네 세 여자는 요지부동이었다. 가화가 아무리 설득해도 소용이 없었다. 가초는 아들을 찾으러 나가겠다고 날뛰었다. 옆에서 꽉 붙잡고 있지 않으면 금방이라도 무슨 짓을 저지를지 몰랐다. 요코는 벙어리처럼 입을 꼭 닫고 있었다. 심록애는 기둥을 끌어안고 단호하게 말했다.

"나는 아무 데도 안 간다고 벌써 몇 번이나 말했느냐. 떠날 마음이 있었다면 벌써 아침에 기초하고 같이 떠났을 거다. 내가 항씨 가문에 시집온 지도 수십 년이 지났어. 예전에는 떠나고 싶어도 못 떠났지만 이제는 떠나고 싶은 생각이 없어. 내가 가면 우리 항씨 가문이 항주에서 어떻게 얼굴을 들고 장사를 하겠느냐?"

"어머니, 당분간만 피하는 겁니다."

하지만 심록애는 고개를 저었다.

"가교가 상해에서 한간이 됐고, 이번에 일본놈들과 함께 돌아온다는 걸 내가 모르는 줄 아느냐? 그 녀석은 오자마자 우리 차장과 저택을 빼앗으려고 달려들 거야. 나는 죽어도 여기를 못 떠난다."

가화는 애가 타고 화가 난 나머지 책상을 탕탕, 내리쳤다.

"어머니, 제가 어머니 대신 여기 남겠습니다. 제가 망우차장과 망우저택을 지키겠습니다. 이제 됐죠? 그러니 걱정 마시고 얼른 떠나세요."

심록애는 그래도 끄떡 않고 담담하게 말했다.

"내가 남겠다고 고집 부리는 이유는 나 자신이나 너를 위해서가 아니야. 우리 항씨 가문과 차장을 위해서다. 네가 안 가면 가초는 누가 돌보느냐? 요코와 한이도 든든한 남자의 보호가 필요해. 가화, 내 걱정은 안 해도 돼. 이번 고비만 무사히 넘기면 우리 가족들은 다시 단란하게 모이게 될 거야. 너희들이 돌아올 때까지 내가 털끝 하나 다치지 않고 무사히 살아남을 것을 약속하마."

"어머니!"

가화는 끝내 참지 못하고 고함을 질렀다.

"좋아요, 다들 여기 남아서 죽기만 기다립시다!"

그때 항한이 불쑥 입을 열었다.

"저도 원래 남으려고 했어요. 하지만 다시 생각해보니 그러면 안 될 것 같아요. 제가 일본사람이라고, 일본사람들이 저를 보면 반가워할 거라고, 제가 중국에 사는 이유는 일본사람들을 맞이하기 위해서라고 사람들이 오해할 수……."

항한의 말이 채 끝나기도 전에 요코의 따귀가 날아들었다.

"너의 성이 무엇이냐? 네 아빠가 누구냐?"

지난 10여 년 동안 큰소리 한 번 안 내고 죽은 듯이 살던 요코가 처음으로 크게 화를 내고 있었다. 사람들은 돌변한 요코의 모습에 할 말을 잃고 멍하니 있었다.

그때 조기객이 구세주처럼 짠! 하고 나타났다. 그는 기초와 망우가 무사히 항주 시내를 벗어났다는 소식을 가지고 왔다. 그제야 모두들 안도의 한숨을 내쉬었다. 조기객이 말했다.

"자네들도 얼른 떠나게. 남성교에서는 불에 타죽은 사람들도 적지 않다네. 얼른 가초를 데리고 피신하게. 이대로 놔뒀다가는 큰 변을 당할 수 있네."

"아무튼 나는 안 가요."

심록애는 나이가 들면서 자신 있고 당당하던 모습은 어디 가고 이상하게 고집만 늘어났다. 사실 그녀가 이토록 배짱을 부리는 데는 그럴 만한 이유가 있었다. 그녀는 일본군이 항씨 집안을 어쩌지 못할 것이라고 철석같이 믿고 있었다.

촛불 아래에 서 있는 심록애의 귀밑머리가 하얗게 빛났다. 조기객은 홀린 듯 그 빛을 보면서 손을 휘휘 저었다.

"그렇게 싫으면 가지 마오. 나도 남을 테니. 나는 처음부터 갈 생각이 없었소. 어딜 가든 다 마찬가지니 나도 여기 남으리다."

사실 심록애는 조기객과 함께 있기 위해 남으려는 것이었다. 다른 가족들은 이 사실을 알면서도 함구하고 있었다. 가화는 조기객과 심록애의 체면을 세워주면서 완곡하게 말했다.

"조 어르신, 어르신도 우리하고 같이 가십시다. 우리는 죽어도 같이 죽고 살아도 같이 사는 한가족이 아닙니까."

조기객이 손사래를 쳤다.

"내가 안 가는 건 그럴 만한 이유가 있기 때문이네. 걱정 말게, 나는 죽지 않을 거네. 누구라도 나 같은 사람은 일단 포섭하려고 들지 쉽게 죽이지는 않을 거네."

가화는 더 말하려고 입을 열었다가 생각을 고쳐먹었다.

'그래, 이렇게 하는 게 좋겠어. 이렇게 하자.'

제7장

자정이 가까워오는 시각이었다. 창밖에서 삭풍이 울부짖는 소리와 빗방울이 마른 나뭇가지를 때리는 소리가 들려왔다. 세상 모든 것을 집어삼킬 듯이 짙은 어둠이 내려앉은 밤이었다. 성 동남쪽에서 가끔 화광이 충천하고 띄엄띄엄 총소리가 들려왔다. 심록애는 조기객을 데리고 망우저택의 세 번째 마당으로 들어섰다. 예전에 그녀와 항천취의 거처로 사용하던 곳이었다. 문을 열고 들어서자 작고 아담한 거실이 나타났다. 아주 오래전에 한 쌍의 재자가인^{才子佳人}은 이곳에서 서로 첫눈에 반했었다. 늦게 만났다는 사실이 안타까워서 전생에 못 다한 인연을 지금까지 이어오고 있었다.

심록애는 붉은 양초에 불을 붙였다. 방안에는 전대의 유품처럼 고풍스러운 침대가 있었다. 며칠 동안 바쁘게 지낸 조기객은 사람들이 다 떠나고 조용한 방에 둘만 남자 갑자기 졸음이 밀려왔다. 그는 침대에 비스듬히 몸을 뉘였다.

심록애는 화로에 백탄을 피워 침대 옆에 갖다놓았다. 또 장롱에서 보풀이 일기 시작한 개가죽 담요를 꺼내 조기객의 무릎과 발에 덮어줬다. 일을 마치고는 등받이 의자에 앉았다. 이어 의자 아래에 있는 바구니에서 뜨개실과 바늘을 꺼내 뜨개질을 시작했다.

붉은 촛불, 빨갛게 달아오른 화로, 침대에 누워 눈을 반쯤 감은 남자, 의자에 앉아 뜨개질을 하는 여인…… 폭풍전야의 고요한 풍경이었다.

갑자기 기차역 일대에서 콩 볶는 듯한 총소리가 들려왔다. 이어서 이내 잠잠해졌다. 심록애는 뜨개실을 내려놓고 목을 길게 빼들고 귀를 귀울였다.

주위가 다시 정적에 잠기자 불안해진 심록애는 본능적으로 고개를 돌렸다. 그녀의 도움을 구하는 눈빛에 조기객은 희미한 미소로 화답했다.

"왜 갑자기 조용해졌죠?"

"매미가 우니 숲은 더욱 고요하고, 새가 지저귀니 산 또한 그윽하네.(왕적王籍의 〈입약야계入若耶溪〉)"

심록애가 놀라서 눈을 크게 떴다.

"기객, 참으로 절묘하게 전고를 인용하는군요."

심록애가 천천히 아래위로 조기객을 훑어봤다. 조기객이 몸을 반쯤 일으키면서 말했다.

"나는 당신이 지금 무슨 생각을 하는지 아오."

"당장 죽게 생겼는데 무슨 생각을 하겠어요?"

심록애가 고개를 저으면서 뜨개실을 손에 잡았다.

"당신은 방금 침대에 누워 시를 읊는 내 모습을 보고 틀림없이 천취 생각을 했을 거요. 안 그렇소? 당신은 아마 기객이 점점 천취를 닮아 간다고 생각했을 거요."

빠르게 움직이던 심록애의 손놀림이 멈췄다. 그녀가 고개를 들어 조기객을 보면서 말했다.

"천취는 너무 일찍 갔어요. 하지만 차라리 잘 된 일인지도 몰라요. 그이는 지금처럼 힘든 일을 이겨낼 그릇이 못 돼요."

심록애의 손이 가늘게 떨리기 시작했다.

"내가 있는데 뭐가 무섭소? 내가 '매미' 시만 읊는 사람이 아니라는 것은 당신이 더 잘 알잖소. 내일 당장 일본놈들이 떼로 몰려와도 거뜬 히 상대할 거요."

조기객이 배에 힘을 주면서 잉어가 튀어오르듯 벌떡 일어나 바닥에 내려섰다. 나이가 적지 않은 데다 한쪽 팔이 없는 사람치고는 무척 날 렵한 동작이었다. 비록 머리와 수염은 하얗게 셌지만 그 옛날의 위용은 여전히 살아 있었다.

1911년 신해혁명 이후 군벌 혼전이 시작됐다. 정객들은 권세에 빌 붙어 사리사욕을 채우기에 혈안이 됐다. 국토가 어지러워지고 백성들 은 도탄에 빠졌다. 재능이 있는 사람은 배척을 당하고 소인배들이 관직 에 올라 이름을 날렸다. 성격이 대쪽 같고 불의에 타협하지 않는 조기객 같은 사람들은 '찬밥신세'가 됐고, 젊은 시절 항주에서 호풍환우하던 사람은 노년에 완전히 '잊혀진 영웅'이 됐다. 하지만 사람의 본성은 쉽게 변하지 않기에 나라도 집도 다 잃게 될 위기의 상황이 닥치자 영웅은 그 옛날의 본색을 고스란히 드러냈다.

심록애가 부르르 떨면서 의자에서 벌떡 일어났다. 그녀는 일순간 신해년의 '젊은 의사'義士가 돌아온 듯한 착각에 빠졌다.

조기객이 벌컥 문을 열었다. 찬바람과 빗방울이 그의 얼굴로 쏟아져 들어왔다. 그가 심록애를 등지고 선 채 물었다.

"내가 늙었소?"

심록애의 눈에서 뜨거운 눈물이 흘러내렸다. 하지만 웃으면서 대답했다.

"당신이 그렇게 물으니 조조曹操의 시가 문득 떠오르는군요. '늙은 준마는 마구간에 엎드려 있어도 뜻은 천리 길에 있고, 열사는 늙었어도 원대한 포부는 그대로라네.'라는 시 말이에요."

조기객은 고개를 돌리지 않은 채 긴 한숨을 내쉬었다.

"늙었다는 말이군……."

"저도 같이 늙어가잖아요."

"영웅의 지기知己는 미녀라……."

조기객은 등 뒤로 심록애의 부드러운 숨결을 느꼈다. 전당강 조수 구경을 갔을 때 처음 느껴봤던 여인의 뜨겁고 부드러운 숨결이었다.

조기객이 마당으로 나가 작은 돌멩이를 주워들고 말했다.

"30년 전에는 차나무꽃이 있었는데……, 아쉽군."

조기객의 말이 끝나기 무섭게 납매臘梅 꽃가지가 툭, 하고 땅에 떨어졌다. 그가 돌멩이를 던져 부러뜨린 것이었다.

심록애는 황급히 달려가서 꽃가지를 주워들고 꽃을 땄다. 꽃송이는 작았으나 향기는 진했다. 매화꽃을 머리에 꽂노라니 과거 차나무꽃을 머리에 꽂던 추억이 떠올랐다. 그녀는 갑자기 콧등이 시큰해지면서 눈물이 왈칵 쏟아지는 것을 주체하지 못했다.

조기객이 심록애를 부축해 안으로 들어가면서 말했다.

"방금 전까지 웃고 있더니 왜 울고 그래?"

"지난 세월 동안 당신에게 너무 익숙해졌어요. 그래서 당신을 처음 만났을 때처럼 온몸에 전기가 통하는 느낌을 두 번 다시는 느끼지 못할 줄 알았어요."

"여자들은 참 생각이 많아. 나는 한 번도 그런 생각을 해본 적이 없소."

"그러면 당신은 언제부터 나를 좋아했어요? 말해 봐요."

심록애가 팔꿈치로 조기객을 툭 쳤다. 그녀가 아닌 다른 여자가 했더라면 늙어서 주책이라고 욕먹기 딱 좋은 행동이었다. 다행히 그녀는 하나도 어색하지 않았다.

그때 또다시 콩 볶는 듯한 총소리가 울려 퍼졌다. 치솟아 오른 불길이 하늘 절반을 시뻘겋게 물들였다. 감상에 젖어 있던 심록애는 일순간 현실로 돌아왔다. 그녀는 목을 길게 빼들고 발꿈치를 들었다.

조기객이 심록애의 어깨를 툭 치면서 말했다.

"나 말이오? 나야 당신에게 첫눈에 반했지. 나는 일본에서 돌아온 후 천취 아우를 많이 원망했다오. 내가 일본에 간 사이에 내 마누라를 빼앗아갔다고 말이오."

심록애가 풋, 하고 웃음을 터뜨렸다. 조기객이 다시 침대에 앉기를 기다려 그녀가 웃으면서 말했다.

"지어낸 말인 거 다 알아요. 내가 총소리 때문에 놀랐을까봐 일부러 그러는 거죠? 내가 왜 당신 마누라예요? 증거 있으면 대봐요."

"만생호를 가져와 보오."

조기객이 만생호에 새겨진 글자를 가리키면서 말했다.

"여기 보오, '안으로 청명淸明하고 밖으로 직방直方하니, 그대와 더불어 공존하리라.'라고 하지 않았소? 그대와 더불어 공존하리라, 무슨 뜻인지 알겠소?"

심록애가 눈물이 가득 고인 눈으로 만생호를 물끄러미 바라봤다. 급기야 만생호를 내려놓고는 조기객의 머리를 품에 끌어안았다. 이어 울면서 말했다.

"다 알면서 왜 나를 지금까지 내버려뒀어요?"

조기객은 아무 말도 하지 않았다. 딱히 변명할 말도 없었다. 그는 여색을 좋아하는 사람이 아니었다. 평생 마음속에 한 여자만 마음에 담아 두는 것으로 족했다. 물론 그렇다고 해서 그가 욕정이 전혀 없는 사람은 아니었다. 그는 여자를 가까이하되 결혼까지 하지는 않는다는 철칙을 가진 철저한 비혼주의자였다. 사귀는 여자가 결혼 얘기를 꺼낸다 싶으면 미련 없이 돌아섰다. 그는 소년 시절에 스스로 '강해호협'江海湖俠이라는 호를 지었다. 그리고 이름에 걸맞게 오랜 기간 한 곳에 정착하지 않고 떠돌이 생활을 했다. 그러나 이제는 다 늙어 방랑생활을 접은 지도 한참 됐다. 그런데도 여자문제에 한해서만은 처음 생각 그대로였다. 물론 고집이 세고 성격이 쉽게 바뀌지 않는 점은 심록애도 마찬가지였지만.

자정을 알리는 자명종이 울렸다. 조금 전까지 졸음이 마구 밀려오더니 늦은 시각이 되니 오히려 정신이 말똥말똥해지고 있었다. 심록애는 얇게 입은 조기객이 추울까봐 걱정을 했다.

"졸음도 쫓아낼 겸 뜨거운 차를 가져올게요."

그러자 조기객이 말했다.

"누가 차 장사꾼이 아니랄까봐, 때가 어느 때인데 아직도 차 타령이오? 차라리 술을 가져다주오."

심록애가 나가려다 말고 고개를 돌려 물었다.

"매성梅城 엄동관嚴東關 오가피주와 소흥紹興 동포東浦 노주老酒(오래 묵은 술)가 있어요. 가화가 손님용으로 준비해둔 브랜디와 위스키도 몇 병 있는데 어떤 걸 가져올까요?"

조기객이 바로 손사래를 쳤다.

"엄동설한에 몸과 마음을 덥히는 데는 따뜻한 곡주가 제격이오. 더구나 오늘 같은 날 곡주를 마시지 않고 무슨 술을 마시겠소?"

"왜 그런 거죠?"

"월왕 구천은 10년에 걸친 와신상담 끝에 국가와 백성을 부강하게 만들었소. 그는 대군을 이끌고 오나라를 치러 가기 전날 술을 가져다 강물에 흘려보내 군사들이 한 모금씩이나마 함께 마시도록 했소. 그래서 강의 이름이 '투료하'投醪河(탁주를 던져 쏟은 하천)가 됐지. 과거 내가 여걸 추근秋瑾과 함께 대통大通학당에서 일할 때 우리는 강가로 자주 산책을 나갔소. 그녀는 동쪽으로 흐르는 강물을 보면서 나에게 《여씨춘추》呂氏春秋의 한 구절을 읊어줬었지. '월왕은 회계會稽에 머무르면서 술을 강물에 쏟아 던졌다. 백성들은 그 물을 마시고 사기가 백배나 충천했다.'라는 구절을. 오늘 우리도 이 술을 마시고 나면 내일의 싸움에서 사기가 백배나 충천할 거요."

심록애가 곧 소흥 동포 노주를 한 단지 가져왔다. 조기객이 단지 입구를 밀봉한 흙을 떼어내더니 검붉은 색깔의 술을 커다란 자기 대접에 부었다. 심록애는 화로에 부집게를 걸치고 대접을 그 위에 놓았다.

"금방 데워질 거예요."

조기객이 다시 심록애에게 작은 술잔을 세 개 가져오라고 했다. 심록애가 의아한 표정을 짓다가 이내 눈시울을 붉히면서 자리를 떴다. 술잔을 세 개 가져다놓은 다음에는 회향에 볶은 회향두茴香豆, 땅콩, 고향에서 가져온 덕청 청대콩 등 안주도 몇 가지 준비했다.

술이 데워지면서 강한 술향기가 코를 찔렀다. 심록애는 고개를 돌리고 연신 재채기를 해댔다. 재채기 소리와 교외에서 띄엄띄엄 이어지는 총소리가 묘하게 어우러졌다.

조기객이 잔 세 개에 술을 따랐다. 그중 하나를 탁자 한쪽에 내려놓고는 자신의 술잔을 들어 탁자 위의 술잔에 부딪치면서 말했다.

"천취 아우, 우리 두 형제가 오늘 밤 여기서 일본놈들을 기다리세. 내일은 이판사판이 될 거네."

조기객은 말을 마치고 술을 쭉 들이켰다. 심록애가 가슴이 아려오는지 젖은 목소리로 말했다.

"말은 그렇게 하지만 일본사람들도 그렇게 쉽게 사람을 죽이지는 못할 거예요. 자기 집에 얌전하게 있는 사람을 무슨 수로 해쳐요? 가교가 아무리 나쁜 사람이라고 해도 항씨 성을 가진 이상 항주 사람들을 죽이지는 못할 거예요."

심록애도 고개를 젖히며 독한 술을 쭉 들이켰다. 둘은 술을 주거니 받거니 하면서 마셨다. 그러자 어느새 둘 다 취기가 반쯤 올랐다. 조기객이 돌멩이를 던져 꺾어준 매화도 마찬가지였다. 집안에서 뜨거운 열기를 받자 취기와 같은 그윽한 향기를 풍겼다. 매화 향과 술 향기는 그렇게 어우러지면서 반쯤 취한 두 사람의 기분을 더욱 몽롱하게 만들었다. 그 와중에 심록애는 살짝 아쉬운 감이 들었는지 뭔가 곰곰이 생각해보다가 무릎을 탁 쳤다.

"그래, 차가 빠졌구나."

항씨 집안의 음주습관은 다른 집과 달랐다. 술상에 차가 빠지지 않는다는 것이었다. 술과 차를 같이 마시는 것이 자연스러웠다. 심록애는 그 생각을 하자마자 바로 사랑채로 가서 종이로 감싼 사발 모양의 물건을 들고 왔다.

"사람들은 차와 술이 상극이라고 알고 있지만 사실 그렇지 않아요. 이 차를 마셔보시면 알게 될 거예요."

조기객이 포장지를 벗기는 심록애를 보면서 말했다.

"나는 또 뭐라고, 그 차는 운남雲南에서 나는 보이타차普洱沱茶 아니오? 과거 내가 원세개를 반대해 운남으로 갔을 때 그 고장 사람들이 마시는 걸 많이 봤소. 여기 용정차에 비하면 맛이 진하고 풍부하지."

심록애가 커다란 찻잔에 물을 반쯤 붓더니 화로 위의 부집게 위에 올려놓았다. 이윽고 물이 끓으면서 물고기 눈알만 한 기포가 올라오기 시작했다. 심록애는 두 손으로 힘들게 차를 쪼개 찻잔에 넣었다. 보다 못한 조기객이 넘겨받아 한손으로 쉽게 부수면서 말했다.

"항씨 집안은 용정차만 마시는 걸로 알고 있는데 오늘은 웬일이요?"

그러자 심록애가 새침한 표정을 지으면서 톡 내쏘았다.

"당신이 좋아하는 술에만 재미있는 일화가 있는 줄 알아요?"

술이 약한 심록애는 이미 혀가 약간 꼬부라져 있었다. 두 볼도 복사꽃처럼 발갛게 달아오른 것이 젊은 여인 못지않게 요염하고 화사했다. 심록애의 술 마시는 모습을 본 사람들은 그녀가 여든이 돼 술을 마셔도 '귀여운 미인'일 것이라고 입을 모으고는 했다. 깊어가는 겨울 밤, 내일이면 죽을지 살지 아무도 모른다. 어쩌면 지금이 평생 좋아하고 미워했던 사람과 단둘이 보내는 마지막 밤일지도 모른다. 심록애가 실눈을 한 채 교태어린 목소리로 말을 이었다.

"이 차에도 얘기가 담겨 있어요."

"말해보오."

"말하자면 길어요. 저도 몇 년 전에 항주에 온 운남 마바리꾼에게 들은 얘기예요. 그가 우리 차장에 이 보이타차를 팔면서 하는 말이 운남에서는 남나산^{南糯山}에서 나는 보이타차를 으뜸으로 친대요. 그리고 그곳에는 800년 된 차나무가 한 그루 있대요."

"그 상인이 약간 과장해서 말했을 수도 있겠지만 나도 운남에서 진짜 큰 차나무를 본 적이 있소. 찻잎을 따려면 사람이 나무에 기어 올라가 칼로 나뭇가지를 잘라서 잎을 딴다고 들었소. 망우가 매일 외우는 《다경》에도 '차는 남방의 아름다운 나무이다. 한 자, 두 자 내지 수십 자에 이른다. 파산^{巴山}과 협천^{峽川}에 두 명이 함께 안아야 하는 것이 있다.'라고 하지 않았소? 그때 나는 망우가 어른이 되면 운남으로 차나무를 보여주러 데리고 갈 생각을 했었소. 큰 차나무는 파산과 협천에만 있는 게 아니며, 우리 중국의 땅덩어리가 엄청나게 크다는 것을 두 눈으로 확인시켜주고 싶었소. 육우는 《다경》을 저술할 당시 중국에 남나산이 있다는 걸 아마 몰랐을 거요. 중국 영토가 이렇게 큰데 쪽발이들이 겁도 없이 덤비다니, 하룻강아지 범 무서운 줄 모르는 격이지."

심록애가 조기객의 긴 얘기를 들으며 혼자서 또 몇 잔을 마셨다. 이어 술김에 조기객을 향해 큰 소리로 말했다.

"당신 뭐예요? 당신이 다 말해버리면 나는 뭐가 돼요? 지금부터 당신은 한마디도 끼어들면 안 돼요. 알겠어요?"

심록애가 조기객의 대답을 기다리지 않고 재빨리 말을 이었다.

"남나산의 차가 어떻게 유명해졌는지 알아요? 다 제갈공명 덕분이래요. 삼국시대에 제갈공명이 남나산을 지날 때 병사들이 지치고 풍토가 맞지 않아서 눈병과 배탈이 났대요. 이 상태로는 싸움을 할 수 없다고 판단한 제갈공명은 지팡이를 남나산의 돌 틈에 꽂았대요. 지팡이는 즉시 큰 차나무로 변해 잎이 자라났고 병사들은 잎차를 따서 끓여 마시고 병이 나았대요. 이후 큰 차나무가 자라난 산을 공명산, 차나무를 공명수孔明樹라고 불렀대요. 공명산 부근의 여섯 개 산에도 공명수를 심었는데 지금은 보이차 6대 차산茶山으로 유명하죠.”

조기객도 이미 들어본 얘기였다. 뿐만 아니라 그는 6대 차산의 이름이 ‘유락’悠樂, ‘혁등’革登, ‘의방’倚邦, ‘만지’蠻枝, ‘만천’蠻喘, ‘만살’蠻撒이라는 사실도 너무나 잘 알고 있었다. 그는 비록 다인은 아니지만 항천취와 친하게 지낸 덕에 차에 대해 상당히 많이 알고 있었다. 운남에 갔을 때는 6대 차산을 일일이 다 돌아보기도 했었다. 하지만 그는 열변을 토하는 심록애 앞에서 전혀 티를 내지 않았다. 심록애의 성격을 누구보다도 잘 알기 때문이었다. 더구나 오늘 같은 날에는 심록애의 이런 모습이 귀엽게 보이기도 했다. 솔직히 매화 향과 술 향기가 감도는 따뜻한 방에서 교태를 부리는 아리따운 여인과 단 둘이 술잔을 기울이는 기분이 싫지 않았다. 그는 심록애를 자극하기 위해 일부러 한마디 했다.

“재미도 없는 얘기를 그리 길게 한 이유가 뭐요? 나보다 아는 것이 많다고 자랑하는 거요?”

아니나 다를까 심록애가 큰 눈을 더욱 크게 뜨면서 발끈했다.

“아니, 당신 벌써 노망났어요? 당신은 월왕 구천의 얘기를 해도 되고 저는 제갈공명의 얘기를 하면 안 돼요? 월왕 구천의 술이 병사들의 사기를 북돋았다면 제갈공명의 차는 죽을 뻔한 병사들을 살려냈다고요.”

조기객이 히죽 웃으면서 술을 크게 한 모금 마셨다.

“심록애, 당신은 내 홍안지기요. 자, 건배합시다!”

부집게 위에 올려놓은 두 개의 잔에서 뜨거운 김이 모락모락 올라오기 시작했다. 술 향기와 차 향기가 번갈아가면서 코끝을 자극했다. 보이차는 너무 오래 끓여서 즙처럼 걸쭉해졌다. 심록애가 술에 취해 게슴츠레해진 눈으로 잔 두 개를 살피더니 수건으로 보이차 잔을 감싸 쥐었다. 이어 펄펄 끓는 술잔에 거침없이 차를 부었다. 옆으로 흘린 찻물이 화로에 떨어져 희뿌연 재가 구름처럼 일어났다. 조기객이 도와주려고 하자 심록애가 말했다.

"가만히 있어 봐요. 이게 뭔지 알아요? 이건 '용호투'龍虎鬪라는 거예요. 이걸 만들 때 술에 차를 부어야지 차에 술을 부으면 절대 안 돼요. 드셔보세요, 맛이 어때요? 이건 만병통치약이에요. 뜨거울 때 마시면 몸 안의 습기와 한기를 몰아내고 땀을 내게 할 수 있어요. 운남 상인이 가르쳐줬어요. 기객, 당신이 우리 집 차를 많이 마셔봤어도 이 용호투는 처음이죠?"

조기객은 목을 빼들고 뜨거운 '용호투'를 한 모금 들이켰다. 뭐라고 말로 표현할 수 없는 오묘한 맛이었다. 그는 맛없다는 말을 차마 할 수 없었는지 엉뚱한 말을 입에 올렸다.

"용을 마시고 범도 마셨으니 내일 벌레 같은 쪽발이들을 상대하는 건 일도 아니겠군."

남은 반잔은 심록애가 꿀꺽꿀꺽 다 마셔버렸다. 술이 사람을 취하게 한다는 것은 다 알지만 짙은 차도 사람을 취하게 만든다는 것을 아는 사람은 많지 않다. 두 가지를 섞어서 마셨으니 그 위력이 얼마나 대단하겠는가. 심록애뿐 아니라 조기객도 많이 취했다. 밖에서는 총소리와 대포소리가 요란하건만 두 사람의 귀에는 아무것도 들리지 않았다. 조기객이 와락 심록애를 자신의 품으로 끌어당기면서 말했다.

"구천에 있는 천취도 오늘만큼은 우리 둘을 보고 화내지 않을 거요. 우리도 합환주라는 걸 한번 해봅시다."

두 사람은 서로 팔을 끼고 합환주를 마셨다. 심록애가 조기객의 몸에 나른하게 기댄 채 주먹으로 맥없이 그를 때리는 시늉을 했다.

"말해 봐요. 그때 왜 나를 남경으로 데려가지 않았어요? 그때 갔더라면 지금과는 완전히 다른 인생을 살았을 텐데."

조기객이 쯧쯧 혀를 찼다.

"여자들은 참. 어휴, 내가 말을 말아야지. 당신도 나 조기객이 어떤 사람인지 잘 알지 않소. 나는 내가 원하기만 하면 한 명이 아니라 백 명이라도 내 여자로 만들 수 있는 사람이오. 하지만 당신은 달라. 우리 둘 사이에 천취가 있는 이상 나는 아무것도 할 수 없었소."

자기중심적 사고를 가진 심록애는 남자들 사이의 진정한 우정에 대해 알지 못했다. 또 알려고도 하지 않았다. 그녀가 조기객의 품에서 빠져나오면서 말했다.

"당신이 얼마나 훌륭한 여자를 놓쳤는지 오늘 보여줄 거예요. 잠깐만 기다려 봐요."

심록애가 비칠비칠 일어섰다. 이어 발꿈치를 들고 장롱 위에서 비단주머니에 들어 있는 칠현금을 내렸다. 비단주머니를 털자 먼지가 풀썩풀썩 날렸다. 하지만 안에 들어 있는 칠현금은 먼지 한 톨 없이 깨끗하고 반질반질했다. 심록애가 정신이 약간 들었는지 또렷한 목소리로 말했다.

"이 칠현금은 상해 차상茶商 왕자신汪自新이 8년 전에 서호박람회에 내놨던 것이에요. 이것 말고 당唐대 장인 소문霄文이 만든 천뢰금天籟琴, 원元대 주치원朱致遠이 만든 유수금流水琴과 명明대 수금修琴도 있었어요……."

"그러면 이 칠현금도 당나라 때 만든 거요?"

"그렇지는 않아요. 권옹蜷翁(왕자신의 호)의 악기들은 원래 모두 왕장汪莊의 '금권환금루今蜷還琴樓'에 보관돼 있었어요. 일본군이 저리 정신없이 밤낮으로 폭격을 해대니 왕장에 있는 전대 유물들이 무사할는지 모르겠어요. 다행히 권옹도 칠현금을 만들 줄 알아요. 사람들은 우리 같은 차상들이 차와 돈밖에 모르는 줄 아는데 그렇지 않아요. 권옹의 경우 양주 사원에서 자라는 고목古木만 사용하고 문양도 매화, 봉황의 머리 등을 독특하게 넣죠. 이건 그분이 가화에게 선물한 거예요. 여기 봐요, 매화 문양 보이죠?"

조기객은 예술에는 문외한이었다. 그가 실눈을 뜨면서 손을 저었다.

"좀 흥겨운 걸로 한 곡 연주해보구려. 〈호가십팔박〉은 너무 처량해서 별로요. 모민중毛敏仲(중국 남송 때의 거문고 대가)의 〈어가〉漁歌도, 강기姜夔(송나라 때의 문학가)의 〈고원〉古怨도 별로요. 홍안박명의 얘기는 이제 지겹소……."

"당신이 말하지 않아도 다 알아요. 곽면郭沔(남송의 유명한 연주가)의 〈소상수운〉瀟湘水雲은 어때요? 몸은 남쪽에 있지만 마음은 북쪽을 향하는 진정한 절파浙派 애국자가 고국을 그리면서 만든 곡이에요. 애석하게도 옛날 곡은 좋아하는 사람은 많아도 연주할 줄 아는 사람은 적어요. 저도 수박 겉핥기식으로 배운 거예요."

심록애는 칠현금을 체계적으로 배웠었다. 항천취는 풍류를 즐기고 감성적인 사람이라 항천취가 살아 있을 때에는 심록애가 가끔씩 칠현금을 연주하고는 했었다. 그러나 항천취가 죽은 이후로는 한 번도 건드리지 않았다. 그렇게 오래간만에 다시 꺼내자 조금 낯설면서도 새로운 감회가 솟구치고 있었다. 심록애는 곧 술기운을 빌어 거칠게 칠현금을 뜯기 시작했다. 처음에는 막히는 부분이 많았으나 조금 지나자 제법 자연스러워졌다. 방안에 호방하면서도 슬픈 선율이 울려 퍼졌다. 귀를 기울이고 듣던 조기객이 눈시울을 붉히면서 말했다.

"잠깐만 록애, 조금만 천천히 연주하면 안 되겠소?"

심록애가 황급히 조기객의 어깨를 붙잡고 걱정스럽게 물었다.

"어디 불편하세요? 침대에 누울래요?"

조기객이 심록애의 손을 꼭 붙들고 얼굴을 가져다 댔다.

"이대로 가만히 있어요. 좀 지나면 괜찮아질 거요."

심록애가 의아한 표정을 지었다.

"무슨 생각을 하고 있어요? 당신 같은 사람도 마음이 괴로울 때가 있군요. 무슨 일인지 얘기해 봐요, 제가 도와드릴게요."

"말하고 싶은데, 말하면 당신이 화낼 것 같아."

"괜찮아요. 때가 어느 때인데 제가 화를 내겠어요? 설마 당신 다른 여자 생각을 한 건 아니겠죠?"

조기객이 손을 치우면서 말했다.

"솔직히 말하면 아까 당신의 연주하는 모습을 보면서 과거 일본에서 만났던 여자를 문득 떠올렸소. 그때도 그녀의 거문고 타는 모습을 보고 반했었는데. 그녀는 악기에 조예가 깊은 예기藝妓였소."

심록애는 질투심이 일었으나 겉으로는 내색하지 않았다.

"아무리 그렇다고 해도 어떻게 일본 여자와 결혼할 생각을 다 했어요? 중국을 침략한 일본군 때문에 결국 그 여자도 우리 중국사람들에게는 원수나 다름없게 됐잖아요."

"거봐, 거봐. 화내지 않는다고 해놓고 결국 화를 내잖아. 그때는 당신을 만나기 전이었소."

심록애가 얼른 변명삼아 둘러댔다.

"제가 언제 화를 냈다고 그래요? 저는 샘이 많은 여자가 아니에요. 제 말은 그게 아니라 기왕 결혼했으면 중국으로 데려올 것이지 무엇 때문에 여자와 아이를 일본에 두고 왔느냐 이 말이에요."

"일본 예기들은 원래 결혼이 금지돼 있소. 아들이 생겨 어미와 아이를 중국으로 데리고 오려고 했는데 그 여자가 한사코 원하지 않았소. 나 혼자 귀국한 뒤 백방으로 소식을 알아봤더니 그 여자는 낭인浪人과 동거하다가 몇 년 후 큰 지진으로 죽었다더군. 오늘 처음 털어놓는 말이지만 나는 아들을 찾으러 일본에 여러 번 갔었소. 하지만 결국 찾지 못했지."

"그 아이가 아직 살아 있다면 가화와 비슷한 나이겠군요. 혹시 증표 같은 걸 남기지 않았나요? 나중에 만나면 알아볼 수 있게 말이에요."

"독일제 회중시계를 하나 줬었소. 뒷면에 '강해호협 조기객'이라는 글자가 새겨져 있지. 솔직히 요즘 같아서는 누가 정말로 그 시계를 들고 찾아올까봐 걱정이오."

"그렇게 공교로운 일이 있을리가요?"

심록애가 웃음을 터뜨렸다. 하지만 조기객은 말없이 고개를 푹 숙이고 있다가 한참이나 지난 후에 고개를 들고 쓴웃음을 지었다.

"록애, 옛말 그른 것 하나도 없소. 호랑이도 제 말 하면 온다고 했잖소."

"당신……, 설마? 당신의 일본인 아들이 중국에 왔다고요?"

심록애의 표정이 어느새 딱딱하게 굳어졌다.

"설마가 사람 잡는다고 했소. 그 아이는 중국에만 온 것이 아니라 여기에도 이미 도착했을 거요……."

심록애의 눈이 화등잔처럼 커졌다. 자기도 모르게 손을 덜덜 떨면서 들고 있던 젓가락을 툭 떨어뜨렸다. 이윽고 그녀가 갑자기 무슨 생각이 떠올랐는지 젓가락을 들어 조기객의 코끝을 가리키면서 낮게 비명을 질렀다.

"당신이 죽어도 항주를 떠나려고 하지 않는 이유를 알겠어요. 당신은 그 아이를 기다리는……."

조기객이 잽싸게 손바닥으로 심록애의 입을 막았다. 이어 놀라고 화가 나서 시퍼렇게 질린 얼굴로 심록애를 꾸짖었다.

"입 다물고 가만히 있으시오. 동네방네 소문낼 참이오?"

심록애는 그제야 실수를 깨닫고 손으로 자신의 입을 틀어막았다. 이어 술을 한 모금 꿀꺽 넘기고 말했다.

"목구멍까지 올라온 말은 이 술과 함께 꿀꺽 삼켜버렸어요. 이제 됐죠? 죽는 한이 있어도 다른 사람들에게 말하지 않을 테니 걱정하지 마세요."

오랜 세월을 함께 해온 만큼 심록애는 조기객이 어떤 사람인지 잘 알고 있었다. 지금까지 조기객은 심록애를 제외한 다른 사람 때문에 마음이 혼란스러웠던 적이 단 한 번도 없었다. 심록애가 부드러운 말로 조기객을 위로했다.

"그 아이가 항주로 오면 뭐 어때요? 일본도 중국처럼 젊은이들을 군대에 징집한다고 들었는데 그렇게 억지로 끌려왔을 수도 있죠. 또 일본사람이라고 다 못된 짓만 한다는 법은 없잖아요?"

조기객이 그제야 솔직하게 실토를 하기 시작했다.

"당신에게만 하는 말인데 얼마 전에 일본에 있는 지인으로부터 편지를 받았소. 내 아들이라고 자처하는 사람이 불쑥 찾아와서 내 중국 주소를 물어봤다고 하더군. 그 아이는 큰 지진 때 죽지 않고 요행히 살아남아서 사무라이 가문에 입양됐다고 했소. 그리고 일본에서 육군사관학교를 졸업하고 장군의 딸과 결혼했다는군. 이번 중국 침략전쟁에서는 일본 특무기관 소속으로 활동을 할 거라오. 명실상부한 파시스트지. 이번에 항주에 온 것도 틀림없이 나를 만나러 온 것일 거요."

"너무 괘념치 말아요. 어쩌면 잘 된 일인지도 모르죠. 아무리 나쁜 사람이라고 해도 누가 뭐래도 당신 핏줄이잖아요. 당신의 얼굴을 봐서 항주 사람들에게 자비를 베풀지도 몰라요."

조기객이 홍, 하고 콧방귀를 뀌었다.

"나 때문에 애꿎은 사람들을 더 잔인하게 학살할까봐 그게 걱정이오."

심록애가 의아한 눈길을 보내자 조기객이 바로 설명을 했다.

"그 아이는 그동안 한 번도 나를 찾지 않았소. 마음만 먹으면 쉽게 찾을 수 있었는데도 말이오. 나에 대한 증오를 마음속에 쌓아둔 것이 틀림없소."

"아무리 그래도 어떻게 사적인 원한을 공적인 일로 풀겠어요?"

"여자들은 잘 모르오. 나는 자칭 '정인군자'라고 하는 사람들을 많이 봤소. 겉으로 보이는 모습은 깨끗하고 고상하고 야욕이 없어 보이지만 알고 보면 빛 좋은 개살구지. 그래서 노신魯迅선생도 '강도가 제 아무리 점잖은 척해도 머릿속으로는 《권경》拳經(권술을 기록한 책)을 연구하고 있을 것'이라고 했잖소?"

"그건 중국의 정객들을 풍자한 말이에요."

"세상의 모든 강도는 다 똑같소. 남경에서 이리로 도망쳐온 사람들의 말을 못 들어봤소?"

심록애도 일본군이 얼마 전에 남경에서 30만 명을 잔인하게 학살했다는 소문을 들어서 알고 있었다. 하지만 조기객의 친아들과 극악무도한 살인마를 연결시켜 생각하기는 싫었다. 그녀는 짐짓 화가 난 척하며 말했다.

"당신 왜 그래요? 왜 자꾸 그렇게 자기 자식을 나쁘게 생각하는 거죠? 그가 정말 그렇게 나쁜 놈이라면 당신이 여기 남아 있을 이유가 없지 않아요? 제가 당신의 속셈을 모를 줄 알아요? 당신은 그 아이를 보고 싶은 거 아니에요?"

조기객이 긴 한숨을 내쉬었다.

"록애, 당신이 그리 말하니 나도 할 말이 없소. 나 조기객은 평생 '영웅' 소리를 들으면서 살아왔는데 이제 늙었나 보오. 마음이 이리 약해지는 걸 보니. 천취가 살아 있었다면 이런 나를 보면서 얼마나 웃었겠소?"

"하늘도 무심하시지……."

심록애가 눈물을 흘렸다.

"제가 당신을 대신해 그 아이를 만나겠어요. 그 아이의 이름을 알려주세요."

조기객이 말도 안 된다는 듯 입을 딱 벌렸다. 그러더니 갑자기 탁자를 탕, 내려치면서 말했다.

"그만합시다. 그런 일은 여기서 우리 둘이 왈가왈부해봤자 아무 소용이 없소."

'불쌍한 기객, 평생 의협심 하나로 살아온 영웅이 어찌 이런 진퇴양

난의 처지에 빠졌을까.'

조기객을 보면서 속으로 탄식하던 심록애는 이어 자신의 처지를 생각했다. 그러자 새삼스럽게 눈물이 났다. 그녀가 손으로 얼굴을 가리고 조기객의 품에 무너지면서 울음을 터뜨렸다.

'가평! 아들아, 너는 대체 어디에 있는 거냐? 이 어미는 네가 걱정돼 죽어도 눈을 감지 못하겠다.'

조기객은 달래봤자 소용없음을 알고 심록애가 실컷 울도록 내버려 뒀다. 이윽고 조금 진정이 됐다고 생각한 듯 심록애의 어깨를 잡고 말했다.

"실컷 울고, 하고 싶은 말도 다 했으니 남은 용호투나 다 마십시다."

조기객이 다짜고짜 용호투 잔을 들어 심록애의 입에 절반이나 쏟아 넣었다. 그리고 나머지를 자신의 입에 다 털어 넣었다. 조기객의 눈이 이글이글 타올랐다. 오래전 적목산赤木山에서 애써 가라앉혔던 욕정이 다시 꿈틀꿈틀 살아났다. 이제는 아무것도 걸릴 것이 없었다. 두 사람은 약속이나 한 듯 서로를 마주보면서 똑같은 생각을 했다.

'그래도 죽기 전에 서로를 품을 수 있게 되었으니 여한은 없겠구나.'

촛불이 꺼졌다. 화롯불도 사그라지고 있었다. 술기운 때문인지 두 사람의 몸은 불덩이처럼 뜨거웠다. 조기객은 창문을 활짝 열어젖혔다. 도깨비불처럼 붉고 검은 불빛이 간헐적으로 항주 밤하늘을 괴기스럽게 물들이고 있었다. 중화민국 26년 12월 23일 새벽, 망우찻집에서 한 쌍의 남녀가 오랜 숙원을 이루고 있을 때 '인간세상의 천당'으로 불리는 항주 시내는 일본군들의 군홧발에 짓밟히기 시작했다.

항주 서쪽 교외에 자리한 영은사는 800년 전에 '중국 5대 선원' 중

하나로 꼽히던 절이었다. 국난이 눈앞에 닥친 지금은 중생들의 피난처 역할을 톡톡히 하고 있었다.

대웅보전 기둥 아래에는 사람들이 가득 앉아 있었다. 가화는 가족들을 안정시킨 후 진읍회의 상태를 살펴봤다. 진읍회는 가화의 도움이 없었더라면 이곳까지 오지도 못했을 것이었다. 피를 많이 흘린 데다 오는 길이 험해서 이곳에 도착했을 때는 숨이 간당간당했었다. 다행히 절에 도상끼[嘢] 치료에 능한 스님이 있어서 조용한 곳에서 응급처치를 할 수 있었다. 이제 살아날지 죽을지는 하늘의 뜻에 맡겨야 했다.

가화는 영은사로 향하던 길에서 진읍회 가족을 만났다. 성을 나와 서쪽 교외로 피신가는 사람들 대부분은 여자, 아이, 노약자들이었다. 따라서 가화는 자의 반 타의 반으로 피난민 무리를 인솔하는 역할을 하게 됐다. 그는 항한과 함께 항씨네 가족뿐만 아니라 다른 사람들도 돌보느라 앞뒤로 바쁘게 뛰어다녔다. 밤이 늦은 시각인 데다 보슬비까지 추적추적 내려 분위기가 처량하고 음울하기 짝이 없었다. 게다가 정신이 온전치 못한 가초가 가끔가다 외마디 비명을 질렀다. 그 외의 다른 사람들은 거의 말을 하지 않았다. 그저 칠흑 같은 어둠속을 묵묵히 걷기만 했다. 여기저기서 숨이 차서 헐떡거리는 소리만 점점 높아질 뿐이었다.

등 뒤에서 쿵, 하는 굉음이 들려왔다. 항한이 큰 소리로 말했다.

"큰아버지, 시내에 불이 났어요!"

가화가 고개를 돌려보니 하늘의 절반이 이미 시뻘겋게 불타오르고 있었다. 그것은 어둠에 잠긴 시꺼먼 하늘과 대조를 이루면서 무시무시한 지옥을 연상시켰다.

사람들은 영은사에 도착하자 한바탕 부산을 떨었다. 다들 자리를 잡고 앉아서는 떨리는 가슴을 진정시켰다. 가화 역시 대웅전 기둥에 몸을 기댔다. 13장 5척 높이의 대전 기둥이 이날따라 유난히 높고 웅장해 보였다. 가화는 속으로 탄식을 발했다.

'에휴, 부처님이 다 뭐라고 여기까지 왔을까? 저기 계시는 석가모니불은 위풍당당하게 군림할 줄만 알았지 인간세상의 재난에는 도통 관심이 없어 보이는걸.'

가화는 아버지와 달리 불교를 믿지 않았다. 관심도 없었다. 그럼에도 그는 차가운 기둥에 뒤통수를 댄 채 정전 기둥들의 내력을 떠올렸다. 이 기둥들은 원래 청나라 정부가 이화원頤和園을 수리할 때 쓰려고 선통宣統 2년에 미국에서 수입한 것이었다. 하지만 그때 이미 사면초가의 위기에 빠진 청 정부는 한가하게 이화원 따위를 수리하고 있을 여유가 없었다. 결국 먼 항주로 운반해 영은사를 재건하는 데 사용되었다.

가화는 부처가 백성들을 보호해준다는 말 따위는 애당초 믿지도 않았다. 부득이한 상황에서 가족들과 함께 영은사로 숨어들기는 했으나 솔직히 일말의 안도감도 느끼지 못했다. 지난해 영은사에 불이 나서 나한당羅漢堂이 통째로 타버린 적이 있었다. 나한당은 원래 대웅보전 서쪽 서선당西禪堂 옆에 자리해 있었다. 이곳의 500 나한은 높이가 사람 키만 하고 얼굴 모양도 다 달랐다. 표정도 살아있는 사람처럼 생동감이 흘렀다. 불교 신자들은 이런 나한당이 불에 탄 것이 불길한 징조라면서 하나같이 입을 모았었다.

가화는 자리에 누웠으나 뒤척이면서 쉬이 잠들지 못했다. 이곳이 안전한 도피처가 아니라는 생각이 자꾸 들어 불안감과 두려움을 떨쳐버릴 수 없었다. 그는 자리를 털고 일어나 밖으로 나왔다. 발길이 닿는 대로 비래봉飛來峰 아래를 거닐 생각이었다.

영은사는 중국 강남의 유명한 사찰이다.

동진東晉 함화咸和 원년(서기 326년)에 인도 스님 혜리慧理가 항주에 왔다가 이곳 산의 기세가 매우 아름다워 "신선의 영이 이곳에 깃들어 있다."고 말한 후 사찰을 짓고 이름을 영은靈隱이라 지었다. 이후 영은사는 남조南朝의 360개 사찰 중 으뜸으로 꼽혔다. 따지고 보면 영은사의 역사도 1,600년이 넘는 셈이다.

항씨 가문과 영은사의 인연은 '차'의 공로라고 해도 과언이 아니었다.

대당大唐 대력大曆 연간 '안사安史의 난' 이후 다성 육우는 전국 차산지를 돌다가 영은산에도 들렀던 듯싶다. 《다경》〈팔지출〉八之出에 "전당錢塘차는 천축天竺과 영은 두 곳에서 난다."라고 기록한 것을 보면 알 수 있다.

항씨네 조상은 원래 천축 일대에 차밭을 가지고 있었다. 그러나 항천취 대에 이르러 가세가 기울어지면서 이 차밭을 팔아버렸다. 차밭 주인은 바뀌었으나 밭을 다루는 사람들은 여전히 항씨 집안을 '주인집'으로 공경했다. 항씨네 사람들이 성격이 온화하고 아랫사람들과 허물없이 지낸 덕분이었다. 항천취가 '다선일미'茶禪一味에 심취했을 때 심심찮게 영은사를 드나들었고, 항씨네 가문의 노복 촬착의 고향집이 천축산 아래 옹가산에 있었다. 따라서 영은사는 가화 형제자매들에게도 낯선 곳이 아니었다.

'나라가 살아야 부처도 살고, 나라가 쇠하면 부처도 쇠한다'는 말이 있다. 이 말처럼 영은사는 명나라 말기에 몇 차례의 화재를 겪고 지금은 대웅전, 직지당直指堂과 윤장당輪藏堂만 남았다.

대웅보전을 나온 가화는 팔각 구층 석탑 앞에 걸음을 멈췄다. 마음이 몹시 혼란스러웠다. 더 안타까운 것은 어떻게 생각을 정리하면 좋을지 모르겠다는 사실이었다. 그는 고개를 들어 하늘을 봤다. 부슬부슬 날리는 보슬비가 대지를 꽉 채우고 오싹하니 한기도 느껴졌다.

"달이 어둡고 바람도 세니 사람 죽이기 딱 좋은 날이군."

가화가 조용히 중얼거렸다. 날씨 때문에 마음이 더 복잡해지는 것 같았다. 그는 싸움을 싫어하는 사람이었다. 전쟁에 대해서도 회의적이었다. 각자 자국의 이익을 위해서라고 하지만 전쟁은 누가 뭐래도 최선책이나 차선책도 아닌 궁여지책이라는 것이 그의 주장이었다. 또 아무리 나쁜 정부라도 국익을 위해서는 가급적 평화를 지키는 방안을 선택해야 한다고 믿어 의심치 않았다. 일본에 대해 아무것도 모르는 사람들이 일본사람들을 도깨비나 맹수처럼 엄청나게 위협적인 존재로 오해하는 것과 달리 그는 그런 선입견도 갖고 있지 않았다. 그렇다고 그가 시국의 추이에 대해 무작정 낙관적으로 예측하는 것은 아니었다. 그것은 항상 최악의 상황을 염두에 두고 치밀하게 준비하는 비관적 성격 탓이었다. 그러면서 일말의 희망도 버리지 못하고 있었다. 어느 날 아침 눈을 딱 떴을 때 사람들을 흥분시키는 좋은 소식을 듣지 않을까 하는 기대였다.

망우차장의 주인 가화는 지난 7, 8년 동안 국가대사에 눈과 귀를 닫고 오로지 차 사업에만 몰두한 결과 정사政事에 대한 통찰력을 잃고 말았다. 생각이 경직되고 편협한 고집불통이 돼버렸다. 하지만 그는 여전히 항씨 가문의 기둥이었다. 큰 재난이 하늘에서 떨어지면서 항씨네 식구들의 죽고 사는 일이 모두 그에게 달려 있었다. 그는 겉으로 보기에는 하늘이 무너져도 눈 하나 깜짝하지 않을 것처럼 보였지만 속마음은 그렇지 않았다. 그의 내면은 크게 흔들리고 불안했다. 익숙하던 주변

세계가 점점 이해가 안 되기 시작했다. 그는 뼛속까지 평화주의자였으며 평화를 떠난 삶은 상상도 해본 적이 없었다. 임생이 참변을 당한 이후에도 그의 이런 생각에는 변함이 없었다. 그저 항씨 집안이 운이 나빠서 불행을 당한 것이라고 생각했다. 그는 세상 사람들이 다 자신처럼 평화를 지향하는 줄 알았다. 인류 역사가 지금까지 이어져올 수 있었던 것도 다 그런 덕분이라고 생각했다. 그런 그가 지금 이곳 영은사에서 처음으로 사람에 대해 회의를 느끼고 있었다. 사람은 평화를 지향하는 존재가 아니었던가? 그렇다면 해마다 전쟁이 끊이지 않는 것은 대체 무엇 때문인가? 만약 그렇다면 사람이 짐승과 뭐가 다른가? 그는 지금까지 '평화를 상징하는 음료'를 사람들에게 공급한다는 자긍심을 가지고 차 사업을 경영해왔었다. 그런데 사람이 짐승과 다를 바가 없다면 과연 차를 마실 자격이 있기나 할까? 짐승 같은 인간들에게 차를 팔아서 무슨 의미가 있을까? 그가 평생 찻잎밥을 먹기로 결심했다는 것은 평생 평화를 추구하겠다고 선언한 것과 같았다. 하지만 지금 같은 시국에 그게 과연 가능할까? 조만간 짐승 같은 인간들에게 많은 사람들이 죽임을 당할 것이다. 설사 운이 좋아 살아남는다고 해도 인간의 탈을 쓴 짐승무리 속에서 구차하게 목숨을 부지하느니 차라리 죽는 것이 더 떳떳하지 않겠는가? 아니 과연 살아남을 수는 있을까?

가화는 두서없는 생각을 하면서 어느새 비래봉 아래에 이르렀다.

산봉우리 또 날아오지 않을까
산문山門에 앉아 마냥 기다리고,
샘물이 따뜻한 기운을 띠고 있으니
웃는 얼굴로 마중 나가네.

영은사와 마주한 비래봉은 높이는 200미터도 채 안 되지만 수십 개의 동굴과 즐비한 괴석怪石들로 볼거리가 많았다. 누군가가 직접 세어 본 바에 따르면 길이가 1리, 너비가 0.5리도 안 되는 작은 산봉우리에 470개가 넘는 불상이 있다고 했다. 가화는 어릴 때부터 영은사를 자주 다녔다. 비래봉을 지날 때는 호기심을 못 이겨 불상의 수를 세어보려고도 했다. 그러나 한 번도 끝까지 세지 못했다. 수많은 불상을 통틀어 어른이고 아이고 할 것 없이 모두 좋아하는 것은 냉천冷泉 남쪽에 있는 포대미륵불布袋彌勒佛이었다. 가화는 자신도 모르게 그쪽으로 발걸음을 옮겼다. 주머니에서 성냥을 꺼내 그었지만 어둠이 너무 짙어 아무것도 보이지 않았다. 가화는 이토록 어두운 밤은 태어나서 처음이었다. 급기야 제 자리에 가만히 서서 남송 때 만든 것이라는 포대화상의 모습을 머릿속에 떠올렸다.

전해지는 말에 의하면 포대화상은 본명이 계비契比, 절강 봉화奉化 태생이라고 한다. 평생 동안 포대자루 하나를 등에 메고 구름처럼 세상을 떠돌아다니다가 후에 미륵불의 화신이 돼 사람들의 공양을 받고 있다고 한다. 항주 사람들은 포대미륵불을 '합라보살'哈啦菩薩이라고 불렀다. 비래봉 맞은편의 영은사 대웅전에도 하나 모셔져 있었다.

가화의 기억 속에서 포대미륵불은 이곳에 있는 모든 불상들 중에서 제일 큰 것이었다. 사람들의 말에 의하면 높이가 9미터가 넘는다고 했다. 하지만 둔중한 느낌은 전혀 들지 않았다. 가화는 칠흑 같은 어둠 속에서 미륵불의 모습을 머릿속에 떠올려봤다. 훤히 드러내놓은 가슴과 배, 웃는 눈썹과 눈, 온화한 표정, 세상만물을 다 포용할 것처럼 푸근한 인상…… 심지어 한손에 포대자루를 들고 다른 손으로 염주를 굴리는 자세까지도 생생하게 떠올릴 수 있었다. 비록 어둠에 가려 보이지는 않지만 미륵불 양옆에는 18나한이 서로 조금씩 다른 표정을 하고 서 있을 터였다. 가화는 항주 사람들이 입버릇처럼 외우고 다니는 대련對聯을 문득 떠올렸다. "배포가 커서 세상이 감당 못할 일을 받아들이고, 입을 열어 항상 웃나니 세상의 가소로운 사람을 웃는다."

가화는 바닥에 쭈그리고 앉아 손으로 가슴을 눌렀다. 어둠의 무게에 짓눌려 숨이 잘 쉬어지지 않았다. 가슴이 마치 칼로 에이는 것처럼, 화살에 찔린 것처럼 아파왔다. 만약 내일 아침에 일본군이 이곳으로 쳐들어와 포대화상의 손에 들려진 저 염주를 빼앗는다면 어떻게 될까? 포대화상은 여전히 배를 훤히 드러내놓은 채 싱글벙글 웃는 얼굴로 '세상이 감당 못할 일을 받아들일 수' 있을까? 또 입을 열어 웃으면서 '세상의 가소로운 사람을 웃을 수' 있을까? 가화는 상상만으로도 몸서리가 쳐졌다.

쭈그리고 앉은 채 식은땀을 흘리면서 통증을 참고 있는 가화의 귀에 문득 누군가의 목소리가 들렸다.

"왜 그러고 있나? 찬바람이라도 맞은 건가?"

가화는 대답하지 않았다. 이윽고 통증이 조금 가라앉았다. 그는 바로 일어섰다. 그리고 여전히 서 있는 시커먼 그림자를 향해 얼음장처럼 차갑게 한마디 던졌다.

"괜찮네."

시커먼 그림자가 또 입을 열었다.

"나는 자네가 대웅전에서 나오는 걸 보고 뒤따라 나왔네."

"자네도 여기로 왔는가?"

가화는 애써 담담한 표정을 지었다. 하지만 말투에 궁금증이 묻어나는 것은 어쩔 수 없었다.

상대는 총명한 사람이었다.

"두 모녀는 기독교 청년회로 갔다네. 나는 간산문艮山門 일대에 볼일을 보러 왔다가 일본군이 시내에 불을 지르는 것을 보고 피난민들을 따라 이곳으로 온 거네."

"불에 타죽은 사람은 있는가?"

상대가 조금 뜸을 들인 뒤 말했다.

"왜 자네 차장이 무사한지는 묻지 않나?"

가화도 조금 뜸을 들인 뒤 대답했다.

"차 마실 사람도 없는데 차장이 뭐가 필요한가?"

상대가 풋, 하고 웃음을 터뜨렸다.

"마구간이 불에 타자 공자가 퇴청 후 묻기를, '사람이 다쳤나'라고 했을 뿐 말에 대해서는 묻지 않았다고 하네. 가화 자네는 비록 상인이나 여전히 선비의 본색을 지니고 있네그려. 《논어》의 가르침을 아직도 힘써 실천하고 있다니 참으로 탄복하지 않을 수 없네."

가화와 이비황은 민국 18년 서호박람회 때 다리에서 마주친 것을 끝으로 한동안 만난 적이 없었다. 이비황이 자신의 전처 방서령과 결혼했다는 껄끄러운 이유 때문만은 아니었다. 가화와 이비황은 학교 졸업 후 각자 제 갈 길을 갔다. 언제인가 진읍회가 이비황과 방서령의 결혼 소식을 듣고 그를 찾아와 이런 말을 한 적이 있었다.

"나는 이비황과 절연하겠네. 그는 더 이상 친구도, 학우도 아니네."

"굳이 그럴 필요까지 있을까?"

가화가 담담하게 말했다.

"방서령은 나와 헤어지고 나서 비황과 결합한 거네. 두 사람이 인연이 있었던 거지. 우리하고는 상관없는 일이네."

진읍회가 발을 굴렀다.

"가화, 그 말은 틀린 말이네. 인연? 개나 줘버리라고 하게. 그는 방서령의 아비를 보고 그 여자하고 결혼한 거네. 내가 그자의 사람됨을 잘 알지. 그는 자네를 어리석은 사람이라고 했네. 든든한 배경을 가지고 있으면서 사용할 줄도 모른다고 말이네. 당연히 자네의 큰외삼촌과 전 장인어른을 말하는 거지. 그는 또 자신이 자네처럼 든든한 배경을 가지고 있었다면 틀림없이 큰일을 해냈을 것이라고 했네."

가화는 마땅히 할 말이 떠오르지 않았다. 사실 그 역시 방서령과 이비황의 결혼소식을 처음 들었을 때 적잖이 놀랐었다. 하지만 나중에 곰곰 생각해보니 이해하지 못할 것도 없었다. 이비황과 방서령 두 사람은 출신이나 환경은 달랐지만 성격은 비슷한 점이 많았다. 둘 다 꿍꿍이가 많고 욕심도 많았다. 매일 아침부터 저녁까지 부지런히 움직이는 사람들이었다. 이비황은 총명한 두뇌와 노력으로 부교수 자리까지 올랐다. 하지만 그 후로는 학문에 정진할 생각은 않고 출세에만 관심을 보였다. 그렇게 벼락출세할 기회만 호시탐탐 노리던 중 방서령과 결혼하게 된 것이었다. 이비황에게는 원래 아내가 있었다. 소상인의 딸로 이비황과 죽마고우로 함께 자라 결혼한 경우였다. 전족을 하고 성격도 얌전하니 참한 여자였다. 하지만 결혼하고 몇 년 지나지 않아 여자는 목을 매 자살했다. 두 사람 사이에 아이는 없었다. 이비황은 선비의 체통도 아랑곳하지 않고 눈물콧물을 쏟아내면서 하늘이 무너져라 통곡했다. 입이 거친 진읍회는 거침없이 독설을 퍼부었다.

"멀쩡한 마누라를 핍박해 죽게 해놓고 악어의 눈물을 흘리는 꼴 좀 보게. 사람들은 저 녀석의 진면목을 몰라. 저 녀석이 글을 잘 쓰고 도덕적인 인간인 줄로만 알고 있지. 방서령도 아마 저 녀석의 위선적인 얼굴에 속아 넘어갔을 거네. 별 볼 일 없는 상인에게 시집간 것이 인생 최대의 실수라고 하더니 학자하고 결혼하게 됐으니 평생의 숙원을 이룬 셈이지. 어휴, 짚신도 짝이 있다는 옛말이 그른 데 없군."

그러자 가화가 말했다.

"끼리끼리 모인다고 했네. 우리 둘처럼 말이네."

"내가 방서령을 걱정해서 그러는 줄 아는가? 자네 전처가 어떤 여자인지는 내가 더 잘 아네. 솔직히 까놓고 말하면 나는 자네 결혼식에 축하주를 마시러 갔을 때부터 자네가 그 여자와 끝까지 가지 못할 것이라고 짐작했었네. 여자가 술상에 앉아 목소리를 높이는 것이 자네 따위는 아무것도 아니라는 듯 안하무인이더군. 하긴 자네가 어떤 사람인지 잘 몰랐으니 그럴 수도 있었겠지. 자네 말처럼 방서령과 이비황은 끼리끼리 잘 만났네. 그저 자네 딸이 불쌍할 뿐이지. 그런 부모 밑에서 앞으로 고생길이 훤할 테니 말이네."

가화는 심장이 오그라드는 느낌이었다. 항분, 하나뿐인 사랑하는 딸. 속으로 얼마나 많이 불러봤던 이름인가?

……

가화는 옛 기억을 떠올리면서 묵묵히 걷다가 문득 걸음을 멈추고 이비황에게 물었다.

"읍회가 안에 있네. 만나봤는가?"

"보기는 했네만 피를 너무 많이 흘려서 혼수상태더군. 나도 마음이 갑갑하네. 전쟁이 언제 끝날지도 모르겠고 내가 무엇을 어떻게 했으면 좋을지도 모르겠네. 남은 생을 어떻게 살았으면 좋을지도 모르겠네. 하도 갑갑해 바람이나 쐴까 하고 나왔다가 자네를 본 거네. 자네를 보니 우리 셋이 새마을을 건설한답시고 열의에 불타던 옛 기억이 문득 떠오르는군. 도금생都錦生은 지금 어떻게 지내고 있는지?"

이비황이 자연스럽게 옛 기억을 끄집어냈다. 세 사람이 한때 친했음을 상기시키려 하는 듯했다.

가화는 무표정한 얼굴로 듣고만 있었다. 이비황이 가화의 눈치를 슬쩍 본 뒤 한층 더 절절한 목소리로 말을 이었다.

"십여 년 전까지만 해도 우리는 패기 있는 젊은이들이었지. '5.4운동' 때는 일제상품을 태우는 일에 앞장서지 않았나. 그때 오늘 같은 날이 정말 올 줄 누가 알았겠는가. 가화, 나는 요즘 '내가 왜 학문을 선택했을까'라는 후회를 많이 한다네. 학문으로 출세하기는커녕 목숨마저 부지하기 어려운 처지가 됐으니 말일세. 아마 내 인생 최대의 실수가 아닐까 싶네."

이비황은 감성적인 분위기를 연출할 줄 아는 사람이었다. 이런 면에서는 방서령과 천생배필이라고 해도 좋았다. 가화는 본래 작위적인 사람들을 제일 싫어했었다. 하지만 어쩌된 영문인지 이날만은 비래봉 아래에서 구구절절 '진심'을 토로하는 이비황이 싫지 않았다. 심지어 그의 말을 들으면서 마음이 약해지기까지 했다. 두 사람 사이를 가로막은 여자의 그림자도 더 이상 의식하지 않아도 될 만큼 점점 희미해졌다.

그때 뒤에서 돌멩이가 슝, 하고 날아왔다. 두 사람을 아슬아슬하게 비껴간 돌멩이는 단단한 물체에 부딪쳐 툭 튀어 올랐다가 계곡에 떨어졌다. 가화가 소리를 질렀다.

"누구야?"

소년의 목소리가 들려왔다.

"저예요."

항한이었다.

"한밤중에 왜 돌멩이를 던지는 거냐?"

"잠이 안 와서 밖에 나왔다가 저 앞에 있는 석상이 양련진가楊璉眞伽 (원나라 때 승관僧官)상이라는 것이 문득 생각나서 돌멩이를 던졌어요. 다른 사람들한테 배운 거예요."

"네가 장대張岱(명말 청초의 걸출한 문장가)를 흉내내나본데 대상을 잘못 골랐구나."

이비황이 말했다.

"이분은 4대 금강 중 하나인 다문천왕多聞天王이야. 밤중이라 잘 보이지 않아 헷갈릴 수도 있어. 사람들은 다문천왕의 표범을 닮은 머리, 고리눈, 위엄 있고 용맹스러운 생김새만 보고 흔히 양련진가로 오인하지. 지난번에 내가 영은사에 왔을 때 보니 사람들이 다문천왕의 몸에 가시 철조망을 씌우더구나. 애꿎은 대상에게 돌멩이를 던지는 사람이 많으니……"

"그러면 진짜 양련진가 석상은 어디에 있어요?"

"오래전에 장대가 부숴서 뒷간에 처넣었지."

이비황은 명나라 말기 역사에 정통한 사람이었다. 당연히 여러 가지 일화에 대해 아는 것이 많았다.

남송이 멸망한 후 원세조元世祖 쿠빌라이는 양련진가를 강남석교총통江南釋敎總統에 임명했다. 강남 교권敎權을 일임한 것이다. 양련진가는 권력을 등에 업고 백성을 못살게 굴었다. 심지어 남송 황릉과 대신들의 무덤을 도굴하고 탑을 지어 이들의 유해를 눌러놓는 천인공노할 만행을 저질렀다. 순식간에 백성들의 원성이 자자해질 수밖에 없었다.

양련진가는 후세에도 명성을 떨치기 위해 비래봉에 자신의 석상을 세워놓았다. 이후 명나라 말기에 청나라 병사들이 중원으로 들어왔다.

명나라 백성들은 남송 백성들이 원나라 병사들을 미워한 것처럼 청나라 병사들을 증오했다. 산음山陰 문인 장대는 명나라 유민들의 한을 풀어줄 목적으로 백성들 앞에서 양련진가의 진면목을 낱낱이 까발렸다. 뿐만 아니라 양련진가의 석상을 때려 부숴 뒷간에 처넣었다. 이번에도 마찬가지였다. 일본군이 중국을 침략하자 사람들은 일본군에 대한 증오심을 또다시 양련진가에게 터뜨렸다. 이 때문에 양련진가의 석상이 없어진 지 오래 됐음에도 그것과 비슷하게 생긴 다문천왕이 애꿎은 희생양이 돼 돌팔매를 당하는 웃지도 울지도 못할 해프닝이 발생한 것이다.

가화가 조카의 어깨를 툭툭 치면서 말했다.

"가끔 이런 짓을 하는 것도 괜찮아."

항한은 어릴 때부터 가화의 슬하에서 자랐다. 가화를 친아버지처럼 공경했다. 당연히 항한은 가화의 말뜻을 단번에 알아차렸다. 항씨 가문의 남자들 사이에는 나름의 독특한 대화법이 있었다. 외부인들은 절대 이해할 수 없는 말을 찰떡같이 알아듣는 묘한 유대감 같은 것이었다. 이를테면 "가끔 이런 짓을 하는 것도 괜찮다."는 말은 칭찬이 아니라 "다시는 이런 짓을 하면 안 된다."는 꾸지람이었다. 그래서 가화가 입에 올린 말을 다시 해석하면 "이런 짓은 어린 아이들이나 하는 짓이야. 죽이려면 진짜 나쁜 놈을 죽여야지."라는 말이었다.

항한은 풀이 죽어 개울을 건너 오솔길을 따라 위로 올라갔다. 조금 올라가자 앞에 정자가 하나 보였다. 그는 걸음을 멈추고 큰아버지를 기다렸다. 그의 예측대로라면 큰아버지는 틀림없이 뒤따라 올 것이었다. 하루 종일 놀라움과 충격을 많이 받은 소년은 속내를 털어놓을 수 있는 대화상대가 절실히 필요했다.

과연 얼마 지나지 않아 가화가 오솔길에 나타났다. 가화는 몸이 연기처럼 가볍고 걸을 때 소리가 거의 나지 않았다. 항한은 가끔 복도에서 가화를 마주칠 때면 그가 장삼 자락을 펄럭이면서 순식간에 저 앞으로 사라지는 것을 목격하고는 했다. 그때마다 그는 '무성승유성無聲勝有聲(소리 없음이 소리 있음을 이긴다)'이라는 말을 떠올리고는 했다. 경공輕功은 하루이틀 연마해서 익힐 수 있는 것이 아니었다. 권법 수련자인 항한은 이 사실을 누구보다 잘 알고 있었다. 그런데 가화가 경공을 배웠다는 말은 들어본 적이 없었다.

'큰아버지는 뒤에서 보면 제비처럼 날렵한데 앞에서 보면 세상의 짐을 혼자 다 짊어진 것처럼 무겁고 엄숙해 보여. 도대체 무엇 때문에 그런 걸까?'

항한은 나름대로 깊은 고민을 했다. 이어 한 가지 결론을 내렸다. 그것은 큰아버지 가화가 무거운 일은 가볍게, 큰일은 작게 처리하기 위해 노력하다 보니 자기도 모르는 사이에 경공을 익히게 됐다는 것이었다.

항한은 집안 노인들끼리 하는 말을 몰래 엿들은 적이 있었다. 그 말은 가화가 친아버지를 닮지 않고 자신의 할아버지 세대의 집사였던 오차청을 닮았다는 것과 하지만 그처럼 매섭지는 않다는 것이었다. 사람들은 항씨네에서 성격이 제일 온화하고 친근한 사람으로 가화를 꼽고는 했다. 이렇게 보면 가화의 성격은 항천취를 닮았다고 해도 좋았다.

항한은 참견쟁이 이비황이 큰아버지를 따라오지 않은 것을 확인하고는 안도의 숨을 내쉬었다. 이어 큰아버지가 가까이 다가오기를 기다려 그동안 연습해왔던 남권南拳 동작을 시연하기 시작했다. 그러나 장소가 좁아 팔다리를 길게 쭉쭉 뻗을 수 없었다. 그럼에도 입에서 나오는 기합소리는 낮고 매서웠다. 시내 곳곳에서는 화광이 충천하고 있었다. 산 위의 석상들은 다양한 표정을 한 채 묵묵히 두 사람을 내려다보고 있었다.

권법 시연을 마친 항한은 온몸의 힘을 빼고 가만히 서 있었다. 가화가 그제야 입을 열었다.

"이 정자에 딱 어울리는 권법이구나."

정자는 남송 소흥紹興 12년에 청량거사淸凉居士 한세충韓世忠이 지은 것이었다. 항주 토박이들은 악비의 전우인 기왕蘄王 한세충을 모르는 사람이 없었다. 한세충의 부인 양홍옥梁紅玉도 금나라 군대와의 싸움에서 친히 북을 두드리면서 지휘한 일화로 유명한 여장부였다. 항주 시내에는 이 기왕 한세충을 기리기 위한 기왕로蘄王路가 아직도 있었다.

한세충이 정자를 완공했을 때는 악비가 풍파정風波亭에서 억울하게 처형당한 지 66일이 지난 뒤였다. 한세충은 열두 살 난 아들 한언직韓彦直을 시켜 정자에 다음과 같은 글을 새기게 했다. "소흥 12년, 청량거사 한세충이 영은靈隱을 지나다가 산천의 지세가 뛰어난 이곳 옛터에 새 정자를 지었으니 이름은 '취미'翠微라, 객들의 쉼터로 제공하노라."는 내용의 글이었다.

'취미정'이라는 이름은 악비의 시 〈등지주취미정〉登池州翠微亭 중 세 글자를 따서 지은 것이었다.

세월이 지나 군복은 먼지가 가득 묻었는데
좋은 경치 찾아 일부러 취미정에 올랐네.
아름다운 산수 아무리 봐도 더 보고 싶은데
말발굽소리는 밝은 달을 따라 돌아오기를 재촉하네.

기왕 한세충은 자신만의 방식으로 악비를 기념하고자 한 것이다. 항한은 정자에 얽힌 일화를 알고 있었다. 그래서 큰아버지가 '정자에 어울리는 권법'이라고 한 말의 뜻도 이해할 수 있었다. 하지만 그렇다고 한들 뭐가 달라지겠는가? 뛰어난 무예와 일편단심 충정을 지녔던 악비 대장군도 하늘을 우러러 '천일소소'天日昭昭(모든 일은 하늘이 알고 있다)를 외치면서 억울한 죽임을 당하지 않았던가. 하물며 1,000년이나 지난 후의 힘없고 권력 없는 일개 백성이 무엇을 더 할 수 있겠는가?

항한은 항억이 떠난 이후 줄곧 억울하다는 마음이 풀리지 않았다. 이번에 노약자들 틈에 섞여 영은사로 피난 오면서도 뭔가 단단히 잘못됐다는 생각을 떨쳐버리지 못했다. 평소에는 '부처님'의 '불'자에도 관심이 없던 사람들이 궁지에 몰리니 부처님의 다리를 끌어안는다고 뭐가 달라지겠냐 싶었던 것이다. 솔직히 그는 항억이 부러웠다. 질투도 났다. 항억만 데려간 회색 눈동자의 여자가 미웠다. 말이 좋아 나중에 더 중요한 임무를 맡긴다는 것이지, 분명히 일본 간첩으로 의심하는 것이 아니고 뭔가 말이다. 그게 너무 화가 나서 한마디 했더니 돌아온 것은 어머니의 따귀였다. 어머니는 또 "누구의 아들이냐?"고도 물었다. 그렇지 않아도 서러워 죽겠는데 어머니의 그 말에 더 서러워졌다.

'누구의 아들이냐고? 당연히 항가평이라는 사람의 아들이지. 그런데 아비라는 사람은 아들과 부인을 버려두고 어디로 가버렸는가?'

항한은 지난 일들을 떠올리면서 뾰로통하게 말했다.

"무예 연습 같은 건 힘들게 하지 말걸 그랬어요. 써먹을 데도 없는데. 이거야말로 젊은 시절을 헛되이 보내고 노년에 슬퍼하는 꼴 아니겠어요?"

가화가 기가 막힌 듯 항한을 앉히고 말했다.

"뭐가 그리 급하냐? 네가 상대해야 할 일본 무뢰배들이 많고도 많은데. 정작 네가 필요할 때 너를 찾지 못할까봐 걱정이다."

항한이 허리를 꼿꼿이 세우고 꼭 쥔 두 주먹을 무릎에 놓았다. 이어 고개를 숙인 채 한참을 생각하더니 어린 아이처럼 억울한 말투로 말했다.

"저는 중국사람이에요."

"누가 너를 일본인이라고 하더냐?"

가화가 조카의 목을 가볍게 툭 쳤다.

"너, 엄마에게 한 번 더 맞아야겠다. 네 아빠는 항씨고, 너도 항씨야."

가화의 말에 항한은 참았던 눈물을 왈칵 쏟아냈다. 이어 여인네처럼 눈물을 흘리는 자신의 모습이 부끄러워 스스로도 상심했다. 그렇게 울다가, 상심하다가, 자리에서 벌떡 일어나서는 또 남권을 시전하기 시작했다. 완전 무아지경으로 팔다리를 움직이다 보니 어느새 정자 바깥까지 나와 있었다. 어두운 밤에 산 아래로 굴러 떨어지지 않은 것이 다행이었다.

가화가 항한을 붙들었다.

"무슨 일이 있구나? 큰아버지에게 말해 보거라."

가화의 목소리는 낮고 무거웠다. 어둠속에서 두 사람은 한참을 대치했다. 드디어 항한이 입을 열었다.

"엄마가 대웅전에서 울고 계세요. 엄마는 아무에게도 말하지 말라고 하셨어요."

가화가 흠칫 몸을 떨었다. 요코가 무엇 때문에 울고 있는지 알 것 같았다.

"'너는 누구의 아들'이라는 말을 저에게 하지 말았으면 좋겠어요. 그 양반은 저와 어머니를 버린 지 오래 됐어요."

가화가 항한의 어깨를 두드리며 한숨을 내쉬었다.

"이번 고비를 넘기고 나면 너에게 사실을 말해주려고 했었다. 엄마를 위해서라도 네가 힘을 내야지, 안 그래? 투덜대지만 말고 말이야."

말을 마친 가화가 항한을 내버려둔 채 혼자 터벅터벅 산을 내려갔다. 잔뜩 억울한 표정을 짓고 있던 항한의 얼굴에 부끄러운 기색이 떠올랐다.

요코는 아들 항한이 가평의 편지를 보면 가만있지 않을 것임을 알고 있었다. 아들은 그녀처럼 비밀을 몇 년씩이나 간직할 그런 성격이 아니었다. 요코는 천왕전天王殿에 있는 호법천존護法天尊 위타韋馱의 신상 아래에 옹송그린 채 누워 쉬이 잠들지 못하고 있었다.

대웅보전을 마주하고 있는 위타상은 마치 불계佛界의 '백마 탄 왕자'처럼 늠름하고 멋졌다.

'가평도 저렇게 멋지고 늠름했어. 거침없이 앞만 보고 돌진하는 사람이었지. 누군가를 사랑할 때는 불처럼 화끈하게 사랑하고, 잊어야 할 때면 철저하게 잊는 사람이었지. 가평은 남편감으로는 맞지 않았어. 아버지의 말씀이 옳았어. 그는 무서움이 무엇인지 모르는 사람이어서 죽음도 무서워하지 않았어. 다른 사람을 버리고 혼자 앞으로 나아가는 것도 무서워하지 않았어.'

요코는 항씨네 두 형제와 어릴 때 함께 자랐다. 어른이 된 후에도 항씨네 집에 시집와서 망우저택에서 젊은 시절을 다 보냈다. 요코는 항씨네 두 형제에 대해 누구보다도 잘 알고 있었다. 지혜와 용기를 따지면 가화와 가평은 누가 우세하다고 할 것 없이 엇비슷했다. 물론 다른 점도 없지는 않았다. 가평은 자신을 표현할 줄 아는 반면에 가화는 그렇지 않았다. 가화는 고생과 원망을 달갑게 받아들였고 자기가 가지고 있는 것이 스무 개라면 열 개만 내보이는 성격이었다. 사람들이 그에게서 볼 수 있는 것은 '빙산의 일각'일 뿐이었다. 이에 반해 가평은 언제 폭발할지 모르는 활화산 같은 사람이었다. 가평은 자신이 가지고 있는 것이 열 개라면 열 개를 모두 내보이는 성격이었다. 그런데 그것을 본 사람들은 가평이 열 개가 아닌 스무 개를 가지고 있다고 믿었다. 가평은 마법처럼 사람들을 자기 주위로 끌어 모으는 재주를 가지고 있었다. 남자들은 자신도 모르게 그를 숭배하고 여자들은 자기도 모르게 그에게 반했다. 그는 관례를 벗어난 행동을 하고도 언제나 당당한 이유를 댈 수 있었다. 가평의 아내 요코가 난리통에 절간 한구석에 외롭게 누워 있으면서도 가족을 버린 남편을 추호도 원망하지 않는 것도 바로 이런 이유 때문이었다.

요코는 얇은 이불 하나를 가초와 함께 덮고 누워 있었다. 가초는 한밤중까지 난리를 피우다가 이제 겨우 조용해졌다. 꿈에서 아들을 만난 듯 입가에는 미소까지 머금고 있었다. 요코는 위타불상 앞에 있는 대련을 멍하니 바라봤다. 대련은 "똑바로 서서 산꼭대기에 기대니 날아가지 못하고, 지장을 들고 서 있으니 눈앞의 부처님 얼굴이 여래로다."라고 적혀 있었다. 요코는 예전에 영은사의 스님에게 들은 말이 있었다. 영은사 전체를 통틀어 녹나무를 통째로 깎아서 만든 신상은 위타불상 하나뿐이고 800년 전의 남송 때 만들어진 신물이라는 말이었다. 요코의 눈에서 눈물이 주르륵 흘러내렸다. 슬픔이 복받치고 이해가 되지 않았다. 무엇 때문에 두 사람의 사랑은 800년 동안 변함없는 불상처럼 오래 가지 못하는 걸까?

울고 있는 요코 앞에 찬바람을 일으키면서 누군가 빠르게 나타났다. 가화는 요코의 머리맡에 쭈그리고 앉았다. 입술이 미세하게 덜덜 떨리고 있었다. 요코가 물었다.

"추워요?"

가화가 고개를 흔들었다.

희미한 촛불 아래 두 중년남녀의 얼굴에 부드러움, 슬픔과 혼란이 가득했다.

두 사람은 가까이에서 눈이 마주쳤다. 가화는 자신이 요코를 너무 가까이하면 안 된다는 것을 알고 있었다. 두 사람 사이에 무슨 일이 일어날까 두려워서 그런 것은 아니었다. 가화는 해야 할 일은 꼭 하고 해서는 안 되는 일은 절대 하지 않을 수 있는 사람이었다.

하지만 지금은 상황이 달랐다. 바야흐로 평화가 사라지고 전쟁이 다가오고 있었다. 가화는 문득 한 가지 깨달음을 얻었다. 그건 세상에 하지 말아야 할 일은 없다는 것이었다. 그는 오래 된 것을 좋아하는 사람이었다. 그것이 물건이든 감정이든 마찬가지였다. 한 지붕 아래 요코와 함께한 세월이 오래 될수록 그녀를 향한 그의 감정은 깊어만 갔다. 심지어 요코가 처음부터 하늘이 자신에게 점지해준 여자라는 생각도 했다. 그렇게 요코는 이미 그의 삶에 없어서는 안 되는 중요한 존재가 돼버렸다.

가화는 자신도 모르게 크고 얇은 손바닥을 내밀어 요코의 머리를 몇 번 쓰다듬었다. 요코가 뭔가 말하려고 입을 뗄 때였다. 가화가 손을 거둬들이면서 먼저 입을 열었다.

"안심하오. 내가 있잖소. 여기 내가 있잖소."

요코가 이불속에 있던 손을 내밀어 가화를 밀쳤다. 자신도 모르게 엉겁결에 나온 행동이었다. 그리고 깊이 생각하지도 않고 말을 내뱉었다.

"걱정 안 해요. 한이가 있는데요, 뭘."

가화가 멍하니 입을 벌렸다. 얼굴이 붉어지며 말까지 더듬었다.

"……그래, 그래. 맞는 말이오……. 한이도 있지……."

가화는 더 말을 잇지 못했다. 뜨거웠던 가슴이 싸늘하게 식어갔다.

요코는 급격히 어두워진 가화의 눈빛을 보고 아차 싶었다. 갑자기 커다란 두려움이 엄습했다. 어쩌면 한번 잃고 나면 영영 다시 찾을 수 없는 소중한 것을 놓치고 있다는 생각이 들었다. 그것이 무엇인지 딱히 알 수는 없으나 아무튼 이 순간을 놓치면 안 된다는 본능적인 느낌이 들었다. 요코는 용기를 내 가화의 손을 잡았다. 눈물이 흘러내렸다. 자신의 실수 때문에 마음이 괴로운 가화는 얼굴을 붉히면서 한사코 요코의 손을 거부했다. 위타불상 아래에서 두 중년남녀는 한참 동안 승강이를 벌였다.

이윽고 요코가 먼저 냉정을 되찾고 가화의 귀에 대고 나직이 말했다.

"목이 말라요. 차를 마시고 싶어요."

여인의 뜨거운 숨결이 가화의 귓전을 간질였다. 그것은 차갑고 위험한 세상에 사는 남자에게 삶의 용기를 불어넣어 줄 수 있는 따뜻한 기운이었다. 가화는 혼란스럽던 마음이 사라지고 긴장이 탁 풀렸다. 요코는 분명히 거부의사를 밝혔다. 하지만 그것은 부드러운 거절이었다. 어떻게 보면 거절을 가장한 승낙이라고 해도 좋았다. 적어도 가화는 그렇게 이해했다. 그가 자리에서 일어나면서 말했다.

"기다리오. 승방에 가서 차를 가져올 테니."

밖으로 나오니 찬바람에 머리가 맑아지는 느낌이 들었다. 그러자 방금 전의 실수가 또다시 떠오르면서 얼굴이 화끈거렸다. 참으로 길고도 짧은 밤이라는 생각이 들었다. 어디서부터 무엇을 해야 할지 혼란스럽기만 했다. 시내 곳곳에서는 여전히 화광이 충천하고 있었다. 살인마들이 지척에 와 있다. 가화는 팔을 들고 자신의 손을 올려다봤다.

'나에게 이런 면이 다 있었나? 내가 이렇게 용기 있는 사람이었나? 아무리 위기상황이라지만 내가 다른 여자의 손을 잡다니?'

가화는 믿기 어렵다는 듯 혼잣말로 되뇌었다. 그런데 그가 꿈에도 모를 사실이 하나 더 있었다. 그것은 화광이 충천하는 시내의 망우저택에서도 거의 똑같은 상황이 펼쳐지고 있다는 사실이었다.

이 죽일 놈의 사랑, 아무도 거부할 수 없는 사랑…….

대웅전 처마 밑에 서 있는 가화의 눈꺼풀이 심하게 떨렸다. 이거 뭔가 이상한데? 왜 갑자기 눈이 따갑지? 가화가 더 생각할 사이도 없었다. 가람전伽藍殿과 분향각梵香閣 지붕 위로 시뻘건 불길이 치솟았다. 밖으로 뛰어나온 사람들이 새된 소리를 질렀다.

"불이야! 불이야! 향안香案이 넘어져서 불이 났어요!"

피난민들 사이에 한바탕 소동이 일어났다. 가화는 허둥지둥 천왕전으로 달려갔다. 매캐한 연기 속에서 요코가 목이 터져라 가초를 부르고 있었다.

"가초! 가초! 어디 있어?"

가화를 본 요코가 그의 어깨를 부여잡고 울부짖었다.

"가초가 보이지 않아요! 가초가 사라졌어요!"

가화는 요코를 끌고 빠르게 천왕전을 한 바퀴 획 돌았다. 가초는 어디에도 보이지 않았다. 가화는 요코를 끌고 다시 밖으로 뛰쳐나갔다. 불길을 피해 합간교合澗橋까지 달려갔을 때였다. 먼저 달려간 사람들이 목놓아 울부짖으면서 되돌아오는 것이 보였다.

"일본놈들이 쳐들어왔어요. 천왕문이 불타고 있어요. 도망갈 곳이 없어요!"

가화는 요코를 으스러지게 껴안고 걸음을 멈췄다. 앞으로 가도 죽는 길이요, 뒤로 가도 죽는 길이라, 밤은 길지만 그들이 도망갈 곳은 어디에도 없었다······.

제8장

가초는 근래 들어 거의 잠을 이루지 못하고 있었다. 그럴 이유는 충분했다. 두 귀와 두 눈은 물론이고 온몸의 신경세포가 모두 곤두서 엄마를 부르는 아들 망우의 울부짖는 소리가 귓가에 맴돌았기 때문이다. 급기야 그녀는 며칠째 뜬눈으로 밤낮을 보내고 있었다.

그녀가 추호도 망설이지 않고 불바다에 뛰어들었다는 사실을 아는 사람들은 아마 그녀가 제 정신이 아니었기에 가능했다고 짐작할 것이다. 하지만 정신이 온전치 않은 사람이라고 다 그렇게 겁 없는 짓을 하는 것은 아니었다.

가초는 아들이 있는 곳으로 가려고 했을 뿐이었다. 그것은 어미의 본능이었다. 아들이 있는 곳으로 가기 위해서는 불바다를 건너야 했다. 그리고 그녀는 무사히 불바다를 건넜다. 어쩌면 천운이라고 해도 좋았다.

불바다 건너편은 차밭이었다. 그녀는 푸르게 펼쳐진 벌판을 망연한 눈으로 바라봤다. 이른 아침 부슬부슬 내리는 보슬비 속에서 그녀는 익숙한 가족의 향기를 맡았다. 사랑에 빠진 한 여자의 향기였다. 얼마 전 항씨 가문의 한 여자는 이곳 차나무 아래에서 사랑하는 사람과 밀회를 즐겼다. 그리고 두 사람의 사랑의 향기는 비가 내리는 을씨년스러운 이 날 이른 아침까지도 흩어지지 않고 있었다. 마치 고대 전설 속 기인들이 자신의 혼백을 두 개로 분리시켜 하나는 그 자리에 두고 다른 하나는 가지고 간 것처럼 말이다.

가초가 맨발로 흙의 촉감을 한껏 느끼면서 익숙한 향기를 맡고 있을 때 바다를 건너온 왜놈들은 군화로 차밭을 무자비하게 짓밟기 시작했다. 짐승 같은 놈들이 이르는 곳마다 아름다운 차나무는 무참하게 꺾여 진흙 속에 파묻혔다. 가시라고는 없는 여린 가지, 부드러운 잎, 눈에 띄게 화려하지는 않지만 은은한 매력을 풍기는 하얗고 조그마한 꽃, 사람들에게 잘 알려지지 않은 열매……. 인간들을 무조건적으로 사랑해 자신의 모든 것을 아낌없이 인간들에게 내준 상서로운 풀은 무방비 상태에서 인간들에게 무참하게 짓밟히고 있었다.

1937년 12월 23일 밤, 부처님의 정토 영은사가 화염에 휩싸였을 때 일본군의 한 부대는 항주 교외 유사留泗도로 옆 200~300곳에 불을 질렀다. 중국 강남의 구릉과 평원에 산재해 있던 수많은 차밭과 초가집은 삽시간에 불바다로 변해버렸다.

다음날 새벽, 일본군의 한 군단이 병력을 세 갈래로 나누어 항주 시내에 침입했다.

고센孤川이 인솔한 북로군은 무림문武林門과 전당문錢塘門으로 침입했다.

오카이岡井의 동로군은 청태문清泰門과 망강문望江門을 공략했다.

산린三林의 서로군은 봉산문鳳山門을 통과했다.

항주 주재 일본 영사관의 통역관 동석림董錫林은 한 무리의 한간들을 거느리고 무림문 밖 혼당교混堂橋에서 목이 빠져라 일본군을 기다렸다. 드디어 북로군이 경항京杭국도를 내려 무림문에 도착했다. 동석림은 마치 죽었다 살아난 친할아버지라도 만난 것처럼 반가워 어쩔 줄을 몰라 하면서 허둥지둥 달려갔다. 항주 창승차행의 지배인 오유吳有 역시 작은 깃발을 들고 종종걸음으로 동석림의 뒤를 따랐다. 그리고 짧은 목을 길게 빼들고 일본군의 위용을 우러르다 가끔씩 발꿈치를 쳐들고 구호를 외치고는 했다.

"환영합니다! 황군을 환영합니다!"

가랑비가 여전히 내리고 있었다. 일본 병사들이 치켜든 총검에서 빗물인지 핏물인지 모를 물이 뚝뚝 떨어졌다. 인간쓰레기들은 쯧쯧 혀를 차면서 아부하기에 바빴다.

"황군이 다르기는 달라. 이러니 중국사람들이 이길 수가 있나? 탄복하지 않을 수 없어. 과연 명불허전이야!"

"당연하지."

자기를 내세우는 것을 좋아하는 오유가 제격 말을 받았다.

"우리 아교阿喬(가교를 일컬음)가 상해에서 미국인, 영국인, 프랑스인 등등 서양인들을 좀 많이 봤겠소? 그 많은 서양인들을 다 제치고 지금 일본 분을 뫼시고 있지 않소. 일본 왜자矮子(난쟁이)들 좀 보시오. 다들 키는 몽당비처럼 짜리몽땅하지만 살기는 하늘을 찌르지 않소. 중국 사람들은 아예 상대가 안 돼요!"

동석림이 황급히 오유의 입을 막았다.

"쉿, 자네 모가지가 날아가고 싶어 환장했나? 여기가 어디라고 감히 '왜자'라는 말을 함부로 지껄이는가?"

'왜자'는 항주 사람들이 일본인을 일컫는 비속어였다. 하지만 오유는 동석림의 경고를 못 들었는지 손가락으로 앞을 가리키면서 뛸 듯이 기뻐했다.

"아교! 아교! 여기 좀 봐. 나야, 네 맏형 오유야. 네가 말을 타고 입성하는 줄도 모르고 혹시 너를 만나지 못할까봐 걱정했지 뭐야."

항가교는 양복차림에 망토를 걸치고 발에는 일본 군화를 신고 있었다. 일본사람들처럼 콧수염도 기르고 있었다. 그가 말을 멈추고 옆에 있는 일본 장교에게 일본어로 뭐라고 말했다.

일본 장교는 여자처럼 예쁘장하게 생긴 가교와 달리 외모가 우락부락했다. 얼굴에 구레나룻이 텁수룩하고 두 눈은 형형하게 빛나고 있었다. 군모 아래로 새까만 귀밑머리가 한 가닥 내려왔다.

동생을 바라보는 오유의 눈에는 부러움이 가득했다. 오랜만에 보는 동생은 예전의 가교가 아니었다. 중국사람이라고 믿어지지 않을 정도로 완전히 변해버렸다. 오유는 동생의 예전의 모습을 떠올리려고 애썼으나 허사였다.

대화를 마친 가교가 고개를 돌려 오유에게 말했다.

"형, 아버지에게 전해줘요, 나와 고보리小堀 대좌大佐는 먼저 부대를 따라 입성했다가 나중에 아버지를 뵈러 갈 거라고."

고보리 대좌는 쏘는 듯한 눈으로 오유를 응시했다. 오유는 독충에 물린 사람처럼 흠칫 몸을 떨었다. 이어 잔뜩 얼어붙은 티를 내지 않으려고 일부러 밝은 표정을 지으면서 동생에게 말했다.

"알았어, 빨리 와. 네가 온다고 오산 원동문 집도 깨끗이 청소하고 비워뒀어."

가교가 말고삐를 슬쩍 당겼다. 말이 천천히 앞으로 걷기 시작했다. 가랑비 사이로 검은 망토가 무겁게 펄럭거렸다. 가교가 얼음보다 더 차가운 목소리로 내뱉듯 말했다.

"내가 언제 오산 원동문으로 간다고 그랬어요? 가서 전해요, 나 가교는 양패두가 아니면 안 가요."

대일본제국 황군 제10군 사령부와 제18군단은 항주에 진주했다. 이튿날, 일본군 당국은 전군에 3일 동안의 휴가를 선포했다. 장병들에게 살인, 방화, 강도, 강간 등 온갖 범죄를 종용한 것이나 다름없었다. 그날 일본군의 한 부대가 전당강 북쪽 기슭의 남성교, 갑구 일대를 불바다로 만들고 있을 때 다른 한 갈래 소부대는 항주 서쪽 교외로 향하고 있었다.

섬나라에서 온 젊은 병사들은 영은사 천왕문이 시뻘건 화염에 휩싸이는 것을 보면서 쾌감에 겨워 폭소를 터뜨렸다. 하기야 뼛속까지 가득차 있던 광적인 살인 욕구를 또 한 번 실컷 발산했으니 기분이 상쾌할 만도 했을 터였다. 이들 중 대부분은 군인이 되기 전까지는 닭 모가지 한 번 비틀어본 적이 없던 사람이었다. 그런 사람들이 중국에 온 뒤 살인을 밥 먹듯 하는 살인마로 변했다. 이들에게 중국인들의 목숨은 그야말로 파리 목숨이나 다를 게 없었다. 이들은 중국에 오자마자 '살인'에 관한 한 가지 '진리'를 깨우쳤다. 그것은 사람을 일단 죽이고 나면 한 명을 죽이든 1만 명을 죽이든 다를 게 없다는 것이었다. 살인도 아편처럼 맛을 들이면 인이 박힌다. 혹은 게임중독처럼 한번 빠지면 헤어 나오기 힘든 법이다.

하지만 아무리 재미있는 일이라도 너무 오래 하면 지치기 마련이다. 이들도 그랬다. 천왕문에 불을 지르고 나니 이미 날이 밝아 있었다. 이들은 주변 촌락은 건드리지 않은 채 방향을 돌려 넓게 펼쳐진 차밭으로 향했다.

가랑비가 보슬보슬 내리는 초겨울 아침, 항주 교외의 용정차 나무는 군화를 신은 침략자들 앞에서 추호도 긴장하거나 뻣뻣한 기색없이 촉촉하고 짙푸른 얼굴로 침묵을 지키고 있었다.

일본군 장병들 중에는 일본의 차 산지에서 온 사람도 몇 명 있었다. 아마 얼마 전까지만 해도 고향 차밭에서 열심히 땀 흘리며 일했을지도 모를 일이었다. 아무튼 이들은 차밭을 보고 놀라움과 기쁨을 감추지 못했다. 이어 군도를 차나무 위에 내려놓고 익숙한 향기를 찾아 코를 벌름거렸다. 희뿌연 하늘, 보슬보슬 내리는 가랑비, 푸르고 울창한 차나무 숲……. 이국 타향에서 처음 보는 차밭이 마치 고향에 돌아온 것처럼 친숙하고 정겨운 느낌이 들었으리라.

갑자기 한 젊은 병사가 군도를 잡고 목청 돋워 노래를 부르기 시작했다.

입춘이 지나니 온 산과 들판에
새싹이 돋아나고
……

〈적차곡〉摘茶曲이라는 제목의 이 노래는 일본의 대표적인 다요茶謠로, 일본 민요 특유의 은은하고 슬픈 가락이 특징적이었다. 젊은 일본 사병이 서두를 떼자마자 몇몇이 눈물을 글썽이면서 높은 소리로 따라 부르기 시작했다.

저쪽에서 차를 따고 있나 보네,

붉은 소매 걷어붙이고 초립은 비뚤어졌구나.

오늘 아침은 날씨도 좋고 봄빛이 완연하니,

마음을 가라앉히고 열심히 차를 따세.

차를 따요, 차를 따. 쉬지 말고 차를 따.

일손을 멈추면 일본에 차가 없다오.

노래를 마친 병사들은 비에 축축하게 젖은 찻잎을 따서 입에 넣고 질근질근 씹었다. 그러다 한 병사가 놀란 소리를 질렀다.

"이야, 지나支那(중국)의 찻잎이 내 고향인 사가佐賀현 간자키神崎군의 찻잎과 맛이 똑같네?"

노래를 선창했던 젊은 병사가 고개를 들어 겨울 하늘을 보면서 농을 걸었다.

"자네 고향의 차나무도 이곳 지나에서 가져간 것이겠지."

"허튼 소리!"

먼저 말을 꺼냈던 병사가 버럭 화를 냈다.

"우리 야마토민족(일본 민족)은 세상에서 제일 우수한 민족이야. 세상에서 제일 좋은 것들은 모두 우리 일본 땅에서 난 것이야. 지나인들이 우리의 것을 훔쳐갔어."

병사가 말을 마치자마자 다짜고짜 차나무를 향해 칼을 휘두르기 시작했다. 죄 없는 차나무들이 이리 찢기고 저리 부러지면서 차밭에 사람이 지나갈 만한 길이 생겼다.

'일본차의 원조가 중국'이라고 말한 젊은 병사는 입을 다물었다. 이 국 땅 차밭에서 만행을 저지르는 동료 병사에게 말대꾸할 가치를 못 느 낀 듯했다. 그는 동료들에 비해 학식이 풍부한 것 같았다. 적어도 사가 현 간자키군의 차나무가 800년 전 일본의 다성茶聖 에이사이榮西가 중국 의 천태산天台山에서 가져온 씨앗으로부터 육성된 것이라는 말은 들어본 적이 있음이 틀림없었다.

하지만 그뿐이었다. 섬나라에 살면서 편협한 사고방식을 가진 데다 시골에서 교육을 제대로 받지 못하다보니 그가 중국과 중국인에 대해 아는 것은 거기까지가 다였다.

일본의 다성 에이사이는 중국의 동남쪽에 자리한 절강성 천태산을 두 번이나 찾아 유람했었다. 물론 젊은 병사들 중에 이 사실을 아는 사 람은 거의 없었다.

일본에서 천광국사千光國師로 추앙받는 에이사이 선사는 송 효종孝宗 건도乾道 4년(1168년) 4월에 영파寧波에 상륙했다. 이어 5개월 동안 사명산 四明山과 천태산 등지를 순례했다. 또 육왕산育王山 광리사廣利寺와 천태산 만년사萬年寺 등 이름난 사찰들을 참배한 후 귀국했다.

에이사이는 19년 뒤인 송 효종 순희淳熙 14년(1187년)에 두 번째로 중 국을 방문했다. 그 해 그의 나이는 47세였다. 이미 경륜이 높은 고승 반 열에 들어섰을 때였다. 그런 그가 중국 땅에 그토록 미련을 놓지 못한 이유는 무엇이었을까? 단지 불선佛禪 때문만은 아니었을 것이다. 그 해 에이사이는 송 왕조의 수도 임안臨安─800 년 뒤에 일본 황군의 잔혹한 침략을 당한 항주─을 거쳐 천태산 만년사를 참배하고 그곳에서 중국 의 고승 허암虛庵(회창 선사懷敞禪師)을 스승으로 모셨다.

에이사이가 제 아무리 법력이 높다 한들 800년 뒤 이곳에서 일본인들에 의해 빚어지게 될 참극은 예측하지 못했을 것이다. 그는 4년이 지난 1191년에 평화를 상징하는 '상서로운 풀' 차나무 씨앗을 가지고 귀국했다. 그가 다선일미茶禪一味를 선양하기 위해 일본으로 가져간 그 차나무 씨앗은 안코쿠잔安國山 쇼푸쿠지聖福寺와 세후리산脊振山 레이센지靈仙寺에 뿌리를 내렸다.

에이사이는 천태산 나한당 앞에 꿇어앉아 두 손을 합장하고 아미타불을 외우면서 어떤 생각을 했을까? 800년 뒤 이곳에서 살인방화를 일삼게 될 일본군 중에 안코쿠잔과 세후리산 태생의 차농도 있을 것임을 예견했을까?

일본군 중에는 에이사이의 〈끽다양생기〉喫茶養生記를 읽어본 사람이 있을지도 모른다. 심지어 다도를 익힌 다인 출신일지도 모른다. 그럼에도 이들이 잊고 있던 분명한 사실 한 가지는 800년 전의 에이사이가 일본 차문화의 발전을 이끈 일등공신이라는 것이었다. 그가 중국의 여러 사찰을 돌면서 승려들의 행다의식行茶儀式을 일본으로 도입해 일본 다도의 다양성을 꾀했던 것이다. 경건하고 장엄한 표정으로 찻잔을 받들고 있는 일본 청년들의 모습에서 중국 고대 승려들의 그림자를 희미하게나마 발견할 수 있는 것도 아마 이 때문이리라. 그러나 에이사이가 숨죽이며 조심조심 걸어지나간 차밭에서 800년 후의 일본 청년들은 찻잔 대신 총과 칼을 들었다.

같은 시각 영은사에서 멀지 않은 모가부茅家埠의 차밭에는 웬 젊은 여인 한 명이 어슬렁거리고 있었다. 화염에 휩싸인 영은사에서 구사일생으로 도망쳐 나온 가초였다. 그녀는 멍한 눈빛으로 아무것도 모르면서 본능이 이끄는 대로 차밭에 머물러 있었다. 그러면서 차밭, 더 정확하게 말하면 차나무 아래에서 가족의 익숙한 향기를 맡았다. 그녀는 살며시 쪼그려 앉았다. 이어 차나무를 한 그루, 한 그루 쓰다듬으면서 익숙한 향기의 진원지를 찾기 시작했다. 그녀는 살며시 웃음을 지었다. 사랑하는 아들이 어느 차나무에 숨어서 자신과 숨바꼭질을 하는 상상을 한 것이리라. 어쩌면 사랑하는 아들이 한 그루의 차나무로 변한 상상을 했을지도 모른다. 그녀는 차나무 가지를 살랑살랑 흔들면서 작은 소리로 속삭였다.

"나와. 얼른 나와 봐. 나와⋯⋯."

무서운 사람들을 피해 차나무 속에 숨어 있던 작은 새 한 마리가 가초의 부드러운 목소리를 듣고 고개를 빼꼼히 내밀었다. 그리고는 고개를 요리조리 돌리면서 주위에 위험이 없는 것을 확인한 뒤 쑥스럽게 날갯짓을 하면서 밖으로 나왔다. 이어 마치 겁 많은 스스로를 자조하듯 가초를 향해 몇 마디 지저귀고는 고개를 들어 희뿌연 겨울 하늘을 올려다봤다. '차나무는 잠자리로는 제격이야. 하지만 새는 하늘을 자유롭게 날아다닐 때 제일 행복하지.' 아마 그런 생각을 했을지도 모른다. 작은 새는 날개를 펼쳐 종려나무 주위를 몇 바퀴 돌더니 서호 쪽으로 날아갔다.

한편 '지나 차' 때문에 동료들과 불필요한 언쟁을 벌인 젊은 일본 병사는 심기가 불편하던 차에 막 하늘로 날아오르는 새를 발견했다. 순간 채 사그라지지 않은 그의 살상욕구가 고개를 쳐들었다. 그는 곧장 하늘을 향해 총을 겨눴다.

탕!

크게 놀란 새는 더욱 빨리 날갯짓을 했다. 다행히 젊은 병사가 두 번째 총을 쏘기 전에 가까스로 사지를 벗어나 멀리 사라졌다.

쪼그리고 앉은 채 차나무 숲을 헤집으며 아들을 찾고 있던 가초는 총소리에 깜짝 놀라 벌떡 일어났다. 하지만 뭐가 뭔지 모르는지라 총성이 울린 곳을 멀뚱멀뚱 쳐다보기만 했다.

새를 명중시키지 못해 기분이 잡친 일본 병사가 가장 먼저 가초를 발견했다. 인적이 없는 곳에 불쑥 나타난 젊은 여인이라니, 젊은 병사의 얼굴에 간사한 웃음이 떠올랐다. 눈빛이 야욕으로 번들거렸다. 그는 총을 내려놓고 웃으면서 가초를 향해 걸어갔다. 한참 걷던 그는 그러나 곧 의아한 표정을 지었다. 눈앞의 젊은 여자가 여느 중국인들과 달리 자기들을 무서워하지도 않고, 숨지도 않을 뿐더러 심지어 한 술 더 떠서 그들을 향해 웃고 있었기 때문이었다. 곧이어 산발한 여인의 입에서 뜻 모를 말이 흘러나왔다.

"나와, 나와 봐……."

일본 병사는 젊은 여자가 지껄이는 말을 알아듣지 못했다. 다만 한 가지 분명한 것은 눈앞의 중국 여자가 조금도 두려워하는 기색이 없다는 것이었다. 그것이 그를 불쾌하게 만들었다. 화가 잔뜩 난 병사는 습관적으로 총을 들어 여자를 겨눴다. 아무 생각 없이 자기도 모르게 나온 행동이었다. 중국 여자는 그때까지도 일본 황군의 총구멍이 무엇을 의미하는지 모르는 듯 꿋꿋이 서 있었다. 병사는 방아쇠를 당길까 말까 몇 초 동안 고민했다. 그러던 찰나 히죽히죽 웃던 여자가 갑자기 웃음을 딱 그치고 눈살을 꼿꼿이 세웠다. 여자의 입에서 뜻 모를 말이 쏟아져 나왔다.

"나와, 나와 봐……. 나 당신과 함께 갈래요……."

일본 병사의 인내심이 드디어 폭발했다. 탕! 거친 총성과 함께 여자의 비명소리가 들렸다. 여자는 펄쩍 허공으로 튀어 올랐다가 차나무 위로 풀썩 고꾸라졌다.

무리들이 낄낄 웃음을 터뜨렸다. 총소리와 여자의 비명소리는 이들이 중국에 온 몇 달 동안 제일 많이 들었던 친근한 소리였다.

살인욕구도 충족시켰겠다, 동료와의 언쟁으로 인한 마음속 응어리도 풀렸겠다, 젊은 병사는 차밭에 대한 흥미가 싹 사라졌다. 한 명이건 열 명이건 중국인이 쓰러져 있는 곳은 이들에게 이미 정복된 땅이라고 해도 좋았다. 일본군 병사들은 그 사실을 만끽하듯 웃고 떠들고 노래를 부르면서 짓밟힌 차밭과 사람을 가로질러 옥천玉泉 방향으로 멀어져 갔다.

가초의 왼쪽 어깨에서 선혈이 콸콸 쏟아졌다. 그녀는 처음에는 뼛속까지 파고드는 통증 때문에 정신이 번쩍 드는 것 같았다. 그러다 다시 몽롱해지면서 눈이 감겼다. 가초는 피를 보고 처음에는 정상인처럼 소스라치게 놀랐지만 이내 극심한 고통 때문에 바닥을 데굴데굴 구르기 시작했다. 가녀린 강남 여자의 몸에서 쏟아져 나온 피는 차나무의 짙푸른 잎과 새하얀 꽃을 시뻘겋게 물들였다.

서호에서 나고 자란 가초는 차나무 꽃처럼 온화하고 부드러우면서도 얌전하고 우아한 여자였다. 또 심산유곡에 피어난 한란 같은 여자였다. 그런데 지금은 남편과 사별하고 아들과 생이별한 채 인적 없는 차밭에서 피를 흘리면서 신음하고 있다.

가초는 몇 번이나 혼절했다가 다시 깨어나기를 거듭했다. 이어 가까스로 일어나 앉았다. 갑자기 무서운 생각이 들었다. 하얀 피부의 아들, 그녀의 사랑하는 망우가 조금 전에 총을 든 사람들에게 끌려갔을지도 모른다는 생각이었다. 그녀는 마음이 조급해서 더 앉아 있을 수가 없었다. 아들을 구하러 가야 했다. 그녀는 안간힘을 쓰면서 자리에서 일어났다. 어깨에서 나온 피가 팔을 따라 주르륵 흘러내렸다. 그녀는 비틀거리며 걸음을 옮겼다. 양옆의 차나무들은 차나무 꽃을 닮은 여자가 안쓰럽고 불쌍한지 바르르 떨면서 눈물을 흘렸다. 피 묻은 차나무 가지들은 비칠거리는 그녀를 부축해 넘어지지 않도록 했다.

한참 걷던 가초가 문득 걸음을 멈췄다. 잠깐 정신이 돌아온 듯 혼잣말로 중얼거리기도 했다.

"이대로 두면 안 돼. 피가 계속 흐르면 망우가 무서워할 거야."

가초는 상처 입지 않은 팔로 호주머니에서 수건을 꺼냈다. 그리고는 차나무에 기대앉았다. 이어 잘 보이지 않는 눈을 크게 뜨고 차나무에서 어린 싹을 찾았다. 하지만 계절이 계절인 만큼 상처 처치에 쓸 만한 어린 싹은 보이지 않았다. 가초는 잠시 생각하다 하얀 차나무 꽃을 몇 송이 땄다. 그것을 잘게 씹은 뒤에 수건 위에 뱉었다.

"그래, 이거면 충분해."

가초는 차나무 꽃의 약효를 알고 있었다. 아마 오래 전 어느 날 찻물로 사랑하는 사람의 상처를 소독하던 일을 떠올렸을지도 모른다.

"나, 당신 따라 갈래요. 당신 따라 갈래요."

가초는 중얼중얼 혼잣말을 하면서 황급히 상처를 싸맸다. 이어 고개를 들어 앞을 바라봤다. 아들 망우를 끌고 간 무리의 그림자가 저 멀리 보이는 듯했다.

'어서 저들을 쫓아가야 해, 어서 가야 해. 우리 망우를 되찾아 와야 해. 늦으면 안 돼. 늦으면 저들에게 우리 망우를 영영 빼앗길지도 몰라. 임생처럼 영영 다시는 못 보게 될지도 몰라.'

곧 일본 병사들도 멀리 뒤에서 비칠거리며 따라오는 중국 여자를 발견했다. 초주검이 된 몸으로 악착스럽게 쫓아오다니, 병사들은 여자가 미친 게 틀림없다고 생각했다. 몇몇 병사들은 반쯤 뒷걸음질 치면서 여자를 향해 총을 갈겼다. 총에 맞은 나뭇가지들이 허공에 튀어 올랐다가 바닥에 부스스 떨어졌다. 여자의 귀에는 총소리도 들리지 않는 듯했다. 총에 맞아 툭툭 부러져 나가는 나뭇가지도 보이지 않는 듯했다. 스스로 인간과녁을 자처한 듯 결연한 눈빛으로 걸음을 멈추지 않았다.

병사들은 옥천으로 향하는 작은 산마루를 지나면서 뒤를 돌아봤다. 여자가 보이지 않았다. 아마도 죽었을 것이었다. 일본 군인들이 껄껄 웃음을 터뜨렸다. 그들은 자기네들끼리 일본말로 뭐라고 지껄여댔다. 아마도 "그까짓 지나인들이 안 죽고 배기겠는가."라고 말하는 듯했다. 병사들은 커다란 목련나무에 기대앉은 채 궐련을 피워 물었다.

그들은 담배를 피우면서 열심히 떠들었다. 그러다 졸음이 슬슬 밀려왔다. 며칠 동안 밤낮으로 불을 지르고 사람을 죽이느라 지쳤던 것이다. 사람을 죽이는 일도 여간 힘든 일이 아니었다. 병사들은 모자를 눈썹까지 푹 눌러쓰고 커다란 목련 잎에 떨어지는 빗방울소리를 자장가 삼아 어렴풋이 잠이 들었다. 꿀맛 같은 휴식시간에 아마도 일본열도에 있는 가족들과 만나는 달콤한 꿈을 꾸었는지도 모른다.

다른 병사들보다 학식이 조금 더 많은 젊은 병사는 뭔가 찜찜한 기분을 지울 수 없었다. 짧게 꾼 꿈속에서 그의 눈에 맨 먼저 띈 것은 시뻘건 화염이었다. 이어 방금 지나온 차밭이 펼쳐졌다. 주변이 불바다인데 차밭은 불에 타지 않은 채 푸르름을 유지하고 있었다. 그리고 방금 전에 만났던 미친 여자가 나타났다. 여자는 피투성이가 된 채 그의 앞에 버티고 서 있었다. 그는 여자를 향해 고함을 질렀다. 하지만 여자는 못 들었는지 눈 하나 깜짝하지 않았다. 그가 앞으로 한 발자국 성큼 다가섰다. 그러자 여자가 뒤로 한 발 물러났다. 그가 뒤로 한 발 물러서자 여자는 그를 향해 한 발자국 다가섰다. 화가 난 그는 여자에게 마구 총을 갈겼다. 여자의 몸 여기저기서 꿀럭꿀럭 피가 흘러나왔다. 심지어 여자의 눈, 코, 입, 귀에서도 피가 솟구쳤다.

여자의 표정은 평온했다. 전혀 고통을 느끼지 않는 듯했다. 젊은 병사는 화가 머리끝까지 치밀어 올라 꽥 소리를 질렀다.

"바가야로! 뭐 하는 짓이야?"

그러자 여자의 입에서 피 섞인 절규가 터져 나왔다.

"나, 당신 따라 갈래요!"

……

젊은 병사는 극도의 긴장 속에서 번쩍 눈을 떴다. 그 순간 그의 입이 놀라서 크게 벌어졌다. 길게 찢어진 눈이 놀라 휘둥그레졌다. 꿈속에서 본 온몸이 피투성이인 여자가 꿈속에서 봤을 때보다 더 흉측한 몰골로 앞에 서 있었던 것이다. 여자의 눈빛은 냉정하면서도 광분에 차 있었다. 병사는 멍해 있다가 작은 소리로 물었다.

"뭐 하는 짓이야?"

여자가 살짝 입을 벌렸다. 여자의 입가로 새빨간 피가 흘러나왔다. 여자는 중국어로 똑같은 한마디를 반복했다. 일본 병사는 중국어를 잘 알아듣지 못했으나 여자가 무슨 말을 하는지 알 수 있었다. 그것은 "나 당신 따라 갈래요."라는 말이었다.

젊은 병사는 일순간 귀신에 쓰인 것이 아닌가 하는 착각이 들었다. 갑자기 두려움이 엄습했다. 중국 땅을 밟은 이후 헤아릴 수 없이 많은 중국인들을 죽여 왔으나 지금처럼 두려웠던 적은 없었다. 손바닥에 땀이 흥건하게 났다. 잠에서 깬 동료들이 그를 보고 있었다. 마치 그가 긴장하고 있다는 것을 알기라도 하듯 모두 비웃는 표정을 짓고 있었다. 동료들의 눈빛이 그의 예민한 신경을 건드렸다.

'온몸에 피로 칠갑을 한 미친 중국 여자 때문에 내가 동료들의 비웃음을 사야 하다니, 말도 안 돼.'

두려움과 창피함은 순식간에 젊은 병사를 인두겁을 쓴 야수로 돌변시켰다. 그는 괴성을 지르면서 군도를 빼들었다. 이어 시퍼런 칼날을 사정없이 여자의 등에 내리꽂았다. 여자는 비명소리와 함께 또다시 쓰러졌다.

일본 병사들은 이번에는 껄껄대면서 웃지 않았다. 오히려 분노했다. 지나인들은 총 한 발이면 사라질, 파리 목숨 같은 존재가 아니던가. 그런데 이 지나 여자는 수없이 총에 맞고 칼에 찔렸는데도 왜 죽지 않는 걸까? 이건 있을 수 없는 일이야, 있어서는 안 되는 일이야…….

일본군 분대는 악몽 같은 경험을 한 젊은 병사를 위로하기 위해 청지오青芝塢를 넘어 옥천 어락국魚樂國으로 향했다.

옥천사玉泉寺의 스님들은 다들 피난을 간 지 오래인 듯했다. 절에는 사람이 아무도 없었다. 일본 병사들은 나무난간에 기대앉아 큰 물고기에 대한 얘기를 흥미진진하게 주고받았다. 거대한 물고기가 어떻게 지나땅에 나서 자랄 수 있지? 일본에는 왜 이렇게 크고 아름다운 물고기가 없을까? 젊은 병사가 큰 소리로 말했다.

"희귀한 대어들을 구경할 수 있다는 것만으로도 중국에 온 보람이 있습니다."

다른 병사들이 갈채를 보냈다.

알록달록한 색깔의 잉어들은 일본 병사들을 보고 반가운지 풀쩍풀쩍 뛰었다. 물고기들은 사람 구경을 못한 지 한참 된 모양이었다. 태어나기를 관상어로 태어나서 인간을 따르는 물고기들인 듯했다. 물고기가 말을 할 수 있다면 아마 이렇게 말했을 것이다. "우리를 구경하는 사람들을 보면 기쁘고 즐거워요. 정신적인 만족뿐만 아니라 물질적인 만족도 누리게 해주셔서 고마워요." 평화롭던 시기에 이곳에 구경을 온 관광객들은 물고기들에게 먹이를 아낌없이 주고는 했었다. 물고기들도 그런 대우에 익숙해져 있었다. 어락국의 물고기들과 항주 사람들은 이렇게 1,000년 넘게 평화롭게 공존해왔다.

일본 병사들은 주머니에서 건빵 부스러기를 꺼내 물고기들에게 뿌려줬다. 물고기들은 으레 그러려니 하고 맛있게 받아먹었다. 어락국의 대어들은 나름 분수를 알고 고마움을 표시할 줄 아는 물고기들이었다. 그들은 입을 벌려 먹이를 받아먹는 한편으로 줄을 지어 생면부지 사람들 앞을 한 마리씩 스쳐 지나갔다. 나름 반가움과 고마움을 표시한 것이었다.

만약 물고기들이 사람의 말을 알아들을 수 있었다면 일본 병사들의 대화내용을 듣고 그 자리에서 기절했을 것이다.

"이놈들을 잡아서 어떻게 해먹을까?"

"지금이 어느 때인가? 낚시고, 그물이고 다 필요 없네. 간단하게 처리하자고."

……

선조부터 대대로 중국인들의 사랑을 듬뿍 받으며 '천수'를 누리다 간 물고기들이 어찌 인면수심 왜놈들의 속셈을 알 수 있으랴. 아마 이 날이 단체로 비명횡사하게 될 날일 줄은 꿈에도 생각 못했을 것이다.

몇몇 병사들이 검을 빼들었다. 하지만 물고기들은 쉬이 잡히지 않았다. 덩치가 크고 사람을 무척 좋아하기는 해도 역시 강남 '태생'인지라 몸놀림이 날렵했다. 물고기들은 사병들이 내리쩍는 검을 요리조리 잘도 피했다. 맥이 빠진 한 병사가 헐떡거리면서 말했다.

"안 되겠어. 수류탄을 쓰자고."

다들 동의했다. 피투성이 젊은 여자의 그림자에서 가까스로 벗어난 젊은 병사가 흥분된 소리로 말했다.

"내가 하겠어! 내가 하겠어!"

젊은 병사는 먼저 동료들을 안전한 곳으로 대피시켰다. 이어 숨을 죽이고 못 속의 물고기들을 노려봤다. 마치 물고기들을 가증스러운 지나인이라고 생각하는 듯했다.

젊은 병사는 신관을 당긴 수류탄을 못에 떨어뜨리고 뒤로 물러섰다. 물속에서 수류탄이 터지면서 펑, 하고 큰 소리가 났다. 놀란 물고기들이 몇 자 높이로 펄쩍 튀어 올랐다. 잠시 후 시뻘건 핏물이 사방으로 튀면서 물고기들이 흰 배를 드러내고 둥둥 떠올랐다. 살아남은 물고기들은 혼비백산한 채 못 가장자리를 빙빙 돌았다.

일본 병사들은 놀라 허둥대는 물고기들을 보고 환호성을 질렀다. 마치 재미있는 유희를 즐기기라도 하듯 젊은 병사를 필두로 앞을 다퉈 못에 수류탄을 던졌다. 순간 크기가 작은 물고기들이 총알처럼 허공으로 날아올랐다가 살인마들의 몸 위로 떨어졌다. '물고기들의 천국'으로 불리던 어락국은 순식간에 '물고기 지옥'으로 변해버렸다.

얼마 지나지 않아 어락국의 그 많던 물고기들은 한 마리도 남김없이 떼죽음을 당했다. 병사들은 콧노래를 흥얼거리면서 죽은 물고기들을 건져내기 시작했다. 성격이 급한 젊은 병사는 아예 못에 들어가 물고기를 밖으로 내던졌다. 물고기는 생각보다 많이 무거웠다. 나중에는 병사들도 너무 힘이 드는지 비틀거리면서 제대로 서 있지도 못했다.

병사들은 총의 개머리판에 물고기를 한 마리씩 걸고 옥천을 떠났다. 물고기가 얼마나 큰지 꼬리가 땅에 질질 끌렸다. 젊은 병사는 제일 큰 물고기를 창검에 꽂아 어깨에 멨다.

병사병들은 다요茶謠 대신 군가를 부르면서 씩씩하게 행진했다.

……

바다를 건너니 바다에 시체가 가득 떠 있고,

높은 산을 넘으니 벌판에 시체가 잔뜩 널렸네.

천황을 위해 이 한 몸 바치나니

죽음을 두려워하지 않노라.

……

이들 병사들의 특별한 전리품은 길에서 만난 다른 부대원들로부터 폭발적인 인기를 얻었다. 이때 한 종군기자는 이 역사적 순간을 카메라에 담아 일본 국내 신문사로 전송했다.

젊은 병사를 미치고 팔짝 뛰게 만든 일은 종군기자가 다녀간 뒤 얼마 지나지 않아 발생했다.

몇몇 병사들이 아무것도 모른 채 걷고 있는 젊은 병사에게 눈짓을 보냈다. 젊은 병사는 누군가가 다리를 잡아당기는 듯한 느낌에 고개를 돌렸다. 그 순간 그는 아연실색하지 않을 수 없었다. 피투성이 중국 여자가 또 나타났던 것이다. 여자의 몸은 성한 구석이 하나도 없었다. 군데군데 시커먼 피딱지가 앉은 상처 부위에서 걸쭉한 피가 꿀럭꿀럭 새어나오고 있었다. 어떻게 해서 지옥 같은 고통을 견뎌내고 이곳까지 따라왔는지는 몰라도 여자는 악귀처럼 흉측하기 그지없는 몰골로 변해 있었다. 적어도 젊은 병사의 눈에 여자는 지옥에서 온 저승사자처럼 보였다. 여자가 입술을 움직거렸다. 하지만 소리가 나오지는 않았다. 여자가 비틀거리면서 젊은 병사를 향해 웅얼거렸다.

"망우, 망우……."

젊은 병사가 뒷걸음질 치면서 말을 더듬었다.

"뭐, 뭐 하는 짓이야?"

여자의 입에서 병사를 미치게 만드는 한마디가 그예 흘러나왔다.

"나…… 당신 따라…… 갈래요……."

주위 동료들의 시선이 일제히 젊은 병사에게 향했다. 젊은 병사는 부르르 진저리를 쳤다. 미쳐버릴 것 같았다. 이제는 더 이상 물러설 곳이 없었다. 그는 뒤로 몇 걸음 물러섰다가 검을 들고 여자에게 돌진했다. 검에 물고기가 꽂혀 있다는 사실도 깜빡 잊은 채로였다. 그는 야수처럼 울부짖으면서 여자의 가슴에 깊숙이 검을 꽂았다.

여자는 물고기를 끌어안고 쓰러졌다. 비명은 들리지 않았다. 물고기와 여자의 몸을 나란히 관통한 검을 뽑는 젊은 병사의 눈은 곧 놀라움으로 휘둥그레졌다. 물고기를 꼭 끌어안고 있는 여자의 얼굴에 기쁨과 안도의 미소가 잔잔하게 번지고 있었던 것이다…….

제9장

창승차행의 사장 오승은 가랑비 속에 서 있었다.

손에 든 우산이 시야를 가려 그의 눈에는 말 두 필의 다리 여덟 개밖에 보이지 않았다.

하지만 그는 곁눈질만으로도 알 수 있었다. 그의 한간 아들이 오산 원동문으로 데리고 온 사람이 어떤 사람인지를 말이다. 그 때문일까, 어제까지도 형형하게 빛나던 그의 눈빛은 순식간에 흐릿하고 침침하게 변했다. 항상 꼿꼿이 쳐들고 다니던 머리도 푹 꺾였다. 우산을 든 손 역시 점점 아래로 내려갔다. 덕분에 교활한 눈빛과 표정을 양아들과 황군 장교에게 들키지 않을 수 있었다. 항주 손원흥孫源興 우산공장에서 만든 우산은 의도치 않게 노련하고 치밀한 중국 노인네의 본심을 '보호'해주는 역할을 하고 있었다.

하지만 어색한 대치상황은 그리 오래 가지 않았다. 눈치 빠른 가교는 양부의 뜨뜻미지근한 반응을 보고 즉각 말에서 내렸다. 이어 양부에게 읍을 하고 말했다.

"아버지, 이분은 태군太君(일본군 장교를 높여 부르는 말) 고보리 이치로
小掘一郎입니다. 매기관梅機關(항일전쟁 시기 일본이 중국 상해에 설립한 특무기
관) 항주 지부에 근무하는 제 직속상관입니다."

오승은 그제야 우산을 뒤로 조금 당겼다. 일본 장교 고보리 이치로
와 중국 차상 오승의 시선이 짧지만 강렬하게 부딪쳤다. 오승은 고보리
이치로의 굵고 진한 눈썹과 크고 환하게 빛나는 눈동자를 본 순간 심장
이 덜컥 내려앉았다. 평생 많은 사람들을 만나면서 나름대로 익힌 관상
법에 의하면 눈앞의 일본 장교가 결코 만만한 상대가 아니라는 생각이
들었던 것이다.

오승이 잘 들리지 않는 척 손을 귀에 대고 일부러 큰 소리로 말했
다.

"뭐라고? 매국梅菊(매화와 국화)이 어떻다고 했느냐? 오산 원동문에는
매화와 국화가 없어."

가교가 두 손을 펼쳐 보이면서 어깨를 으쓱했다.

"늙었어요, 몇 년 못 본 사이에 많이 늙었어요."

가교는 매기관에 대해 더 이상 언급하지 않았다. 매기관은 도이하
라 겐지土肥原賢二가 기관장을 맡고 있는 중국 내 일본의 4대 특무기관 중
하나였다. 명칭은 지역별로 '매'梅, '난'蘭, '국'菊, '죽'竹으로 나뉘었다. 중국
문인들의 감성에나 어울릴 법한 청아하고 수려한 이름이었다. 강소, 절
강을 비롯한 동남연해 일대는 모두 매기관의 관할구역이었다. 고보리
이치로와 가교는 매기관의 특수요원이었다. 물론 가교는 이런 사실을
양부에게 말하지 않았다. 항씨 가문의 피를 물려받은 그는 항씨네 사람
들처럼 예민하고 경계심이 많았다. 그는 자신을 바라보는 양부의 눈빛

228   다인_3

이 예전처럼 애틋하지 않다는 것을 직감적으로 느낄 수 있었다.

고보리도 말에서 내렸다. 그가 보일락 말락 고개를 살짝 끄덕이고 는 유창한 중국어로 말했다.

"중국인의 옛말에 '벗이 먼 곳에서 찾아왔으니 이 또한 즐겁지 아니한가'라고 했지요. 어르신도 저희에게 차 한잔 주실 거죠? 제가 알기로는 중국사람들은 손님이 오면 차 대접을 한다고 들었습니다."

"아이고, 내 정신 좀 봐. 어서 안으로 드시지요."

오승이 미안한 표정을 지으면서 두 사람을 안으로 안내했다. 두 사람이 거실에 앉자 오승이 선 채로 가교에게 말했다.

"이래서 늙으면 죽어야 한다니까. 아교, 어제 청소를 깨끗하게 해놓고 나와 네 어미는 원래 집으로 돌아갔단다. 이곳은 네 집이니 네가 묵거라. 네 친어미의 유언을 따르게 되었으니 나도 한시름 놓았다."

말을 마친 오승이 닳아서 반들반들해진 열쇠뭉치를 가교의 손에 쥐어줬다. 엉겁결에 열쇠를 받아든 가교의 표정이 확 굳어졌다.

"아버지, 제가 언제 오산 원동문으로 돌아온다고 그랬어요? 열쇠는 필요 없어요. 오산 원동문 집은 아버지가 가지세요."

가교가 열쇠뭉치를 오승에게 던졌다.

"그러면 너는?"

"저는 양패두 아니면 안 살아요. 진작 말씀드렸잖아요."

오승이 잠깐 생각하더니 가교에게 열쇠뭉치를 밀어줬다.

"아교, 그래도 여기 사는 게 좋겠다. 양패두 그쪽은 당분간 건드리지 말거라."

오승이 주전자를 열어보더니 쓴웃음을 지으면서 말했다.

"이사하느라 정신이 없었구나. 잠깐 앉아 있어, 내가 얼른 물을 끓여

올게."

"하인들은요?"

"다 도망갔어."

가교는 고보리의 눈치를 살폈다. 으스대기 위해 일부러 직속상관을 여기까지 데리고 왔는데 때 아닌 망신을 당하게 생겼으니 얼른 자리를 뜨는 게 상책이겠다는 생각이 들었다. 그가 자리에서 일어서면서 말했다.

"됐어요, 저희는 가봐야 해요. 양패두에도 한번 가보려고요. 제가 없는 사이에 황군이 그 큰 집에 불이라도 질렀으면 어떡해요?"

오승이 근엄한 목소리로 말했다.

"아교, 양패두에는 당분간 안 가는 게 좋겠다."

가교가 이상하다는 듯 고개를 갸우뚱했다. 오승이 '양패두'라는 이름만 들어도 이를 부득부득 갈면서 치를 떤다는 것은 가교도 잘 아는 사실이었다. 오승은 그런 아들을 보면서 속으로 욕을 퍼부었다.

'망할 놈의 자식, 지금이 어느 때인데 같은 중국사람들을 잡아먹지 못해 난리야? 일본놈들이 코앞까지 쳐들어왔단 말이다.'

생각할수록 화가 치밀어 오른 오승이 씩씩거리면서 아들을 훈계했다.

"내가 가지 말라면 가지 마. 지금 양패두 망우저택을 지키고 있는 사람은 항씨네 우두머리야."

가교는 심록애가 망우저택에 남아 있다는 말을 듣고는 슬며시 웃음을 지었다. 그의 눈빛은 마치 눈앞에 사냥감을 놓고 애써 담담한 척하는 야수의 눈빛을 연상케 했다. 오승이 덧붙였다.

"조씨네 넷째 조기객도 그곳에 있어. 그가 있는 한 일본사람들도 함부로 불을 지르지 못할 거다."

가교가 문득 무슨 생각이 떠오른 듯 몸을 돌려 고보리에게 말했다.

"태군, 조기객이라는 사람에 대해 수소문한다고 하지 않았습니까? 그 사람이 지금 우리 항씨네에 있다는군요. 가보시렵니까?"

고보리가 가타부타 말없이 자리에서 일어났다. 이어 왼쪽 호주머니에서 낡은 회중시계를 꺼내 시간을 확인하더니 밖으로 나갔다.

그것은 그가 항주 시내의 유명인사 조기객을 만나러 갈 것이라는 무언의 표시였다.

매기관의 주요 임무 중 하나는 중국 현지에서 그들의 마음에 드는 사람을 물색해 포섭하는 것이었다. 구체적인 기준도 정해져 있었다. 하나는 일본 유학 경력이 있거나 '일중친선'日中親善을 주장하는 사람, 다른 하나는 일본 양행에서 일하는 매판 혹은 해당 지역의 불량배, 세 번째는 중국에서 제대로 뜻을 펼치지 못한 정객, 관료, 군벌, 은퇴한 문무관원 및 은둔한 명사들이었다.

조기객은 위의 세 번째 기준에 꼭 부합하는 사람이었다. 물론 천지개벽이 일어나도 조기객이 일본사람들의 뜻에 따르는 일은 없을 터였다. 가교도 그 점을 잘 알고 있었다. 그래서 고보리에게 몇 번이나 그 점을 에둘러서 강조했었다. 고보리는 가교의 말을 알아들었는지 말았는지 여전히 조기객에게 지대한 흥미를 보였다. 나름 눈치가 빠르다고 자부하는 가교도 고보리의 속마음만은 알 수가 없었다.

가교는 고보리가 살인하는 모습을 직접 본 적이 있었다. 그날 말을 타고 유유자적 거리를 거닐던 고보리가 갑자기 권총을 빼들었다. 이어 탕, 하는 총소리와 함께 한 중국 여자가 비명을 지르면서 쓰러졌다. 그러나 고보리는 아무 일 없었다는 듯 가던 길을 멈추지 않았다. 가교는 궁금함을 참지 못해 그에게 물었다.

"번거롭게 친히 손을 쓰신 이유가 무엇입니까?"

고보리가 그러자 피식 웃으면서 말했다.

"도망가려면 갈 것이지 등에 청화자기 꽃병을 멘 것이 가당키나 한가?"

고보리의 표정은 담담했다. 말 그대로 사람을 죽이고도 눈 하나 깜짝하지 않았다. 하지만 가교가 정작 탄복한 것은 고보리가 아무렇지 않게 사람을 죽이는 와중에도 사소한 부분을 꼼꼼하게 따진다는 사실이었다. 사실 일본군인들 중에는 눈 하나 깜짝하지 않고 살인하는 사람이 많았다. 하지만 전쟁통에 소시민과 같은 감성과 열정을 간직한 군인이 어디 있겠는가.

유유히 앞으로 나아가던 고보리가 말고삐를 당겨 쓰러진 여자 옆으로 되돌아왔다. 그는 깨진 청화자기 조각을 하나 집어 들었다. 자기 조각에 피가 묻어 있었다. 여자는 아직 숨이 끊어지지 않은 듯 경련을 일으키고 있었다. 고보리는 팔을 내밀어 자기 조각의 핏자국이 빗물에 씻기도록 했다. 여자는 천천히 숨을 거뒀다.

가교는 그 모습을 보지 않으려고 고개를 돌려 외면했다. 그러자 고보리가 가교를 불렀다.

"이걸 봐, 이건 어느 시대 유물인가?"

자기 조각에는 어린 아이의 머리가 그려져 있었다. 가교가 고개를 저었다.

"모르겠습니다."

고보리가 흥미진진하게 설명했다.

"이 아이의 얼굴을 보면 숭정崇禎제 때의 유물이라는 것을 알 수 있어. 숭정제 때에 갑자기 괴질이 발생해 아기들의 얼굴이 흉측해졌어. 그때 당시 공예품에 그려진 〈영희도〉嬰戱圖를 보면 알 수 있지. 그리고 얼마 지나지 않아 명 왕조가 멸망했어. 이 아이의 얼굴을 잘 봐, 불길한 기운이 느껴지지 않는가?"

"그래서 이 여자도 비명횡사한 거군요."

"가교 군, 내 질문에 아직 대답을 안 했네."

고보리가 가교를 곁눈질로 힐끗 보고는 말고삐를 당겼다.

"아유, 제가 뭘 알아야 대답을 하죠."

가교가 바삐 고보리를 쫓아가면서 주절거렸다.

"제가 아닌 제 맏형님이 태군의 통역관이었더라면 두 분의 실력이 막상막하일 텐데 말입니다."

"자네는 맏형에 대해 한 번도 언급한 적이 없어. 중국문화에 정통한 사람인가?"

"글쎄요, 저와 그 사람의 관계를 어떻게 설명드려야 할지 모르겠습니다. 아무튼 서화작품의 진위를 가리거나 골동품의 연대를 판단하는 데는 제 맏형을 따라올 사람이 없습니다. 바둑에서도 한 번도 진 적이 없죠."

"나처럼 늘 이겼겠군."

"아닙니다. 항상 비겼습니다."

가교가 웃으면서 덧붙였다.

"저 같은 하수를 상대할 때에도 항상 비겨줬죠."

"자네 맏형님이라는 사람을 한번 만나보고 싶군."

고보리가 청화자기 조각을 모으면서 생각에 잠긴 표정으로 말했다.

말이 씨가 된 것일까, 고보리는 가화가 살던 집으로 가게 됐다. 고보리가 말에 올라타자 오승의 표정이 눈에 띄게 밝아졌다. 고보리는 말 앞에 서서 공손하게 읍을 하는 오승을 보면서 일본어로 가교에게 말했다.

"결국 자네 아버지의 차는 대접받지 못했군. 우리가 간다고 하니 얼마나 기뻐하시는지 좀 보게."

가교는 아차, 싶어 입을 딱 벌린 채 아무 말도 못했다. 갑자기 등골이 서늘해졌다. 그는 떨리는 목소리로 겨우 한마디 했다.

"태군, 의심이 지나치십니다."

고보리가 고개를 돌려 오승을 향해 냉소를 짓는 한편 여전히 일본어로 말했다.

"참 흥미롭군. 내가 중국에 온 지도 제법 됐어. 자네의 양부는 내가 지금까지 본 중국인들 중에 제일 교활한 사람이야. 이게 뭘 뜻하는지 알겠나?"

가교는 침묵했다. 양부는 '일본사람은 손님 취급을 하지 않는다'는 속마음을 우회적으로 표현한 것이었다. 그는 양부가 이런 생각을 가지고 있으리라고는 전혀 예상치 못했다.

고보리가 웃으면서 말했다.

"괜찮아, 자네의 몸에 그의 피가 흐르는 것도 아닌데 뭘. 그냥 항주의 일반인으로 간주하게. 자네와는 하등 관계없는 사람이라고 생각하는 게 좋겠네."

"아닙니다, 저를 키워준 분이십니다……"

"아니야."

고보리가 가교의 말꼬리를 잘랐다.

"인종과 혈연보다 더 중요한 건 없어!"

고보리는 이 말을 할 때의 미묘한 표정을 들키기 싫은 듯 말에 채찍을 가했다.

고보리보다 먼저 항씨네 집을 방문한 사람이 있었다.

항주상인회 회장 사호신謝虎臣이 구화회救火會(민간 소방단체) 회장 왕오권王五權을 데리고 종종걸음으로 망우저택을 찾았다. 조기객은 거실 앞 화원에서 매화를 감상하고 있었다. 사호신이 조기객을 향해 읍을 하면서 말했다.

"영웅은 뭐가 달라도 다르군요. 항주 시내를 다 둘러봐도 조 넷째 어르신처럼 유유자적 꽃구경을 하는 사람은 없을 겁니다."

조기객이 두 사람을 힐끗 보고는 잔에 남은 술을 쭉 들이켰다. 그리고는 담담하게 말했다.

"나는 여기서 이 도시와 운명을 같이 하기로 작정한 사람이네. 죽음이 임박했으니 남은 순간이라도 즐겁게 보내야 할 게 아닌가. 그런데 둘은 이런 시국에 무슨 용건으로 나를 찾아온 건가? 자네 둘은 당국의 요인要人이 아닌가? 시내 백성들의 목숨이 모두 자네 둘의 손에 달려 있는데 설마 나하고 같이 죽으려고 작정한 건 아니겠지?"

사호신이 비굴한 웃음을 지으면서 말했다.

"조 넷째 어르신은 농담도 잘하십니다. 저희가 당국의 요인이라니 가당치도 않습니다. 저희는 일개 장사꾼일 뿐입니다. 며칠 전에 주朱 주석이 저희를 불러 항주가 함락당한 뒤의 치안 유지와 난민 구제를 부탁하더군요. 그날 거기서 조 넷째 어르신을 못 본 것 같은데요?"

"주가화朱家驊 따위가 뭔데 부른다고 내가 거기를 가겠나? 나는 내가 하고 싶은 일만 하네. 그리고 주가화를 만나고 안 만나고가 뭐가 중요한가? 적어도 나는 자네들처럼 이른 새벽부터 무림문에 가서 일본군을 영접하는 짓은 안 하네."

"허허, 조 넷째 어르신은 과연 수재秀才이십니다. 문밖에 나가지 않고도 천하를 아시는군요."

왕오권이 웃으면서 아부를 떨었다.

"나는 수재가 아니네. 검객이지. 하나 죽이면 본전, 둘을 죽이면 하나를 버는 검객이네. 나는 무림문까지 갈 필요 없이 여기서 일본인들을 맞이할 거네. 내 나름의 방식으로 말이네. 그러니 내 마음이 바뀌기 전에 냉큼 꺼지게. 지금 당장 자네들을 손봐줄 수도 있어."

사호신과 왕오권은 조기객의 살기등등한 눈빛에 바짝 얼어 한마디 말도 못했다. 두 사람이 쫓기듯 물러가려고 할 때였다. 갑자기 조기객이 둘을 불러 세웠다.

"무슨 일로 찾아왔는가? 할 일 없이 놀러 온 건 아닐 테고, 아직 목숨이 붙어 있을 때 냉큼 이실직고하지 못할까?"

사호신이 고개를 돌려 우물거리듯 말했다.

"오늘 아침 이른 새벽에 가교가 고보리라는 일본 장교를 모시고 찾아왔어요. 항주가 지금 무정부상태에 처해 있으니 누군가가 나서서 주재해야 한다고요. 일본군에 공급하는 물자는 지방 유지들이 책임지기로 했어요. 저희더러 즉시 항주시 치안유지회治安維持會를 결성하라고 하는데 이렇게 큰일을 저희 마음대로 할 수가 없어서 조 넷째 어르신의 고견을 구해볼까 하고……."

조기객이 기다렸다는 듯 사호신의 말을 싹둑 잘랐다.

"허튼소리! 그따위 일로 나를 찾아오다니, 당장 꺼져!"

왕오권이 조기객의 눈치를 보면서 알랑거렸다.

"조 넷째 어르신은 정말 모르시는 겁니까 아니면 알면서 모르는 척 하시는 겁니까? 일본군이 진작에 지시를 내렸어요. 항주에서 조 넷째 어르신만은 절대 건드리지 말라고요."

조기객은 갑자기 심장이 옥죄어드는 느낌이 들었다. 설마하니 우려 했던 일이 현실로 일어난 것은 아닐까? 설마 그 아이가 정말로 찾아온 걸까? 조기객은 약해지려는 마음을 가다듬기 위해 길게 심호흡을 했 다. 이어 속으로 스스로를 꾸짖었다.

'허튼 생각 그만하자. 항주에 침입한 자가 누구이든 그는 나 조기객 의 불구대천의 원수야.'

조기객은 앞에 있는 두 사람을 바라봤다. 그러자 또 화가 치밀어 올 라 속으로 욕설을 퍼부었다.

'상갓집 개 같은 인간들 같으니라고. 제 아무리 흑심을 감추려고 한 들 눈 가리고 아웅 하는 꼴밖에 더 될까? 네놈들이 감히 나를 이용하 려고 들어? 어림도 없다.'

조기객은 그러나 일부러 기쁜 표정을 지으면서 말했다.

"자네들 말대로라면 내가 이제 대운이 텄나 보군. 예전에는 '신해辛亥 의사', '개국 원로'로 추앙받더니 지금은 일본인들까지 나서서 나를 경호 한다니 말이네. 나야 이제는 한시름 놓았다 치고 자네 둘은 앞으로 어 떻게 할 생각인가?"

무식하기로는 항주에서도 둘째가라면 서러운 왕오권은 조기객의 말속에 들어 있는 뼈를 읽어내지 못하는 눈치였다. 바로 흥에 겨워 입 을 열었다.

"저희도 같은 생각입니다. 속담에 '로마에 가면 로마법을 따르라'고 했습니다. 옛말에 또 '사내대장부는 굽힐 수도 펼 수도 있어야 한다'고 했지요. 일본인이면 어떻고 국민당이면 또 어떻습니까? 일본인이 어렵사리 우리에게 중임을 맡겼는데 바보가 아닌 이상 이 좋은 기회를 놓쳐서야 되겠습니까? 어르신, 안 그렇습니까?"

항주상인회 회장 사호신은 왕오권보다는 눈치가 빨랐다. 왕오권에게 슬쩍 눈짓을 하면서 재빨리 말을 받았다.

"지금 시국에 누군가가 나서서 이 도시를 위해 일한다는 게 어디 쉬운 일입니까? 저희도 백성들을 위해 울며 겨자 먹기로 중임을 떠맡은 것이랍니다. 자칫 잘못하면 '매국노'라고 손가락질 받기 십상인데 말입니다."

왕오권이 그러자 한마디를 거들었다.

"매국노면 또 어떻습니까? 진회秦檜(중국 남송 시대의 간신)는 매국노로 손가락질 받은 사람이지만 엄청난 부귀영화를 누리면서 천수를 다하고 죽었습니다. 반면 충신으로 불린 악비岳飛는 제 명도 다 못 살고 죽었지요. 죽고 나면 그뿐인데 명성이 천고에 길이 빛나 봤자죠."

조기객이 껄껄 웃으면서 호통을 질렀다.

"내가 오늘 견문을 넓혔네. 한간이라는 작자들이 이렇게나 당당하다니. 세상 돌아가는 꼴이 참 한심하군. 자네가 말하지 않았더라면 내가 오해할 뻔했지 뭔가. 나는 인간의 탈을 쓴 주구走狗에게도 인성이 요만큼은 남아 있을 줄 알았지. 좋아, 기왕 오신 귀한 손님들을 빈손으로 보내는 건 예의가 아니지. 이리 가까이들 오게, 내가 줄 게 있네."

사호신은 영리하다고 소문난 그답게 쩜쩜한 느낌에 재빨리 뒤로 물러섰다. 반면 눈치 무딘 왕오권은 한 발 앞으로 나섰다. 순간 그는 걸쭉한 침을 얼굴에 뒤집어썼다. 그가 비명을 지르며 분통을 터트리려고 하는 걸 사호신이 저지했다.

"얼른 가자고. 황군에 보고해야 할 게 아닌가."

그때 왕오권의 뒤에서 누군가가 말했다.

"황군 찾을 필요 없소. 황군이 직접 오셨소."

왕오권이 고개를 돌려보니 오승의 아들 오유가 서 있었다. 또 오유의 뒤에는 고보리 이치로라는 일본인과 가교가 나란히 서 있었다.

일순간 주변 공기가 팽팽해졌다. 조기객은 불청객들은 거들떠보지도 않은 채 꽃나무 아래에서 혼자 술잔을 들었다. 고보리는 군도를 꽉 틀어쥐고 입을 꾹 다물고 있었다. 사호신과 왕오권은 눈치를 살살 보다가 뒷걸음질로 슬며시 나와버렸다. 오유도 두 사람을 따라 나왔다. 그러자 사호신이 오유에게 말했다.

"자네는 들어가게. 저 일본인은 뭔가 심상치 않아 보이네."

오유가 울상을 지으면서 말했다.

"무서워서 못 들어가겠소. 누가 죽든 한 사람은 죽을 것 같소."

"자네가 죽을 일은 없으니 걱정 말게. 자네는 아직 일본인들에게 쓸모가 있으니."

왕오권은 말을 마치자마자 바로 오유를 항씨네 대문 안으로 밀어넣었다. 이어 사호신과 함께 황급히 자리를 떴다.

고보리 이치로와 조기객의 대화는 매우 흥미로웠다.

고보리는 조기객을 한참이나 응시하다가 앞으로 다가가 먼저 입을 열었다.

"당신은 왜 팔이 하나뿐입니까?"

조기객이 일본 장교가 하는 유창한 중국말을 듣고는 의아한 듯 아래위로 고보리를 훑어봤다. 그런 조기객의 눈에 살짝 물기가 어렸다.

"이유는 간단하오. 세상의 나쁜 놈들을 다 없애기 위해 팔을 한쪽 남겨둔 거요."

오유는 조기객의 말을 듣고 모골이 송연해졌다. 그때 가교가 몸을 돌려 일본어로 고보리에게 말했다.

"태군, 노망난 노인네는 상관하지 마십시오. 집 구경을 시켜드릴 테니 저를 따라오시지요. 강남에 집이 있었으면 좋겠다고 하시지 않았습니까. 여기가 어떤지 한번 보시지요."

고보리가 얼굴을 일그러뜨리면서 일본어로 말했다.

"가교 군, 그 입 다물게."

"태군, 이 사람은 태군께 무례를……."

"상관 말게, 우리 두 사람 사이의 일이네."

"태군, 그래도……."

"닥쳐!"

조기객이 껄껄 웃으면서 약을 올렸다.

"거 봐, 알랑방귀도 상황을 봐가면서 뀌어야지. 쯧쯧, 한간 짓도 힘들겠군."

일본어를 알아듣는 조기객이 일부러 이간질을 한 것이었다. 고보리는 뜻밖에도 화를 내지 않고 웃으면서 말했다.

"내가 상상했던 그 조기객이 맞군."

고보리가 웃고 나서 정색을 하고는 가교에게 말했다.

"좋아. 가교 군, 마당이 다섯 개나 된다는 집 구경 좀 하자고."

세상에 이렇게 공교로운 일이 있을까, 고보리의 말이 떨어지기 무섭게 안쪽에서 여자의 목소리가 흘러나왔다.

"기객, 안으로 드시지 않고 뭐하세요? 그러다 고뿔들면 어쩌시려고."

곧이어 두꺼운 문발을 젖히고 한 여자가 모습을 드러냈다. 중년의 나이에도 여전히 화려한 미모를 자랑하는 여자는 바로 심록애였다.

심록애는 손에 만생호를 들고 있었다. 그럼에도 눈으로 마당의 사람들을 쓱 훑어보는 것은 잊지 않았다. 그녀는 가교를 발견한 순간 모든 것을 알아차렸다.

'내가 지금 무서워하면 안 되겠지? 특히 저 한간 놈 앞에서는 정신을 바짝 차려야 해.'

심록애는 모질게 다짐하고 만생호를 든 채 조기객 곁으로 다가갔다. 그리고는 조기객의 손에서 술잔을 빼앗고 대신 만생호를 건네면서 말했다.

"반나절이나 찬바람을 맞았으니 뜨거운 차 좀 드세요. 당신을 위해 갓 우린 거예요."

조기객이 말했다.

"마침 잘 왔소. 쓸데없는 말을 하느라 하마터면 입이 닳아 없어질 뻔했어."

"말은 사람하고 얘기할 때만 하는 거죠. 구태여 더러운 귀신들을 상대할 필요가 있을까요? 어서 안으로 들어갑시다."

조기객과 심록애 두 사람이 막 걸음을 옮길 때였다 가교가 참지 못하고 버럭 고함을 질렀다.

"심씨, 거기 서지 못할까."

문발을 젖히던 심록애가 문발을 내려놓고 몸을 돌렸다. 평생 험한 소리 한마디 안 듣고 금지옥엽처럼 살아온 심록애는 남에게 한마디도 지고는 못 사는 성격이었다. 안 건드리면 모를까, 화가 난 심록애는 바로 맞받아쳤다.

"어디서 나는 개소리야? 우리 집에 언제 개새끼가 들어왔나?"

가교가 평생 가장 증오한 사람은 바로 심록애였다. 심지어 꿈속에서도 그녀를 죽이는 상상을 할 정도였다. 물론 이유 없는 증오심은 아니었다. 가교는 어릴 때 생모인 소차가 목을 매 자결하고 그 자신이 집이 있어도 돌아가지 못하는 천덕꾸러기 신세가 된 것이 모두 심록애 때문이라고 생각했다. 미워하지 않는 것이 이상했다. 그러나 어른이 되고 삶의 이치를 조금씩 깨치면서 세상일이 그렇게 단순하지만은 않다는 사실을 알게 됐다. 그럼에도 불구하고 심록애만 보면 이유 없이 화가 불끈 치미는 것을 어쩔 수 없었다. 심지어 그녀의 화려한 미모도 그에게는 질시의 대상이 됐다. 지난 몇 년 동안 그는 일본인들을 따라다니면서 살인, 방화 따위에는 눈도 깜짝하지 않는 강심장을 연마했다. 비록 아직까지 직접 사람을 죽인 적은 없었으나 어차피 손에 피를 묻히는 것은 시간문제였다. 그는 만약 어느 날 정말 사람을 죽이게 된다면 그 첫 번째 대상이 망우저택의 여주인 심록애일 것이라고 수없이 상상해왔다. 그녀를 죽이고 망우저택을 차지해야 지난 세월 동안 차곡차곡 쌓아온 원한과 분노가 사라질 것이라고 굳게 믿었다.

심록애가 이렇게 나올 것이라고는 상상도 못한 가교는 화가 머리끝까지 치밀었다. 그래서 자신도 모르게 다짜고짜 총을 빼들고 앞으로 달려 나갔다. 고보리가 그런 가교를 막아서면서 혼잣말처럼 중얼거렸다.

"저 여자가 심록애인가?"

"제 모친이 저 여자 손에 죽었습니다."

가교의 목소리에 슬픔이 잔뜩 묻어났다.

"조기객에게 찰싹 달라붙었다는 게 저 여인인가?"

"맞습니다. 어리석은 제 부친도 저들 손에 죽었습니다."

"음, 젊었을 때는 남자 여럿 울렸을 미색이로군."

가교와 고보리는 망우저택의 마당을 하나씩 천천히 돌기 시작했다.

두 사람의 뒤를 줄줄 따라다니던 불량배 오유가 기회는 이때다 싶었는지 잽싸게 대화에 끼어들었다.

"태군, 항씨 집안은 '미인 소굴'이라고 해도 과언이 아닙니다. 항주의 미인은 전부 항씨네에 몰려 있습니다요. 가교의 아버지는 한꺼번에 미인을 둘이나 차지했지요. 하나는 방금 본 심록애, 사람들로부터 '용정 서시(西施. 중국 4대 고전 미인 중 한 명)'라고 불립니다. 다른 하나는 소차라고 이 가교의 생모입죠. 가교의 아버지는 소차에게 혼이 빠져 '용정 서시'를 냉대했답니다. 소인의 부친도 소차라는 여자 때문에 소인과 소인의 어머니를 몇 년 동안 시골에 방치해뒀습죠. 여자는 요물이라는 옛말이 틀린 말이 아닙니다요……."

고보리가 걸음을 멈추고 오유에게 물었다.

"자네는 가교의 생모를 증오하지 않나?"

오유가 헤실헤실 웃으면서 대답했다.

"그럴 리가요. 가교의 생모가 없었다면 가교가 없었을 것이고, 가교가 없었다면 저에게 오늘처럼 기쁜 날이 오지 않았을 겁니다. 온 시내 사람들이 모두 황군을 보고 비명을 지르면서 도망가고 숨기에 바쁜데 유독 우리 오씨네 가족들은 이렇게 가까이에서 황군을 보필할 수 있으니 이 얼마나 영광스러운 일입니까. 소인은 정말 날아갈 듯 기쁩니다요."

고보리가 힐끗 오유를 바라봤다. 그러나 아무 말도 하지 않았다. 가교는 속으로 눈치 없고 무식한 사람이라고 오유를 욕했다. 고보리가 가교의 어깨를 툭툭 치면서 말했다.

"개의치 말게. 이런 게 혈통과 인종의 차이라네."

가교가 이미 알고 있다는 듯 입을 삐쭉 내밀었다. 그런데도 미련한 오유는 두 사람을 보면서 헤실헤실 웃기만 했다. 가교는 그러는 오유가 더욱 꼴 보기 싫어져 아예 고개를 돌려 외면했다.

"이 두 번째 정원은 가교 군의 큰형님이 살았던 곳이겠군?"

고보리가 손가락으로 마당을 가리키면서 말했다. 가교가 의혹에 찬 눈으로 그를 바라봤다. 고보리의 손가락이 가리키는 곳에는 바둑판이 그려진 돌 탁자와 하늘을 찌를 듯 높게 자란 목련나무가 있었다.

"이곳에는 필요한 것들이 다 갖춰져 있습니다. 태군께서 좋으시다면 여기에 묵으시지요."

가교의 말에 고보리는 가타부타 말이 없었다. 가교는 고보리의 침묵이 곧 암묵적 동의를 의미한다는 사실을 알고 있었다.

두 사람의 자연스러운 대화 덕분에 방금 전의 무거운 분위기는 사라져버렸다. 고보리는 돌 탁자 앞에 있는 돌 의자에 앉았다. 이어 호주머니에서 청화자기 조각을 꺼내 돌 탁자 모서리에 대고 조심스럽게 갈면서 입을 열었다.

"왜 방안에 장식품이 하나도 없는가?"

고보리는 중국 골동품에 관심이 많았다. 이 사실을 잘 알고 있는 가교가 황급히 대답했다.

"사실은 값나가는 전대의 유물이 많았었는데 제 아버지와 할아버지가 아편 때문에 다 탕진해버렸습니다. 제 큰형님에게는 아마 몇 점 없을 겁니다. 제가 찾아보고 태군께 바치겠습니다."

"일본인들은 그리 까다롭지 않아. 다도茶道를 익힌 사람들은 중국에

서 전해진 다구를 당산다구唐山茶具라고 해서 최고의 '보물'로 취급한다
네."

"예?"

가교가 놀란 듯 소리를 질렀다.

"고보리 태군도 다인茶人이십니까?"

"우라센케裏千家(일본 다도의 한 유파) 이에모토家元(종가)에서 다도를 배
웠네. 나의 다도 스승은 하네다羽田라는 분이셨네. 항주에 꽤 오랫동안
계셨다고 들었지. 얼마 전에 세상을 뜨셨네."

아련한 추억을 떠올리는 듯 고보리의 얼굴 표정이 부드럽게 펴졌다.
이윽고 고보리가 청화자기 조각을 이리저리 훑어보면서 무심한 표정으
로 한마디를 툭 던졌다.

"방금 항씨네 '용정 서시'가 들고 나온 자사호는 굉장한 보물 같더
군."

가교가 기다렸다는 듯 돌탁자를 탁 쳤다.

"고보리 태군, 참으로 안목이 뛰어나십니다. 제가 경탄하지 않을 수
없군요. 방금 언급하신 자사호는 조기객이 선친에게 선물한 것입니다.
선친이 세상을 뜨고 저 여자에게 넘어갔죠. 저 여자는 표독하기 이를
데 없습니다. 자기가 얻을 수 없는 것은 부숴버리는 한이 있더라도 절대
남에게 주지 않죠."

고보리가 청화자기 조각을 호주머니에 넣으면서 느닷없이 질문을
던졌다.

"내가 무엇 때문에 청화자기병을 가지고 가던 여자를 죽였는지 그
이유를 알겠는가?"

가교가 한참을 생각하더니 웃으면서 말했다.

"글쎄요, 뭐 특별한 이유가 있을까요? 그냥 꼴 보기 싫어서 죽이셨 겠죠?"

"맞아, 눈에 거슬렸어."

고보리가 생각에 잠긴 표정으로 말을 이었다.

"나는 덩치 크고 건장한 여자를 싫어하네. 세상에서 제일 아름다운 여자는 일본 여자라네. 비단인형처럼 작고 깜찍하고 여리지. 나는 덩치 크고 건장한 여자가 싫어."

고보리는 표정 변화가 다양한 사람이었다. 하지만 그의 표정의 의미를 제대로 이해하는 사람은 많지 않았다. 그가 실눈을 뜬 채 무언가에 도취된 표정을 지을 때면 감상적인 사랑극의 주인공을 방불케 했다. 하지만 두 눈을 크게 부릅뜰 때면 피 냄새를 맡고 흥분한 살기등등한 야수를 연상케 했다. 고보리와 꽤 오랜 기간을 함께 해온 가교는 때문에 직속상관을 '성질머리가 더럽고 감정 변화를 예측할 수 없는 광인^{狂人}'으로 치부했다. 그리고는 매사에 조심하고 또 조심했다.

가교는 고보리의 말을 듣고 흥분을 금치 못했다. 돌탁자를 짚고 있는 손가락도 가늘게 떨렸다. 고보리의 "덩치 크고 건장한 여인을 싫어한 다."는 말이 무엇을 의미하는지 누구보다 더 잘 알기 때문이었다.

고보리가 드디어 몸을 일으키면서 담담하게 입을 열었다.

"그럼 우리 만생호를 보러 슬슬 가볼까? 그들도 작별인사를 충분히 나눴을 테지."

심록애는 거울 앞에서 눈썹을 그리고 있었다. 조기객은 만생호를 들고 심록애의 뒤에 서서 거울 속의 그녀를 지켜봤다. 심록애가 문득 웃으면서 입을 열었다.

"당신, 내가 방금 무슨 생각을 했는지 맞춰 봐요."

"또 나를 놀리려고 그러지?"

"아니에요. 당신을 보면서 문득 《홍루몽》紅樓夢 생각을 했어요. 가보옥賈寶玉(《홍루몽》의 남주인공)이 누이들의 치장하는 모습을 이렇게 지켜봤다고 나오잖아요. 조씨네 넷째 도련님은 당당한 협객이시니 가보옥 같은 인물과는 격이 다르죠. 천취라면 또 몰라도."

조기객이 크게 한 모금 차를 마신 다음 조심스럽게 만생호를 내려놓았다.

"이래서 아녀자는 머리카락만 길었지 생각이 짧다고 하는 거요. 지금이 때가 어느 때인데 한가하게 풍월이나 읊고 있소? 말 그대로 적이 문 앞에 있는데도 맨주먹에 혈혈단신으로 웃으면서 차를 마시고 거울 속 미인을 구경하는 여유를 부리는 나 조기객 같은 사람을 일컬어 '영웅본색'이라고 하는 거요."

"당신의 '영웅본색'은 인정해요. 허나 당신이 혈혈단신이라는 말에는 동의할 수 없어요. 내가 거울을 마주 하고 눈썹이나 다듬는다고 늙은 아낙네 취급 하지 말아요. 나 아직 안 죽었어요. 예전 성격 그대로라고요."

"이것 봐, 이것 봐. 당신은 항상 이기려고 하는 것이 흠이오. 누가 당신을 '여장부'가 아니라고 했소? 다만 오늘 같은 상황에서는 어쨌든 남자가 앞에 나서야 된다는 얘기지. 나 조기객이 아녀자의 뒤에 숨어 있을 사람이오? 정말 그렇다면 나 조사공자趙四公子는 지금까지 허명을 떨친 것밖에 안 되오."

서로를 위로해주려고 시작된 대화가 어쩌다보니 점점 산으로 올라갔다. 나중에는 언성이 높아지고 말투가 날카로워지면서 때 아닌 말다

툼으로 변해버렸다. 급기야 심록애가 벌떡 일어서서 조기객을 똑바로 보면서 또박또박 말했다.

"그만하세요, 당신이 말해주지 않아도 다 알아요. 내가 오늘 살아남지 못할 거라는 걸. 다만 어떻게 죽을지는 하늘만 알겠죠."

조기객은 참을성이 강한 사람이었다. 하지만 심록애의 이 말에는 참지 못하고 그녀의 뺨을 가볍게 두드렸다.

"허튼소리 그만해!"

가볍게 두드렸다고는 하나 그래도 남자의 손이라 심록애의 목이 옆으로 돌아갔다. 심록애는 놀라 멍한 표정을 지었다. 이윽고 그녀가 웃으면서 말했다.

"당신이 오늘 드디어 복수를 했군요."

조기객은 자신의 손바닥을 보면서 27년 전의 밤을 떠올렸다. 신해년의 그날 밤, 심록애는 매섭게 그의 따귀를 올려붙였다. 그리고 그것은 마치 깊은 입맞춤처럼 그의 가슴에 박혀 없어지지 않았다. 순간 평소 쉬이 눈물을 흘리지 않는 조기객의 눈가가 촉촉해졌다. 결정적인 순간에는 그래도 여자가 더 침착한 법이다. 심록애가 다시 화장대 앞에 앉아 거울을 보면서 말했다.

"당신도 참, 때리려면 좀 제대로 때리지 이게 뭐예요? 아프지는 않고 눈썹만 비뚤어졌잖아요. 자, 이리 와 봐요. 당신도 장창張敞(중국 한나라 사람)을 본받아 눈썹을 그려줘요."

난생 처음으로 눈썹 그리는 연필을 잡아본 조기객의 손이 덜덜 떨렸다. 심록애가 웃으면서 농을 했다.

"요 조그마한 연필이 무서워서 벌벌 떠는 것 좀 봐요. 평생 검을 다룬 협객 맞아요?"

조기객이 웃으려고 입술을 실룩거렸다. 하지만 웃음이 나오지 않았다. 그는 마음을 가다듬고 나름 열심히 눈썹을 그리기 시작했다. 얼마 지나지 않아 완성된 눈썹은 마치 커다란 칼 두 개를 붙여놓은 것처럼 우스꽝스러웠다. 심록애가 거울을 보고 한숨을 쉬었다.

"아이고, 이게 뭐예요? 마귀할멈이 따로 없군요. 아무리 늙은 여인네라고 해도 이건 너무해요."

심록애가 주먹으로 조기객의 가슴을 두드리면서 큰 소리로 웃어댔다. 하지만 웃음소리는 이내 울음소리로 바뀌었다. 조기객이 심록애를 품에 꼭 끌어안은 채 부드럽게 달랬다.

"만일의 경우 내가 그들에게 끌려가더라도 걱정하지 마오. 그들은 나를 죽이지 못하오."

심록애가 눈물어린 눈으로 조기객을 보면서 말했다.

"내가 죽으면 꼭 복수를 부탁해요."

"어허, 말이 씨가 된다고 했소. 아직 일어나지도 않을 일에 대해 재수 없는 말은 그만 합시다."

심록애가 그윽한 눈으로 조기객을 슬쩍 훑어보고 말했다.

"이젠 됐어요. 어차피 죽을 목숨, 누가 먼저 죽든 그게 무슨 대수라고. 우리 하나만 약속해요, 다음 생에는 부부로 만나요. 꼭요, 알겠죠?"

조기객은 으스러지게 심록애를 끌어안았다.

"이번 생에도 우리는 부부였소. 지금도 생사를 함께 하는 부부가 아니고 무엇이오?"

두 사람이 서로를 향한 절절한 마음을 토로하고 있을 때 문 두드리는 소리가 났다. 곧이어 문밖에서 고보리의 예의바른 목소리가 들려왔다.

"저기요, 지금 들어가도 될까요?"

조기객이 일본사람들을 따라나서면서 혼자 남게 된 심록애를 전혀 걱정하지 않았다면 그것은 거짓말이었다. 다만 그로서도 이것이 사랑하는 여인과의 영원한 이별이 되리라고는 꿈에도 생각 못했다.

물론 조기객이 자진해 항씨네 대문을 나선 것은 아니었다. 신민로
新民路에 있는 중앙은행에 가서 치안유지회 준비회의에 참석해야 한다는 말에 조기객은 일단 싸늘하게 대답했다.

"나는 아무 데도 안 가겠소. 내 의형제 항천취가 구천에서 나를 지켜보고 있소. 나는 그를 대신해 항씨 집안을 지킬 것이오."

가교가 그러자 차갑게 말했다.

"조 넷째 어르신, 아무 걱정 말고 다녀오십시오. 여기는 항씨인 내가 잘 지키겠습니다."

"천취에게 자네 같은 아들이 있다는 말은 한 번도 들어보지 못했네. 혹시 아비 없는 자식 아닌가?"

가교의 얼굴이 울그락불그락해졌다. 총을 꺼내려는 가교를 고보리가 말렸다. 그는 조기객과 심록애를 번갈아 보더니 피식 웃었다.

"조 선생은 일본에서 명성이 자자한 분입니다. 그런 분이 일개 여인을 위해 목숨과 명성을 버리려 하다니요. 제가 마음속으로 흠모해마지 않던 '강해호협'의 형상과는 완전히 다른데요."

조기객은 더 대꾸할 가치도 없다는 듯 침대에 앉아 눈을 감았다.

"죽이려면 여기서 죽여. 아무튼 나는 이곳에서 한 발자국도 떠나지 않을 거네."

"방법이 전혀 없는 건 아니지요."

고보리가 턱짓을 하자 수하 병사가 심록애를 잡고 머리에 총을 겨눴다. 조기객이 크게 고함을 지르면서 벌떡 일어났다. 이어 하나밖에 없는 팔로 고보리의 가슴팍을 움켜쥐었다. 두 사람의 칼날처럼 날카로운 시선이 허공에서 부딪쳤다. 조기객이 낮은 소리로 으르렁거렸다.

"개새끼, 당장 놓아주지 못해?"

고보리는 화를 내기는커녕 비웃듯이 웃었다.

"방금 '개새끼'라고 했습니까? 나중에 후회하실 텐데요!"

"기객, 나는 상관 말아요. 왜놈 새끼와 언쟁할 필요 없어요."

심록애가 발을 구르면서 악에 받친 소리를 질렀다.

"자칭 항씨라는 인간이 같은 항씨 집안 사람을 죽일 수 있는지 지켜보겠어요."

가교가 말을 받았다.

"조급해하지 마, 조만간 그렇게 해줄 테니."

조기객은 상황이 여의치 않다고 생각한 듯 평정심을 회복하고 말했다.

"좋네, 내가 같이 가주지. 저 여자를 당장 놔주게."

고보리가 턱짓을 하자 일본 병사가 심록애를 풀어줬다.

조기객도 고보리의 가슴팍을 움켜쥐었던 손을 풀었다. 순간 방안에 정적이 감돌았다. 이런 상황을 일컬어 침묵이 소리를 압도한다고 할까. 반평생을 뜨겁게 사랑해온 한 쌍의 연인이 마지막으로 시선을 주고받았다. 그리고 그것은 영원한 이별이 됐다.

심록애의 죽음은 스스로 자초한 것이나 다름없었다. 어쩌면 그녀의 강직한 성격상 이런 방식의 죽음은 당연한 것인지도 몰랐다. 조기객이

가고 혼자 남은 상황에서 그녀가 나 죽었소, 하고 얌전하게 있었더라면 아무 일 없었을지도 몰랐다.

처음부터 만생호에 눈독을 들였던 고보리 이치로는 조기객이 보이지 않자 스스럼없이 만생호 쪽으로 팔을 뻗었다. 심록애는 그런 고보리를 와락 밀쳐내고 황급히 팔로 만생호를 끌어안았다. 이어 목이 터져라 고함을 질렀다.

"건드릴 테면 건드려 봐! 부숴버릴 테니."

고보리가 두 눈을 무섭게 부릅떴다. 방금 전 조기객을 상대할 때의 인내심 있는 온화한 표정은 오간 데 없었다. 그는 살기등등한 표정으로 허리에서 군도를 빼들었다. 그리고는 알아듣지도 못할 일본어로 뭐라고 한바탕 욕설을 퍼붓고 말미에 중국어를 한마디 보탰다.

"가증스러운 년!"

심록애가 만생호를 머리 위로 쳐들고 고함을 질렀다.

"누가 감히? 다가오기만 해봐. 부숴버릴 테다."

가교가 황급히 고보리를 말렸다.

"이 여자는 자기가 내뱉은 말은 아무 짓이나 다 할 수 있는 독종입니다. 저 보물을 정말 부숴버릴 수도 있습니다."

고보리가 굳어진 표정으로 군도를 치켜든 채 다시 일본어로 으르렁거렸다.

"내 말을 전하게. 나도 무슨 짓이나 다 할 수 있다. 네년을 죽이는 건 풀 한 포기를 뽑는 것처럼 식은 죽 먹기다."

가교가 큰 소리로 통역을 했다.

"태군께서 말씀하셨다. 네년을 죽이는 건 풀 한 포기를 뽑는 것처럼 식은 죽 먹기다."

분노로 반쯤 정신이 나간 심록애가 받아쳤다.

"그래, 나는 한 포기의 풀이다. 허나 중국의 풀이다. 네놈은 뭐냐? 네놈은 일본 똥개다. 일본 똥개의 똥구멍에서 나온 똥이다."

가교는 화가 나서 부들부들 떨었다. 마음 같으면 눈앞의 가증스러운 여자를 한 방에 요절내고 싶었다. 그러나 만생호 때문에 그럴 수도 없었다. 그때 고보리가 중국어로 말했다.

"다호를 내놓지 않으면 즉시 명령을 내려 조기객을 처단할 것이다. 다시 한 번 말한다. 이 다호를 얻기 위해서라면 아무도 봐주지 않는다."

순간 광기를 부리던 심록애가 거짓말처럼 얌전해졌다. 그녀가 잠시 그렇게 맥을 놓고 멍해 있는 틈을 타서 가까이에 있던 오유가 잽싸게 만생호를 낚아챘다.

고보리는 만생호를 품에 꼭 안고 지그시 눈을 감았다. 그러더니 기쁨과 만족감이 가득한 얼굴로 아무 말 없이 한참을 서 있다가 대문 밖으로 나갔다. 이어 심록애와 멀리 떨어진 곳에서 조심스럽게 만생호를 쳐들고 새겨진 글자를 읽었다.

"안으로 청명淸明하고 밖으로 직방直方하니, 그대와 더불어 공존하리라……."

고보리는 다른 사람들에게는 더 이상 눈길도 주지 않았다.

오유와 가교는 변덕쟁이 상관의 의중을 헤아릴 수 없어 불안한 시선을 주고받다가 조심스럽게 물었다.

"고보리 태군, 이 여인네는 어떻게……?"

"내가 말했잖은가, 나는 덩치 크고 건장한 여자는 질색이야."

고보리의 미소 어린 시선은 처음부터 끝까지 만생호를 향하고 있었다.

"태군의 뜻은……?"

가교가 말을 마치기도 전에 고보리는 어느새 저 멀리 가버렸다. 이어 말에 올라탔다. 그가 가려는 곳은 치안유지회 준비회의 현장이었다. 그곳에서 그는 조기객을 다시 만날 터였다. 그리고 조기객의 만생호로 차를 마실 것이었다.

가교와 오유는 심록애를 뗄나무 창고에 가둬놓았다. 그리고는 고삐 풀린 망아지처럼 커다란 망우저택을 이리저리 쏘다니면서 수색을 하기 시작했다. 오유는 값나가는 물건이 없나 기웃거렸고 가교는 잃었던 영토를 되찾은 대장군마냥 감개무량한 표정이었다. 그는 다섯 개 마당의 문을 하나씩 열 때마다 뜨거운 눈물을 글썽이면서 어머니를 불렀다.

"어머니, 제가 돌아왔어요."

오유는 가교의 뒤를 졸졸 따라다니면서 했던 말을 또 했다.

"아교, 너 예전에 아버지에게 했던 말 안 잊었겠지? 그때 너는 네가 망우저택을 차지하면 팔인교로 아버지를 모셔올 거라고 했어. 또 아버지를 항천취의 방에 모시고 그 사람의 침대에서 쉬게 하겠다고 했어. 네가 했던 맹세를 잊은 건 아니겠지?"

형의 말을 듣는 둥 마는 둥하던 가교가 갑자기 무슨 생각이 난 듯 오유에게 물었다.

"그런데 아버지는 왜 오산 원동문에 계시기 싫다고 하는 건가요?"

"아버지의 늙은 여우같은 성격 몰라? 네가 팔인교를 가지고 이쪽으로 모셔오기를 기다리는 거지."

가교가 쓴웃음을 지었다. 그는 오유의 속셈을 알고도 남음이 있었다. 오유는 아버지 오승을 하루빨리 오산 원동문에서 양패두로 옮긴 다음 자신이 그 집을 차지하려고 하는 것이었다.

"아닌 것 같은데요. 아버지는 내가 항씨네 저택을 차지하는 것을 반대하셨어요. 설마 내가 없었던 몇 년 사이에 항씨 집안과 화해하신 건 아니겠죠?"

오유가 고개를 저었다.

"나도 몰라. 아버지는 연세가 드시면서 점점 이해할 수 없는 행동들을 하셔. 다른 건 몰라도 한 가지는 확실해, 아버지는 우리 오씨 가문에 한간이 생기는 것을 싫어해."

가교가 걸음을 멈췄다.

"다른 사람이면 몰라도 아버지가 그리 생각하신다니 놀랍네요. 아버지처럼 교활하고 지독한 사람이 천하대세의 흐름을 모르시다니요? 정말 그렇다면 조기객처럼 꽉 막힌 부류와 뭐가 다르죠?"

"나도 그렇게 말씀드렸어. 하지만 내 말은 들으려고도 안 하셔. 늙은 노인네는 제멋대로 하라지 뭐. 나중에 우리 일에 방해나 되지 않으면 다행이겠다."

그때 가교의 귓가에 벼락이 치는 고함소리가 울려 퍼졌다.

"가교, 개자식! 오늘 너 죽고 나 죽자……."

곧이어 가교의 오른쪽 어깨에 극심한 통증이 느껴졌다. 그는 너무 아파서 비명을 지르면서 고개를 돌렸다. 심록애가 두 눈에 불을 켜고 그의 어깨를 물어뜯고 있었다.

땔나무 창고에 갇혀 있던 심록애는 안간힘을 다해 탈출한 뒤 방으로 돌아왔다가 놀라 기절할 뻔했다. 집안의 물건들이 죄다 밖에 내동댕이쳐져 있었던 것이다. 게다가 가화의 거실에는 일장기가 버젓이 걸려 있었다. 그녀와 다른 가족들의 옷도 모두 문병 아래에 버려져 있었다.

이거야말로 항씨네 가족들을 다 쫓아내겠다는 심보가 아니고 무엇인가? 심록애가 한사코 망우저택에 남으려고 한 가장 중요한 이유는 집과 생사를 같이 하겠다는 결연한 의지 때문이었다. 그렇듯 그녀가 목숨 걸고 사수하려는 이 집이 당장 다른 사람에게 넘어가게 생겼으니 분노가 치밀지 않겠는가. 다른 여자 같았으면 목숨을 부지하기 위해서 꾹 참고 또 참았을지 모른다. 하지만 심록애는 세상에 둘도 없는 강직한 성격의 소유자였다. 세상에 무서운 것이라고는 없는, 심지어 죽음도 무서워하지 않는 여자였다. 그런 그녀였기에 다짜고짜 항씨 가문의 악종 가교를 쫓아가서 물어뜯을 수 있었던 것이다.

가교는 안 그래도 이가 갈릴 정도로 미운 여자에게 기습공격을 당하자 그만 눈이 뒤집혔다. 그는 다짜고짜 총을 꺼내 한 발을 쐈다. 다행히 오유가 옆에서 죽기 살기로 말려서 탄알은 허공으로 빗나갔다. 오유가 말했다.

"아교, 죽이면 안 돼. 참아, 자칫 큰 화를 부를 수 있어."

그런데도 심록애는 전혀 기가 죽지 않았다. 여전히 가슴을 탕탕 두드리면서 악에 받친 소리를 질렀다.

"쏴 봐, 쏴 보라고. 항씨네 조상들이 구천에서 내려다보고 있다. 항씨 가문의 정실부인을 어디 한번 쏴 보라는 말이야."

가교도 맞받아 소리를 질렀다.

"이년이 아직도 소리 지를 기운이 남아 있네. 조기객도 벌써 일본사람들에게 처형당한 지 오래인 마당에 뭣도 모르고 까불고 있어!"

조기객이 죽었다는 말에 심록애는 눈앞이 캄캄해졌다. 하늘이 무너져 내린 느낌이 그럴까 싶었다. 그녀는 손가락에 낀 금반지를 한 번 보고 보슬비가 내리는 하늘을 한 번 올려다본 뒤 비통에 겨운 목소리로 울부짖었다.

"기객⋯⋯."

반쯤 실성한 심록애가 다짜고짜 가교를 향해 덤벼들었다.

가교는 광기를 부리는 심록애를 피해 이리저리 뛰어다니다가 물을 담아두는 커다란 독에 쾅 하고 부딪쳤다. 물독에는 빗물이 조금 고여 있었다. 가교는 문득 악독한 생각이 떠오른 듯 사람들을 불러 독 안의 물을 버리고 독을 거꾸로 엎어놓게 했다. 그리고 오유에게 부탁을 했다.

"형, 그년을 독 안에 넣어버려요. 날개가 있으면 도망가보라고 해요."

오유는 발로 차고 이빨로 물어뜯는 심록애를 붙잡고 있느라 진땀을 뻘뻘 흘리다가 잘됐다 싶어 후다닥 그녀를 끌어다 독 안에 밀어 넣었다. 큰 소리로 욕설을 퍼붓던 심록애는 쿵, 하는 소리와 함께 꼼짝달싹 못하고 독 안에 갇혀버렸다.

그때 심록애의 마지막 한마디가 묵직한 여운을 남기면서 사람들의 귓전을 때렸다.

"가교, 천벌을 받을 거야! 죽어서도 묻힐 곳이 없을 거다!"

심록애의 욕설이 점차 잦아들었다. 언제 시끄러웠냐는 듯 주위는 차츰 조용해졌다. 오유가 불안한 목소리로 가교에게 말했다.

"설마 숨이 막혀서 죽는 건 아니겠지? 정말 죽어버리면 우리가 곤란해져."

가교가 입을 삐쭉 내밀었다.

"걱정 말아요. 독 가장자리에 기와조각을 받쳐났어요. 공기구멍이 있으니 죽을 염려는 안 해도 돼요. 된통 혼나보라지요. 내 허락 없이는 죽고 싶어도 죽을 수가 없을걸요."

가교의 호언장담은 보기 좋게 빗나갔다. 대략 6시간쯤 지났을까, 심록애의 상태를 살펴보러 갔던 오유가 사색이 돼 헐레벌떡 뛰어왔다.

"죽, 죽, 죽었어……."

"뭐라고요? 그럴 리가 없어요. 기절했겠죠. 다시 가 봐요……."

가교는 등에 식은땀이 쭉 흐르는 것을 느꼈다. 방금 전 심록애에게 물린 어깨에서 극심한 통증이 느껴졌다.

"정말이야! 죽었어. 시체가 벌써 굳어지기 시작했어."

가교는 어깨를 움켜쥐었다. 상처 부위에서 갑자기 피가 솟구쳤다.

'그 여자가 죽었다고? 내가 그 여자를 죽였다고? 아니야, 그럴 리가 없어.'

가교는 현실을 부정하려는 듯 고개를 힘껏 저었다. 사실 심록애는 죽을 준비를 미리 해뒀었다. 조기객이 죽으면 곧 뒤따라가려고 한 것이었다. 그녀는 처음부터 구차하게 목숨을 부지할 생각 따위는 없었다. 그래서 조기객이 일본놈들에게 살해당했다는 말을 듣자마자 금반지를 삼켰던 것이다. 물론 가교는 이 사실을 알지 못했다.

가교는 어깨를 감싸 쥐었던 손을 풀고 자리에서 일어났다. 손에 벌건 피가 잔뜩 묻어 있었다. 그는 보고도 믿기 어렵다는 듯 손바닥을 눈앞에 가까이 대고 다시 봤다. 두 번 세 번 봐도 역시 피가 틀림없었다. 뭐라고 형언할 수 없는 지독한 두려움이 느닷없이 엄습했다. 그것은 방금 전 심록애를 덮어버린 물독처럼 그의 나약한 영혼을 송두리째 덮어버렸다. 비칠거리면서 거실을 나온 가교는 몇 걸음 걷지 못하고 눈앞이 아득해졌는지 계단에 그만 풀썩 주저앉아버리고 말았다.

제10장

항주 시내가 함락되고 피난민이 속출했다. 방서령도 오랜 꿈에서 깨어난 듯 비로소 정신을 차렸다.

방서령이 그때까지 항주를 떠나지 않은 이유는 두 가지였다. 아직 어린 막내와 앓고 있는 딸 항분을 데리고 움직이기가 쉽지 않은 것이 첫 번째 이유였다. 두 번째 이유는 남편 이비황이 대학교 동료들과 함께 철수하지 않고 부득부득 남았기 때문이었다.

지난 몇 년 동안 방서령 부부의 관계는 점점 악화됐다. 그러나 그녀는 이런 안 좋은 일은 남에게 털어놔봤자 결국은 자기 얼굴에 침 뱉기라 혼자만 속을 썩였다. 방서령과 이비황은 둘 다 약고 잔꾀가 많은 사람이었다. 또 실리를 중시하고 작은 손해도 보려 하지 않는 사람이었다. 그러다 보니 부부 사이가 당연히 삐걱거리게 마련이었다. 방서령은 남편이 점점 보기 싫어졌다. 남편이 가족들을 버리고 갈 수 없어서 항주에 남는다고 하는 말은 애당초 믿지도 않았다. 그녀는 남편이 마무리짓지 못한 장사 때문에 떠나지 않는 것이라고 결론지었다. 아무튼 남편과 끝까지 함께하고 싶은 생각은 눈곱만큼도 없었다. 그녀의 계획은 예수 교회당의 목사들과 함께 미국으로 가는 것이었다. 비행기에 오르는 즉시 이비황과는 각자 제 갈 길을 가는 것이었다. 가끔씩 전 남편 가화의 얼굴이 떠오를 때도 있었다. 하지만 그녀는 단 한 번도 이비황과 전 남편 가화를 비교한 적이 없었다. 그럴 엄두조차 내지 못했다. 정말 두 사람을 비교했다가는 옥석을 가리지 못한 자기 자신이 한심하고 미워서 벽에 머리를 박고 죽어버리고 싶을 것 같았다.

방서령의 부모는 모두 세상을 떠났다. 친정이 없어지자 마지막으로 의지할 곳도 사라졌다. 방백평方伯平은 임종을 앞두고 딸에게 "잘 지내냐?"고 물었다. 방서령은 한숨을 내쉬었다. 그러면서 속으로는 '죽을 때까지 딸을 힘들게 한다'고 아버지를 원망했다.

"뭐 잡화상 출신이 어디 가겠어요?"

방서령은 은연중에 대갓집 태생인 가화와 현재의 남편을 비교한 것이었다. 방백평은 딸의 말을 듣고 딸이 행복하지 않다는 사실을 짐작할 수 있었다. 그렇다고 "이비황은 네가 고른 남자야. 항씨 집안과는 다른 사람을 고르겠다고 네가 고집 부려 택한 남자야."라고 대놓고 말할 수도 없었다. 항씨 집안은 최근 몇 년 동안 장사는 그럭저럭이지만 큰 변고 없이 무탈하게 지내고 있었다. 항씨 가문의 말썽꾸러기 항가평은 아무런 소식이 없었다.

민국 16년 봄날의 소동 때 방씨네는 항씨 가문과 절교한 덕분에 화를 입지 않았다. 하지만 그 이후로 방백평은 버슬길이 완전히 막혀버렸다. 그는 그것이 임생의 피살과 관련이 있을 것이라고 짐작을 했다.

심록촌은 말끝마다 "당국의 이익이 우선이다. 죽여야 할 때는 사정을 보지 말고 죽여야 한다."라고 하는 사람이었다. 하지만 그가 겉과 속이 다르다는 것은 알 만한 사람은 다 아는 사실이었다. 임생이 피살된 후 심록촌은 '대의멸친大義滅親의 귀감'으로 이름을 날려 벼락출세를 했다. 방백평을 경계했던 그는 기회는 이때다 싶었다. 방백평이 치고 올라오지 못하도록 그의 머리 위를 꽉 눌러버린 것이다. 이런 것을 일컬어 뛰는 놈 위에 나는 놈이 있다고 했던가. 양면협공을 당한 방백평은 울적한 나날을 보내다가 그만 병석에 드러누웠다. 그리고 무남독녀의 가시 돋친 말을 들은 지 며칠 지나지 않아 숨을 거뒀다.

부모를 잃은 방서령은 교회를 '친정'으로 생각하고 살았다. 따라서 목사들이 "만국적십자회의 명의로 난민수용소를 세우자."는 제안을 해왔을 때도 한 치의 망설임 없이 동의했던 것이다. 사실 방서령에게는 남편에게도 말하지 않은 비밀이 하나 있었다. 교회에서 그녀를 미국으로 보내준다고 약속한 사실이었다. 그래서 절차가 끝나는 즉시 아들딸을 데리고 미국으로 훨훨 날아갈 터였다. 그런데 이비황이 어떻게 알았는지 아내의 계획을 알게 되었다. 그는 '어디 두고 보자. 그리 쉽게 되지는 않을걸.'이라고 속으로 단단히 별렀다. 원래는 일심동체여야 하는 부부가 이렇게 서로 딴마음을 먹고 있는 사이에 항주가 함락됐다. 일본군이 쳐들어온 것이다.

난민수용소가 열 몇 개 세워지고 2만 명에 육박하는 피난민이 몰려들었다. 방서령은 열 몇 개의 수용소를 일일이 돌면서 눈을 부릅뜨고 살폈으나 항씨네 사람은 한 명도 보지 못했다. 안절부절못하는 그녀를 보고 딸 항분이 말했다.

"오빠는 신문사를 따라 이미 전당강을 건넜어요."

"어떻게 어미와 작별인사도 없이 그렇게 가버릴 수가 있어?"

항분이 어머니를 한참 바라보다가 불쑥 말했다.

"갈 수 있다는 건 좋은 일 아닌가요?"

방서령은 그제야 아픈 딸이 아무 데도 갈 수 없다는 사실을 깨달았다. 방서령은 어린 아들을 누나의 병이 옮을까봐 시골에 있는 유모 집으로 보내버린 터였다. 이비황 역시 빚을 받으러 간다고 나간 뒤 며칠 내내 종무소식이었다. 그녀 자신도 난민수용소 일 때문에 눈코 뜰 새 없이 바빠 딸에게는 거의 신경을 쓰지 못했다. 결국 지난 며칠 동안 항분은 혼자 외롭게 집을 지켰다. 평소 잘 울지 않는 편인 방서령은 불쌍한 딸 앞에서 그예 눈물을 보이고 말았다.

"분아, 엄마는 아무 데도 안 가. 언제나 네 곁에 있을 거야. 우리 죽더라도 같이 죽자."

항분이 아무렇지 않다는 듯 담담하게 어머니를 위로했다.

"어머니, 저는 괜찮으니 가보세요. 저…… 제 생각에는 양패두 할머니댁에 가서 당분간 지내는 것도 괜찮을 것 같아요."

방서령은 말문이 막혀 잠깐 멍하니 있더니 입을 열었다.

"너 혹시 이 어미를 원망하는 것이냐? 매일 네 곁을 지켜준 이 어미를 두고 10년 동안 떨어져 있던 아비를 찾아가겠다니."

안 그래도 아파서 홍조가 떠오른 항분의 얼굴이 더욱 붉어졌다. 그녀는 컹컹 힘겹게 기침을 하면서 고개를 숙이고 안방으로 들어갔다. 이어 침대에 누워서 입을 꼭 다물어버렸다.

방서령은 두 손을 모으고 벽에 걸려 있는 십자가를 보면서 기도했다.

"주여, 저희 가족에게 평안을 주시옵소서. 주여, 저희의 죄를 용서해주시고 저희들을 재난에서 구원해주시옵소서."

안방에서 항분이 드리는 기도소리도 들려왔다. 두 모녀는 그렇게 기도를 하면서 마음의 안정을 찾을 수 있었다. 기도를 마친 방서령은 문득 이런 생각을 했다.

'분이가 항씨네에서 당분간 머무는 것도 괜찮을 것 같아. 항씨네 셋째가 잘 나가는 통역관이라지? 가교와 가화는 같은 부모에게서 태어난 친형제가 아닌가. 일본놈들은 중국 여자를 보면 가만 놔두지 않는다고 들었어. 든든한 삼촌 옆에 있으면 덜 위험하지 않을까?'

그때 대문이 덜컹거리는 소리가 들려왔다. 혼비백산한 방서령은 안방에 대고 고함을 질렀다.

"분아, 얼른 숨어!"

다행히 열쇠로 문을 열고 들어온 사람은 남편 이비황이었다. 방서령은 낭패한 꼴이 돼 비틀거리면서 들어오는 남편을 하마터면 알아보지도 못할 뻔했다.

방서령과 이비황이 결혼한 지도 7년이 지났다. 그동안 방서령은 남편의 사람됨됨이를 알고도 남음이 있었다. 이비황은 뼛속까지 장사꾼인 사람이었다. 매사에 손익을 따지고 잔머리를 굴렸다. 조금 과장하자면 눈물도 돈으로 값을 매겨서 흘릴 정도로 계산적인 사람이었다. 따라서 방서령은 남편이 진심으로 우는 모습을 한 번도 본 적이 없었다. 그런데 바늘로 찔러도 피 한 방울 안 나올 그런 사람이 오늘은 웬일인지 잔뜩 겁에 질려 덜덜 떨고 있었다. 이비황은 거실 의자에 털썩 주저앉아 주먹으로 탁자를 가볍게 두드리면서 혼잣말처럼 중얼거렸다.

"무서워, 너무 무서워. 도무지 살 수가 없어……."

"설마 일본놈들이……."

방서령이 입을 열자마자 이비황이 용수철처럼 튀어 일어나 손으로 아내의 입을 막았다. 이어 주위를 힐끔 둘러보더니 가볍게 아내를 나무랐다.

"죽고 싶어? 분아, 얼른 마당에 나가 사람이 있나 없나 살펴 보거라. 대문을 걸고 문발을 내려봐. 얼른, 얼른 나가 보거라. 당신은 전등을 켜지 마, 촛불도 켜지 마. '일본놈'이라는 말은 입 밖에도 내지 마……."

항분이 대문을 걸고 돌아와 보니 방안은 불을 꺼서 칠흑같이 어두웠다. 바깥 거실에는 사람이 없었다. 안방에서 흐느낌 소리가 새어나오고 있었다. 어머니의 울음소리였다. 계부가 목소리를 낮춰 어머니를 꾸짖는 소리가 들려왔다.

"소리 좀 낮춰. 분이가 듣겠어. 그리고 지금 일본사람과 한간들이 거리에 쫙 깔렸어. 가가호호 이 잡듯이 수색하고 있어. 그들에게 들키면 큰일 나."

'무슨 얘기를 하시기에 내가 들으면 안 된다는 거지?'

호기심이 발동한 항분이 문에 귀를 가져다 댔다. 어머니의 울음 섞인 소리가 들려왔다.

"믿을 수 없어요. 당신이 뭔가 잘못 안 거겠죠."

"나는 대학 교수야. 없는 말을 함부로 지어내는 사람이 아니라고. 사실 나도 이 며칠 동안 가화와 붙어 다니지 않았더라면 진작에 어떻게 됐을지 몰라."

"가초의 시체를 당신 눈으로 직접 봤어요? 혹시 잘못 봤을 수도 있잖아요."

"나 혼자 본 게 아니야. 가화, 요코와 항한도 그 자리에 있었어. 너무 끔찍하고 참혹해 말이 나오지 않을 정도였어. 온몸이 벌집처럼 구멍이

나 있었어. 게다가 물고기 한 마리를 꼭 끌어안고 있더군."

"뭐라고요? 물고기요?"

"맞아, 어린 아이만큼 큰 물고기였어. 가화와 항한이 가초를 업고 가려고 시체에서 물고기를 떼어놓으려고 했는데 허사였어. 어쩔 수 없이 시체와 물고기를 함께 들것에 싣고 계룡산 항씨네 선산에 가서 임생 옆에 묻었어."

방서령이 큰 소리로 울음을 터뜨리려고 했다. 그러자 이비황이 바로 윽박을 질렀다.

"그만 울어! 일본사람들 귀에 들어가면 어쩌려고 그래? 나는 겨우 살아 돌아온 사람이야."

방서령이 흐느껴 울면서 주절거렸다.

"가초, 가초! 불쌍해라. 관도 없이 차가운 땅에 묻혔구나. 맙소사, 임생이 불쌍하게 죽은 것도 모자라서 가초까지……."

"다행히 소촬 집에 노인이 쓰려고 준비해둔 관이 하나 있었어. 그걸 가초가 먼저 썼어. 하지만 아무리 해도 물고기를 떼어낼 수가 없어서 그대로 관에 넣어 안장했어."

"사람과 물고기를 함께 묻었다고요? 맙소사, 말도 안 돼. 주여, 저희를 구원해주시옵소서. 지금 당장 양패두로 가겠어요. 지금 당장요. 주여, 저희를 구원해주시옵소서……."

"안 돼, 가면 안 돼……."

"이거 봐요. 당신이 뭐라고 한다 해도 갈 거예요. 당신은 몰라요. 그때도 내가 갔더라면 임생이 죽지 않았을지도 몰라요. 이번에는 하늘이 두 쪽이 나는 한이 있더라도 갈 거예요. 그깟 일본놈들, 죽이려면 죽이라지요."

"그게 아니야, 내 말 좀 들어봐. 일본군이 무서워서 당신을 보내지 않는 게 아니야. 요즘 바깥이 좀 조용해졌어. 안 그러면 내가 어떻게 집으로 돌아올 수 있었겠어. 나는 당신이 항씨 집안과 왕래하는 것도 반대하지 않아. 하지만 이번만은 내 말 좀 들어. 당신을 생각해서 하는 말인데 절대 항씨네에 가면 안 돼. 어휴, 그 이유는 차마 내 입으로 말하지 못하겠어. 말하고 나면 내가 먼저 미쳐버릴지 몰라……."

이비황이 목소리를 낮춰 귀엣말을 했다. 곧이어 방서령의 찢어지는 비명이 울려 퍼졌다.

그때 문밖에서 누군가 쿵, 하고 넘어지는 소리가 들려왔다. 두 사람은 그제야 딸이 밖에 있다는 게 생각나 황급히 달려 나왔다. 항분이 바닥에 쓰러진 채 문을 붙잡고 가쁜 숨을 쉬고 있었다. 얼굴에는 땀이 줄줄 흐르고 입에서는 피거품이 쏟아져 나오고 있었다. 바닥에도 피가 흥건했다. 항분은 방서령의 다리를 끌어안고 눈물을 흘리면서 목 메인 소리로 말했다.

"할머니, 할머니……."

항분은 두 사람의 대화를 듣고 큰 충격을 받은 게 틀림없었다. 두 사람은 허둥지둥 항분을 부축해 침대에 뉘었다. 이비황이 말했다.

"며칠 전만 해도 많이 좋아진 것 같더니……, 이를 어째? 분이의 이 병은 양약이 아니면 힘들 텐데……."

"그 약은 미국에서 부쳐온 페니실린이었어요. 지금 난리통에 우체국도 문을 닫고 어디서 약을 구해요? 한약이라도 먼저 먹여야죠. 아참, 한약방도 문을 닫았어요. 이제 어쩌죠? 주여, 어찌 저희에게 이 같은 시련을 주시나이까? 당신 방금 뭐라고 했어요? 가교와 오유가 어머니를 물독으로 덮어 숨 막혀 죽게 했다고요? 그 물독이 원래 어디에 있던 건지 알 거 같아요. 주여, 더 이상 견딜 수 없나이다, 주여……."

방서령은 반쯤 혼수상태에 빠진 딸을 침대에 누이고 맥없이 침대 머리에 몸을 기댔다. 머리가 멍해지면서 뭐가 뭔지 갈피를 잡을 수 없었다. 그때 밖에서 누군가가 쾅쾅, 세게 대문을 두드리는 소리가 들려왔다. 방서령이 튕기듯 벌떡 일어나면서 이비황에게 말했다.

"문 열어주지 말아요. 열면 안 돼요."

"문 두드리는 소리가 심상치 않아. 일본사람 같아. 틀림없이 일본사람이야……."

이비황의 목소리가 떨렸다.

밖에서 누군가가 항주 말로 고함을 지르는 소리가 들려왔다.

"빨리 문을 열어! 황군의 명령이시다. 문을 열면 무사할 테지만 그렇지 않으면 집에 불을 질러버리겠다."

"열지 말아요, 열면 안 돼요."

방서령이 일어서려는 남편을 말렸다.

"오유예요. 오유의 목소리예요. 맙소사, 그놈이 물독을 덮어 어머니를 질식사시켰어요. 뭐하는 짓이에요? 문 열어주지 말아요……."

이비황은 아내를 와락 밀쳐내고는 버럭 화를 냈다.

"문을 정신없이 두드리는 소리가 안 들려? 집에 사람이 있다는 걸 알고 저러는 거야. 오유가 내 뒤를 따라왔을지도 몰라. 잘 들어봐, '문을 열면 무사할 테지만 문을 안 열면 집에 불을 질러버린다.'고 했어. 예, 갑니다. 곧 갑니다요……."

마지막 말은 밖에 있는 사람에게 한 말이었다. 막 돌아서던 오유는 등 뒤에서 대문 열리는 소리가 들리자 바로 몸을 돌렸다. 이어 이비황을 향해 비웃듯 말했다.

"이 교수님, 귀가 참 밝습니다그려. 황군이 불을 지를까 무서웠던 게 죠?"

이비황은 속으로 아차 싶었으나 이미 문을 열어준 마당에 어떻게 할 수도 없었다. 그가 억지웃음을 지으면서 말했다.

"깜빡 잠이 들었습니다. 오 도련님이 어쩐 일이십니까?"

오유는 대답하지 않고 곧장 안으로 들어갔다. 이어 방서령 모녀를 보고는 조롱하듯 말했다.

"간덩이가 부었군. 지금이 어느 때인데 한가하게 잠이나 자고 말이 야. 일부러 문을 열어주지 않은 거지? 나 오유를 뭐로 보고 이러는 거 야?"

방서령은 평소 같았으면 오유를 사람 취급도 하지 않고 거들떠도 보지 않았을 터였다. 하지만 오늘은 달랐다. 그녀는 벌벌 떨면서 대답했 다.

"우리 분이가 아파서 정신이 없었어요."

"황군의 명령이다. 무릇 살아 있는 사람은 모두 소제蘇堤(소동파가 백 성들을 위해 축조한 제방, 서호 10경 중 하나)에 가서 나무를 심는다. 환자도 예외 없다. 병사들이 집집마다 샅샅이 뒤질 터이니 꾀부릴 생각 하지 마."

이비황이 연신 대답했다.

"예, 갑니다. 지금 바로 나가겠습니다. 분아, 얼른 일어나. 옷을 많이 입고……."

방서령이 남편의 말을 가로챘다.

"피를 토하고 쓰러진 애가 어떻게 일어나요? 그리고 소제에는 복숭 아나무와 버드나무가 잘 자라고 있잖아요. 또 무슨 나무를 심는다고 그래요?"

오유가 고함을 질렀다.

"입 다물어! 황군은 복숭아나무나 버드나무는 나무 취급도 안 한다. 황군은 그곳의 나무를 다 베어버리고 벚꽃나무를 심으라고 명령하셨다."

"압니다, 알고말고요. 벚꽃은 일본의 국화이지요."

이비황이 웃는 얼굴로 말했다.

"나갑니다. 지금 나갑니다."

오유가 병색이 짙은 항분을 보더니 목소리를 낮춰 으르렁거렸다.

"가교의 얼굴을 봐서 당신들에게만 하는 말인데, 분이를 데리고 가는 게 좋을 거야. 조금 지나면 황군이 들이닥칠 거야. 황군은 처녀를 보고 가만히 내버려두는 법이 없거든."

대경실색한 방서령은 항분을 억지로 일으켜 세웠다.

어느덧 서기 1938년 정월이 됐다.

고보리 이치로와 가교는 말을 타고 소제 위를 한가로이 거닐고 있었다. 두 사람은 같은 장소에서 서로 다른 생각을 하고 있었다. 봄이면 연분홍 꽃이 만개하던 복숭아나무들은 뿌리째 뽑혀 호숫가 버드나무 아래에 아무렇게나 내팽개쳐져 있었다. 구덩이 옆에는 새로 옮겨 심을 벚꽃나무 묘목들이 연회색 살갗을 드러낸 채 겨울바람에 앙상한 가지를 떨고 있었다.

고보리는 기분이 한껏 들떠 있었다. 그는 제방 양쪽 기슭의 경치를 흐뭇하게 감상하는 한편 제방 아래 병사들의 노랫소리에 박자를 맞춰 낮은 소리로 따라 부르기 시작했다.

사쿠라, 사쿠라

늦봄 무렵 곧 동이 틀 것이요,

저녁놀에 눈이 부셔 꽃도 활짝 웃는다네.

......

노래를 마친 고보리가 감개무량한 듯 말했다.

"몇 달만 지나면 일본의 아라시야마嵐山에서는 벚꽃 구경이 한창이 겠군. 천황폐하께서 올해는 어떤 귀빈들을 초청하실지 궁금한데? 가교 군, 자네는 교토에서 벚꽃 구경을 해본 적이 있는가?"

가교는 심록애에게 어깨를 물린 이후로 계속해서 통증에 시달리고 있었다. 어깨에서 시작된 통증은 점점 심해져 이제는 온몸의 관절이 다 아파왔다. 그는 처음에는 통풍이려니 하고 대수롭지 않게 여겼다. 하지 만 양부 오승은 악귀가 몸에 씌어 사기邪氣가 뼈를 침범한 것이라면서 겁을 줬다. 또 이 병을 치료하려면 당분간 살생을 금하고 집에서 조용히 안정을 취해야 한다고도 했다.

"양패두의 항씨 집안은 사람이 많이 죽어나가서 음기陰氣가 너무 강 하다. 산 사람이 살기에는 적합하지 않아. 그곳에서 나오지 않는 한 네 병은 나을 수 없어."

가교의 입장에서는 당연히 말도 안 되는 소리였다. 그는 말을 빙빙 돌리지 않고 정곡을 찔렀다.

"저더러 이쯤에서 돌아서라는 말씀인가요?"

오승이 긴 한숨을 내쉬었다.

"심록애가 그렇게 죽을 줄은 몰랐다."

"아버지도 저처럼 항씨 집안을 증오하지 않았어요?"

"어찌됐건 같은 중국사람 아니냐. 일본사람이 중국인을 미워하는 것과는 성질이 다르지. 그리고 이 아비는 지금까지 사람을 죽인 적은 없어. 가교, 네가 이렇게 변할 줄은 꿈에도 몰랐다."

"지금이라도 아셨으니 다행입니다. 아무튼 나 가교는 더 이상 물러설 곳이 없어요."

오승은 소리 없이 한숨을 내쉬었다. 친아들보다 더 애지중지 키운 양아들은 이제 다 컸다고 아비의 말을 거역하고 나섰다.

"이럴 줄 알았으면 그때 너를 상해 양행에 보내지 않을걸 그랬다."

"그러게요. 그것도 거금을 들여가면서 억지로 등 떠밀어 보냈죠. 아버지 덕분에 오늘의 제가 있게 된 것입니다. 항씨네 귀신들이 나만 미워하는 건 아닐 겁니다."

오승은 마치 낯선 사람 보듯 아들을 쳐다봤다. 아들의 입에서 나오는 말이라고 믿기가 어려웠다. 이윽고 그가 껄껄 웃으면서 말했다.

"가교, 걱정 말아라. 네 곁에는 항상 이 아비가 있을 테니까."

말을 마친 오승은 탕약을 가져다 가교에게 먹였다. 오승이 통풍에 좋다는 민간 처방을 백방으로 구해 친히 달인 약이었다.

가교가 약을 쭉 들이마시고는 늙은 아버지를 물끄러미 바라봤다.

"아버지, 노여워 마세요. 제가 몸이 안 좋고 짜증이 나서 말이 곱게 나가지 않은 것 같습니다. 제가 제일 존경하는 사람이 아버지라는 건 아시죠? 저는 아버지를 기쁘게 해드리고 영예롭게 해드리려고 이 길을 택했는데 아버지가 이 아들을 창피하게 여기실 줄은 생각도 못했어요. 이럴 줄 알았으면 애초에 일본사람들을 만나지도 않았을 겁니다."

오승이 또 한숨을 내쉬었다.

"자꾸 말해봤자 무슨 소용이 있겠니. 아무리 후회해도 돌이킬 수 없는걸. 그리고 아무리 봐도 너는 진짜로 후회하는 표정이 아니야. 몸만 아프지 않으면 신이 나서 일본사람들과 어울리고 다녔겠지."

약 덕분인지 통증이 조금 가라앉는 느낌이 들었다. 가교는 아버지의 말이 잘 이해되지 않아 되물었다.

"저더러 어떻게 하라는 건가요? 아버지는 제가 어릴 때부터 독해야 큰 인물이 된다고 입버릇처럼 말씀하셨어요. 그런데 지금은 제가 독해졌다고 뭐라 하시니 대체 뭘 어쩌라는 건지 모르겠어요."

말을 마친 가교는 침대에 누웠다.

잠이 든 양자를 내려다보는 오승의 표정이 험상궂게 굳어졌다. 아무것도 모르고 가까이 다가온 오승의 마누라는 남편의 표정을 보고는 깜짝 놀라 들고 있던 걸레를 떨어뜨렸다.

"영감, 왜 그래요?"

"아무것도 아니야. 가교의 병을 어떻게 치료할까 고민하는 중이야."

몸이 안 좋다고 근무를 게을리 할 수는 없는 일이었다. 가교는 며칠 동안 고보리를 모시고 다니면서 일상적인 업무를 처리하고 서호에도 동행했다. 사실 몸이 아프니 구경이고 자시고 만사가 다 귀찮았다. 그렇다고 상관에게 밉보일 수는 없는 노릇이었다. 악몽 때문에 밤잠을 설친 데다 낮에는 고보리의 비위까지 맞추려니 그야말로 고역이 따로 없었다. 그래서 고보리의 질문에도 그냥 대충 얼버무렸다.

"일본에는 몇 번 다녀왔습니다. 벚꽃 구경도 해봤지요. 매화보다 약간 더 크고 복숭아꽃보다 붉지도 않고 꽃을 받쳐주는 푸른 잎사귀도 없는 것이 소문처럼 대단한 꽃은 아닌 것 같았습니다."

고보리의 표정이 굳어졌다. 그는 말이 가는 대로 한참 내버려두다가 갑자기 고삐를 홱 당기면서 불쑥 한마디 내뱉었다.

"가교 군은 역시 중국사람이군. 복숭아꽃에 연연하는 것을 보면 말이야."

가교는 자신이 실언한 것을 깨닫고 흠칫 놀랐다. 일순간 머릿속이 하얘지면서 마땅히 할 말이 떠오르지 않았다. 서호 호숫가에서 나고 자란 중국 토박이지만 일본인 앞에서 중국문화를 설명하려니 지식이 딸렸던 것이다. 가교가 잠자코 있자 고보리가 또 입을 열었다.

"자네 말을 들으니 어제 오산吳山에서 본 감화암感花岩 생각이 나는군. 자네는 어릴 때부터 오산 아래에서 살았으니 감화암의 유래를 알고 있겠지?"

가교가 멋쩍게 웃었다. 어떻게 대답해야 할지 모른 것도 있었겠지만 아무 말도 하지 않는 것이 오히려 더 낫겠다는 생각이 들었기 때문이었다. 고보리는 직속 부하가 유식한 것을 별로 달가워하지 않는 것 같아 보였다.

아니나 다를까, 고보리는 부하의 대답을 기다리지 않고 자문자답했다.

"귀국의 대당大唐 왕조 시대에 최호崔護라는 시인이 있었다네. 그는 '인면도화'人面桃花(복숭아꽃처럼 어여쁜 얼굴이라는 뜻으로, 사랑하는 사람을 다시 만나지 못하게 된 경우를 비유하는 고사성어)에 관한 유명한 시를 남겼지. 그래서 소동파가 오산 바위에 '감화암'이라는 세 글자를 새겼다는 설이 전해지네. 자네 혹시 이 시를 외우지 못하는 건 아닌가?"

"아닙니다. 그 시라면 어릴 때 외운 기억이 있습니다. '지난해의 오늘 이 문 안에서 사람 얼굴과 복숭아꽃이 서로 어여쁨을 비겼건만, 그 사람 어디로 갔는지 알 수 없고 복숭아꽃만 여전히 봄바람 속에 웃고 있네.'라는 내용이지요."

고보리가 느닷없이 폭소를 터뜨렸다. 한참 웃고 나서는 가교의 어깨를 힘껏 두드리면서 말했다.

"좋아, 기억력이 좋군. 단, 오늘부터 아니 지금부터는 내 말을 명심해. 이제부터는 복숭아꽃이 아닌 벚꽃이야. '그 사람 어디로 갔는지 알수 없고 벚꽃만 여전히 봄바람 속에 웃고 있네.' 알겠는가?"

고보리가 탄 말은 어느새 앞에 있는 영파교映波橋를 건너 멀찌감치 앞서갔다. 혼자 남은 가교는 멍한 표정으로 고보리의 말을 되새겼다.

'복숭아꽃이면 어떻고 벚꽃이면 또 어떤가? 그게 뭐가 어떻다는 말인가?'

가교는 그러나 내색하지 않고 고보리를 쫓아가면서 큰 소리로 말했다.

"맞습니다, 참으로 지당한 말씀입니다. 여전한 것은 벚꽃이지요. 당연히 벚꽃이지요……."

서호에는 소제와 백제白堤 두 개의 제방이 있다.

'소제춘효'蘇堤春曉는 '서호 10경' 중 하나에 속한다. 소공제 제방 양옆에는 갖가지 화초와 나무가 심어져 있다. 봄이면 아침 안개가 자욱할때 호수가 깨어나면서 푸른 물결이 넘실대고 버들이 봄바람에 하늘거리면서 새들이 합창하는 아름다운 광경이 펼쳐진다고 해서 '소제춘효'라는 이름이 붙여졌다. 소동파가 항주 지방관으로 부임했을 때 서호는 절반 이상이 진흙으로 뒤덮여 그대로 놔두면 곧 사라지게 될 처지였다. 소동파는 당시 '서호는 항주의 미목眉目(눈썹과 눈)이고, 서호를 보호하는 것이 곧 항주를 보호하는 것'이라면서 탄식했다. 그리고 자금을 모으고 인부 20만 명을 동원해 서호를 복원했다. 뿐만 아니라 호수 남북을 가로지르는 길이 2.8킬로미터의 긴 제방을 준설하고 다리 여섯 개와 정자 아홉 개를 만들었다. 또 제방 곳곳에 복숭아나무, 버드나무와 연꽃을 심었다. 그렇게 무성하게 자라난 복숭아나무가 800년이 지난 뒤 일제의 등쌀에 못 이겨 송두리째 뽑히고 그 자리에 생뚱맞은 벚꽃이 심어질 줄 누가 상상이나 했으랴. 죽은 소동파가 무덤에서 벌떡 일어날 한심한 일이 아닐 수 없었다.

물론 일본 황군의 통역관 가교는 이런 수치심 따위는 내다버린 지 오래였다. 복숭아나무가 뽑히든 말든, 벚나무를 심든 말든 관심조차 없었다. 이때 앞서 가던 고보리가 갑자기 영파교 아래에 말을 세웠다. 가교는 황급히 말에 채찍질을 하면서 쫓아갔다. 말에서 내린 고보리는 중국사람들이 몰려 서 있는 곳으로 가고 있었다. 다급해진 가교는 말에서 내리지도 않은 채 "비켜, 비켜!"를 외치면서 고보리를 위해 길을 틔워줬다. 그리고 호숫가 늙은 버드나무 아래에 서로 부둥켜안고 있는 두 여인의 얼굴을 살폈다. 그는 순간 깜짝 놀라 헉, 하고 숨을 들이켰다. 그는 길게 생각할 겨를도 없이 말에서 내려 두 모녀에게 다가갔다. 이어 방서령 앞에 쭈그리고 앉아 손으로 항분의 이마를 짚어보면서 다급하게 물었다.

"어떻게 된 일이에요?"

방서령은 가교를 보자마자 울음을 터뜨렸다. 옆에 있던 이비황이 일어서며 말했다.

"딸아이가 중병에 걸렸네. 방금 전에 또 피를 토했다네. 차가운 호수 바람을 맞고 더 심해진 것 같아. 그게…… 저……."

방서령은 남편의 지나치게 굽실거리는 행동이 꼴 보기 싫었다. 그래서 바로 고개를 외로 꼬고 외면해버렸다.

고보리는 말 한마디 없이 항분을 한참 훑어보더니 뭔가 묻는 듯한 눈빛을 가교에게 보냈다. 가교가 고보리에게 귀엣말을 했다.

"이 아이는 제 조카입니다."

고보리의 쏘아보는 듯한 시선이 이비황에게 옮겨졌다. 이비황은 놀랍고도 당황해 어찌할 바를 모르다가 안면근육을 다 동원해 웃음을 지어 보였다. 억지로 웃는 그 얼굴이 우는 얼굴보다 더 추했다.

고보리는 가교의 설명을 한참 듣고 나서야 항씨 가문의 복잡한 갈래를 알겠다는 듯 고개를 끄덕였다. 그리고는 찌푸렸던 미간을 펴면서 방서령 앞에 슬며시 쭈그려 앉았다. 항분은 눈도 제대로 뜨지 못하고 있었다. 말없이 항분을 응시하던 고보리의 눈빛이 일순간 봄날의 아침햇살처럼 부드러워졌다. 방금 전의 살기등등한 표정은 오간 데 없이 사라졌다. 덕분에 말끔하게 면도한 얼굴에서 훈훈한 인간미마저 느껴지는 듯했다. 그가 혼잣말처럼 중얼거렸다.

"폐렴에 걸렸구나. 불쌍한 아가씨."

가교는 자신의 귀를 의심했다. '불쌍한 아가씨', 고보리는 분명히 '불쌍한 아가씨'라고 말했다. 눈 하나 깜빡 않고 사람을 죽이던 일본군 장교가 중국 여자를 보고 '불쌍한 아가씨'라고 하다니.

하지만 더 충격적인 행동이 이어졌다. 고보리는 자신이 걸치고 있던 검은색 망토를 벗어서 항분의 몸에 덮어주더니 일어서서 부관에게 뭐라고 귀엣말을 했다. 가교가 방서령에게 통역을 해줬다.

"태군께서 말씀하셨소. 황군의 차로 당신들을 집으로 데려다주시겠다고 했소."

이비황은 연신 예, 예, 하면서 고개를 조아렸다. 고보리의 표정이 다시 무섭게 돌변했다. 그가 눈짓을 하자 가교가 미간을 찌푸리면서 이비황에게 말했다.

"당신이 뭔데 참견이오? 당신더러 가라고 한 게 아니오."

이비황은 끽소리도 못했다. 방서령 모녀는 어느새 차에 올라타고 있었다. 갑자기 화가 치밀어 오른 이비황은 속으로 부득부득 이를 갈았다.

'제기랄, 일본놈 앞잡이 같으니라고. 네깟 놈이 뭔데 버젓한 교수에게 이래라 저래라야. 언제라도 내 손에 걸리기만 해봐, 뼈도 못 추릴 줄 알아……'

속으로 그렇게 씩씩거리던 이비황은 그러나 고보리의 쏘아보는 듯한 시선과 부딪치자 금세 깨갱하고 눈을 내리깔았다. 고보리가 쓴웃음을 지으면서 말했다.

"이 교수, 이 교수가 명나라 말기 역사를 전공했다는 걸 알고 있소. 왜? 눈앞의 정경을 보니 갑자기 감정이 북받친 건가?"

이비황은 깊게 생각할 겨를도 없이 홧김에 툭 내쏘았다.

"선생은 한학漢學에 조예가 깊군요. 선생의 말이 맞습니다. 방금 명나라 때의 일화를 생각하고 있었습니다. 가정嘉靖 12년에 현령 왕익王釴이 죄수들에게 복숭아나무와 버드나무를 심게 해 죄를 경감시켰다고 전해지죠. 그 결과 복사꽃이 만발하고 버들가지가 무성한 아름다운 경치가 조성됐다죠."

"이 교수의 말뜻인즉 우리 모두가 죄수들이다 이 말인가? 다만 복숭아나무와 버드나무 대신 벚꽃나무를 심는 것만 달라졌다는 건데, 이 교수는 당시의 사람들에게 감정이입해 그토록 슬퍼하셨구먼."

이비황은 그제야 망치로 한 대 얻어맞은 듯 정신이 번쩍 들었다. 추운 날씨임에도 불구하고 등에서 땀이 줄줄 흘러내렸다. 그가 고개를 들고 높은 소리로 항변했다.

"아닙니다, 절대 아닙니다. 선생께서 뭔가 오해를 하신 것 같군요. '바깥 사물 때문에 즐거워하지 않고, 자기 일 때문에 슬퍼하지 않는다.'라고 했습니다. 복숭아나무와 벚꽃나무는 저에게 그냥 똑같은 나무일 뿐입니다. 게다가 인류의 농업사를 살펴보면 전 세계를 통틀어 무릇 겨울 날씨가 적합한 지역에 벚꽃나무를 재배한 기록이 많이 나와 있습니다. 미국에도 벚꽃이 있지요. 다만 일본 벚꽃처럼 아름답지 않을 뿐입니다. 일본 벚꽃은 세상에서 제일 아름다운 꽃입니다. 이 제방에 심지 않을 이유가 없죠."

궁하면 통한다고 했던가. 이비황이 다급한 김에 범중엄의 〈악양루기〉岳陽樓記에서 영국의 《브리튼백과전서》까지 아는 지식을 총동원해 토해낸 열변은 고보리로 하여금 할 말을 잃게 만들었다. 고보리는 속으로 혀를 찼다.

'중국 문인은 소인배처럼 비열하나 수준은 있군. 어떻게 자기가 살겠다고 교묘하게 벚꽃을 찬미할 생각을 다 할까.'

고보리는 훌쩍 말에 뛰어오르면서 손가락으로 이비황을 가리켰다.

"이 교수의 고견을 계속 듣고 싶군."

말을 탄 고보리와 삽을 멘 이비황은 긴 제방의 이쪽 끝에서 저쪽 끝으로 향하면서 얘기를 나누기 시작했다.

덕분에 두 사람의 뒤를 따르는 가교는 발아래 제방에 관한 지식을 많이 배울 수 있었다. 그는 소제의 다리 여섯 개의 이름이 각각 영파映波, 쇄란鎖瀾, 망산望山, 압제壓堤, 동포東浦와 과홍跨虹이라는 것도 이날 처음 알았다. 예전에 이 제방을 수없이 지나다녔으나 한 번도 다리 이름 따위에는 관심을 가져본 적이 없었다. 아무려나 키가 작은 이비황은 제자들을 가르칠 때의 엄숙한 표정으로 고보리에게 뭔가를 열심히 설명해주고 있었다. 심지어 삽을 멘 채 큰 소리로 소동파의 시를 읊기도 했다.

"여섯 개의 다리가 은하수를 가로지르니 북산에서 시작되어 남산으로 통했구나……."

두 사람은 소제의 북산 입구에 이르러 서로 작별인사를 했다. 고보리가 손을 흔들면서 담담하게 말했다.

"이 교수, 소문대로 대단한 학문을 가졌군. 황군이 조만간 그 점을 높이 평가해줄 거네."

"과찬이십니다. 과찬이십니다."

이비황이 굽실거리면서 뒷걸음질로 물러갔다. 고보리가 가교에게 말했다.

"가교 군의 맏형이라는 사람에게 점점 더 흥미가 생기는군. 자네 형수는 대체 무슨 이유로 저런 사람에게 시집을 갔을까?"

고보리가 말한 '저런 사람'은 당연히 이비황이었다. 고보리는 말이 많은 사람을 좋아하지 않았다. 특히 말이 많으면서 비굴한 사람은 더 싫어했다. 가교도 이비황을 싫어하기는 마찬가지였다. 그가 웃으면서 고보리에게 질문을 했다.

"태군, 방금 그 인간을 보면 무슨 생각이 드십니까?"

고보리가 한참 생각하더니 대답했다.

"중국어로 '문인 앞잡이'라는 말이 딱 어울릴 것 같군."

"하하하하……."

고보리가 너털웃음을 터뜨렸다.

"그래, 그래, '문인 앞잡이'는 중국에만 있지 일본에는 없어. '문인 앞잡이'……."

'문인 앞잡이'라는 말을 거듭 되뇌던 고보리의 표정이 갑자기 굳어졌다. 그러더니 엉뚱한 말을 내뱉었다.

"불쌍한 아가씨……."

고보리는 곧 입을 다물고 깊은 생각에 빠져들었다.

그때 성안의 청하방 일대에서 갑자기 시커먼 연기가 솟구쳤다. 그리고 얼마 지나지 않아 오유가 말을 타고 정신없이 달려왔다.

"항씨네 망우저택에 불이 났습니다……."

뜻밖의 소식에 가교는 눈만 크게 뜬 채 멍하니 서 있었다. 오유가 더듬더듬 말을 이었다.

"항…… 가화가…… 불을…… 불을 질렀습니다. 자기…… 자기 집에……."

"얼른 불을 끄지 않고 뭐해요?!"

가교는 목이 터져라 소리를 질렀다. 그리고 고보리를 내버려둔 채 말에 채찍질을 가하면서 시내로 질주했다.

제11장

항주 청하방 양패두에 있는 망우저택이 큰불에 휩싸인 그날, 항씨네 막내딸 항기초는 이런 사실을 꿈에도 모른 채 험난한 피난길에 올라 있었다. 그러나 엎친 데 덮친 격으로 적기의 폭격이 잦아지면서 한 무리의 아이들을 인솔하던 그녀는 일행과 떨어지고 말았다.

망우는 피난길에서 한 노승을 만났다. 지난번 옥천 어락국에서 만난 적이 있는 무과無果스님이었다. 스님은 용모가 특이한 망우를 대번에 알아보고는 기쁨과 슬픔이 섞인 목소리로 말했다.

"아미타불, 참으로 다행이로구나. 이 아이는 친구들이 생겨 외롭지 않게 됐구나."

스님이 말한 '이 아이'는 불과 서너 살밖에 안 된 어린 남자아이였다. 아이는 유모와 함께 시골로 피난을 가던 중이었다. 그러다 유모가 폭격을 맞고 쓰러지자 아이는 유모의 몸 위에 엎드려 목이 쉴 때까지 울었다. 아이 옆을 지나다니는 사람은 많았으나 다들 불쌍하다면서 혀를 찰 뿐 아무도 아이를 거두려고 하지 않았다. 전쟁통에 이래 죽으나 저래 죽으나 어차피 죽을 목숨이라고 생각한 것 같았다. 마침 지나가던 무과스님이 자비심을 베풀어 아이를 품에 안았다. 스님이 아이를 안고 자리를 뜨려는데 쓰러져 있던 유모가 가까스로 눈을 뜨더니 띄엄띄엄 말을 했다.

"항주 사람…… 이씨……, 이월李越이라고 해요. 저는…… 아이의 유모…… 시골로 피난……."

마지막 힘까지 다 짜낸 유모는 말을 채 맺지 못하고 숨을 거뒀다.

망우는 어린 이월을 보고 동생이 생겼다면서 좋아서 입을 다물지 못했다. 열 살짜리가 서너 살짜리를 업은 모습은 누가 봐도 친형제라고 할 정도로 다정했다. 망우는 먹을 것이 생기면 아껴뒀다가 이월에게 양보했다. 또 이모가 행여 이월을 내칠까봐 전에 없이 곰살궂게 행동했다. 심지어 밤에 오줌을 눌 때도 이모를 부르지 않고 스스로 해결했다.

"이모, 빈아원에서 월이를 받아줄까요?"

기초가 조카에게 가볍게 면박을 줬다.

"어린 녀석이 무슨 생각이 그리 많아? 그런 건 네가 걱정할 일이 아니야."

"저는 월이가 좋아요. 월이하고 같이 있고 싶어요."

기초가 한숨을 내쉬었다.

"할 수만 있다면 당연히 거두지. 누가 불쌍한 아이를 일부러 내치겠니. 시내에 남은 월이의 부모는 죽었는지 살았는지도 모르는데."

"월이를 동생으로 삼으면 좋겠어요."

"네가 이 아이를 좋아하는 걸 보면 전생에 이 아이와 깊은 인연이 있었던 게 분명해. 나중에 항주에서 이 아이의 부모를 만나면 이모가

'월이는 우리 망우 덕분에 살았습니다. 망우는 월이의 은인입니다.' 이렇게 말해줄게."

일행이 전당강 기슭의 작은 도시에 도착했을 때는 어둑어둑 땅거미가 내리고 있었다. 며칠 동안 빈아원 사람들과 함께 지내면서 친해진 무과스님이 사람들에게 말했다.

"부두에서 멀지 않은 곳에 육영당育嬰堂이 하나 있소이다. 날도 저물었고 하니 오늘밤은 그곳에서 신세를 지는 것이 어떨까 합니다. 노승의 동향 사람이 그곳에 있으니 불쌍한 아이들을 내치지는 않을 것입니다."

일행은 노승의 제안에 따르기로 했다. 사실 딱히 더 좋은 방법도 없었다. 일행이 배에서 내려 조금 걷자 육영당 건물이 눈앞에 보였다. 시멘트로 지은 2층짜리 성당이었다. 안에서 새어나오는 희미한 불빛을 보고 어른 아이 할 것 없이 모두 흥분을 금치 못했다. 무과스님이 말했다.

"노승과 기초 아가씨가 먼저 들어가 보겠소이다. 여러분은 밖에서 잠깐 기다려주시구려."

무과스님과 기초가 안으로 들어가려고 하자 망우의 등에 업혀 있던 월이가 큰 소리로 울음을 터뜨렸다. 아이는 작은 발로 망우의 등을 차면서 울먹이는 소리로 재촉했다.

"가, 가. 같이 가……."

망우는 어린 월이가 또 버려질까봐 불안해하는 것을 보고 황급히 기초를 불렀다.

"이모. 이모, 같이 가요……."

망우는 월이를 업고 기초를 따라 육영당으로 들어갔다.

그때였다. 일본 적기가 갑자기 소나기처럼 떼를 지어 몰려왔다. 빈아원의 어른과 아이들은 무방비상태로 일본군의 포화에 그대로 노출

됐다. 현장은 사람들의 비명과 울음소리가 섞여 순식간에 아수라장으로 변했다. 이차구 원장은 다행히 경험이 많았다. 이런 상황을 예감하고 있었는지 침착하게 사람들을 지휘해 강 위의 배로 피신시켰다. 그리고 사람들은 육영당으로 들어간 기초 일행이 나오기만을 눈이 빠져라 기다렸다. 하지만 나오라는 사람은 나오지 않고 적기의 폭격이 먼저 시작됐다. 붉은 빛이 번쩍이더니 성당 건물의 첨탑이 풀썩 무너져 내렸다. 뱃사공이 고함을 질렀다.

"갈 거요, 안 갈 거요? 여기에서 몰살당할 셈이오? 안 갈 거면 내리시오."

이차구 원장은 서로 부둥켜안고 무서워서 벌벌 떨고 있는 아이들을 보면서 입술을 깨물었다. 어둠 속에서 시뻘건 색깔로 물결치는 강물이 불길한 느낌을 가중시켰다. 더 이상 기다릴 수 없었다. 결단을 내려야 했다. 이차구 원장은 긴 한숨을 내쉬고 사공에게 말했다.

"갑시다."

이차구 원장은 손으로 얼굴을 가렸다. 여기저기에서 아이들의 울음소리가 터져 나왔다. 아이들도 모두 이렇게 떠나면 기초 선생님을 영영 다시는 못 볼지도 모른다는 생각을 하고 있었다.

기초 일행은 구사일생으로 살아났다. 적기는 기초 일행이 육영당에 들어가 채 몇 마디도 하지 않았을 때 바로 폭탄을 투하했다. 다행히 미리 준비가 돼 있었기에 어른들과 대부분의 아이들은 밖으로 대피할 수 있었다. 하지만 미처 밖으로 나가지 못한 몇몇 아이들은 무너진 건물 지하실에 갇혀버렸다. 밖으로 나온 기초, 무과스님과 망우는 빈아원 사람들이 기다리고 있는 곳으로 달려갔다. 그러던 망우가 문득 걸음을 멈추고 자신의 등을 가리키면서 발을 동동 굴렀다.

"동생은요? 월이는요?"

때를 맞추기라도 한 듯 육영당 안에서 이월의 목이 쉰 울음소리가 들려왔다.

"형, 형, 나 좀 살려줘. 형, 형……."

생사의 절박한 고비에 처한 아이는 뭘 알고 그러는지 죽어라고 "형!"을 불렀다. 망우는 미친 사람처럼 오던 길을 되돌아 뛰어갔다. 기초가 건물 안으로 들어가려는 망우를 필사적으로 막으면서 말했다.

"망우야, 잠깐만 기다려. 어른들이 불을 끄면 같이 들어가자."

다행히 사람이 많고 큰불이 아니었기에 금방 끌 수 있었다. 적기들도 물러갔는지 더 이상의 폭격은 없었다. 문제는 지하실에 갇혀버린 아이들이었다. 아직 어린 아이들은 스스로 빠져나오지 못하고 울기만 했다. 입구가 작아서 어른들은 들어갈 수가 없었다. 서너 살 된 이월은 울면서 말이라도 몇 마디 할 수 있었으나 한 살도 채 안 된 아기들은 얼마 후에는 울음소리도 제대로 내지 못했다. 기초는 뜨거운 가마 속의 개미처럼 안절부절못했다. 구멍 사이로 다리를 넣어 봐도, 팔을 뻗어 봐도 아이들에게 닿지 못했다. 밤은 점점 깊어갔다. 떠들썩하던 소리도 잦아들었다. 시커먼 구멍은 마치 무고한 어린 영혼들을 집어삼키는 지옥문처럼 무시무시하게 느껴졌다. 월이의 울음소리도 점차 미약해졌다. 때때로 힘없이 "형!"을 부르는 목소리는 악을 쓰면서 울 때보다 더 어른들의 가슴을 미어지게 만들었다. 어른들이 속수무책으로 발만 동동 구르고 있을 때였다. 망우가 불쑥 앞으로 나섰다.

"이모, 제가 내려갈 수 있어요."

기초가 말릴 사이도 없이 망우의 몸 절반이 어느새 구멍 안으로 들어갔다. 기초는 망우의 어깨를 붙잡고 새된 소리를 질렀다.

"안 돼, 망우야. 네가 잘못되기라도 하면 이 이모는 살지 않을 거야."

망우는 여느 때와 달리 침착했다. 한 달 전까지만 해도 외할머니 품에서 응석을 부리던 열 살짜리 아이가 한순간 어른이 된 것 같았다.

"저는 몸집이 작고 가벼워서 구멍을 통과할 수 있어요. 아이들을 구할 수 있는 사람은 저밖에 없어요."

망우는 차근차근 이모를 설득했다.

"제가 다른 사람들보다 어둠 속에서 더 잘 볼 수 있다는 걸 이모도 아시잖아요?"

횃불 아래 유난히 하얀 피부에 가늘게 실눈을 하고 서 있는 아이는 여느 어른 못지않게 듬직해 보였다. 기초는 이를 악물고 고개를 끄덕였다. 그녀는 망우의 허리에 밧줄을 매어주고 양초 몇 개와 성냥갑을 쥐어줬다. 이어 조심하라고 한마디 하려는데 망우는 어느새 구멍 안으로 사라져버렸다. 아이의 흥분된 목소리가 메아리처럼 귓전을 맴돌았다.

"월아, 형이 간다. 조금만 기다려!"

위에서 기다리는 기초는 일각이 여삼추였다. 불안하고 걱정이 돼 심장이 두근거리고 숨쉬기조차 힘들었다. 자기도 모르게 자꾸 불길한 생각도 들었다. 혹시라도 망우가 잘못되기라도 한다면 시멘트 기둥에 머리를 박아 죽을 생각도 했다. 무과스님은 망우가 내려간 구멍 앞에 가부좌를 틀고 앉아 아미타불을 외우고 있었다. 중생을 구제하는 부처님의 경문이 속이 타서 재가 될 것 같은 기초에게 그나마 약간의 위로가 되었다. 어미 없는 아이는 하늘이 지켜준다고 했던가. 기초가 견디다 못해 막 정신줄을 놓으려는 찰나, 손에 꼭 쥐고 있던 밧줄이 흔들거렸다. 기초는 황급히 밧줄을 끌어올렸다. 숨이 간당간당 붙어 있는 월이가 밧줄에 매달려 올라왔다. 기초는 소리를 치면서 망우를 불렀다.

"망우야! 망우야, 얼른 올라와!"

망우의 대답소리가 곧 들려왔다.

"이모, 조금만 기다려요. 아기들을 먼저 올려 보내고 올라가겠어요."

몇 겁과도 같은 시간이 또 흘렀다. 울음소리도 못 내고 기절해 있던 아기들은 차례로 다 구조됐다. 망우는 제일 마지막에 올라왔다. 그는 마치 처음부터 어둠 속에서 살던 사람처럼 밝은 빛에 눈살을 찌푸리면서 손으로 얼굴을 가렸다. 기초는 횃불을 던져버리고 와락 망우를 끌어안았다. 하지만 망우는 기초의 품에 몇 초 안겨 있지도 않고 소리쳐 월이를 찾았다.

"월아, 월아, 월아……."

무과스님의 품에 안겨 있던 이월은 망우가 부르는 소리에 구르듯 달려왔다. 죽음의 문턱에서 살아 돌아온 두 아이는 서로 꼭 껴안고 떨어질 줄 몰랐다.

날이 밝아올 무렵, 기초 일행은 운 좋게 군용트럭을 얻어 탔다. 마침 운전사는 항주 사람이었는데 망우차장에서 차를 산 적도 여러 번 있다고 했다. 뿐만 아니라 나력이라는 사람도 안다고 했다. 기초는 나력이라는 이름을 듣고 흠칫 놀랐다. 하루? 아니면 백년? 아무튼 언제부턴가 까맣게 잊고 있던 이름을 다시 떠올리니 기분이 이상야릇했다. 친절한 운전사는 기초 일행을 금화까지 데려다주겠다고 했다.

하지만 일행이 트럭에 올라앉자마자 적기가 날아왔다. 기초는 한 팔로 월이를 안고 다른 손으로 망우를 잡아끌면서 간신히 길가의 작은 언덕으로 몸을 피했다. 무과스님은 차에서 내리지 않았다. 가부좌를 튼

자세로 단정하게 앉은 채 염주알을 손으로 굴리면서 작은 소리로 경문을 낭독하고 있었다. 트럭 주위로 총알이 빗발치듯 쏟아졌다. 미처 피하지 못한 사람들이 피를 흘리면서 쓰러졌다. 자욱한 연기와 희뿌연 먼지 사이로 지옥 같은 광경이 펼쳐지고 있었다. 하지만 무과스님은 표정 하나 변하지 않은 채 태연자약하게 염불을 하고 있었다.

한바탕 피바람이 몰아치고 난 뒤 주위는 다시 정적에 잠겼다. 항주 태생의 운전사는 운전석에 비스듬히 앉아 있었다. 한쪽으로 떨어뜨린 머리에서는 아직도 피가 솟구치고 있었다. 망우가 가까이 다가가려고 하자 기초가 만류했다. 그동안 음식과 잠으로 어느 정도 기력을 회복한 월이가 기초의 등에 업힌 채로 물었다.

"이모, 운전사 아저씨는 잠이 들었나요?"

망우가 그러자 엄숙하게 대답했다.

"아저씨는 나쁜 놈들의 총에 맞아 죽었어."

'죽었다'는 말을 엄숙하게 그러나 스스럼없이 내뱉는 어린 아이, 그는 더 이상 예전의 심약한 임망우가 아니었다. 열 살짜리 아이는 더 이상 아이가 아니었다. 기초는 망우의 손을 꼭 잡고 고개를 돌렸다.

무과스님이 차에서 내렸다. 얼굴에 두려워하는 기색 따위는 없었다. 목소리도 평소처럼 침착하고 태연했다.

"아주 뜻 깊은 공부를 했네."

하룻밤 사이에 많은 것이 변했다. 이제 어디로 갈지 새로 정해야 했다. 기초는 일단 무과스님을 따라 천목산天目山의 절로 가기로 했다. 아이들이 묵을 거처부터 마련해놓고 다른 계획을 세울 생각이었다.

옛사람의 시에 "천목산은 두 줄기로 길게 뻗어 오르니, 용이 하늘을 오르고 봉황이 춤추고 전당으로 이어지네."라는 것이 있다. 실제 절강성 경내에 있는 천목산은 과연 그대로였다. 서남-동북 방향의 호형弧形을 형성하면서 장강長江과 전당강을 갈라놓았고 두 개의 산봉우리가 있었는데 각각 서천목西天目와 동천목東天目이었다. 기초 일행의 목적지이자 무과스님의 사찰이 위치한 곳은 동천목 끝부분에 있었다. 이곳은 안휘성에 인접하고 또 임안臨安과 안길安吉의 접경이었기 때문에 말 그대로 아름드리나무들이 하늘 높이 솟은 고산준령이었다. 절강성 최대의 퇴적평원인 항가호평원杭嘉湖平塬과는 사뭇 다른 풍경이었다.

평원에서 나고 자란 임망우는 새로 얻은 동생 이월을 데리고 어른들 뒤를 따라 타박타박 걸어갔다. 깊은 산속으로 들어갈수록 아이들의 우울하고 두려운 표정이 조금씩 밝아지기 시작했다. 왜적들이 침입한 지난 몇 달 동안 아이들은 풍요로운 '어미지향'魚米之鄉에 대한 기억을 깡그리 잊어버렸다. 호수와 벌판의 아름답던 풍경은 오간 데 없이 사라졌다. 대신 아이들의 눈앞에 펼쳐진 것은 죽음을 예견하듯 으스스하고 황량한 풍경들뿐이었다. 인위적으로 만든 것이 아닌, 자연의 풍경이 이러했으니 보는 사람들의 기분도 더욱 우울해질 수밖에 없었다.

아이들의 얼굴에도 고된 흔적이 역력했다. 시체들이 널브러진 마을과 도시들을 지날 때마다 아이들은 놀랍고 두려워서 벌벌 떨었다. 어린 아이들의 머릿속에는 '평원은 지옥'이라는 인식이 각인될 정도였다. 그리고 이 같은 기억은 세월이 흘러서 평원이 그 옛날의 아름다운 경치를 다시 회복한 뒤에도, 심지어 아이들이 늙어서 세상을 떠날 때까지도 아이들의 뇌리에 악몽처럼 남아 있을 것이었다. 어쩌면 아이들은 아름답게 피어나는 붉은 꽃을 보면 사방에 흩뿌려진 붉은 피를 연상하게 될지도 몰랐다.

특별한 시대에 태어난 아이들의 유년은 특별할 수밖에 없었다. 평원에 대한 나쁜 기억 때문일까, 아이들은 유난히 산을 좋아했다. 깊은 산속으로 들어갈수록 아이들의 표정이 점점 밝아졌다. 아이들의 눈에 평원이 적의로 가득찬 곳이라면 산속은 '인간미'가 넘치고 자비를 베푸는 곳이었다. 울부짖는 포화와 죽음에 대한 두려움은 삼림 언저리에서 끝이 났다. 산속은 평화로웠다. 산속에서는 낮에 배불리 먹고 밤에 두려워하지 않고 잘 수 있었다. 심지어 꿈속에서도 이름 모를 새의 아름다운 노랫소리를 들을 수 있었다.

1938년의 봄, 강남의 기후는 여느 해처럼 따뜻하고 습했다. 기초 일행은 천목산으로 가는 길에 많은 사람을 만났다. 외딴 산길이나 산등성이에 초막을 짓고 사는 사람들은 막대기를 휘둘러도 아무것도 걸릴 것이 없는 가난한 삶이었다. 하지만 어른 아이 할 것 없이 모두들 순박하고 친절했다. 무과스님은 알아들을 수 없는 지역 사투리로 이들과 교류했다. 무과스님에게 딱한 사정을 전해들은 사람들은 안타까운 눈빛을 보냈다. 밤이 되면 아이들은 고구마를 먹고 화로 옆에서 잠을 잤다. 아이들의 얼굴과 손발은 긁히고 찢긴 상처투성이였다. 상처가 채 아물기도 전에 새로 상처가 나는 바람에 말 그대로 만신창이가 따로 없었다. 집에서 응석받이로 자라 입이 짧고 까다롭던 망우도 겉모습은 영락없는 거지꼴이었다. 흰 머리카락과 피부에 먼지가 잔뜩 묻어 얼룩덜룩해졌다. 그래서일까, 먹을 수 있는 것이라면 뭐든 잘 먹었고 잘 때도 손에 꼭 움켜쥐고 놓지 않았다.

일본군의 소탕작전을 피해 이곳에서 열흘, 저곳에서 보름, 이런 식으로 묵으며 가다 보니 달팽이처럼 느린 여정이 될 수밖에 없었다. 그리고 어느 날 일행은 드디어 천목산에 도착했다. 산속에서 아이들은 어른 여러 명이 팔을 벌려 맞잡아야 할 만큼 큰 삼나무를 봤다. 그곳에는 하늘 높이 우뚝 솟은 금전송金錢松과 은행나무도 있었다. 아이들은 또 천목산에서만 볼 수 있다는 철쭉나무, 박태기나무와 삼나무도 구경했다. 이 밖에 좀처럼 보기 드물다는 연목향連木香이라는 식물도 봤다. 일행이 이처럼 삼나무, 마미송馬尾松, 황산송黃山松, 녹나무, 단풍나무로 가득한 숲을 헤치면서 무과스님의 사찰로 향할 때 1938년의 봄도 소리 없이 성큼 다가와 있었다.

무과스님의 절은 문선루文選樓(양梁나라 소명태자昭明太子가 세운 누각)에서 멀지 않은 곳에 있었다. 절 옆에는 샘이 있었다. 절에 있던 사람들은 모두들 피난을 가고 절은 텅텅 비어 있었다. 무과스님이 데리고 온 꼬마 손님들이 적막한 절에 생기를 불어넣었다. 두 아이는 어른들의 만류에도 불구하고 차가운 샘물을 벌컥벌컥 들이켰다. 기초가 말했다.

"물이 너무 차. 배탈 날라. 스님께서 물을 끓이고 계시니 조금만 기다려."

기초는 두 아이를 밀어내고 샘터에 쪼그리고 앉아 세수를 했다.

망우가 불쑥 입을 열었다.

"집에서 먹던 따뜻한 향차香茶를 마시고 싶어요."

그동안 집, 망우차장과 차를 잊고 지냈던 기초는 아이의 말에 순간 가슴이 먹먹해졌다.

아궁이에 불을 지피고 있던 무과스님이 망우의 말에 고개를 끄덕이며 대답했다.

"차가 마시고 싶어? 이곳에 용정차는 없지만 야생차는 지천이란다."

어느새 봄이 와 있었다. 봄은 춘차春茶의 계절이었다. 항씨 집안이 조상 대대로 눈코 뜰 새 없이 바쁘게 보내는 계절이기도 했다. 기초는 용정차 얘기는 꺼내고 싶지 않았다. 마치 용정차라는 세 글자를 입 밖에 내뱉는 순간 안 좋은 일이 생길 것 같은 느낌이 든 탓이었다. 그래서 은근슬쩍 화제를 돌렸다.

"우리 집에서는 예전에 해마다 이곳의 천목청정天目靑頂차를 들여왔대요. 오늘 이렇게 직접 보게 된 것도 인연이라면 인연이겠죠."

'다선일미'茶禪一味라고, 불제자인 무과스님도 차에 대해 아는 것이 많았다. 아니나 다를까, 물을 끓이던 스님이 얼굴에 검댕을 묻힌 채 흥미진진하게 말을 받았다.

"천목산에는 차, 말린 죽순, 호두, 이렇게 세 가지 보물이 있다네. 이 절이 지금은 낡아서 볼품이 없지만 예전에는 차 마시기에 그저 그만인 장소였다네. 이 고장에서는 '동갱東坑의 차, 서갱西坑의 물'이 유명하다네. 왜놈들이 들어오기 전에는 해마다 봄이면 집집마다 차 덖는 연기가 자오록했다네. 이 고장의 차는 옛날 황실에 바쳐지던 공차貢茶였다네."

기초가 웃으면서 맞장구를 쳤다.

"맞아요. 저도 이곳 차가 품질이 좋고 가격도 합리적이라고 들었어요. 차의 품질을 결정하는 제일 중요한 요소는 뒷맛이지요. 천목청정차는 뒷맛이 달고 부드럽지요. 나중에 왜놈들을 다 몰아내고 전쟁이 종식되면 꼭 이곳에 와서 천목청정차를 사가겠어요. 오갈 데 없는 저희들을 품어준 이곳 산수에 보답하는 의미로요."

무과스님은 합장을 하고 연신 아미타불을 읊었다. 이어 말했다.

"그것 보게, 사람 마음은 다 그런 거라네. 산에 들어오기 전에는 목숨만 부지해도 좋겠다고 생각했는데 정작 여기 오니 밥도 먹기 전에 차 타령이 나오지 않는가. 사실 어려운 일도 아니네. 지금 바로 따서 덖어서 우리면 되지. 물론 풋내가 조금 많이 나겠지만 없는 것보다는 낫지 않겠는가."

망우가 좋아서 폴짝폴짝 뛰면서 말했다.

"제가 차를 따올게요. 제가 가겠어요."

어린 이월도 종알거렸다.

"저도 갈래요, 저도 갈래요."

기초는 그동안의 긴장이 풀리자 말이 많아졌다.

"제가 망우보다 어렸을 때 아버지께서는 다시茶詩를 많이 가르쳐주셨어요. 그중에서 유우석劉禹錫의 〈서산란약시다가〉西山蘭若試茶歌가 제일 인상 깊었어요. 아직도 몇 구절 외울 수 있는데 지금 상황과 딱 어울리는 시거든요, 한번 들어보세요. '산승山僧의 뒤 처마 아래에 차나무가 여러 그루라, 봄이 오니 보송보송 새싹이 돋았다네. 객客을 위해 옷자락 털고 일어나, 향기 그윽한 나무에서 응취鷹嘴(여린 찻잎의 또 다른 이름)를 따네. 차 덖는 향기 방안 가득 퍼지고, 금사수金沙水로 우린 수색水色 곱기도 하여라……' 여기 보세요. 산승, 차나무, 객, 좋은 물……. 다 갖춰졌잖아요. 이제 '응취'를 따오면 무과스님이 눈 깜짝할 사이에 맛있게 덖어내는 일만 남았어요. 이야, 벌써 차 덖는 향기가 코끝을 간질이는 것 같아요. 얘들아, 차 따러 가자."

기초는 어린 아이처럼 고함을 지르면서 산비탈을 달려 올라갔다.

천목산의 야생차는 용정산 차밭에서 자라는 차와 많이 달랐다. 용정산의 차나무를 '대갓집 규수'에 비유한다면 천목산의 차나무는 '산속의 늙은 스님'이라고 할 수 있었다. 천목산의 야생 차나무는 파촉巴蜀 지역의 고온 다습한 밀림에서 하늘을 향해 쭉쭉 뻗는 거대한 교목이 아니었다. 그렇다고 서호 용정산의 아열대 기후에서 재배하는 난쟁이처럼 키가 작은 관목도 아니었다. 더 정확하게 말하면 이 둘의 중간쯤 되는 나무였다. 추운 산속에서 자라는 차나무는 구릉지의 차나무처럼 새싹이 일찍 돋지 않았다. 또 자라는 속도도 매우 더디었다. 하지만 필경 만물이 소생하는 봄인지라 자연의 섭리에 따라 싹이 틀 때는 트고 자라야 할 때는 자라게 돼 있었다. 자연은 인간보다 훨씬 자비로웠다. 또 공평했다. 중국 땅이 일본놈들의 군화에 짓밟히고 있다고 해서 중국 땅에서 자라는 차나무가 싹을 틔우지 못하게 막는 일은 없었다. 천목산 언저리에 있는 다 낡아빠진 이름 모를 절간 옆에서도 야생차는 씩씩하게 싹을 틔우고 무성하게 자라고 있었다. 어쩌면 구사일생으로 살아남아 이곳까지 흘러온 다인의 후예들을 환영하는 것인지도 몰랐다.

기초는 차를 딸 줄 알았다. 차 따는 기술도 상당한 수준이었다. 차를 딸 때에는 손가락 끝이 아닌 손톱을 사용해야 한다, 일아일엽^{一芽一葉} 혹은 일아이엽^{一芽二葉}의 갓 피어난 잎을 따야 한다고 아이들에게 가르쳐주며 기초는 '작설'^{雀舌}이라는 이름의 뜻도 설명해줬다.

"잘게 눈이 터져 나온 차나무의 새싹이 참새의 혀처럼 생겼다고 해서 '작설'이라고 한단다."

기초는 깨끗하게 씻은 대나무 바구니를 허리에 찼다. 바구니 바닥에는 깨끗한 손수건을 한 장 깔았다. 그리고 재빠른 손놀림으로 연록색의 작설들을 따서 바구니에 넣었다. 망우와 이월은 차나무 사이를 비집고 다니면서 장난을 쳤다. 둘은 가끔씩 무성한 차나무 사이로 고개를 쑥 내밀고 기초의 날랜 솜씨를 구경하면서 혀를 쪽 내밀기도 했다.

지난 몇 달 동안 온갖 고생을 다 한 아이들에게 이곳은 천국이나 다름없었다. 이곳에는 지옥을 연상케 하는 핏빛 구름이 없었다. 귀가 찢어질 것처럼 아찔하고 무서운 폭격기 소리도 들리지 않았다. 이곳의 하늘은 반투명한 파란색이었다. 파란 하늘과 푸른 숲이 맞닿은 곳에는 보송보송한 솜뭉치 같은 구름덩이가 탐스럽게 떠다니고 있었다.

새들은 하늘에서 노래하고 차나무는 땅 위에서 반짝이며 답했다. 새들과 차나무의 화음은 인간의 귀에 들릴 수 없는 소리겠지만 두 아이의 귀에는 다 들리는 듯했다. 자연이 아이들에게 자비를 베푼 것일까. 또 다른 사람들은 들을 수 없는 천혜의 소리를 보내 '만약 어느 날 모든 것을 다 잃게 되더라도 두려워하지 말거라. 그리고 기억해라. 너희 곁에는 항상 우리가 있다.'는 희망의 메시지를 전하려고 한 것은 아닐까.

아이들은 마치 뭔가에 홀린 듯 서로의 손을 꼭 잡고 숲속을 누비고 다녔다. 갑자기 이월이 걸음을 멈추더니 망우를 불렀다.

"형, 여기 차나무가 있어."

이월의 손이 닿은 곳에 아이들이 난생 처음 보는 특이한 차나무가 있었다. 망우는 손을 들어 조심스럽게 햇빛을 가리면서 천천히 고개를 들었다. 그리고 그 자리에 멍하니 굳어버렸다. 싹과 잎이 눈처럼 새하얀 차나무가 새파란 덤불속에 핀 하얀 목련처럼 기이한 위용을 뽐내고 있었다. 하얗고 보송보송한 솜털이 마치 이 세상의 것이 아닌 듯 신비스러운 느낌을 풍겼다. 눈처럼 하얀 싹과 잎 사이로 보이는 주맥主脈은 마치 나무의 고귀한 혈통을 일부러 과시하듯 연록색이었다. 망우는 이 나무를 처음 본 순간 너무 눈이 부셔 정신을 차릴 수 없었다. 망우가 손으로 얼굴을 가리면서 땅에 털썩 주저앉았다. 이월이 팔을 잡아당겼으나 망우는 미동도 하지 않았다. 당황한 이월이 울먹이면서 소리를 질렀다.

"이모, 이모!"

무과스님과 기초는 아이들에게 무슨 일이 생겼나 싶어 서둘러 달려왔다. 기초는 아이들이 다친 데가 없는 것을 확인하고는 안도의 숨을 내쉬면서 말했다.

"웬 호들갑이야? 큰일 난 줄 알았잖아. 동면에서 깨어난 뱀에게 물리기라도 한 줄 알고 깜짝 놀랐어."

망우가 주저앉은 채로 무과스님에게 물었다.

"스님, 이건 무슨 나무인가요? 예전에 어디서 많이 본 것처럼 익숙해요."

무과스님이 가볍게 웃으면서 말했다.

"나는 또 뭐라고, 망우가 이 차나무를 보고 놀랐구나? 하긴, 망우와 이 차나무는 인연이 있다면 있지."

기초가 나무줄기를 흔들어보면서 말했다.

"참 신기한 나무로군요. 저는 싹과 잎이 흰 차나무는 처음 봐요."

"자네는 말할 것도 없고 세상물정을 다 경험해본 나도 이날 이때까지 살아오면서 이런 차나무는 처음이라네. 이곳에서만 볼 수 있는 명물이지."

"저는 백차 나무는 본 적이 없지만 백차는 알아요. 저희 차장에서 예전에 복건福建 백차를 팔았거든요. 백차 나무는 우연히 생기는 것이지 사람의 힘으로 재배할 수 있는 것이 아니라고 들었어요. 참으로 신기한 나무죠."

나무 아래에 앉아 있던 망우가 벌떡 일어났다. 이어 두 팔로 나무줄기를 안으면서 말했다.

"저하고 똑같네요?"

망우의 느닷없는 말에 두 어른은 깜짝 놀라 아이와 나무를 번갈아 봤다. 무과스님이 말했다.

"아미타불. 이 차나무에는 특이한 점이 또 있다네. 해마다 꽃이 피지만 열매가 매우 적고 햇차를 만들어내지 않는다네. 그래서 여기에서는 '석녀차'石女茶라고 부른다네. 그리고 나무 색깔이 처음부터 끝까지 흰 것도 아니라네. 매년 이맘때쯤 일아이엽一芽二葉이 펼쳐질 때 제일 희고 여름, 가을이 되면 완전히 녹색으로 변한다네."

망우가 갑자기 힘이 솟구치는지 나무를 타고 오르면서 너스레를 떨었다.

"조금만 기다려요, 제가 저 위로 올라가서 '저'를 따올 테니 '저'의 맛을 기대해주세요."

그 말에 모두 웃음을 터뜨렸다. 무과스님이 미소를 짓고 말했다.

"이 나무는 망우의 혼魂이구나, 망우가 드디어 자신의 혼을 찾았네."

무과스님은 비록 정통차는 아니지만 맛있게 제다하는 데 정성을 다했다. 이곳은 인적이 드문 사찰인지라 스님들은 차를 만들어 팔아 생기는 부수입으로 공양을 보충하고는 했다. 그래서 무과스님 역시 제다製茶 기술이 상당한 수준이었다. 망우와 이월은 마른 장작을 주워 불을 지폈다. 무과스님은 차를 솥에 넣고 대나무젓가락으로 살살 덖었다. 기초가 깨끗하게 빨아 말린 삼베를 가져왔다. 무과스님은 덖은 차를 삼베 위에 놓고 손으로 부드럽게 비볐다. 이렇게 살청殺靑, 유념揉捻 과정을 거친 차를 다시 솥에 넣고 한 번 더 덖은 다음 꺼내 말렸다.

하얗던 찻잎이 연녹색에서 황금색으로 변해갈 무렵 날은 완전히 어두워졌다. 네 사람은 곁채로 자리를 옮겼다. 화로에서 구수한 군고구마 냄새가 풍겨 나왔다. 기초가 호들갑을 떨었다.

"스님, 찻잔이 없군요."

무과스님이 아이들에게 군고구마를 하나씩 쥐어주면서 말했다.

"찻잔을 가져올 테니 조금만 기다리게."

무과스님이 가져온 찻잔은 삿갓처럼 생긴 검은색 자기 잔이었다. 천목차^{目次} 찻잔 특유의 토끼털 문양이나 기름방울 문양은 없었으나 나름 고풍스러웠다. 기초가 물었다.

"이 근처의 토굴에서 구운 건가요?"

"그렇다네."

무과스님이 대답했다.

"예전에 이 절의 뒤편, 백차 나무에서 멀지 않은 곳에 이걸 굽는 가마가 있었다네."

기초는 입을 다물었다. 문득 둘째 오빠가 가져간 토호잔이 생각났다. 두 쪽으로 갈라졌다가 다시 하나로 합쳐진 토호잔은 지금쯤 어디에 있을까? 토호잔을 가져간 둘째 오빠는 잘 지내고 있을까?

네 사람은 향긋한 백차를 음미하기 시작했다. 백차는 뜨거운 물에 들어간 뒤에도 용정차와 많이 달랐다. 검은 유약을 칠한 찻잔 속 찻물의 색깔은 은은한 담황색이었다. 망우는 다인 가문의 후손답게 어릴 때부터 차 마시는 습관이 있었다. 당연히 마치 오래전에 헤어진 옛 벗을 만난 것처럼 무척 반가워하면서 찻잔을 들고 벌컥벌컥 들이켰다. 그리고는 잊지 않고 한마디 했다.

"아유, 시원해. 저는 지금 '저'를 마시고 있어요."

어린 이월은 차를 처음 마셔보는 듯 고구마를 먹다가 목이 멜 때만 조금씩 홀짝거렸다. 어린 나이에도 델까봐 조심조심 찻잔을 드는 모습이 안쓰러우면서도 귀여웠다. 무과스님이 인자하게 물었다.

"차가 맛있느냐?"

"맛있어요."

아이는 대답이 끝나기 무섭게 뿡, 하고 요란하게 방귀를 뀌었다. 모두 일제히 웃음을 터뜨렸다.

배불리 먹고 마신 아이들은 화로 옆에 깔아놓은 자리에 누워 이내 잠이 들었다. 기초는 부지깽이로 아궁이를 쑤시면서 생각에 잠겨 있었다. 봄이라고는 하나 산속의 밤은 여전히 쌀쌀했다. 무과스님이 화롯가에 한참 앉아 있다가 일어섰다. 기초가 나가려는 스님을 불러 세웠다.

"스님, 잠깐 의논드리고 싶은 일이 있어요."

무과스님이 고개를 돌렸다.

"말 안 해도 알겠네. 아이들 일이라면 걱정 말게. 여기에 있으면 뭐 별일이야 있겠는가. 가고 싶으면 가도 되네."

"금화에 다녀오려고요. 빈아원 아이들이 너무 걱정돼요. 그쪽과 연락이 닿는 대로 돌아와서 망우와 월이를 데려가겠어요. 스님, 걱정 마세요, 제가 아이들을 버려두고 모른 척하는 일은 절대 없을 거예요."

문어귀까지 걸어간 무과스님이 고개를 돌렸다.

"돌아와도 되고 돌아오지 않아도 괜찮네. 아이들은 계속 이곳에 머물 거네. 천목산은 사람을 살리고 키우는 산이라네. 이 산에 있으면 마음이 편하다네."

기초는 화롯가에서 혼자 차를 마시면서 벌겋게 달아오른 숯불을 바라봤다. 바깥이 얼마나 어두운지 알 수 없었다. 그녀는 아이들에게 이불을 덮어주고 마당으로 나왔다. 칠흑같이 어두운 줄만 알았던 밤하늘에 별이 가득했다. 크고 많은 별들이 시름에 겨운 듯 처연한 은빛을 약하게 뿌리고 있었다. 기초는 발꿈치를 들었다. 손만 뻗으면 포도 따듯 밤하늘의 별들을 줄줄이 딸 수 있을 것 같은 느낌이 들었다. 문득 나력 생각이 났다. 나력은 지금쯤 어느 별 아래에 있을까…….

제12장

남으로 수십 리쯤 더 가면 전당강이 바다로 흘러드는 입구 항주만이었다. 한여름이라 해변에는 드넓은 개펄이 펼쳐지고 수십 척의 작은 배들은 거북처럼 방파제 옆에 웅크리고 있었다. 멀리서 파란 바닷물이 햇빛을 받아 반짝이고 있었다. 바람은 자고 파도는 잠잠했다.

망망대해는 평화롭고 아름다웠다. 마치 전쟁이 무엇인지도 모르는 듯한 모습이었다. 하지만 지난해 일본군은 이곳에서 멀지 않은 금사낭교를 통해 절강성에 상륙했다.

광활한 바다 뒤편은 하천이었다. 복잡하게 얽혀 항가호평원을 흐르는 강물은 절강성 북부에서 서로 다른 두 개의 지형을 만들어냈다. 하나는 풍만한 강남 소녀의 젖가슴처럼 불쑥 솟아오른 구릉, 다른 하나는 이팔청춘 소녀의 배처럼 납작하고 평평한 벌판이었다.

전쟁의 포화 속에서도 새 생명은 꿋꿋이 움트고 자라났다. 그리고 하천 양안의 사탕수수밭, 대나무숲, 황마밭, 논밭, 차나무 밭에도 수확의 계절은 어김없이 다가오고 있었다.

작은 배 한 척이 강물 위를 천천히 떠가고 있었다. 배가 나아가는 방향과 나란히 이어진 오른쪽 제방 위에는 넓은 흙길이 펼쳐져 있었다. 웬 군용차량 한 대가 가다 서다를 반복하면서 배의 속도에 맞춰 흙길을 달리고 있었다. 차에 탄 두 남자의 일거수일투족이 배 위 사람들의 눈에 똑똑히 보였다.

장난스럽게 배와 앞서거니 뒤서거니 하면서 군용차량을 운전하는 남자와 달리 왼쪽 제방을 따라 걷는 젊은 여자는 걸음걸이가 의젓했다. 배 위 사람들의 눈에는 그녀의 뒤통수밖에 보이지 않았지만. 여자는 마치 급한 일이 있는 것처럼 몸을 앞으로 약간 기울인 채 종종걸음을 재촉하고 있었다. 뜨거운 햇볕이 내리쬐는 여름날의 정오 무렵, 나란히 평행선 위를 움직이고 있는 군용차량, 배와 사람 덕분에 뭔가 불길한 기운이 감돌던 마을은 잠깐이나마 평온을 되찾는 듯했다.

정치공작대 대장 나초경은 뱃머리에 앉아 있었다. 뭔가 근심걱정이 가득한 표정이었다. 그녀는 강렬한 햇빛 때문인지 약간 근시인 눈을 잔뜩 찌푸리고 있었다. 그녀의 하얗던 피부는 까맣게 타서 시골아낙처럼 돼 있었다. 그녀는 가끔씩 고개를 돌려 근엄한 눈빛을 선창 안으로 쏘아 보냈지만 그녀의 눈빛은 항억에게 별 영향을 끼치지 못했다.

항억은 전혀 변한 것이 없었다. 여전히 희고 말쑥한 피부에 풍류스럽고 호방했다. 허풍 떨기 좋아하는 성격도 그대로였다. 특히 여자가 있는 곳에서는 더욱 그러했다. 지금 이 시각도 그는 같은 배를 탄 사람들 중 가장 연장자인 진재량陳再良과 둘이서 주거니 받거니 열변을 토하고 있었다. 이따금 손에 들고 있는 하모니카로 아무렇게나 한 곡조 뽑기도 했다. 솔직히 그의 하모니카 연주 실력은 형편없었다. 그나마 혀로 탁탁 소리를 내면서 박자를 타는 재주가 있었기에 가락이 빗나가는 즉흥 연주도 나름 운치 있게 느껴졌다. 그는 이제까지 한 곡을 끝까지 연주한 적이 없었다. 그저 조금 불다가는 멈추고 사람들의 대화에 끼어들곤 했다. 이어 한바탕 큰소리를 탕탕 치고는 다시 하모니카를 집어 드는 식이었다.

항억 옆에 바짝 붙어 앉은 젊은 여자가 나초경의 시선을 끌었다. 항일을 한답시고 홍콩에서 갓 돌아온 은행 여직원 당운唐韻이었다. 요란한 파마머리에 입술에 립스틱을 빨갛게 칠한 멋쟁이 처녀였다. 나초경은 자신이 왜 기분이 나쁜지 스스로에게 물어보았다. 하지만 평소에도 유난히 튀는 행동을 하는 당운이 싫은 건지 아니면 젊은 여자들 앞에서 정신을 못 차리고 달변의 열정을 과시하는 항억이 꼴 보기 싫은 건지 알 수가 없었다.

반년 넘게 함께 지내면서 항억의 나초경을 대하는 태도는 많이 소원해졌다. 나초경의 열광적인 추종자였던 적이 언제였던가 싶을 정도였다. 나초경은 그런 항억이 가소롭게 느껴졌다.

'너는 아직 어려. 애송이가 뭘 안다고 시를 쓰냐?'

나초경은 금화에서 〈전시생활〉 간행물을 관리하던 기간에 항억과 단둘이 만났던 이른 봄밤을 똑똑히 기억하고 있었다. 그날 밤 그녀는 조직의 비밀회의에 참가하고 숙소로 돌아왔다. 회의에서 결정한 사안은 매우 중요했다. 당시 절강성 주석인 황소횡의 제안에 따라 전시정치공작대를 결성한다는 내용이었다. 정치공작대원 대부분은 젊은 학생들이었다. 그리고 중학 교사, 대학 교수와 홍콩이나 마카오에서 귀국한 항일 청년들도 섞여 있었다. 나초경은 몇몇 대장 중 한 명에 선발돼 한 무리의 대오를 거느리게 됐다. 어둠속에서 숙소로 돌아오는 길에 그녀는 맨 먼저 항억을 떠올렸다. 남들이 항억이 그녀의 '흑기사'라면서 의미심장한 농담을 던질 때면 코웃음치면서 부인하던 그녀였다. 그런 그녀가 결정적인 순간이 되자 항억을 떠올린 것이었다. 인정하기 싫지만 항억은 그녀가 제일 신뢰하는 사람이라고 해도 좋았다.

마당의 커다란 동백나무는 새빨간 꽃을 피웠다. 그러나 어두운 밤이라 꽃 색깔은 보이지 않고 꽃의 윤곽만 어렴풋이 보였다. 곧이어 창백한 얼굴의 소년이 동백나무 뒤에서 유령처럼 스르르 모습을 드러냈다. 소년은 분신처럼 가지고 다니던 하모니카 대신 종이 한 장을 손에 들고 있었다. 나초경은 사시나무 떨 듯 덜덜 떠는 소년의 손과 종잇장을 보면서 실소를 흘렸다. 다른 한편으로는 화가 나고 긴장하기도 했다. 살면서 단 한번이라도 사랑을 해본 사람이라면 동백나무 아래에서 덜덜 떠는 소년의 몸짓과 표정이 무엇을 의미하는지 알 수 있을 것이었다.

나초경은 원래 방안으로 들어가서 얘기를 나누려고 했었다. 그녀가 잠깐 머뭇거리는 사이 항억이 탁, 소리 나게 발을 굴렀다. 마치 발을 구르지 않고서는 입을 뗄 용기가 생기지 않았던 것처럼 곧이어 입을 열었다.

"당신을 위해 시를 썼어요."

나초경은 터져 나오려는 웃음을 겨우 참았다. 남들은 국가와 민족을 위해 눈물을 흩뿌리면서 애국시를 쓰는 마당에 항씨네 도련님은 한가하게 일개 여인을 위한 시를 쓰다니, 이 남자는 대체 무슨 생각을 하고 있는 걸까? 나초경은 그저 가소롭고 어이가 없었다.

"의논할 일이 있어요. 중요한 일이에요."

항억은 고집스럽게 한마디만 반복했다.

"당신을 위해 시를 썼어요."

하늘의 달은 크고 밝았다. 동백꽃 향기가 은은하게 풍겨왔다. 방안의 희끄무레한 불빛이 창문 틈으로 새어나왔다. 이른 봄의 추위는 더 이상 차갑게 느껴지지 않았다. 두 사람 사이에 야릇하고 훈훈한 기운이 감도는 듯했다. 하지만 그것은 얼마 가지 못했다. 나초경이 버럭 화를 냈기 때문이었다. 그녀는 잠깐이지만 마음이 약해지려고 한 스스로에게 화를 낸 것이었다.

"뭐 하는 짓이에요?"

나초경의 말투는 딱딱했다.

항억은 여전히 떨고 있었다. 다른 모든 것에는 관심도 없다는 듯 떨리는 목소리로, 그러나 고집스럽게 한마디만 반복할 뿐이었다.

"당신을 위해 시를 썼어요."

항씨 가문의 정 많은 도련님은 사랑에 빠진 것이 분명했다. 비록 그가 앞에 있는 이 여자를 사랑한 것인지 아니면 사랑이라는 감정 자체를 사랑한 것인지는 분명하지 않았으나 달 밝은 밤 동백나무 아래에서의 고백은 진심이었다. 여자는 한숨을 내쉬고 입을 다물었다.

항억은 그녀를 위해 쓴 십사행시를 읊기 시작했다. 시의 앞 네 구절을 읊는 항억의 목소리는 몹시 떨렸다. 훗날까지 나초경의 기억 속에 그것들이 생생히 살아남은 것은 그래서 이상할 것이 없었다.

그대는 소슬한 서풍을 맞으며 서 있는 여걸이겠죠,
그대의 눈빛은 소슬한 가을기운을 닮았어요.
나는 호숫가의 늙은 버드나무 아래서 그대를 기다리면서
그대가 오기 전 먼저 찾아온 첫추위에 마음을 떨었답니다……

나초경 기억 속의 그날 밤은 달빛이 유난히 밝았다. 마치 시를 읊고 있는 열광적인 젊은이와 작당해 그녀를 공략하려고 한 것처럼 말이다. 근시인 그녀의 눈에도 젊은이의 심하게 떨리는 입술이 똑똑히 보일 정도였다. 그녀는 젊은이의 시를 더 이상 듣고 있을 수가 없었다. 더 듣고 있다가는 가까스로 진정시킨 마음이 다시 흔들릴 것 같았다.

나초경이 딱딱하게 굳은 표정으로 입을 열었다.

"조직의 지시를 전달하겠어요. 전시 정치공작대에 대해 들어보셨어요?"

항억의 떨리는 목소리가 멈췄다. 항억은 동백나무 아래에서 마당 한가운데로 걸어 나왔다. 방안의 불빛이 비추지 못하는 곳이었다. 어둠 속에서 그의 목소리는 더 이상 떨리지 않았다.

"1938년 1월, 난계蘭溪에서 누군가 황소횡에게 전시 정치공작대 설립에 대한 건의를 상정했어요. 1월 20일, 황소횡은 난계에서 열린 정치공작대 설립대회에 친히 참석해 중요한 연설을 하셨죠. 그 이후로 절강성 곳곳에 정치공작대가 우후죽순처럼 설립됐죠. 정치공작대가 어떤 조직인지 아느냐고 저에게 묻고 싶죠? 저도 알아요, 정치공작대는 항일하는 진보적 청년간부 조직입니다. 주로 두 가지 일을 하죠. 하나는 후방에서 민중을 동원해 항일투쟁에 내세우는 것이고, 다른 하나는 전방 적지에 직접 뛰어들어 적들과 싸우는 것이죠."

"……"

"정치공작대는 사회의 발동자, 민중의 시범자이죠. 정부의 권위를 내세워 명령하지 않고 높은 지위를 이용해 호소하지도 않죠. 대신 조직의 인격, 정신, 조직원들의 솔선수범을 통해 대중들 속에서 정치공작을 하고 민중을 동원한 후 조직, 훈련, 단결시켜 항일전쟁을 끝까지 수행하죠. ……더 하고 싶은 말이 있나요?"

나초경은 침묵했다. 몇 마디 보충하고 싶었다. 이를테면 항억이 언급한 '황소횡에게 건의한 난계의 누군가'가 조직의 일원이라는 말을 하고 싶었다. 그러나 참았다.

나초경은 담담하게 한마디만 했다.

"나는 정치공작대로 가요."

예상 외로 항억은 놀라는 기색이 전혀 없었다. 그녀가 물었다.

"당신은요?"

"마음대로 해요."

"제가 콕 찍어 당신하고 같이 가겠다고 하면 어쩔 건가요?"

"그러면 같이 가죠 뭐."

그날 밤, 두 사람은 함께 그녀의 침실로 들어갔다. 그리고 밤늦게까지 얘기를 나누었다. 전부 정치공작대 업무와 관련된 내용이었다. 나초경이 구술하면 항억이 기록하면서 두 사람은 상세한 업무보고서를 작성했다. 그녀의 기억이 틀리지 않는다면 그날 밤 항억은 자정이 넘어 잠자리에 들었다. 하지만 그녀가 모르는 사실이 하나 있었다. 항억이 얇은 이불을 들추고 자리에 누우면서 그의 마음도 그 어느 때보다 홀가분해졌다는 사실이었다. 반년 넘게 그를 괴롭혀왔던 짝사랑의 아픈 감정은 눈 녹듯 다 사라져버렸다. 손을 내밀면 닿을 곳에 있는 그녀를 보고도 그는 더 이상 전율을 느끼지 않았다. 이제 그는 자연스럽게 그녀를 '조직', '정치공작대'와 동일시할 수 있게 됐다.

항억이 정치공작대에서 일한 지도 반년이 지났다. 그에게는 참으로 즐거운 나날들이었다고 해도 좋았다. 그는 많은 사람들을 만나고 많은 사람들과 얘기할 수 있는 이 일이 즐겁고 재미있었다. 밤이면 아무 데나

누워서 자고 낮에는 많은 사람들의 주목을 받으며 표어를 쓰고 연극 공연을 했다. 물론 힘들지 않은 것은 아니었다. 하지만 아직 젊은 나이라 하룻밤 자고 일어나면 다시 기운이 펄펄 솟고는 했다. 그의 주위에는 여자가 많았다. 도시 여자, 농촌 여자, 나이 든 여자, 젊은 처녀를 막론하고 모두 그를 찬미하고 흠모했다. 가끔 여자들의 요청에 못 이기는 척 하모니카로 항일 가곡을 연주할 때도 있었다. 두 귀를 쫑긋 세우고 눈빛을 반짝이면서 집중해 경청하는 여자들을 볼 때면 그는 마치 꽃밭에 둘러싸여 있는 듯한 착각을 느꼈다. 이를테면 이 시각 그의 옆에 앉아 있는 당운은 그의 열렬한 추종자였다. 무려 홍콩 대자본가의 천금 같은 딸이 그의 매력에 흠뻑 빠진 것이다. 이 와중에 늙은 서당훈장 진동홍陳冬烘(진재량)은 혼자 김칫국을 마시고 있었다. 당운이 그의 '보물 1호'인 벼루에 잔뜩 눈독을 들인 탓에 일부러 친한 척하는 줄 착각한 것이다. 두 젊은 이가 벼루를 사이에 두고 야릇한 눈빛을 주고받는 것을 전혀 눈치채지 못했다.

항억은 득의만면한 표정으로 고개를 들고 씨익 웃었다. 마침 이맛살을 찌푸리면서 고개를 돌려 그를 바라보던 나초경과 눈이 딱 마주쳤다. 항억의 얼굴에서 웃음기가 싹 사라져버렸다. 어찌된 영문인지 그는 나초경을 볼 때마다 무언의 압력을 느꼈다. 정치공작대에 젊은 여자 대원이 새로 올 때마다 그는 자기도 모르게 나초경과 비교를 했다.

'이야, 나초경보다 훨씬 더 멋있는 여자군.'

항억이 종종 이런 결론을 내리고 사흘 정도 새로운 여자에게 온갖 정성과 열의를 바치면 네 번째 날이면 어김없이 나초경이 등장해 좌중을 압도하고는 했다. 그는 나초경의 근엄한 아름다움에 익숙해질 수 없었다. 언제나 나초경의 매서운 눈빛이 부담스러웠고 심지어 조금 두렵기까지 했다.

이날도 예외는 아니었다. 의도치 않게 나초경과 눈빛이 딱 마주친 그는 당황함을 감추지 못한 채 스르르 눈을 내리깔았다. 하지만 일부러 아무렇지 않은 척 슬쩍 진동홍 쪽으로 고개를 돌렸다.

진동홍은 정치공작대원들 중에서도 모르는 사람이 없는 '이단아'였다. 염소수염을 기르고 뒤통수에 희끗희끗한 변발辮髮을 드리운 그는 다 낡아빠진 장삼차림으로 절강성 남쪽의 깊은 산골짜기에서 항일을 하러 이곳까지 온 사람이었다. 오로지 항일을 위해 마누라와 자식새끼들을 다 버리고 밥 동냥을 하면서 이곳까지 찾아왔다고 했다. 겉모습만 보면 영락없는 거렁뱅이였다. 하지만 그가 등에 메고 있는 자루에 자칭 '국보'라는 커다란 벼루가 들어있는 걸로 봐서는 그렇게 가난한 집 태생 같지는 않았다. 또 깊은 산속에서 반평생을 보냈다는 말로 미뤄볼 때 바깥세상에 대해 아무것도 모를 것 같았으나 항일을 위해 나섰다니 상당한 아이러니가 아닐 수 없었다. 그런 괴짜였으니 아무도 그가 대화를 나눌 때 문언문을 구사하는 것을 이상하게 생각하지 않았다.

진동홍이 엄숙한 표정으로 입을 열었다.

"산속에서 경독耕讀하던 일개 서생인 이 재량이 어찌 숲 아래의 즐거움을 모르겠소만, 옛사람이 이르기를 '붓을 버리고 칼을 잡으라'고 했거늘, '천하의 흥망은 필부에게도 책임이 있는 것'이 아니겠소. 그래서 천리 길 마다하지 않고 항일하러 찾아왔으니, 이 몸이 휘하의 일개 졸병으로 전장에서 목숨을 잃어 청산에 뼈를 묻는다고 해도 영원히 후회하지 않으리다."

항억은 진동홍의 가느다란 변발을 볼 때마다 웃음이 터졌다. 그러나 억지로 참고 시큰둥하게 물었다.

"선생이 항일에 나선 것은 참으로 칭찬받아 마땅한 일입니다. 외람되지만 선생만의 특별한 장점 같은 건 없나요?"

진동홍이 낡아빠진 자루에서 커다란 벼루를 조심스럽게 꺼냈다.

"이 벼루는 재량의 조상 대대로 전해져 내려온 가보외다. 흡주歙州의 용미산龍尾山에서 난 것으로, 이름은 '금성흡석운성악월지연'金星歙石雲星岳月之硯이외다. 재량의 나이 예순, 이 나이 먹도록 밤낮으로 이 보물과 함께하면서 글 연습을 했수다. 비록 이 몸이 닭 모가지 비틀 힘도 없어 무기를 들고 오랑캐와 싸울 수는 없으나 말과 글로 오랑캐들의 죄상을 성토하는 일은 충분히 해낼 수 있수다."

말을 마친 진동홍이 책상 앞에 단정히 앉더니 벼루에 먹을 갈기 시작했다. 이어 붓에 먹을 듬뿍 묻혀 하얀 종이에 안진경 필체로 "일본제국주의를 타도하자"라는 글씨를 썼다. 예상 밖의 수려한 필체를 보고 항억은 자기도 모르게 갈채를 보냈다.

나초경은 본래 진동홍을 다른 부서로 보내려고 했었다. 아무래도 노인이다 보니 죄다 젊은 대원들뿐인 정치공작대 업무에는 적합하지 않다고 판단했기 때문이었다. 하지만 그녀는 이내 생각을 바꿨다. 노인의 뜨거운 항일 열의에 감동받았기 때문인지 아니면 항억의 박수갈채 때문에 마음이 흔들렸는지는 그녀 자신도 알 수 없었다.

'그래, 그동안 항억 혼자 표어도 쓰고 온갖 허드렛일을 도맡아 하느라 밤낮으로 힘들었어. 몸이 열 개라도 모자랄 지경이었지. 진 선생은 서예 실력이 상당한 분이시니 항억에게 큰 도움이 될 거야. 일단 놔둬보자. 정 안 되면 그때 가서 보내도 늦지 않아.'

이렇게 해서 진동홍 선생은 항일 청년들 사이에서 손꼽히는 유명인물이 됐다.

진동홍은 젊은 대원들과 그런대로 무난하게 어울리는 듯도 했다. 그런 진동홍 앞에서 입도 뻥긋해서는 안 되는 금기어가 하나 있었다. 바로 '벼루'라는 단어였다. 누가 자칫 실수로라도 '벼루'에 관한 화제를 언급하면 진 선생은 마치 물 만난 물고기마냥 한껏 신이 나서 상대가 지쳐 나가떨어질 때까지 일장연설을 늘어놓고는 했다. 그의 얘기는 항상 한漢나라 유희劉熙의 〈석명〉釋名으로부터 시작됐다.

　　"'벼루 연'은 곧 '갈 연硏'이라, 먹을 부드럽게 간다는 뜻이다. 예로부터 석연石硯, 도연陶硯, 동연銅硯과 칠연漆硯이 있었다. 발足은 둥근 삼각형, 네모난 사각형, 거북형, 산형山形 등이 있다. 산형은 또 십이봉十二峰으로 나뉘는데 봉우리마다 제각기 다르다."

　　이쯤 되면 다들 눈치를 슬슬 보지 않을 수 없다. 그나마 고문古文을 조금 안다는 항억만 남겨놓고 자리를 뜨기 일쑤였다. 안 그러면 고리타분한 서생이 열두 봉우리의 이름과 내력을 장황하게 설명하는 것까지 다 듣고 있어야 했기 때문이다. 항억은 처음에는 늙은 서생의 체면을 고려해 열심히 경청하는 척이라도 했다. 하지만 원래부터 붓이니 벼루니 하는 데는 관심이 없었고 그나마 가지고 있던 얄팍한 지식을 다 털어놓고 나니 더 이상은 할 말이 없었다. 결국 얼마 못 가서 항억마저 진동홍을 슬슬 피해 다니게 됐다. 대화상대를 잃은 진동홍은 눈에 띄게 풀이 죽었다. 시키는 대로 열심히 삐라와 표어를 쓰는 데만 열중했다.

　　하늘이 늙은 서생을 가엽게 여겼던 걸까? 그때 머나먼 홍콩에서 진동홍의 새로운 '청중'이 왔다.

　　당운은 지식인이 아니었다. 홍콩에서 태어나 어릴 때부터 서양식 교육을 받아온 여인이었다. 처음 내지에 온 그녀는 모든 것이 신기하기만 했다. 그랬으므로 그녀는 단지 노인을 공경하는 마음으로 멋모르고 기꺼이 진동홍의 새로운 '청중'이 된 것이었다.

이날도 당운은 무겁게 내려오는 눈꺼풀을 억지로 밀어 올리면서 진동홍의 일장연설을 듣고 있었다. 무더운 날씨에 낮잠도 자지 못하고 앉아 있자니 고역이 따로 없었다. 항억이 가끔 그녀를 향해 찡긋찡긋 추파를 던지지 않았더라면 그녀는 아마 그 자리에 쓰러져 잠들어버렸을지도 몰랐다.

진동홍은 졸리는 기색이 전혀 없었다. 마치 소중한 여인의 아름다운 육체에 탐닉한 사람처럼 손바닥으로 부드럽게 '금성흡석운성악월연'을 쓰다듬으면서 지칠 줄 모르고 청산유수처럼 얘기를 이어나갔다.

"미세한 서슬이 있어 먹을 갈기에 적합하면서 붓을 손상시키지 않고, 견고하고 윤이 나고 깨끗하고 매끄러워 먹이 잘 갈린다네. 촉감은 아기 피부처럼 부드럽고, 무늬는 비단처럼 아름답지. 두드리면 금속 소리가 나고 옥과 같은 덕을 지녔다네.' 이것이 흡석歙石의 장점이외다. 흡석은 또 나문羅紋, 미문眉紋, 금성金星, 금훈金暈 등 여러 가지가 있는데 그중에서 금성과 금훈이 예로부터 최상품으로 취급됐으니……."

항억은 당운의 힘들어하는 모습을 차마 더는 볼 수 없었다. 할 수 없이 진동홍의 말을 싹둑 잘랐다.

"진 선생, 선생의 벼루는 최상품인 금성이죠. 지난번에도 이미 설명 잘 들었어요……."

하지만 진동홍은 입을 다물 기미를 보이지 않았다.

"젊은이는 그것이 그런 줄은 알지만 그렇게 된 까닭은 모를 거요. 하나만 알고 둘은 모른다는 말이외다. 금성은 또 우점금성雨点金星 어자금성魚子金星, 금전금성金錢金星으로 나뉘는데……. 자자, 당 아가씨, 이 벼루 좀 보시구려. 금빛이 찬란한 가운데 돌 본연의 색깔은 은은한 녹색이잖소,

이처럼 금빛과 녹색이 섞인 것은 진품 중의 진품이외다. 당 아가씨, 이 윗면을 보시구려. 별, 구름, 해, 달, 바다와 강이 조각돼 있잖소……."

나초경이 선실 밖에서 작은 소리로 항억을 불렀다.

"항억, 이리 나와 봐요."

당운이 항억을 팔꿈치로 찌르면서 슬쩍 눈짓을 했다. 복잡하고 미묘한 감정이 담긴 눈빛이었다. 항억은 가슴이 팔랑거렸다. 하지만 깊이 생각할 겨를도 없이 몸이 자동적으로 선실 밖으로 향했다. 그에게 나초경은 여전히 거부할 수 없는 마력을 지닌 사람이었다.

뱃머리에 앉아 있던 나초경이 별 다른 표정 없이 담담하게 말했다.

"저기 제방 위를 달리는 군용차량 보이죠? 어떤 거 같아요?"

"멈췄다 섰다를 반복하면서 가더군요. 뭘 하는 사람들인지 모르겠어요."

"내가 눈 여겨봤는데 두 사람 중에서 한 사람은 당신의 예비 작은 고모부를 많이 닮았어요."

항억이 벌떡 일어났다. 이어 두 눈을 크게 뜨고 제방 위를 바라봤다. 그러나 달리는 차량만 보일 뿐 사람은 보이지 않았다. 항억이 실망한 목소리로 말했다.

"세상에 그렇게 공교로운 일이 있을 리가요. 대부대를 따라 정면 전장으로 나간다고 나력 형이 직접 나에게 말했어요. 지금쯤은 아마 북쪽에서 왜놈들과 싸우고 있을 거예요."

나초경이 미간을 찌푸리고 한참 생각하더니 말했다.

"제가 잘못 봤을 수도 있어요, 제가 눈이 나쁘잖아요."

항억이 황급히 말했다.

"눈이 나쁜 것과는 아무 상관이 없어요. 저는 아까부터 저기 제방을 따라 걷고 있는 여자가 작은고모로 보였는걸요."

나초경이 얼굴에 옅은 웃음을 올리는가 싶더니 이내 정색하면서 말을 이었다.

"무슨 일이든 다 일어날 수 있어요. 이를테면 우리가 지금 편안하게 앉아 있는 이 배도 1분 뒤에는 어떻게 될지 몰라요. 건너편 차나무 숲에 적이 매복해 있을지도 모르는 일이죠. 어찌됐건 일단 눈 좀 붙이세요. 아까부터 쉴 새 없이 떠들던데 피곤하지도 않아요?"

나초경이 선실 안을 향해 소리를 질렀다.

"진 선생, 눈 좀 붙이세요. 당운은 홍콩에서 갓 온 사람이라 적응 기간이 필요할 거예요."

나초경의 말에 선실 안은 이내 조용해졌다. 항억이 뱃머리에 자리를 잡고 앉은 채 말했다.

"들어가서 좀 쉬세요. 내가 망을 볼게요."

"잠이 오지 않아요."

"한 번만 나를 믿어주면 안 돼요?"

나초경이 예의 실눈을 뜬 채 항억을 보면서 말했다.

"마음이 놓이지 않아요……."

국군 청년 장교 나력은 항가평을 본 순간 한눈에 알아봤다. 나중에 다시 생각해봐도 참으로 신기한 일이 아닐 수 없었다. 기초는 큰오빠와 둘째 오빠가 외모부터 기질까지 서로 닮은 구석이라고는 없다고 누누이 말했었다. 하지만 나력은 딱히 말로 형언할 수는 없지만 항씨네 집안사람 특유의 공통점을 단번에 알아차렸다. 항씨네 사람들의 눈빛은 깊고 애틋했다. 하지만 눈초리는 풀리지 않는 의혹이 가득차 있는 것처럼 보였다. 겉으로 보기에는 완전 상남자인 항가평도 예외는 아니었다.

차에서 내린 두 사람은 차나무 앞에 서서 담배를 붙여 물었다. 여름차는 생육 상태가 아주 좋았다. 그러나 차 따는 시기가 이미 지난 터라 잎은 속절없이 늙어가고 있었다. 멜빵바지 차림의 항가평은 서 있는 자세가 바르고 곧았다. 나력이 예전에 본 적이 있는 기초의 양부 조기객과 너무나도 닮았다. 나력은 속으로 생각했다.

'큰형님과 둘째 형님은 많이 다르구나. 외모, 성격뿐만 아니라 살아온 경험까지 모두 다 다른 것 같아. 보아하니 큰형님은 의식적으로 사람을 피하는 성격이고 둘째 형님은 적극적으로 다른 사람에게 다가가는 성격이야. 이 둘째 형님은 영준하고 호방하니 처음부터 호감이 느껴져.'

"나는 우연의 일치라는 것을 지금껏 믿지 않았었네. 하지만 내 삶에 결정적인 영향을 미친 공교로운 사건들은 심심찮게 발생하곤 했지. 이번 일도 마찬가지네."

가평이 웃으면서 말을 이었다.

"이번 귀국의 목적은 오랜 본업인 신문업을 해볼까 해서였네. 그런데 공교롭게도 우한에서 선친의 벗인 오각농 선생을 만났지 뭔가. 선친과 오각농 선생 두 분 다 차 산업에 종사한 분들이셨지. 따지고 보면 한 고향 사람이기도 하네. 오 선생은 이번에 중국 측 무역위원회의 대표로 소련 측과의 무역을 주도하게 됐다네. 중국의 차로 소련의 무기를 사는 무역이지. 오 선생은 내가 소련에 다녀온 적이 있고 러시아어를 안다는 말을 듣더니 당분간 도와줄 수 없냐고 부탁하더군. 자네는 잘 모르겠지만 지금의 정부 당국은 무능하고 답답하기 짝이 없다네. 이번 무역 건도 얼마나 질질 끌었는지 모른다네. 다행히 오 선생도 소련에 다녀오신 적이 있고 또 일부러 사람을 보내 소련의 차 판매시장을 조사한 덕분에 우리는 반나절 만에 성공적으로 무역협정을 체결할 수 있었다네."

"둘째 형님, 오 선생은 형님이 그분의 유능한 조수가 될 것임을 믿어 의심치 않고 이렇게 꽉 붙잡으신 거군요."

나력도 웃으면서 말했다. 가평과 얘기를 나눌 때는 가화와 함께 있을 때처럼 중압감이 없어서 홀가분하고 편한 느낌이었다.

"이것도 인연이라면 인연이겠지. 나는 내가 평생 차와는 인연이 없을 줄 알았네. 차 산업은 당연히 큰형님 일이라고 생각했지. 돌고 돌아 결국 나도 가업을 이어받게 됐다네."

가평은 당시 중국 차업계의 실정을 말한 것이었다. 1937년 6월 민관 합작 경영기업인 중국다엽공사가 설립됐다. 오각농은 총기사總技師를 맡았다. 얼마 지나지 않아 그는 '무급휴직'을 신청하고 중국 최대의 차 수출항인 상해를 떠났다. 아울러 차 업계 종사자들을 절강성 삼계三界에 있는 차 개량농장으로 불러 모아 장기적인 항일게릴라전 준비를 재촉했다. 하지만 그들의 활동은 생각처럼 쉽지 않았다. 정세가 지속적으로 악화되면서 이런저런 제약이 많았던 탓이었다. 오각농을 위시한 젊은 다인茶人들은 새로운 항일구국운동을 기약하면서 우한으로 철수했다. 가평이 언급한, 중국의 차로 소련의 무기를 사려는 무역계약은 오각농이 1938년 우한에서 소련 측과 체결한 첫 번째 물물교환 협정이었다.

계약은 이미 체결됐고 소련 측도 계약서에 명시한대로 무기와 탄약을 다 준비해 수출만 기다리고 있었다. 문제는 포화의 불길이 하늘을 덮는 중국에서 그 많은 양의 차를 구하는 것이 하늘의 별따기라는 사실이었다. 더구나 중국 최대의 차 수출시장인 상해가 함락되고 나자 기존의 차 생산, 수매, 판매 유통체계가 엉망으로 흐트러졌다. 전쟁으로 인해 교통시스템도 마비된 터라 단기간에 중국 각 지역에 분산된 차농들을 조직해 차를 생산한 후 가공, 운송하는 것도 불가능했다. 어쨌든 내막을 잘 아는 사람들은 계약 납기일을 맞추기란 불가능하다고 다들 입을 모았다. 오각농, 항가평을 비롯한 지식인들은 반복적인 토론 끝에 전국적인 일괄 수매 및 운송, 판매만이 유일한 해결책이라는 결론을 내렸다. 이 방법은 또 양행, 양장洋庄과 차잔茶栈의 중국차 무역 독점을 저지하고 지주, 부호, 고리대금업자들의 차농에 대한 착취를 막는 일석이조의 효과도 기대할 수 있었다. 한마디로 차 업계를 시작으로 반봉건, 반식민지 생산관계의 변화를 꾀할 수 있는 좋은 기회가 될 수도 있었다.

제일 먼저 두 손 들어 이 방안에 찬성한 사람은 가평이었다. 젊었을 때부터 '대동세계, 인류해방'의 원대한 포부를 품어온 사람이었으니 당연한 일이었다. 중년의 나이에 접어든 가평은 예전보다 차분하고 진중해져 있었다. 더 이상 헛된 꿈을 좇지 않고 실재적인 것에도 힘썼다. 그는 자연스럽게 '차 업계 혁명'의 구체적 업무를 책임진 실무자 역할을 맡았다.

오각농과 가평 등 다인들의 적극적인 노력에 힘입어 정부 차원의 차 일괄구매 및 판매 정책인 〈재정부 무역위원회가 중국의 차 수출을 일괄 관리하는 방법 대강〉이 1938년 6월에 출범했다. 오각농과 가평은 무역위원회 대표로 중국의 주요 차 생산지들에 '차 관리처'를 세웠다.

무역위원회는 이 밖에 홍콩에 부화富華무역공사라는 대외무역 주관기구를 설립했다. 당시의 홍콩 당국(영국령 식민지)은 중국 정부가 홍콩에 정부기관을 세우는 것을 허용하지 않았다. 따라서 기업 명의로 할 수밖에 없었던 것이다. 오각농은 무역위원회 위원과 부화무역공사 부지배인을 겸임하면서 중국 각지의 차를 홍콩으로 운반해 소련을 비롯한 외국에 수출하는 업무를 책임졌다. 절강성 영파, 온주溫州, 오강鼇江과 복건성 삼도옥三都沃, 사정沙埕, 복주福州 등지에서는 외국의 기선을 빌려 홍콩으로 차를 운반했다. 이렇게 해서 1938년의 중국차 수출량은 예년에 비해 대폭 증가했다. 가평은 홍콩, 무한과 주요 차 생산지를 전전하면서 눈코 뜰 새 없이 바빠 보냈다. 그러다 1938년 늦여름에야 겨우 짬을 내 고향으로 돌아올 수 있었다.

가평이 가업에 종사하게 된 데에 혈연이 조금이나마 영향을 끼쳤다면, 나력이 뜻하지 않게 차 업종에 종사하게 된 것은 순전히 우연이었다. 어느 날 전시물자조달처와 차운송판매처의 사람이 나력을 찾아왔다. 당시 나력은 전선으로 나가기 위해 이미 군용트럭에 몸을 실은 상태였다.

"중앙정부에서 차 수매 전담 관원을 보내왔습니다. 건설청에서 나력 당신을 뽑아 그분을 접대하도록 하라더군요."

나력은 어안이 벙벙해졌다. 뭔가 잘못 전달된 것 같다는 생각이 들었다. 그래서 황급히 말했다.

"저는 차 구매와 하등 관계가 없는 사람입니다. 저는 작전을 수행하는 사람입니다."

"저희도 자세한 상황을 모릅니다. 당신의 상관은 당신이 차를 운전할 줄 알고 당신의 약혼녀가 차 업계 종사자라면서 이 두 가지 조건이면 충분하다고 했습니다."

나력은 한사코 변명을 했다.

"저의 약혼녀가 다인인 것은 맞습니다만 저는 다인이 아니지 않습니까."

나력의 변명은 당연히 통하지 않았다.

"저희는 상부의 명령을 전달하러 왔을 뿐입니다. 할 말이 있으면 중앙에서 온 그분께 직접 말하십시오."

나력은 울며 겨자 먹기로 트럭에서 내렸다. 중앙에서 왔다는 '그분'은 다름 아닌 가평이었다. 두 사람은 서로 신분을 밝히고 나서 "세상에 이런 우연이 다 있나!" 하면서 감개를 금치 못했다.

두 사람은 어느새 친숙한 사이가 됐다. 두 사람은 군용차량을 몰고 일본군이 아직 점령하지 못한 차 생산지는 물론 피아 쌍방이 접전을 펼치는 전쟁 지역을 쉬지 않고 달렸다. 가평이 맡은 임무는 두 가지였다. 그중에서도 가장 급선무는 대량의 차를 수매하는 일이었다. 다른 하나는 항일전쟁 시기 차 업종의 기술개조 및 생산관계 개조 현황을 현지 조사하는 것이었다. 가평이 가끔 차를 멈추고 차밭을 마주하고 서서 골똘히 생각하는 모습을 보인 것도 이 같은 이유 때문이었다.

가평이 '노도'^칼 브랜드 담배를 뻑뻑 빨면서 말했다.

"이 차밭의 나무들은 진작 뿌리만 남겨놓고 다 베어버렸어야 했네. 며칠 전에 봤던 차밭도 마찬가지야. 나는 차에 정통한 사람은 아니네만 어릴 때부터 보고 들은 것은 좀 있지. 차나무는 30년에 한 번씩 잘라줘야 한다네. 죽지 않고서는 새로 태어날 수 없지."

"형님은 이번 전쟁에 대한 관점을 은연중에 표출하시는군요. 형님의 말뜻인즉 항일전쟁은 신중국 건국의 토대다 이 말씀이시죠? 항일전쟁 기간이 길어질수록 신중국 개국의 기회도 많아지겠죠?"

"아마 국민당 정부의 사람들은 내 관점에 동의하지 않을 걸세. 특히 자네 같은 젊은이는 더욱 그럴 테고. 자네들은 잘 모르겠지만 기존의 제도에서 중국은 풍전등화처럼 위태로웠다네. 이번 전쟁이 없었더라도 벌써 멸망했을지 모르네. 그래서 나는 항일전쟁이 곧 신중국 개국을 의

미한다고 말한 거네."

나력은 찻잎을 한줌 따서 엄지와 식지로 몇 번 비빈 다음 입에 넣었다. 여름차는 그가 상상했던 것보다 훨씬 쓰고 떫었다. 하지만 그는 뱉지 않고 열심히 씹었다. 그의 입가에 초록색 거품이 배어나왔다. 꽤 오랫동안 찻잎을 씹던 그가 조심스럽게 입을 열었다.

"둘째 형님, 솔직히 저는 신중국 개국에 대해서는 한 번도 생각해본 적이 없습니다. 저희 집은 조상 대대로 광부였지요. 고향인 동북의 탄광에서 오로지 석탄만 캤습니다. 국가는 저희들의 생사와 안위에 대해서는 전혀 신경 쓰지 않았습니다. 저희도 국가에 희망 따위를 걸지 않았지요. 저희들이 싸우러 나온 목적은 단순합니다. 왜놈들이 집에 불을 지르고 부모형제를 죽였기 때문입니다. 가족들의 원수를 갚고 왜놈들에게 빼앗긴 삶의 터전을 되찾는 것이 저희들의 목적이었습니다. 물론 지금은 새로운 목적이 추가됐지요. 하루 빨리 일본놈들을 쫓아내고 기초와 함께 있는 것입니다. 사랑하는 여자와 함께 있지 못하는 것 만큼 괴로운 일이 세상에 어디 있겠습니까. 안 그렇습니까, 형님? 그래서 저는 전쟁이 빨리 끝나기를 바랄뿐입니다. 그때 가서 아마 신중국 개국에 대해 생각해볼 수도 있겠지요. 아마도요."

나력이 두 손을 펼쳐 보이면서 고개를 절레절레 흔들었다.

가평이 나력의 어깨를 툭툭 두드렸다. 중년의 나이에 접어든 그는 이제 다른 사람의 악의 없는 이견을 귀담아 들을 수 있는 여유가 있었다.

"자네, 이 차나무들을 허투루 봐서는 안 되네. 이 나무들은 곧 대포와 총, 폭탄이라네."

"하지만 저는 대포와 총, 폭탄을 직접 만지는 사람이 되고 싶습니다.”

가평이 참지 못하고 웃음을 터뜨렸다.

'이번에는 항씨 가문이 기질이 전혀 다른 식구를 맞이하게 됐군.'

가평이 그렇게 생각하고는 딱딱한 분위기를 전환하기 위해 슬쩍 화제를 돌렸다.

“자네 머릿속은 온통 전선으로 나가고 싶은 생각으로 가득찼군. 자네는 차가 아닌 나 때문에 마지못해 여기 남은 거야. 내 말이 맞지?”

나력도 히죽 웃었다. 가평의 남자다운 시원시원한 대화방식이 마음에 들었던 것이다.

“저는 항주에 6년 넘게 있었습니다. 후방이라면 이제 지긋지긋합니다. 저는 처음부터 전방으로 나가고 싶었습니다. 형님 말씀이 맞습니다. 형님이 아니라면 저는 지금쯤 최전선에서 적들과 싸우고 있을 겁니다. 어쩌면 이미 전사했을지도 모르죠.”

가평의 눈빛이 준엄해졌다. 그는 솔직하고 호방한 동북 청년에게 한마디 해주고 싶었다. '죽는다는 말을 너무 쉽게 하지 말게. 우리는 벌써 임생을 잃었다네.'라는 말을. 하지만 나력의 진지한 표정을 보고 차마 입이 떨어지지 않았다. 그는 목구멍까지 올라온 말을 꿀꺽 삼키고 묵묵히 담배를 태웠다. 나력도 가평의 미묘한 표정 변화를 눈치챘다. 그리고 그 순간 그는 기초의 큰오빠와 둘째오빠의 공통점을 발견했다. 그것은 두 사람 다 죽음을 두려워하지 않으나 생에 대한 열망은 그 누구보다도 강하다는 사실이었다.

가평이 담배를 비벼 껐다. 그는 그동안 불면증에 시달리면서 담배가 늘었다. 그가 담배꽁초를 버리고 큰 소리로 말했다.

“자, 가자고. 아까 보이던 배가 벌써 저 멀리 앞서 갔군. 따라잡을 수 있을까?”

나력이 차에 올라 시동을 걸면서 말했다.

“가는 길이 다릅니다. 우리는 저 앞에 있는 갈림길에서 오른쪽으로 꺾어야 합니다. 저기 왼쪽 기슭에 있는 여자 보이시죠? 여자의 앞에 있는 갈림길 말고 뒤에 있는 갈림길입니다. 여자는 걸음이 참 빠르군요. 무슨 급한 일이 있는지 쉬지 않고 내처 걷기만 하는군요. 어, 저 여자도 왼쪽 길로 접어들었습니다. 형님은 잘 모르시겠지만 이 강은 안전하지 않습니다. 왜놈들이 심심찮게 출몰한다는 소문이 있거든요. 조심해서 나쁠 게 없죠. 둘째 형님은 중앙에서 파견한 요원이자 집안 형님이시니 제 책임이 무겁습니다.”

항기초는 왼쪽 갈림길에 서서 그녀 앞으로 스칠 듯 지나가는 작은 배를 바라봤다. 그녀는 여기까지 걸어오는 동안 이 배를 그다지 눈여겨보지 않았다. 삐걱거리는 소리가 똑똑히 들릴 정도로 지척에 있었는데도 말이다. 건너편 제방의 군용차량이 오히려 그녀의 시선을 끌었다. 그녀가 혼잣말처럼 중얼거렸다.

“이 강만 아니었다면 염치불구하고 저 차를 얻어 탔을 텐데. 차 운전수가 나력의 동료일지도 모르잖아?”

빈아원의 여교사 기초는 금화에 도착한 뒤 빈아원 아이들의 행방을 온갖 방편으로 수소문했다. 다행히 아이들은 금화 교외의 작은 시골 마을에서 안전하게 지내고 있었다. 기초는 망우와 이월을 데리러 서둘러 천목산으로 달려갔다. 하지만 천목산의 낡은 절에는 사람 그림자도 보이지 않았다. 그녀는 미친 사람처럼 산속을 샅샅이 훑었다. 하지만 헛수고였다. 그녀는 백차나무 아래에 앉아 낮은 소리로 훌쩍거렸다. 찻잎이 그녀의 머리 위로 눈처럼 우수수 떨어져 내렸다.

"어디로 갔을까? 나력이 옆에 있었으면 좋겠어."

기초에게 깊은 외로움과 절망감이 엄습하고 있었다. 얼마 전 누군가 그녀에게 말하기를 금화에서 나력을 본 적이 있다고 했다. 그녀는 그 말을 듣고 구름 위를 걷는 듯한 기분을 느꼈다. 성격이 굳세지만 낭만적인 그녀가 엉뚱한 상상을 펼쳤다.

'인연이 있으면 천리 밖에서도 만나게 된다고 했어. 나하고 나력도 어느 날 우연히 길거리에서 마주치게 될 거야.'

기초는 둘이 처음 만나 뜨거운 입맞춤으로 승리를 축하하던 그날을 떠올리고는 숨이 가빠지고 눈시울이 붉어졌다. 물론 그러는 와중에도 그녀의 신경은 여전히 아이들에게 가 있었다. 그녀는 지난 몇 달 동안 망우를 찾으려고 백방으로 수소문한 끝에 무과스님이 아이들을 데리고 더 안전한 곳으로 피신해 있다는 소식을 들었다. 그제야 안도의 한숨이 나왔다. 아이들이 아직 무사하다니 일단 안심이 된 것이다. 그녀는 낡은 절에 증표를 남겨놓고 서둘러 다시 금화로 향했다. 하지만 공교롭게도 나력은 금화를 갓 떠난 뒤였다. 길이 어긋나서 만날 기회를 두 번이나 놓치자 그녀는 갑자기 오기가 생겼다. 그녀는 과연 심록애의 딸이 맞았다. 심록애와 똑같은 열정적인 피가 그녀의 몸에도 흐르고 있었다. 결국 그녀는 안전한 곳에 머물 수 있는 기회를 포기하고 나력을 찾아 나섰다. 나력이 차 생산지로 향했다는 소식을 듣고 서둘러 그쪽으로 쫓아간 것이었다.

기초는 갈림길에 서서 잠깐 망설이다가 길옆에 있는 정자로 향했다. 정자 안쪽에 풀더미가 쌓여 있었다. 기초는 그 위에 털썩 주저앉았다. 풀은 푹신푹신하고 따뜻했다. 그녀는 물병을 꺼내 물을 한 모금 마셨다. 이어 고개를 들어 흐르는 강물과 강 건너편의 군용차량을 바라봤다. 한참 보고 있자니 갑자기 뜨거운 피가 확 끓어오르면서 공연히 객기를 부려보고 싶었다. 군용차량은 오른쪽 갈림길로 향하고 있었다. 기초는 점점 멀어져가는 군용차량의 뒤꽁무니에 대고 크게 외쳤다.

"나력……!"

그 순간 기초는 풀더미 아래에서 꿈틀거리는 무언가에 걸려 뒤로 힘없이 나동그라졌다. 곧이어 젊은 남자의 시퍼런 얼굴이 풀더미 위로 불쑥 올라왔다. 남자가 덜덜 떨면서 말했다.

"놀…… 놀라지…… 말아요. 나…… 나도…… 길 가던 사람인데…… 학질에 걸려서……. 놀라지…… 말아요……."

남자가 이내 다시 풀더미 속으로 머리를 묻었다.

군용차량 위의 두 사람은 아무것도 듣지 못한 채 점점 멀어져갔다. 그런데 배의 선실에서 누군가 고개를 내밀었다. 항억이었다. 그가 졸린 눈을 비비면서 말했다.

"누군가 부르는 소리가 난 것 같은데……. 나 대장, 못 들었어요? 누군가 나력을 부르는 소리가 들렸어요."

나초경이 제방 쪽을 살펴봤으나 아무것도 보이지 않았다. 제방을 따라 걷던 여자의 모습도 보이지 않았다.

하늘은 구름 한 점 없이 파랬다. 하늘과 땅 사이의 넓은 공간은 적막하고 공허했다. 나초경은 은근히 걱정이 됐다.

'자정쯤이면 차원茶院(절강성의 향鄕)에서 대부대와 회합하게 된다. 그때까지 방심할 수 없다. 우리 소부대는 무사히 대부대와 회합할 수 있을까?'

제13장

나초경의 엄숙한 얼굴이 어둠속에 다시 나타났을 때 항억은 가까스로 정신이 들었다. 사람들의 말소리가 들려왔다. 누군가의 신음소리도 들렸다.

순간 저 멀리 밀려갔던 파도가 갑자기 확 밀려온 것처럼 모든 기억이 되살아났다. 항억은 고개를 번쩍 들려다가 나초경의 힘찬 손길에 의해 바닥에 얼굴을 푹 박았다. 눅눅하고 누런 진흙이 입안으로 잔뜩 들어왔다. 심지어 콧구멍도 흙속에 묻혔다. 그가 고개를 살짝 들어 코를 쿵쿵대면서 작은 소리로 말했다.

"진 선생이 신음하시는 것 같아요."

나초경이 항억의 귀에 대고 들릴락 말락 한 소리로 말했다.

"입 다물어요. 적들이 아직 안 갔어요. 맞은편 기슭을 수색하고 있어요."

"다른 사람들은요?"

항억은 주위를 둘러봤다. 날이 희뿌옇게 밝아오고 있었다. 두 사람은 강가의 차밭에 엎드려 있는 중이었다. 무성하게 자란 여름 차나무들이 두 사람을 가려주고 있었다.

나초경의 소부대가 하루 낮 하루 밤을 타고 온 배는 강물 위에 비스듬히 떠 있었다. 검은 뜸으로 지붕을 씌운 배였다. 배 옆에는 배를 뒤집고 죽은 물고기처럼 희끄무레한 물체가 둥둥 떠다니고 있었다. 나초경이 대답했다.

"몰라요, 흩어진 것 같아요. 어쩌면…… 저 앞에 떠 있는 것이 우리 배인 것 같은데? 당신은 시력이 좋으니…… 아니, 고개 들지 말아요. 날이 이미 밝았어요. 여기는 날이 일찍 밝아요."

항억은 고개를 숙인 채 시선을 움직였다. 순간 그는 입을 딱 벌리고 말았다. 눈앞에 자기 눈으로 보고도 믿기 어려운 참상이 펼쳐져 있었다. 강물이 온통 시뻘건 핏빛으로 변해 있었다. 언뜻 보면 아침노을이 물 위에 붉게 비친 것처럼 보였다. 그들이 타고 온 배는 절반쯤 물에 잠겨 건들건들 흔들리고 있었다. 그리고 당운이 뱃전에 기댄 채 물에 반쯤 잠겨 있었다. 풀어헤친 옷섶 사이로 하얀 젖가슴이 보였다. 그것은 핏빛 강물, 파란 하늘과 선명한 대조를 이루면서 야릇한 느낌을 풍겼다. 항억은 초점 잃은 눈으로 멍하니 보다가 그예 눈앞이 캄캄해지면서 다시 누런 진흙에 풀썩 얼굴을 박고 말았다.

나초경은 항억이 뭘 봤는지 캐묻지 않았다. 비록 근시라 눈앞의 정경이 잘 보이지는 않았으나 대충은 짐작할 수 있었다. 그녀는 어쩌면 생존자가 단 둘뿐일지도 모른다는 최악의 상황까지 염두에 두고 있었다. 날이 완전히 밝아올 무렵 다른 사람의 신음소리가 들려왔다. 숨이 곧 끊어질 것처럼 가냘픈 신음소리는 진동홍의 것이었다.

나초경이 말했다.

"여기에서 꼼짝 말고 기다려요. 내가 진 선생의 상태를 살펴보고 오겠어요."

항억은 고개를 들었다. 입술이 떨려와 항억은 미간을 잔뜩 찌푸린 채 이를 앙다물었다. 항억이 말했다.

"여기서 기다려요. 내가 가겠어요."

항억은 옷깃을 잡는 나초경의 손을 거칠게 뿌리쳤다. 이어 진동홍의 신음소리가 들리는 곳으로 살금살금 기어가기 시작했다. 한 손에는 소중한 하모니카를 꼭 쥔 채였다.

나초경의 소부대는 자정 무렵에 일본군의 기습공격을 받았다.

뱃사공을 제외한 나머지 사람들은 모두 잠이 든 상태였다. 한숨 자고 일어난 항억은 시원한 공기를 마시고 싶어 선실 밖으로 향했다. 나초경 역시 곤히 잠들어 있었다. 항억은 성냥에 불을 붙여 나초경의 얼굴에 비췄다. 그녀의 자는 모습은 아기처럼 귀여웠다. 얼마나 피곤했으면 침까지 흘리고 있었다. 눈을 꼭 감고 있어 엄숙한 회색빛 눈동자는 보이지 않았다. 대신 평소에 특이한 눈동자 때문에 주목받지 못했던 눈썹이 고스란히 모습을 드러냈다. 항억은 나초경의 눈썹을 좋아했다. 그는 나초경의 눈썹에 말로 표현할 수 없는 쓸쓸함과 지난 과거에 대한 회한이 담겨 있다고 생각했다. 그는 또 그녀의 약점을 찾아내기를 즐겼다. 나초경의 약점을 발견하면 이유 없이 가슴이 뛰고 설레었다. 이제는 나초경을 봐도 뜨거운 감정이 일거나 하지는 않았다. 낮에는 알게 모르게 그녀를 피해 다니기도 했다. 사람들은 그가 나초경을 어색해한다는 것을 다 눈치채고 있었다. 그런 사실을 자신만 모르고 있었다. 사실 그처럼 감성이 풍부하고 생각이 많은 사람이 젊은 시절 사랑 때문에 방황하는 것이 당연했다.

나초경에게 기대 깊은 잠에 빠진 당운의 모습은 귀여웠다. 고개를 숙여 생긴 이중 턱은 마치 잘 발효된 찐빵 같기도 했다. 이럴 때면 아직 어수룩하고 순진한 소녀의 모습이 남아 있었다. 항억은 당운의 자는 모습을 보고 웃음이 터져 황급히 손으로 입을 가렸다. 이어 소리 안 나게 살금살금 두 사람을 지나쳐 선실 밖으로 나갔다. 나초경과 당운은 좋은 꿈을 꾸고 있는지 미소를 짓고 있었다.

항억은 뱃머리에 앉아 담배를 붙여 물었다. 담배를 배운 지 얼마 되지 않은 터라 목이 간질간질해지면서 잔기침이 터져 나왔다. 기침소리는 관목 숲에 깃들어 있는 이름 모를 새의 지저귐 소리 같았다. 강 연안의 칠흑 같은 어둠속에서 점점이 불꽃이 보였다. 크고 시커먼 무엇인가가 배를 향해 덮쳐오는 것 같은 느낌도 들었다. 아마 강기슭의 대나무 숲 아니면 강남 시골에서 흔히 볼 수 있는 아름드리 고목이리라. 벌레소리가 끊임없이 들려왔다. 갑자기 깊은 슬픔이 밀려왔다. 하지만 항억은 당황하지 않았다. 그에게 슬픔은 매우 익숙한 감정이었다. 그는 습관적으로 주머니에서 하모니카를 꺼냈다. 하모니카를 막 입에 가져다 대려는 순간 아직도 담배를 물고 있다는 생각이 문득 들었다. 담배……, 담뱃불……. 앗……! 이제껏 느껴보지 못했던 커다란 공포감이 엄습했다. 등에서 식은땀이 주르르 흘렀다. 그는 더 생각할 겨를도 없이 타다 남은 담배를 강물에 던졌다. 동시에 오른쪽 제방에서 적들의 기관총이 작은 배를 향해 화염을 내뿜었다.

그 이후 일어난 일은 하나도 기억나지 않았다. 겁에 질려 일부러 모든 기억을 잊어버린 것도 아니었다. 그가 겁쟁이였다면 목숨을 걸고 나초경을 강기슭의 차나무 숲까지 끌고 가는 일도 없었을 터였다. 그가 아니었더라면 나초경 역시 당운처럼 적들의 기관총 세례에 목숨을 잃었을 것이다. 항억은 마치 무수히 생사의 고비를 넘나든 사람처럼 정확하고 신속하게 자신과 나초경의 목숨을 구해냈다. 여기저기서 비명소리가 들려왔다. 하지만 그는 나초경을 잡은 손을 놓지 않았다. 칠흑 같은 어둠속에서 두 사람은 드디어 강기슭에 이르렀다. 강기슭에는 차나무 숲 외에도 대나무 숲, 사탕수수밭, 논밭과 황마밭도 있었다. 그중에서도 그는 태어나면서부터 혈육처럼 익숙한 향기를 찾아 무작정 차나무 숲을 선택했다. 그리고는 꼼짝 않고 엎드려 있다가 스르르 정신을 잃었다.

항억은 다시 제 정신이 돌아왔다. 온몸이 피투성이인 진동홍의 모습이 보였다. 그러나 그는 떨지 않았다. 진동홍은 가슴에 치명적인 부상을 입었다. 도저히 살 가망이 없어 보였다. 초점을 잃은 눈동자는 멍하니 허공을 향하고 있었다. 항억은 상처 부위에 닿지 않도록 조심스럽게 피투성이인 진동홍의 몸을 껴안았다.

진동홍은 한마디도 하지 못했다. 하지만 항억을 알아본 듯 기쁘고 안심이 된다는 표정을 지었다. 그가 힘겹게 오른손을 살짝 쳐들었다. 그의 손에는 손톱 끝까지 누런 진흙이 잔뜩 붙어 있었다. 그의 오른손 식지가 가리키는 곳에는 '금성흡석운성악월연'이 흙속에 반쯤 파묻혀 있었다.

항억은 진동홍에게 안심하라는 손짓을 했다. 그는 진동홍이 무엇을 원하는지 알 것 같았다. 그래서 당장 벼루 옆으로 기어갔다. 이어 손과 하모니카로 늙은 차나무 아래에 구덩이를 파기 시작했다. 얼마나 기를 쓰고 흙을 팠는지 손가락 끝이 터져 피가 흘러나왔다. 그는 다 판 구덩이에 조심스럽게 벼루를 넣었다. 항억을 지켜보면서 가볍게 고개를 끄덕이는 진동홍의 눈빛이 점점 흐려졌다. 곧 죽을 것 같았다. 조급증이 생긴 항억이 정신없이 벼루 위로 흙을 덮으면서 낮은 소리로 말했다.

"거의 다 됐어요. 걱정 마세요. 금방 끝나요······."

항억의 헐떡이는 숨소리와 화음을 이루던 진동홍의 가쁜 숨소리가 어느 순간 뚝 끊겼다. 항억의 피범벅 된 두 손은 구덩이 위에 그대로 굳어졌다. 갑자기 숨이 막히고 가슴이 터질 것처럼 답답했다.

"다 됐어요."

그제야 진동홍이 죽었다는 사실이 실감이 났다.

항억은 기어서 되돌아가는 길에 어느 다녀茶女를 만났다. 항억의 눈에 맨 먼저 띈 것은 다녀의 통통한 맨발이었다. 비록 흙속에 묻혀 있으나 다섯 발가락이 넓게 벌어지고 발톱이 깨끗하게 다듬어진 것으로 봐서 착한 사람의 발이 틀림없었다. 항억은 속으로 '이제 살았구나' 하고 생각했다.

다녀는 통통한 몸매에 눈은 가늘고 긴데 입술은 도톰하고 새빨갰다. 항억이 예전에 만났던 도시 여자들과는 아주 달랐다. 새벽에 그렇게 총소리가 요란했는데도 어둠을 뚫고 강가에 있는 차밭으로 차를 따러 온 것을 보면 대담하다고 해야 할지 별 생각이 없다고 해야 할지 몰랐다. 그렇지만 강남 처녀답게 눈치 빠르고 영민한 면도 있었다. 다녀는 항억의 몰골을 보고 단번에 상황을 눈치채고 두 사람에게 가만히 있으라는 손짓을 했다. 이어 순식간에 혼자 마을로 사라졌다. 이윽고 다시 돌아온 다녀는 농사꾼 옷, 농립모와 쇠갈퀴를 항억에게 건넸다. 또 나초경에게는 짙은 남색 머릿수건을 씌워주고 낡은 꽃무늬 적삼을 입힌 다음 자신이 차고 있던 바구니를 허리에 채워줬다. 그제야 두 사람을 일어서게 한 다음 입을 열었다.

"누가 물으면 제 외사촌오빠, 외사촌 올케라고 대답하세요. 우리 집에 놀러 왔다가 아침 차 따러 나왔다고 하세요."

나초경이 물었다.

"다른 식구들은 어떡해요?"

"지금은 저 혼자 살고 있어요. 제 오빠와 올케는 조카들을 데리고 친정에 갔다가 전쟁이 터져 돌아오지 못하고 있어요. 제가 혼자 지낸 지도 벌써 한 달이 다 돼가요. 당신들은 뭘 하는 사람들인가요? 국민당? 공산당? 아니면 진신민陳新民의 호항滬杭유격대인가요? 듣자하니 진신민은 이미 일본놈들에게 죽고 지금은 그분의 부친이 대대장을 맡고 있다면서요? 당신들은 어쩌다 우리 차밭으로 오게 된 거예요? 꼭 물에 빠진 생쥐 같은데 혹시 일본놈들한테 당한 건가요?"

다녀는 밤새 아무 소리도 못 듣고 꿀잠을 잔 것이 틀림없었다. 그러고 보니 이른 아침부터 겁도 없이 차를 따러 나온 것도 이해가 됐다. 다녀는 항역의 간략한 설명을 듣고 놀라움을 금치 못했다.

"어쩐지 오늘은 길에 다니는 사람이 하나도 보이지 않는다 했어요. 다들 놀라서 집에 숨어 있는 거였군요."

성격이 침착해 보이는 다녀는 마을 동쪽에 있는 자기 집으로 두 사람을 데리고 갔다. 두 사람에게 고구마죽을 먹이고는 마른 수건으로 몸을 닦게 한 다음 위층에 있는 벼 보관창고로 데리고 올라갔다. 날은 이미 환하게 밝았다. 밖에서 사람들의 말소리와 소가 길게 우는 소리가 들려왔다. 다녀가 두 사람에게 말했다.

"제가 나가보겠어요. 어떤 상황인지 돌아와서 알려드릴게요."

가뜩이나 작은 창고는 항역과 나초경이 들어가자 몸을 돌리기도 힘들 정도로 비좁았다. 남쪽 벽에 길이가 한 자쯤 되는 창문이 있었다. 창밖은 길이었고 길 건너편은 대나무 숲이었다. 대나무 숲을 지나면 채소밭, 논밭과 차나무 밭이 연달아 있었다. 또 차나무 밭을 지나면 제방이었다. 창문으로 보이는 것은 약간 경사진 차나무 밭까지였다. 제방은 보이지 않았다. 하지만 제방 쪽에서 징소리가 급박하고 요란하게 들려오는 것을 볼 때 상황이 매우 안 좋다는 것을 짐작할 수 있었다. 마을 곳곳에서 사람들이 삼삼오오 나오는 모습이 보였다. 노인과 아녀자들이 대부분이었다. 걷거나 반쯤 뛰어 어미 꽁무니를 쫓아가던 어린 아이들은 도중에 어른들에게 쫓겨 마을로 돌아왔다. 그리고는 마을 어귀에 조롱조롱 모여 새로운 소식을 기다렸다.

"이 마을을 수색할 가능성도 있어요. 당신의 생각은 어때요? 이런 상황은 처음이죠? 긴장되지 않아요?"

"나 대장도 이런 상황이 처음인 건 마찬가지잖아요. 어때요?"

항역은 나초경에게는 시선을 주지 않고 냉랭한 표정으로 창밖만 바라보고 있었다.

"이 창문을 통해 도망가는 건 불가능해요. 이 일대는 쌍방이 아무 때건 출몰하는 곳이에요. 예상치 못한 온갖 상황이 다 발생할 수 있어요. 우리 아래층에 가서 기다립시다. 방금 들어오면서 봤는데 아래층에는 뒷문이 있었어요. 유사시에 퇴로로 사용할 수 있어요."

나초경은 항역의 말투가 어디서 많이 들어본 것 같았다. 그것은 나초경의 평소 말투였다. 이른 아침부터 많은 것이 변했다. 특히 항역에게 크나큰 변화가 생겼다. 나초경은 항역의 견해에 수긍했다. 둘은 살금살금 아래층으로 내려왔다.

얼마 안 있어 다녀가 한 노인을 데리고 돌아왔다. 한韓씨 성을 가진 노인은 마을의 족장族長이라고 했다. 항억은 두 사람의 눈물이 글썽한 눈망울을 보고 불길한 예감을 느꼈다. 애꿎은 대통만 만지작거리던 노인이 무겁게 입을 떼었다.

"일행이 모두 몇 명이었나?"

"저희 둘을 포함해 모두 열 명입니다."

노인이 고개를 끄덕였다.

"맞는 것 같군. 강가에 여덟이 누워 있었어."

쭈그리고 앉아 있던 항억이 일어서면서 말했다.

"제가 강가로 가보면 안 될까요?"

다녀가 펄쩍 뛰었다. 몸으로 대문을 막으면서 손사래도 쳤다.

"아무 데도 가면 안 돼요. 그냥 여기 숨어 계세요. 방금 일본군 치안유지회가 마을사람들을 강가로 불러 모아 말하기를 시체에 손을 대는 사람은 가차 없이 죽이겠다고 했어요. 심지어 보초까지 세웠어요. 당신들이 그곳에 가는 것은 섶을 지고 불에 들어가는 격이에요."

노인도 입을 열었다.

"불쌍도 하지. 시체들이 물에 잠겨 퉁퉁 불었더군. 이런 날씨라면 곧 모기와 파리가 들끓을 텐데 어떡하나? 두루마기를 입은 노인과 도시 처녀도 있더군. 옷섶이 풀어헤쳐져 배꼽이 다 나오고. 한발귀韓發貴, 제 명에 못 죽을 개자식. 갈아 마셔도 시원찮을 새끼……."

항억이 벌겋게 충혈된 눈으로 물었다.

"한발귀는 누구인가요? 그가 일본놈들에게 정보를 흘렸나요?"

"개자식, 그놈은 사람새끼도 아니야. 미친개야. 왜놈들이 오기 전부터 마을의 골칫거리였다네. 도둑질, 강도짓, 아녀자 겁탈, 심지어 남의 조상무덤까지 파헤치면서 온갖 악행을 저지르고 다녔지. 그놈의 아비, 어미는 화병으로 죽고 그놈도 한씨 가문에서 제명됐다네. 마을에서 쫓겨난 뒤 낡은 절에서 살면서 지옥 갈 날만 기다렸었지. 그런데 왜놈들이 쳐들어오고 그놈이 왜놈들에게 찰싹 달라붙어 이 일대에 악명 높은 한 간이 될 줄 누가 알았겠나. 왜놈들을 등에 업고 처첩을 여럿 거느리고 마당 여러 개짜리 번듯한 기와집도 지었다네. 얼마 전 국군이 반격할 땐 어딘가로 도망갔다고 들었는데 아까 보니 또 나타났지 뭔가. 징을 쳐서 사람을 불러 모아 그따위 소리를 지껄인 것도 다 그놈의 짓이라고 하더구먼. 내가 장담하건대 당신네 정치공작대가 이곳을 지나갈 것이라는 기밀도 십중팔구 그놈이 고해바친 게 틀림없어. 양심이라고는 개나 줘버린 인간 같으니라고."

다녀는 오빠 부부의 방에 나초경과 항억의 잠자리를 마련해줬다. 차마 눈 뜨고 볼 수 없는 참상을 목격해서일까, 아니면 성격이 워낙 순박하고 무던해서일까. 그녀는 처음부터 끝까지 두 사람 사이에 대해서는 한마디도 묻지 않았다. 밤이면 나초경은 침대에서 자고 항억은 침대 아래에 있는 대나무 침상에서 잤다. 항억은 잠이 오지 않아 뒤척이고 싶어도 감히 몸을 달싹할 수가 없었다. 삐걱대는 소리 때문에 나초경이 잠을 깰까봐 조심스러웠던 것이다. 항억은 나초경의 몸 상태가 걱정되기도 했다. 흠뻑 젖은 상태로 차나무 밭에 오래 엎드려 있은 탓에 병에 걸린 것 같았다. 그가 그렇게 생각하고 있을 때 밉살스러운 모기가 귓전에서 앵앵거렸다. 모기에 물린 자국이 가렵고 아팠다. 하지만 항억은 모기를 잡으려고 하지 않았다. 그의 머릿속은 낮에 족장에게 들은 얘기로 가득차 있었다. 강가에 여덟이 누워 있었어……. 시체들이 물에 잠겨 퉁퉁 불었더군……. 물 위로 드러난 상반신에 모기들이 잔뜩 달라붙고 물에 잠긴 하반신은 물고기떼의 먹이가 되고 있었어……. 눈을 감은 항억의 머릿속에 눈을 감지 못하고 죽은 동료들의 얼굴이 또렷이 떠올랐다.

'그들은 지금쯤 평온하게 밤하늘을 바라보고 있겠지? 다이아몬드처럼 반짝이는 큰 별들과 반딧불처럼 깜빡이는 작은 별들을 보고 있겠지? 그들은 괴로움과 두려움으로부터 해탈했어. 나는 왜 그들과 함께 그곳에 누워 있지 않는 걸까?'

항억은 벌떡 일어나 앉았다. 어젯밤의 기억이 번개처럼 뇌리를 스쳐 지나갔다. 어젯밤에 뱃머리에 앉아 담배를 피웠었다. 적들은 틀림없이 담뱃불을 보고 목표물을 발견했을 것이다. 항억은 자신이 얼마나 큰 죄를 지었는지 깨달았다. 그 순간 얼굴에서 식은땀이 줄줄 흘렀다. 판단력이 흐려지니 다른 한 가지 중요한 사실도 까맣게 잊어버렸다. 그것은 고요한 밤의 노 젓는 소리도 충분히 적들의 주의를 끌 수 있다는 사실이었다.

그제야 모든 것이 이해됐다. 그가 지금 여덟 명의 동료들과 함께 강가에 누워 있을 수 없는 이유는 그에게 그럴 만한 자격이 없기 때문이라는 것을. 그는 정의와 복수가 필요한 인간세상에서 씻을 수 없는 죄를 지었다. 그의 경솔한 행동 때문에 전우들이 희생됐다. 그런 그가 지금 강가로 가서 물속에 반쯤 몸을 담근들 그의 동료들은 그를 반기지 않을 터였다. 그리고 소리 없이 그에게 이렇게 말할 터였다.

"일어나요, 당신은 우리처럼 죽을 자격이 없어요. 일어나요, 얼른 일어나서 남은 삶을 속죄하는 데 바치세요. 우리의 원한을 갚아줘요. 우리를 대신해 우리를 죽인 그들을 죽여줘요. 우리를 대신해 이 평원과 구릉에 평화를 찾아줘요. 그리고 우리가 미처 못 누린, 우리에게 속하는 행복을 마저 누려주세요."

문득 뒤에서 인기척이 느껴졌다. 언제 왔는지 나초경이 뒤에 서 있었다. 어둠속에서 나초경의 손이 경련을 일으키는 항억의 차가운 볼을 부드럽게 쓰다듬었다. 나초경의 눈에서 굵은 눈물이 주루룩 쏟아졌다.

셋째 날 오후, 한발귀의 무리는 제방에서 철수했다. 강가에 누워 있는 시체 여덟 구의 모습은 차마 눈 뜨고 볼 수 없을 정도로 참혹했다. 시신은 퉁퉁 불어 원래의 형체를 알아볼 수가 없었다. 상반신에는 푸른곰팡이가 생겨났다. 또 하반신은 물고기에게 뜯겨 허연 뼈가 다 드러났다. 시체 썩는 냄새가 진동했다. 한 족장은 시체를 수습하려는 항억과 나초경을 말렸다. 낮에는 한간들에게 들킬 염려가 있기 때문이었다. 밤이 되자 여덟 구의 시체들은 미리 파놓은 구덩이로 옮겨졌다. 항억과 나초경이 3일 전에 몸을 숨겼던 차나무 밭이 이들의 무덤이 됐다. 관이 없어 시신을 삿자리로 싸서 구덩이에 뉘였다.

구덩이 앞에 서 있는 사람들은 아무 말이 없었다. 구덩이에 누워 있는 시신들 역시 아무 말이 없었다. 이제 시신들은 누런 흙속에 묻히고 얼마 후에는 흙으로 돌아갈 것이었다. 이들의 육신은 썩어 없어지지만 영혼은 살아 있는 사람들의 마음속에 영원히 기억될 것이었다. 다른 사람들과 함께 묵묵히 삽질만 하던 항억의 발에 무엇인가 걸렸다. 허리를 숙이고 그것을 만져보던 항억이 그 자리에 스르르 주저앉았다. 보지 않고도 알 수 있었다. 다리 힘이 풀린 항억은 일어날 생각을 않고 벼루를 품에 안은 채 멍하니 앉아 있었다.

시신을 묻고 무덤 표면을 평평하게 한 다음 뽑아놓았던 차나무를 무덤 위에 다시 심었다.

'이곳에 누가 묻혀 있는지 모르는 사람들은 아무 생각 없이 내일도,

모레도, 그 다음날도 이곳을 지나다니겠지. 젊은 처녀들은 즐겁게 노래를 부르면서 이곳에서 찻잎을 따겠지. 그리고 머나먼 도시에서 공부하는 젊은이들은 이곳에서 딴 차를 마시면서 정신을 집중하겠지. 여기 묻혀 있는 영혼들은 그렇게 영원히 살아있겠지.'

항억은 이런 생각을 하면서 차나무 밭을 가로질러 다녀의 집으로 향했다. 올 때보다 마음이 많이 편안해졌다. 죽은 전우들이 차나무로 환생한 것 같은 착각마저 들었다.

차나무 밭에 전우들을 묻고 돌아온 그날부터 나초경은 앓아누웠다. 이튿날도 침대에서 일어나지 못했다. 다음날에는 고열이 시작됐다. 항억은 꼬박 일주일 동안 나초경을 보살폈다. 한 족장과 다녀는 여러 가지 약재를 달여서 나초경에게 먹였다. 항억은 찻물로 나초경의 얼굴과 손을 수시로 닦아줬다. 그가 어릴 때 할머니가 이렇게 해주셨던 기억이 났기 때문이었다. 그가 나초경에게 해줄 수 있는 것은 이것밖에 없었다. 나초경은 사나흘을 혼이 나간 사람처럼 이상증세를 보였다. 신음하고 흐느껴 울고 가끔씩은 혼잣말을 중얼거리기도 했다. 강인하고 엄숙하던 예전의 모습은 오간 데 없이 사라졌다. 그런 나초경의 모습에 항억은 당혹스럽기만 했다.

어느 날 아침, 항억은 설핏 잠이 들었다가 이상한 느낌에 눈을 떴다. 언제 일어났는지 나초경이 침대에 앉아 예의 회색빛 눈동자로 그를 내려다보고 있었다. 항억은 불에 덴 듯 화들짝 놀라 일어났다. 초가을 아침의 선선한 바람도 그의 달아오른 얼굴을 진정시키지 못했다. 가슴이 쿵쿵 뛰고 머리가 어지러워졌다.

"내가 요즘 너무 피곤했어."

항억은 눈을 비비면서 비틀비틀 부엌으로 걸어갔다. 이어 물을 가득 담은 솥에 얼굴을 푹 담갔다.

아궁이에 불을 때던 다녀가 깜짝 놀라 소리를 질렀다.

"항억 오빠, 갑자기 왜 그래요? 어디 편찮으세요?"

항억이 푹 젖은 머리를 들고 대답했다.

"나 대장이 깨어났어."

말을 마친 항억이 다시 비틀거리면서 계단을 올랐다. 그리고는 자기 자리로 돌아가자마자 픽 쓰러져 그대로 잠이 들었다.

나초경의 회색 눈동자에는 점점 불안감이 커져갔다. 이해할 수 없는 행동을 하는 항억 때문이었다. 항억은 그녀보다 마을사람들과 어울리는 시간이 더 많아지고 있었다. 심지어 낮에도 그녀에게 말도 없이 밖으로 나가는 일이 잦았다. 언제 배웠는지 떠듬떠듬 이 고장의 사투리를 말할 줄도 알았다. 다녀는 충성스러운 경호원처럼 항억이 어디를 가든 졸졸 따라다녔다. 두 사람의 붙어 다니는 모습은 꼭 우애 좋은 남매 같았다.

나초경을 더욱 불안하게 만드는 것은 항억과 다녀가 단 둘이 거의 매일 밤 어딘가 나갔다가 자정이 지나 돌아온다는 사실이었다. 둘이 머리를 맞대고 쑥덕거리는 일도 잦았다. 나초경은 마치 투명인간처럼 철저히 소외되고 있었다. 나초경이 불쾌한 눈빛으로 무언의 압박이라도 할라치면 항억은 이렇게 말하고는 했다.

"나 대장은 아무것도 생각하지 말고 몸조리나 잘해요."

항억의 이 말은 나초경의 자존심에 큰 상처를 입혔다. 언제부턴가 항억은 그녀의 '전유물'이었던 엄숙한 표정과 말투를 고스란히 구사하고 있었다. 두 사람 사이의 힘의 균형이 역전됐다는 방증이었다. 그녀는 이 모든 것의 원인은 자신이 조직을 너무 오래 떠나 있었기 때문이라고 생각했다. 이대로 계속 있을 수는 없었다. 하루빨리 이곳을 떠나야 했다. 비록 아직도 일어서면 다리가 후들후들 떨리고 오래 앉아 있으면 식은땀이 흐를 정도로 몸이 회복되지 않았으나 그녀는 이곳을 떠나기로 결정했다.

"우리 사흘 내로 이곳을 떠나요. 이곳에서 발생한 모든 것을 조직에 보고해야 해요. 이곳에서 희생된 사람들, 이곳에 주둔한 일본군과 한간의 상황, 그리고 이 일대 민중의 항일토대 등등 모든 것을 보고해야 해요. 일단 이곳을 떠나 조직을 찾는 것이 급선무예요. 대장인 내 결정에 따라요."

나초경의 맞은편에 앉은 항억이 냉랭하게 말했다.

"내가 이미 사람을 시켜 일처리를 해놨어요. 한 어르신이 이미 조직을 찾으러 떠나셨어요. 항일은 언제 어디서든 할 수 있어요. 일본놈과 한간이 창궐한 지역일수록 우리의 항일이 더 필요해요."

"여기에 둥지를 틀고 싶은 건가요?"

"그럴 생각입니다."

"당신은 마음대로 이런 결정을 내릴 권리가 없어요. 당신은 아직 우리 조직에 소속되지도 않았어요."

"아직 조직에 소속되지 않았기에 내 마음대로 할 겁니다. 내 방식대로 항일을 할 겁니다."

나초경의 눈빛이 매섭게 변했다. 하지만 그뿐이었다. 항억은 꿈쩍도 하지 않았다. 지난 1년 사이에 항억은 소년에서 어른이 되었다. 어깨가 넓어지고 가슴이 튼실해졌다. 키가 쑥 자랐고 목소리도 달라졌다. 앳되고 떨리고 신경질적이던 말투는 단호하고 거칠고 느긋한 어른의 말투로 변했다.

그는 더 이상 그녀의 흑기사가 아니었다. 그녀의 전우, 그녀의 대적자, 심지어 그녀의 원수로 성장했다.

나초경이 냉소를 흘리면서 말했다.

"그렇다면 내가 어떻게 하면 되는지 조언 좀 해주시죠?"

순간 항억의 눈빛이 반짝 빛났다. 그가 마치 정열적인 시인으로 다시 복귀한 듯 나초경의 옆에 바싹 붙어 앉으며 그녀의 손을 와락 잡았다.

"나초경, 병이 다 나으면 우리 여기 남아서 함께 항일해요. 당신은 여전히 내 대장이고, 나는 당신이 하라는 대로 다 할 거요."

나초경의 얼굴이 확 붉어졌다. 콩닥콩닥 가슴도 방망이질 쳤다. 당황해 어쩔 줄 모르던 나초경이 있는 힘껏 잡힌 손을 뺐다. 그녀의 이런 반응은 오해를 불러일으켰다. 나초경이 화를 내는 것으로 오해한 항억은 멀찍이 떨어져 앉으며 표정이 굳어졌다. 목소리도 차갑게 변했다.

"나 대장에게는 나 대장만의 원칙이 있고 나에게도 내 생각이 있어요. 우리는 서로의 결정에 간섭할 권리가 없어요. 그러니 각자의 길을 갑시다."

말을 마친 항억은 자리를 떴다. 그가 거실을 지날 때 다녀가 앞을 막아섰다.

"항억 오빠, 우리의 계획을 나 대장에게 알려줘요. 저를 보는 나 대장의 눈빛이 너무 신경 쓰여요. 너무 힘들어요."

"그녀를 속일 생각은 처음부터 없었어. 하지만 아직은 때가 아니야. 너는 잘 모르겠지만 그녀는 나하고 신분이 달라. 그녀는 일거수일투족을 모두 조직에 보고하고 지시에 따라야 해. 그녀가 만약 우리의 계획을 알게 된다면 입장이 난처해질 거야. 우리를 지지하기도 그렇고 제지하기도 그렇고. 어쩌면 우리 때문에 조직의 처분을 받게 될지도 몰라."

"그러면 우리 조금 기다렸다 행동해요. 한 어르신이 상부의 지시를 가지고 돌아오시기를 기다렸다가 계획을 실행하면 안 돼요?"

"안 돼! 더 이상은 못 기다려."

항억의 짜증 섞인 말투에 다녀는 조금 당황한 듯 맨발을 비볐다.

"하지만……, 하지만 나 대장에게 사실대로 말하지 않으면 안 될 것 같아요. 일이 꼬일 수도 있어요. 정말이에요."

항억은 다녀의 심상치 않은 표정을 보고도 못 본 척했다. 거사일이 코앞으로 다가오면서 해야 할 일이 산더미 같았다. 조금의 실수도 용납해서는 안 됐다. 다녀와 의미 없는 입씨름을 할 여유가 없었다.

항억이 나가려고 하자 다녀가 황급히 입을 열었다.

"방금 두 분이 다투는 소리를 들었어요. 오빠는 정말 모르는 건가요, 아니면 일부러 모르는 척하는 건가요? 나 대장은 저한테 화가 난 거잖아요."

항억은 다녀의 시선을 슬그머니 피했다. 다녀가 무슨 말을 하는지 그가 모를 리 없었다. 하지만 마땅히 대답할 말이 떠오르지 않아 모른 척했다.

"무슨 소리 하는 거야?"

다녀가 원망 섞인 말투로 말했다.

"매일같이 우리 둘이 나갔다가 밤중이 돼야 들어오는데 화가 안 나겠어요? 나 대장은 저한테 화가 난 거예요. 나 대장도 날 때부터 대장이 아니라 우리하고 똑같은 사람이라고요."

항억의 표정이 딱딱하게 굳어졌다. 다녀의 말뜻은 더 이상 분명할 수 없었다. 그는 다녀가 더는 말을 못하도록 말허리를 잘랐다.

"웃기는 소리. 나 대장은 그런 사람이 아니야. 나 대장을 어떻게 보고. 그런 말은 두 번 다시 꺼내지도 마."

다녀는 그예 울음을 터뜨렸다.

"아니에요. 제가 쓸데없는 말을 왜 하겠어요? 이 일을 생각하면 밤에 잠도 오지 않아요. 오빠는 나 대장만 화낼 줄 안다고 생각해요? 저도 나 대장에게 화가 나는걸요."

항억은 어이가 없어 낮은 소리로 질책했다.

"그만해, 네가 왜 나 대장한테 화가 나는데?"

"저도 모르겠어요. 이러면 안 되는 줄 알지만 그래도 화가 나는걸요. 그냥 화가 나요. 나 대장이 미워요. 저도 제가 왜 이러는지 모르겠어요. 흑흑……."

다녀가 울면서 뛰어나갔다.

멍하니 서 있는 항억의 등 뒤에서 익숙한 목소리가 들려왔다.

"이제 어쩔 거예요?"

안방에서 쉬고 있던 나초경은 본의 아니게 두 사람의 대화 내용을 다 들었다. 처음에는 어이가 없어 웃음이 나왔다. 바보 같은 계집아이 같으니라고, 별걸 다 질투하네. 하지만 계속 듣고 있자니 슬슬 화가 나기 시작했다.

'내가 어떤 사람인데? 수많은 고난을 겪고, 가슴 아픈 사랑도 해보고, 전쟁터에도 나가보고, 생이별도 겪어본 사람이야. 이런 내가 왜 여기서 쓸데없이 감정 소모를 하고 있지? 말도 안 돼, 말도 안 돼.'

나초경은 더 길게 생각하고 싶지 않았다. 한 족장이 돌아오는 대로 이곳을 떠나기로 했다. 어떤 일이 있더라도 이곳을 떠나야 했다.

항억이 진동홍의 유품인 벼루를 꺼내는 것이 문틈 사이로 보였다. 촛불 아래 다녀가 먹을 갈기 시작했다. 다녀가 항억을 좋아한다는 것은 눈빛만 봐도 알 수 있었다. 항억은 붓을 꺼내더니 커다란 종이에 뭔가를 쓰기 시작했다. 약 한 시간 뒤 대문 두드리는 소리가 들려왔다. 다녀가 대문을 열고 항억과 함께 나갔다. 대문 앞에서 항억이 말했다.

"너는 가지 마."

다녀는 들은 척도 않고 찾아온 사람들 틈에 끼었다. 찾아온 사람들은 현지 농민들이 대부분이었다. 밧줄을 든 사람이 있는가 하면 마대를 옆구리에 낀 사람과 호미를 쥔 사람도 있었다. 농민 대오는 늦가을 밤의 가랑비를 맞으면서 조용히 출발했다. 질척질척한 흙길을 따라 마을을 벗어나더니 이웃 마을로 향했다.

나초경은 반리쯤 떨어져 농민대오를 미행했다. 그리고 자기 눈으로 직접 모든 것을 지켜봤다.

항억은 자정쯤 돌아왔다. 잠그지 않은 방문을 거칠게 열고 들어와서는 우악스러운 동작으로 성냥을 그어 등잔불을 붙였다. 나초경은 침대에 기대앉아 등잔을 들고 돌아서는 항억을 말없이 보기만 했다. 항억이 먼저 입을 열었다.

"나를 기다린 건가요?"

나초경이 담담하게 말했다.

"총은 내려놓고 말해요."

"우리 수향유격대水鄕遊擊隊의 첫 번째 총이에요."

항억이 탁자 위에 총을 내려놓고 한마디 덧붙였다.

"이제는 모든 것을 말해줄 수 있어요."

나초경은 모든 것을 다 알고 있다는 눈빛으로 항억을 쳐다봤다.

"사람을 죽였어요. 알겠어요? 내가 사람을 죽였다고요. 우리가 죽인 것이 아니라 내가 죽였어요. 내가 이 손으로 사람을 죽였어요."

항억이 나초경 앞으로 다가왔다. 그리고는 한 손에 등잔을 들고 다른 손을 펼쳐 보이면서 빠르게 말을 이었다.

"내가 직접 그자를 묶었어요."

"나는 당신들이 그를 목 졸라 죽게 할 줄 알았어요. 그를 마대에 넣어 강가로 끌고 갈 줄은 생각 못했어요."

"다 봤어요? 내가 직접 그자를 물에 처넣었어요. 두 달 전에 우리가 매복공격을 당했던 바로 그 자리에서요."

"어떻게 죽일지 미리 다 생각해놨던 거군요."

"죽어 마땅한 놈들은 내 손에 걸리면 다 그렇게 돼질 거예요."

두 사람은 지나치게 흥분하고 있었다. 이윽고 먼저 마음을 가라앉힌 나초경이 항억의 손에서 등잔을 빼앗아 제자리에 놓으면서 말했다.

"할 말이 있어요."

"알고 있어요. 우리가 출발하기 전에 한 어르신이 돌아오셨어요. 조직의 지시를 가지고 오셨더군요. 그렇다면 나 대장은 언제 떠날 건가요?"

"내일 아침에요."

나초경의 쏘는 듯한 눈빛이 항억을 향했다.

"우리 둘 다 돌아오라는 조직의 지시예요. 수향유격대 결성 상황을 조직에 상세히 보고하고 다음 행동을 결정해야 해요. 불필요한 희생은 가급적 줄여야 해요. 이미 여덟 명의 동지가 희생됐어요."

항억이 책상 옆에 앉아 생각에 잠긴 표정으로 고개를 저었다.

"내가 이곳을 떠나지 않을 거라는 걸 알잖아요. 이제 겨우 한 놈 죽였을 뿐이에요. 하지만 놈들은 한꺼번에 우리 동지를 여덟 명이나 죽였어요. 나 대신 조직에 보고해주세요. 나를 믿는다면 언젠가 반드시 다시 만날 거예요."

나초경의 눈빛이 부드러워졌다. 그는 항억이 방금 전까지도 심하게 떨고 있는 걸 보았다. 태어나서 처음으로 사람을 죽였으니 그럴 만했다. 설혹 죽은 자가 백번 죽어 마땅한 악마라고 해도 마찬가지였다. 태어나서 지금까지 닭 모가지 한 번 비틀어본 적 없는 사람이 사람을 죽이고 떨리는 것은 전혀 이상한 일이 아니었다. 물론 항억은 그 사실을 인정하기 싫었다. 그는 애써 아무렇지 않은 척하며 말했다.

"이제 자야겠어요. 나 대장도 쉬세요. 내일 일찍 출발하려면 잠깐이라도 눈을 붙이는 게 좋을 거예요."

항억이 책상 위의 총을 들고 몸을 돌렸다. 그는 나초경의 몸 상태가 호전된 이후 위층의 작은 창고로 잠자리를 옮겼다. 나초경이 그러자 살며시 일어나 문을 걸어 잠갔다. 이어 항억의 손에서 총을 빼앗아 안전장치를 잠근 다음 침대 아래에 놓았다. 그리고는 아연한 표정을 짓고 있는 항억을 침대로 이끌었다. 물론 등잔불을 불어 끄는 것도 잊지 않았다. 어둠속에서 그녀의 얼굴과 그의 차가운 얼굴이 가볍게 맞닿았다.

나초경은 바로 전만 해도 이런 행동을 할 생각은 없었다. 그런데도 그녀의 행동은 오래전부터 계획했던 것처럼 아주 자연스러웠다.

그는 그녀를 잘 알지 못했다. 아마 그래서 그녀를 더 좋아하고 집착했는지도 모른다. 하지만 그녀는 그에게 '해결사'였다. 그가 처음 살인을 하고 돌아온 이 밤, 그녀는 그의 불안을 잠재워줄 수 있는 유일한 사람이었다. 그녀의 뜨거운 입맞춤은 그에게 '당신은 하늘과 땅이 허락한 정의로운 일을 했어요. 당신은 내 사랑을 얻을 자격이 충분해요.'라는 뜻을 전하고 있었다. 지금까지 그가 그녀에 대해 아는 것이라고는 그녀의 회갈색 눈동자뿐이었다. 하지만 이제는 아니었다. 그녀는 자신의 모든 것을 그에게 보여주었다. 가늘고 유연한 목, 잘 여문 과일처럼 싱그럽고 탱글탱글한 젖가슴, 한 줌밖에 안 되는 탄력 있는 허리, 크게 앓고 난 뒤에도 여전히 길고 미끈한 근육질 다리, 그리고 신비로운 마지막 보루까지 남김없이 모두 그에게 열어줬다. 그는 오늘 같은 날이 올 줄은 꿈에도 생각하지 못했다. 그녀를 향한 사랑이 광적으로 끓어오를 때도 마찬가지였다. 그는 그녀를 이 땅이 아닌 구름 위에 살고 있는 사람으로 생각했다. 그리고 이 밤 그녀는 그를 땅위로 데리고 내려왔다. 또 지금 이 순간부터 그녀는 다른 그 무엇이 아닌 오롯이 그녀 자신이었다…….

나초경은 미친 듯이 항억의 몸을 탐했다. 항억은 여자의 몸이 이토록 뜨겁고 여자의 힘이 이토록 셀 줄 몰랐다. 그녀의 뜨거운 열정은 꽁꽁 얼어붙었던 그의 가슴에 새로운 온기를 불어넣어줬다. 끝없이 비가 내리는 밤, 항억은 울고 싶은 충동을 꾹 참았다.

그녀가 입을 열었다.

"내가 당신을 왜 좋아하는지 알아요?"

"당신이 나를 좋아하는지 몰랐어요."

"당신은 알고 있었어요…….”

"언제부터였어요?"

"당신을 처음 만난 순간부터요."

"나도 그래요."

"왜죠?"

"잘 모르겠어요……. 아마 당신 같은 여자가 처음이라서? 당신은

요?”

나초경이 얌전한 고양이처럼 그의 가슴에 몸을 바싹 붙였다.

“안 알려줄 거예요.”

“언젠가는 알게 되겠죠.”

나초경이 잠깐 망설이더니 그에게서 조금 떨어져 창밖의 빗소리에 귀를 기울였다. 그러더니 갑자기 그의 목을 와락 끌어안았다.

“당신의 하모니카 부는 모습이 좋았어요.”

항억은 침대머리에 있는 하모니카를 입에 가져다 댔다. 이어 뭔가를 생각하더니 하모니카를 다시 그녀의 입술에 가져다 대면서 말했다.

“입 맞춰요.”

나초경이 하모니카를 받아 쥐었다. 어둠속에서 짧고 떨리는 하모니카소리가 들려왔다. 항억이 만족스러운 웃음을 지으면서 말했다.

“이제부터 이걸 불 때면 당신하고 입 맞추는 기분이 들 거예요……”

나초경은 왈칵 터져 나오려는 울음을 애써 삼키면서 베개에 얼굴을 묻었다.

“지금 불어줘요……”

이튿날 아침, 항억은 눈을 뜨기 전에 손을 뻗었다. 먼저 베개 아래에 있는 총이 만져졌다. 팔을 올리자 베개 위의 하모니카가 만져졌다. 그는 눈을 뜨지 않았다……. 나초경은 갔다……. 그는 하모니카를 입에 대고 가볍게 호흡을 가다듬었다. 하모니카에서 혼잣말처럼 잔잔한 소리가 흘러나왔다. 뜨거운 눈물이 뺨을 타고 조용히 흘러내렸다.

제14장

항한은 꼭두새벽에 일어났다. 후원의 검게 그을린 땅에 채소나 심을까 해서였다. 그곳은 원래 할아버지가 온갖 진기한 화초를 재배하던 곳이지만 묵혀둔 지가 꽤 오래 됐다. 채소 모종은 벌써 얻어다 놓았다. 항주 사람들이 즐겨 먹는 청경채 모종이었다.

하늘은 당장이라도 비가 내릴 것처럼 음침했다. 항주의 봄, 가을 날씨는 거의 매일 이랬다. 반면에 여름은 쪄죽을 것처럼 덥고 겨울은 얼어 죽을 것처럼 추웠다. 항한은 공구실에서 녹슨 호미를 꺼냈다. 그리고는 우물가에 앉아 썩썩 갈기 시작했다. 그는 어릴 때부터 이런 일을 좋아했고 능숙하게 잘했다. 잔뜩 찌푸린 하늘에서 어느덧 가랑비가 내리기 시작했다. 하지만 항한은 일손을 멈추지 않았다. 언젠가부터 집안의 궂은 일은 모두 그의 차지가 됐다. 하지만 그는 불평 한마디 없이 해야 할 일을 묵묵히 했다. 짧게 깎은 상고머리가 어느새 비에 젖어 축축해졌다.

시간이 얼마나 흘렀을까, 항한은 문득 누군가 자신을 내려다보는 듯한 느낌에 고개를 들었다. 과연 예상대로 큰아버지 가화가 뒷짐을 지고 처마 아래에 서서 그를 내려다보고 있었다. 가화의 미간은 잔뜩 찌푸려져 있었다.

항한이 반갑게 인사를 했다.

"큰아버님, 오늘은 일찍 기상하셨네요?"

가화가 느릿느릿 대답했다.

"일찍 시작하는구나?"

가화의 예전 습관대로라면 이렇게 늦게 일어나는 것은 상상할 수도 없는 일이었다. 그런 가화가 피난을 떠났다 돌아온 이후로 이상한 병에 걸렸다. 밤낮없이 잠만 자는 것이었다. 너무 많이 자서 몸이 퉁퉁 부을 지경이었다.

항한은 큰아버지와 말을 섞는 것이 어쩐지 어색해 호미를 내려놓고 말했다.

"큰아버님, 쉬고 계세요. 제가 은행 갔다 오는 것을 깜빡했어요."

항한은 채소를 심는 일이 마치 큰아버지에게 불경이라도 저지르는 일인 것처럼 느껴져 서둘러 자리를 떴다. 마당을 나서기 전에 뒤돌아보니 큰아버지는 그가 두고 온 호미를 휘두르고 있었다. 그 모습을 보노라니 눈시울이 뜨거워졌다. 그때 요코가 빨랫감을 대야에 가득 안고 나왔다. 항한이 큰 소리로 요코에게 말했다.

"어머니, 큰아버님이 일을 하고 계세요."

요코는 대야를 내려놓았다. 그녀가 생계를 위해 빨래 일을 시작한 지도 한참 됐다. 그녀의 창백한 얼굴에 미소가 번졌다. 눈시울이 붉어지면서 입술이 떨렸다.

망우차장은 항주가 함락된 그날 이후로 문을 닫았다. 차장은 문을 닫았으나 항씨네 사람들은 망우저택을 떠나지 않았다. 죽을 사람은 죽고 떠날 사람은 떠난 상처뿐인 옛집에 계속 머물러 있었다. 집은 엉망이 돼 있었다. 우선 대문이 불에 검게 그을렸다. 담벼락도 군데군데 무너져 내렸다. 부서진 벽돌과 기왓장 사이로 무성하게 자란 쑥이 을씨년스러운 분위기를 풍겼다. 담벼락이 허물어진 곳은 대나무로 비뚤비뚤 울타리를 쳐놓았다. 오고가는 사람들은 울타리 너머로 검게 그을린 집과 황폐해진 가산假山을 볼 수 있었다.

망우차장에 대해 잘 아는 사람들은 이곳을 지나다닐 때마다 믿기 어렵다는 듯 눈을 비비고 다시 보고는 했다. 내막을 잘 아는 사람들은 아예 뒤에서 수군거렸다.

"항씨가 제 집에 불을 놓았다잖수. 일찍 발견하고 껐기에 망정이지 안 그랬으면 모조리 타버릴 뻔했대유."

희한하게도 항씨네 마당을 기웃거리던 도둑들은 화재가 난 이후로 깨끗이 자취를 감춰버렸다. 담벼락에 구멍이 숭숭 뚫려 침입하기는 더 쉬워졌는데도 도둑질하러 오는 사람이 없었다. 물론 그 이유에 대해 뒷담화를 까는 호사가들도 있었다.

"항씨 집안은 음이 다해 양이 시작된 거유. 제 집에 불을 놓는 독종을 누가 감히 건드려유? 잘못 건드리다가는 벼락 맞아 뒈질 텐데."

"하긴, 흉악하기로는 둘째가라면 서러운 고보리 이치로도 순순히 나갔다잖아유. 통역관인가 뭔가 하는 항씨 가문의 불효자 놈도 비실비실 쫓겨났다지."

이 밖에 예전 공자묘 앞에 노점을 벌여놓고 담배와 찻물을 파는 중년남자도 심심찮게 사람들의 입방아에 오르내렸다.

"저 사람이래. 예전 망우차장의 주인장 말이여, 저 사람이 자기 집에 불을 질렀다잖여."

"내가 잘 몰라서 그러는데 대체 무슨 일이 있었던 거유?"

그러면 내막을 아는 사람들은 중년남자의 어머니와 그의 동생 사이에 있었던, 듣기만 해도 모골이 송연해지는 얘기를 주절주절 늘어놓곤 했다.

"당신들은 상상도 못할 거유. 글쎄, 시체를 내가자마자 불을 질렀다지 뭐유. 일본놈과 통역관은 마침 벚꽃나무를 심으러 제방에 가고 없었대유. 운 좋게 목숨을 건진 거지유. 그리고 진짜 웃기는 게 그 일본놈은 활활 타는 불속으로 뛰어들어 고작 자사호 하나를 안고 나왔다나, 그 많은 물건들을 다 내버려두고 말이유."

옆에서 듣던 사람이 오싹 소름이 돋는지 팔을 손으로 문지르면서 끼어들었다.

"사람 목숨을 파리 목숨처럼 생각하는 고보리는 왜 불 지른 자를 죽이지 않았대유? 통역관인 동생 체면을 봐줬는가?"

"그걸 누가 알겠수? 인정사정없는 왜놈이 한낱 통역관 따위의 체면을 봐줄 리가 있겠수? 들리는 소문에 의하면 고보리가 저 사람 딸에게 눈독을 들였다던데."

옆에서 듣던 사람은 고개를 갸우뚱했다. 눈 하나 깜짝 않고 사람을 죽이는 악랄한 자가 중국인 통역관 따위의 체면을 봐주지 않을 것은 당연하다치고 일개 중국인 소녀에게 반해 그 아비를 살려두다니 말이 되는 소리인가. 더구나 그 소녀는 폐병환자라고 했다.

남루한 차림의 중년남자는 긴 머리를 어깨에 늘어뜨리고 있었다. 장삼 자락은 마치 가슴에 영원히 꺼지지 않는 불덩어리를 품은 사람마

낭 비가 오나 바람이 부나 항상 활짝 풀어헤쳐져 있었다. 비스듬히 앉아 고개를 외로 꼬고 미간을 잔뜩 찌푸린 채 한곳만 뚫어지게 응시하는 눈빛은 거센 불길처럼 활활 타오르다가 호수처럼 잔잔해지기를 끊임없이 반복하고 있었다. 중년남자의 눈빛을 본 사람들은 입을 모아 말했다.

"저 사람 미친 거 아니여?"

가화는 만신창이가 된 여동생 가초를 자기 손으로 직접 계룡산에 묻게 될 줄은 꿈에도 생각 못했다. 소활과 항한이 임생의 무덤을 팔 때 그는 여동생의 시체를 안고 커다란 종려나무 아래에 멍하니 앉아 있었다. 죽은 가초는 옥천玉泉의 커다란 물고기를 꼭 안고 있었다.

아무도 가화를 신경 쓰지 않았다. 비는 점점 거세지고 굵은 빗방울은 넓은 종려나무 잎사귀에 툭툭 내려앉았다가 가득차면 가화의 머리 위로 쏟아져 내렸다. 두 뺨을 타고 흘러내리는 것이 빗물인지 눈물인지 구분하기 어려웠다. 가화의 품에 안겨 있는 가초의 표정은 편안해보였다. 얼굴은 살아 있을 때보다 더 아름다웠다. 다만 차나무꽃처럼 희다 못해 창백해 보이는 낯빛은 그녀의 몸에 흩뿌려져 있는 짙은 자색의 핏방울과 선명한 대비를 이뤘다. 빗방울이 그녀의 몸을 사정없이 두들겼다. 응고된 피와 빗물이 섞인 선홍색, 진홍색 액체는 지렁이처럼 꿈틀거리면서 물고기의 허연 배와 그녀를 꼭 껴안고 있는 가화의 손바닥을 벌겋게 물들인 다음 차나무 잎사귀와 차나무 뿌리를 따라 땅속으로 스며들었다.

관은 소활이 준비했다. 옹가산에 있는 소활의 어머니가 미리 준비해둔 관을 쓰기로 했다. 아무리 해도 몸에서 물고기를 떼어낼 수 없어

입관이 늦어졌다. 요코와 이비황은 이불보를 휘장 삼아 종려나무와 가화 사이에 가림막을 쳤다. 비를 가리기 위해서였다. 하지만 요코의 안색도 가화보다 별로 나을 게 없어 보였다. 그녀는 울어서 퉁퉁 부은 눈으로 가화를 봤다. 하지만 가화는 여동생의 시체를 관에 넣기는커녕 누가 빼앗아갈세라 더욱 힘주어 껴안았다. 그의 눈에서는 눈물 한 방울도 보이지 않았다. 이윽고 그는 여동생의 상처 부위에 얼굴을 깊이 묻었다. 다시 고개를 든 그의 두 눈에서 피눈물이 주르르 흘러내렸다.

이비황이 우물쭈물 입을 열었다.

"물고기는…… 어떻게……?"

가화는 아무 소리도 듣지 못한 듯 여동생과 물고기의 시체를 안고 기계적으로 일어섰다. 파놓은 무덤에서 막 나온 항한이 손에 들고 있던 뭔가를 가화에게 불쑥 내밀었다. 항한이 빗물로 씻고 옷자락으로 깨끗하게 닦은 그것은 무릎 꿇은 자세로 책을 들고 있는 백자 인형이었다. 임생의 무덤에 함께 묻었던 다성茶聖 인형이었다. 가화의 눈에서 또 한 줄기 피눈물이 흘러내렸다.

일행이 양패두로 돌아왔을 때 하늘은 말끔히 개어 있었다. 총을 든 일본군 대오가 거리를 지나고 있었다. 가화를 알아본 행인들이 걸음을 멈췄다. 하지만 가화는 아무것도 보이지도 들리지도 않는 듯 앞으로 걸어갔다. 일본군 대오를 뚫고 지나가는 위험천만한 행보를 서슴지 않았다.

가화의 상태가 이상하다는 것을 눈치챈 요코가 재빨리 달려가서 가화를 부축했다. 사실 요코 자신도 쓰러지기 직전이었다. 하지만 요코가 다가가기도 전에 가화의 움직임이 눈에 띄게 느려지더니 나중에는 장승처럼 떡 버티고 서서 움직이지 않았다.

　모퉁이를 돌자 망우차장의 푸른 벽돌로 된 담벼락이 보였다. 이비황의 걸음걸이는 점점 더 빨라졌다. 마치 한달음에 집안으로 달려 들어가 숨고 싶은 사람 같았다. 그는 안도의 한숨을 길게 내쉬면서 대문 안으로 종종걸음 쳤다. 그리고 몇 초 후 그가 사색이 되어 대문 밖으로 뛰쳐나왔다.

　"잠시만, 잠시만 기다려요. 들어가지 말아요……."

　요코는 바닥에 풀썩 주저앉았다. 다리 힘이 풀려 일어날 수가 없었다. 가화는 손으로 눈을 가리고 비칠비칠 앞으로 나아갔다. 몇 걸음 걷지 않았는데 대문 안에서 나오던 사람과 딱 부딪쳤다. 7, 80세 고령의 노인은 항씨 가문의 오랜 앙숙인 오승이었다. 오승은 가화를 보더니 그 자리에 털썩 무릎을 꿇고 주먹으로 가슴을 쳤다.

　"내가…… 천벌을…… 받는구나……."

　가화는 휘청거리다가 가까스로 중심을 잡고 멈춰 섰다. 그는 대문 안으로 들어가지 않았다. 오승에게도 시선을 주지 않았다. 고개를 돌린 채 눈을 가린 손을 오래도록 내리지 않았다…….

　가화가 이상행동을 하기 시작했다. 심지어 요코마저 가화가 미친 게 아닌가 생각할 때가 있었다. 가화는 심록애와 가초를 무덤에 묻고 돌아오자마자 제 집에 불을 질렀다. 그 이후로는 벙어리처럼 입을 꾹 다물어버렸다. 가화를 비롯해 요코와 항한은 요코가 예전에 살던 옆 뜰에서 같이 살았다. 가화는 집안 식구들의 의식주에 아예 신경을 쓰지 않았다. 먹을 것을 주면 먹고 주지 않으면 굶었다. 항씨네 식구들은 가문이 생긴 이후 가장 어려운 나날을 보냈다. 생계를 유지하기 위해 집안

살림살이를 하나씩 내다 팔지 않으면 안 됐다. 가화는 집안일에 신경을 쓰지 않을 뿐 아니라 세수도, 목욕도 하지 않고 옷도 갈아입지 않아 몰 골이 거지처럼 꾀죄죄했다. 정신도 오락가락했다. 어떤 때는 얌전한 처녀처럼 가만히 있거나 내처 잠만 자다가, 어떤 때는 고삐 풀린 말처럼 항주 시내의 거리와 골목을 정처 없이 쏘다녔다. 나중에는 공자묘 앞에서 난전을 벌이고 찻물을 파는 엽기행각을 벌이기도 했다. 길을 걸을 때에는 마치 대부대가 행군하듯 쿵쿵 요란한 소리를 냈다. 예전의 물 위를 걷듯 날렵한 걸음걸이는 볼 수 없었다. 누군가 말을 걸면 심장을 꿰뚫을 것 같은 날카로운 눈빛으로 상대를 빤히 쳐다볼 뿐 단 한마디도 하지 않았다. 나중에는 항한조차 큰아버지가 정신이 이상해졌다고 단정 지을 정도였다.

1939년의 이른 봄, 항주에는 비가 많이 내렸다. 집안의 수많은 대소사들은 명실공히 항한의 차지가 됐다. 일본군은 항주성을 점령한 후 은행과 상공업기관들을 많이 세웠다. '아베이치阿部市양행', '시로키白木공사' 같은 이름은 항한으로서는 생전 들어본 적도 없는 것들이었다. 일본군은 또 양행을 통해 물건을 살 때 일본군표만 사용해야 한다고 규정했다. 국민정부의 법정화폐(법폐)는 받지 않는다는 말이었다. 그러자 시장에서 군표 거래업자가 활개를 치기 시작했다. 오승의 아들 오유는 군표 장사로 떼돈을 벌었다. 얼마 후 일본군은 또 국민정부 법폐의 유통기한을 정했다. 기한 내에 2:1의 비율로 법폐를 '은행권'으로 교환하라고 '최후통첩'을 내렸다. 망우차장은 장사를 접은 지 이미 오래였다. 하지만 산 사람이 계속 살아가려면 돈이 필요했다. 요코는 가지고 있던 법폐를 모조리 꺼내 항한에게 주면서 은행에 갔다 오라고 시켰다.

항한은 내키지 않는 걸음으로 집을 나섰다. 당당한 사내대장부가 한낱 은행권 교환 심부름을 하다니 이 얼마나 굴욕적인 짓인가. 그러나 어쩔 수 없었다. 이 일을 할 수 있는 사람이 그밖에 없었기 때문이었다. 요코는 일본 특무기관에 찍혀 외출이 불가능했다. 일본사람들은 항주 곳곳에 일본어학교를 세웠다. 요코가 일본인이라는 것을 알고 나서는 뻔질나게 사람을 보내 회유했다. 일본어학교 교사로 근무하라는 것이었다. 하루는 항분의 계부 이비황이 찾아와서는 일본사람들의 뜻을 우물쭈물 전달했다. 항한은 이비황의 가증스럽고 역겨운 낯짝을 보고 비에 젖어 축축한 바닥에 침을 퉤, 뱉었다.

고개를 숙이고 걷고 있는 항한의 귓가에 고함소리가 들렸다.

"거기 서지 못할까. 죽고 싶어? 대가리를 숙이고 뭘 찾고 있는 거야? 바닥에 돈이라도 붙어 있어?"

항한은 그제야 고개를 들었다. 골목에는 한간들이 쫙 깔려 있었다. 항한이 굳이 먼 거리를 고집하면서 이 길을 택한 이유는 영자로迎紫路 길목에 있는 일본 헌병초소를 피해가기 위해서였다. 항주 사람들은 헌병초소를 지날 때면 예외 없이 90도 경례를 하는 것이 불문율이 됐다. 자세가 공손하지 않거나 허리를 덜 숙이는 사람은 가차 없이 일본 헌병의 따귀를 맞았다. 항한은 일본 헌병에게 경례하는 것이 죽기보다 더 싫었다. 하지만 은행권을 바꾸고 돌아오는 길에 이 골목에서 한간들과 맞닥뜨릴 줄은 전혀 예상치 못했었다.

항한은 골목 어귀에 서서 맞은편 끝을 내다봤다. 사람들이 기다란 밧줄로 민가의 문과 창문을 묶고 있었다. 옆에서 작업을 지휘하는 사람은 다름 아닌 오승의 아들 오유였다.

"하나, 둘, 셋!"

오유의 우렁찬 구령에 맞춰 사람들이 일제히 힘을 쓰자 낡은 집이 쿵, 소리를 내면서 무너졌다. 흙먼지가 자욱하게 일어났다.

항한이 호기심을 참지 못하고 물었다.

"지금 뭐 하는 거예요?"

누군가 옆에서 차갑게 내뱉었다.

"제집 조상의 무덤을 파고 있다네. 천벌 맞아 뒈질 짐승새끼 같으니라고."

구경꾼들이 슬슬 자리를 피했다. 걸쭉한 욕설을 한 사람의 옆에 있다가 괜히 불똥이 튈까봐 겁이 났던 것이다. 하지만 항한은 자리를 피하지 않고 그 사람이 누구인지 보려고 가까이 다가갔다. 과연 짐작했던 대로 오유의 아버지 오승이 우산을 들고 빗속에 서 있었다. 오승은 신이 나서 여기저기 뛰어다니는 오유를 보면서 염불 읊듯 똑같은 말을 반복하고 있었다.

"짐승 같은 놈, 네놈 때문에 아비, 어미는 죽어도 묻힐 곳이 없게 됐어. 벼락 맞아 뒈질 놈."

항한이 또 물었다.

"멀쩡한 집을 왜 허물고 있어요?"

"왕오권과 오유가 함께 관 파는 상점을 차렸다네. 전사한 일본병사들을 묻으려면 관이 필요하다고 말이네. 항주 시내에 관널이 어디 그리 흔한가. 망할 놈들, 피난 간 사람들의 빈집을 허물어 목재를 얻겠다고 지금 저 짓을 하고 있다네. 후유, 산전수전 다 겪고 이제 좀 사람답게 사나 싶더니 저 망할 자식놈 때문에 내 체면이 이게 뭔가 말이여. 이 골목의 주인들은 모두 우리 찻집의 오랜 단골들이라네. 나중에 집주인이 돌아오면 내가 무슨 낯으로 그들을 보겠나. 그러기 전에 내가 먼저 죽어야지. 이 꼴 저 꼴 안 보려면 내가 일찌감치 죽어야지……."

말이 고팠던 오승은 상대가 누구인지 보지도 않고 주저리주저리 늘어놓았다. 곧 다른 사람들은 다 가버리고 항한 혼자만 오승의 옆에 남았다. 가교가 돌아오고 오유가 한간이 된 이후 사람들은 마치 전염병 환자 피하듯 오승을 슬슬 피해 다녔다. 사람을 좋아하고 평생 동안 인맥 쌓는 일을 중시했던 오승은 명실상부한 '외톨이'가 돼버렸다. 오랜 앙숙인 항천취보다 잘 되기 위해 갖은 고생을 다한 끝에 겨우 지금의 자리에 올랐는데 일본놈들이 쳐들어오면서 한순간에 바닥으로 떨어졌다. 최근 들어서는 두 아들의 밑구멍을 닦아대느라 허리가 휠 지경이었다. 그러나 워낙 구린 짓을 많이 하는 자식놈들이라 그놈의 뒤치다꺼리는 해도 해도 끝이 보이지 않았다. 심록애가 죽자 그는 열과 성을 다해 사후처리를 해줬다. 그래봤자 무슨 소용이 있겠는가. 이미 체면은 바닥에 떨어졌는데 말이다. 창승차행의 단골손님들은 가게에 발을 딱 끊었다. 오유와 가교의 불량배 무리들만 들끓었다. 그렇게 절망스럽고 외로운 노년을 보내자니 때때로 먼저 간 항천취 생각이 났다. 인정하기 싫지만 결국은 항천취가 이긴 것이었다. 짐승만도 못한 아들놈을 오랜 앙숙에게 던져주고 자기는 편히 눈을 감았으니 말이다. 이제 남은 것은 스스로 지옥으로 걸어 들어가 죗값을 치르는 일뿐이었다.

항한은 오승의 자세한 사정은 알지 못했다. 설사 안다고 해도 공감할 수는 없을 것이었다. 항한이 오승을 제일 많이 본 것은 할머니 심록애의 장례기간이었다. 그때 오승이 항한에게 남긴 인상은 그리 나쁘지 않았다. 적어도 철면피하고 비양심적인 사람 같지는 않았다. 그래서 항한은 윗세대처럼 오승을 미워하지 않았다. 이날도 항한은 혼자 빗속에 우두커니 서 있는 노인이 불쌍해 보여 부드럽게 말했다.

"그렇게 서 있지 말고 얼른 들어가세요. 여기서 아무 말이나 막 하면 안 돼요. 누가 고발하기라도 하면 헌병대에 끌려가 고초를 겪게 돼요."

오승이 항한을 보더니 뜬금없이 말했다.

"네 아비는 집에 왔다갔느냐?"

예상 밖의 질문에 당황한 항한이 대답 대신 고개를 저었다.

"우리 가게에 차 마시러 오라고 네 큰아버지에게 전하거라."

항한이 뒷걸음질을 치면서 대답했다.

"알겠어요. 그렇게 전할게요. 노인장도 얼른 들어가세요."

항한은 마지못해 영자로 길목으로 들어섰다.

'그래, 눈 딱 감고 경례 한 번만 하면 넘어갈 수 있어. 죽기보다야 더 하겠어?'

항한은 스스로를 위안하면서 대열의 맨 뒤에 섰다. 하지만 조금씩 앞으로 이동할수록 점점 생각이 바뀌었다. 마음이 괴롭고 자괴감이 들었다. 그의 앞뒤에 서 있는 사람들은 죄다 노인과 여자들뿐이었다. 젊은 남자라고는 그 혼자뿐이었다. 헌병초소 앞에서는 차마 눈 뜨고 볼 수 없는 진풍경이 펼쳐지고 있었다. 새파랗게 젊은 일본 헌병이 아버지뻘, 할아버지뻘 되는 노인들의 머리를 툭툭 쥐어박고 쌍욕을 하고 있었다. 가문에서 어르신 대접을 받는 덕망 높은 노인들이 일본 헌병 앞에서 고양이 앞의 쥐처럼 꼼짝 못하고 있었다. 아이를 데리고 서 있는 노인의 차례가 됐다. 노인은 눈물을 글썽이면서 온몸을 덜덜 떨고 있었다. 너무 화가 나고 분해서 눈물이 난 것이리라. 항한은 노인이 아이를 위해 굴욕을 참을 것이라고 짐작했다. 예상대로 노인은 아무 말도 하지 않고 헌병을 향해 깊숙이 허리를 숙였다.

"바가야로!"

헌병이 다짜고짜 노인의 따귀를 갈겼다. 노인은 뭐가 잘못됐는지 몰라 어안이 벙벙한 표정이었다.

뒤에 서 있던 여자가 재빨리 말했다.

"아이도 경례해야 해요. 얼른 시키세요. 지난번에 저도 몰라서 따귀를 몇 대 맞았어요. 빨리 아이에게 경례를 시키세요. 그러고 있다간 헌병대로 잡아가요."

아이를 잡아간다는 말에 다급해진 노인이 앞뒤 잴 것 없이 아이의 머리를 눌러 바닥에 꿇어앉혔다. 울고 있던 아이는 의도치 않게 개구리처럼 납작 엎드리고 말았다. 일본 헌병은 그제야 흡족한 표정으로 껄껄 웃음을 터뜨렸다. 그리고 아이를 일으켜 세운 다음 아이의 입에 억지로 사탕 한 알을 넣어줬다. 노인은 목이 막혀 울음소리도 못 내는 아이를 안고 황급히 자리를 떴다.

드디어 항한의 차례가 됐다. 일본 헌병은 기분이 매우 좋아보였다.

'운이 좋으면 그냥 통과할 수 있겠어.'

항한은 슬슬 눈치를 보다가 일본 헌병이 못 보는 틈을 타서 잽싸게 앞으로 튀어나갔다. 하지만 그의 바람은 보기 좋게 제압당했다. 몇 발자국 못 가 뒤에서 헌병의 고함소리가 들려왔다.

"뒈질 놈의 지나 개새끼가 감히 이 어르신 앞에서 대가리를 빳빳이 쳐들어?"

대충 이런 뜻이었다. 곧이어 헌병의 우악스러운 손이 항한의 뒷덜미를 잡았다.

항한은 헌병의 말을 다 알아들었다. 그는 어릴 때부터 어머니에게 일본어를 배웠다. 둘만 있을 때는 일본어로 대화할 때도 많았다. 항한의 어머니 요코는 그들이 머나먼 섬나라에서 중국으로 건너왔을 뿐 아니라 항한의 외할아버지가 아직도 그곳에 계신다고 아들에게 말해줬다. 또 언젠가 일본으로 가서 외조부를 만나게 되면 일본어로 대화해야 한다고 가르쳤다. 어느 날, 항한은 어머니가 슬피 우는 것을 보고 외할아버지가 세상을 떴다는 사실을 알게 됐다. 그날 요코는 기모노를 입은 모습을 처음 아들 앞에 선보였다. 그리고 고국을 잊지 말고 언젠가 반드시 외할아버지의 제사를 지내러 일본에 다녀올 것을 아들에게 당부했다.

덕분에 항한은 일본어 회화실력이 매우 유창했다. 그래서 일본 헌병의 욕을 모두 알아들을 수 있었던 것이다. 그는 고개를 돌려 일본 헌병의 가증스러운 낯짝을 힘껏 쏘아봤다. 자신의 몸에 일본인의 피가 흐른다는 사실이 지금처럼 기분 나쁜 적이 없었다. 심지어 일본어를 배운 것도 후회스러웠다. 초소를 지나기 위해 길게 줄을 선 사람들은 항한의 증오심에 활활 불타는 눈을 보면서 모두들 손에 땀을 쥐었다. 일본 헌병도 바보가 아닌 이상 알아차리지 못할 리 만무했다. 물론 그는 항한이 무슨 생각을 하는지는 몰랐다. 다만 한낱 중국인이 겁도 없이 자신을 쏘아보는 것에 분노했다. 헌병이 다짜고짜 항한의 따귀를 찰싹 때렸다. 하지만 그가 손을 내려놓기도 전에 항한의 손이 먼저 날아들어 따귀를 철썩철썩 두 대 갈겼다. 눈 깜짝할 사이에 일어난 일이었다.

헌병은 그 자리에 얼음처럼 굳어 멍하니 항한을 바라봤다. 그야말로 마른하늘에 날벼락이 따로 없었다. 여기서 그의 따귀를 때릴 수 있는 사람은 상관을 제외하고는 아무도 없었다. 그런데 일개 중국인이 겁도 없이 일본군에게 손을 대다니, 간이 배 밖으로 나온 것이 아니면 미친 것이 틀림없었다. 헌병은 손에 총을 들고 있다는 사실도 까맣게 잊은 채 한참동안 부동자세를 취했다. 헌병이 백치처럼 멍하니 있는 틈을 타서 뒤에서 누군가 소리를 질렀다.

"빨리 도망가!"

줄을 서 있던 사람들이 순식간에 산지사방으로 뿔뿔이 흩어졌다. 항한은 번개처럼 빠른 속도로 미친 듯이 앞으로 달렸다. 뒤에서 탕, 총소리가 들렸다. 따귀를 맞고 얼이 빠졌던 헌병이 뒤늦게 정신을 차리고 총을 쏜다는 것이 허공에 총알을 발사했던 것이다. 그 사이에 항한은 청년로 길목에 있는 청년회관에 도착했다. 대문 안으로 막 들어가려는데 마침 밖으로 나오는 방서령과 정면으로 맞닥뜨렸다. 방서령이 항한의 심상치 않은 표정을 보고 물었다.

"무슨 일이야?"

"저 좀 숨겨줘요. 일본놈이 쫓아오고 있어요."

항한은 방서령을 밀치고 안으로 달려 들어갔다. 대문 밖에서 일본 병사들이 고함을 지르면서 달려오는 소리가 들려왔다. 방서령은 앞뒤 젤 것 없이 철 대문을 닫고 주먹만 한 자물쇠를 잠갔다. 그녀 자신도 어디서 그런 용기가 났는지 모를 일이었다. 일본 병사들이 창으로 대문을 찌르는 소리가 요란했다. 청년회는 기독교단체여서 일본사람들도 함부로 할 수 없었다. 대문에 총을 쏠 수도 없었다. 일본 헌병들은 한참 쑥덕거리더니 상부의 지시를 받으러 가버렸다. 소란스럽던 청년회관은 잠시나마 안정을 되찾았다.

때아닌 소동에 안에 있던 목사들이 다 뛰쳐나왔다. 그러나 방서령도 자세한 상황을 모르기는 마찬가지였다. 그들은 항한을 4층으로 데리고 올라갔다. 4층 벽에는 표어가 걸려 있었다.

'너는 그를 종으로 부리지 말고 네가 그를 섬기라. 진리를 알지니 진리가 너희를 자유롭게 하리라……'

목사들은 항한의 설명을 듣고 나직하게 기도하면서 성호를 그었다.

방서령은 딱히 이유를 들 수는 없지만 항한이 마음에 들었다. 원래부터 비범한 인물을 좋아했기 때문인지, 아니면 항한이 가평의 아들이기 때문인지, 그것도 아니면 항한이 시퍼런 대낮에 많은 사람들 앞에서 일본놈의 따귀를 때렸기 때문인지 그녀 자신도 왜 그런지 딱히 알 수는 없었다. 어쨌든 그녀는 목사들을 붙잡고 간청했다.

"목사님, 이 젊은이는 주님께서 구해주라고 우리에게 보낸 사람이에요. 또 제 예전 시집 조카이기도 해요. 주님께서 다 보고 계세요. 이 사람을 절대 사탄에게 넘겨줘서는 안 돼요. 목사님들도 저들이 얼마나 흉악하고 잔인한지 아시잖아요."

목사들은 의논 끝에 할 수 있는 범위 내에서 항한의 신변을 보호해주기로 의견을 모았다. 항한은 오히려 담담했다. 두려운 기색은 눈곱만큼도 없었다. 그가 걱정하는 것은 이 일을 어떻게 어머니와 큰아버지에게 알리느냐는 것이었다. 결국 방서령이 항씨네 집에 다녀오기로 했다. 청년회 뒷벽에 문이 있었다. 일본군이 삼엄한 경계를 펼치고 있었지만 교회 사람들은 출입이 가능했다. 밖으로 나온 방서령은 미행을 따돌리기 위해 이 골목 저 골목을 몇 바퀴 돌았다. 뒤따르는 사람이 없는 것을 확인한 뒤에야 항씨네 집으로 향했다.

방서령과 요코는 같은 도시에 살면서도 얼굴을 마주치는 일이 거의 없었다. 우연히 맞닥뜨리게 되더라도 일부러 못 본 척 서로를 외면했다. 그렇다고 서로의 살아가는 상황을 전혀 모르는 것은 아니었다. 이비황은 영은사에서 돌아온 후 자꾸만 요코에게 친한 척을 했다. 어제도 잔뜩 우거지상을 하고 요코를 찾아왔다. 고보리의 명령을 받고 왔다고 했다. 요코는 이비황이 일본어학교 선생 문제로 찾아왔다는 것을 말하지 않아도 알 수 있었다.

'참 이상한 사람이야. 본인은 일본사람들을 무서워하고 일본어학교에서 일할 생각이 눈곱만큼도 없으면서 왜 자꾸 남을 설득하려고 하는 거지?'

이비황은 요코가 속으로 어떤 생각을 하든 상관 않고 우물쭈물 본론을 끄집어냈다.

"아주머니, 일본사람들의 부탁을 들어주시죠?"

요코는 고개를 저었다. 몇 년 전까지만 해도 고보리는 그녀의 아버지 하네다에게 다도를 배운 제자였다. 당연히 요코와도 안면이 있었다. 하지만 요코는 이 사실을 이비황에게 말하지 않았다.

이런저런 생각을 하면서 노끈으로 무너진 울타리를 일으켜 세우던 요코는 불쑥 나타난 방서령을 보고 화들짝 놀랐다. 요코가 만류할 틈도 없이 방서령은 울타리 구멍을 통해 안으로 들어왔다. 지금은 과거의 잘잘못을 따질 겨를이 없었다. 방서령은 부슬부슬 내리는 비를 맞으면서 방금 전 항한에게 발생한 위험천만한 일을 얘기해주었다. 내성적인 요코는 아들이 큰일을 저질렀다는 말을 듣는 순간 가슴이 콱 막혀 아무 말도 할 수 없었다. 다리 힘이 풀리면서 당장이라도 주저앉을 것 같았다. 그러자 방서령이 냉정하게 말했다.

"사람을 찾아 도움을 받아야 하지 않을까요? 별로 달갑지 않겠지만 다른 방법이 없잖아요. 가화는 어때요? 아니, 아니에요. 요 방정맞은 입! 그 인간의 이름을 거론해서 미안해요. 누구를 찾으면 될까요? 조급해 말고 천천히 생각해봐요. 도와줄 사람이 없을까요? 아, 맞다. 요코는 일본사람이죠? 그게 아니라, 내 말 좀 들어봐요. 요코가 '7.7사변' 이후 중국 국적을 취득했다는 건 알고 있어요. 미안해요, 내가 쓸데없는 말을 너무 많이 했죠? 아들이 여기 살다 보니 본의 아니게 이곳 소식을 많이 들었어요. 나도 젊은 시절을 이곳에서 보냈는데……. 아유, 주책이야, 또 엉뚱한 소리를 했네요. 아무튼 요점은 요코가 일본사람이고 한이도 절반은 일본인이라는 거예요. 아, 맞다. 고보리 그 사람은 분이 약을 갖다 주러 우리 집에 가끔 와요. 그 사람 얘기로는 한때 요코의 부친을 다도 스승으로 모시고……. 어디 가요?"

제 정신이 돌아온 요코는 비에 젖은 머리를 수건으로 비비면서 말했다.

"고마워요, 형님. 제 아들을 구해주셔서 고마워요. 제가 어디를 가느냐고요? 당연히 아들에게 가죠. 그 아이가 살면 저도 살고 그 아이가 죽으면 저도 죽을 거예요. 죄송하지만 부탁 하나만 들어주실래요? 공자묘 앞에 그가 있을 거예요. 그가 누구인지는 아시죠?"

"죄송할 거 없어요. 안 그래도 그를 찾아가려던 참이었어요. 다만 그가 지금 어떤 상태인지 잘 몰라서……. 비황이 그러는데 정신이 좀……."

"형님, 그따위 헛소문을 믿어요? 일본군이 쳐들어온 후 우리가 어떤 일들을 겪었는지 형님도 잘 아시잖아요? 다른 남자 같았으면 벌써 열두 번도 더 죽었을 거예요. 그가 무엇 때문에 하필이면 공자묘 앞에 찻물 난전을 벌였는지 생각해보셨어요? 조 어르신이 공자묘에 갇혀 있기 때문이에요. 그는 자기 몸 하나 간수하기도 힘든 상황에 다른 사람 걱정을 하고 있는 거예요. 이런 사람을 미쳤다고 말할 수 있어요? 말해보세요, 이런 사람이 미치광이인가요?"

두 여자는 빗속에서 말없이 서로를 바라봤다. 서로의 깊은 속마음을 확인할 수 있었다. 두 사람은 미처 작별인사도 나누지 못한 채 서둘러 다른 방향으로 달려갔다.

공자묘로 가려면 방서령은 자신의 집앞을 지나야 했다. 방서령은 집에 혼자 있는 딸이 걱정됐다. 몸 상태가 괜찮은지, 병이 더 심해지지는 않았는지 걱정스러웠다. 고보리가 페니실린을 가져다준 덕분에 항분의 폐병은 점점 나아지고 있었다. 방서령과 이비황은 다행이라 생각하면서도 고보리에 대한 두려움을 떨쳐버리지 못하고 있었다. 특히 이비황은 전쟁 이후 완전히 딴 사람처럼 변했다. 방서령조차 의아하게 생각할 정도였다. 특히 밖에 나갔다 들어오면 기분이 하늘 위로 둥둥 떴다가 갑자기 바닥으로 착 가라앉는 등 감정 기복이 유난히 심했다. "하늘이 나를 내셨으니 반드시 어딘가 쓸모가 있을 거야."라고 했다가는 "일본인은 오랑캐 민족이라 중국의 5,000년 문명을 이해하지 못한다. 그들과 어울리는 사람은 야만인이다."라고 욕을 퍼붓기도 했다. 방서령은 이비황이 뭐라고 하든 귓등으로도 듣지 않았다. 뒤늦게나마 두 번째 남편의 진면목을 알게 됐기 때문이었다. 이비황은 겉으로만 고고한 학자일 뿐 "개똥밭에 굴러도 이승이 좋다"는 신조를 지닌 비굴한 인간이었다. 사실 시국이 이렇다보니 방서령 자신도 비굴하게 살기는 마찬가지였다. 다만 그녀와 이비황의 다른 점이라면 그녀는 비굴한 삶을 원하지 않을뿐더러 비굴한 삶을 벗어날 방법을 모색하는 반면 이비황은 온갖 그럴듯한 구실을 만들어 구차한 삶을 즐긴다는 것이었다.

방서령은 빗속에서 우뚝 걸음을 멈췄다. 방금 전 요코가 했던 말을 곰곰이 생각해봤다. 사실 그녀도 공자묘를 지나다니면서 빗속에 앉아 있는 가화를 여러 번 봤었다. 불쌍한 처지에 있는 가화를 생각하면서 눈물을 흘린 적도 있었다. 하지만 단 한 번도 요코처럼 생각해본 적은 없었다. 그녀는 가화가 자신의 집에 불을 지르리라고는 꿈에도 생각 못했다. 가평이라면 모를까, 가화는 절대 그런 용기를 낼 수 있는 위인 이 못 된다고 생각했었다. 이제야 어렴풋이 알 것 같았다. 두 형제가 똑 같다는 것을. 다만 용기를 표현하는 방식이 다르다는 것을. 하지만 이미 늦었다. 지금 와서 되돌릴 수 있는 것은 아무것도 없었다.

'나는 왜 그의 곁을 떠났을까? 그의 본모습을 왜 예전에는 보지 못 했을까? 한때 그의 아내였던 내가 다른 여인의 입에서 그에 대한 말을 듣다니……'

방서령은 후회하고 자책하면서 대문을 열었다. 항분도 볼 겸 가화 에게 가져다줄 우산도 챙기기 위해서였다.

"분아……"

대문을 닫고 돌아선 방서령이 딸의 이름을 부르는 순간 찰싹, 소리 와 함께 이비황의 손바닥이 날아들었다. 영문도 모른 채 뺨을 얻어맞은 그녀는 입을 딱 벌리고 한동안 말을 못했다. 항분이 달려와 부축해서야 겨우 정신을 차리고 남편을 쏘아봤다. 제대로 얻어맞은 볼이 욱신욱신 아파왔다.

생각할수록 화가 치밀어 오른 방서령은 온몸의 힘을 머리로 모은 뒤 이비황의 가슴을 냅다 들이받았다. 뒤로 벌렁 나자빠진 이비황은 일 어날 생각도 않고 팔선상을 끌어안은 채 오열을 터뜨렸다.

"방서령, 내 아들 내놔! 우리 이월 내놔! 방서령, 하늘이 무섭지도 않느냐? 당신의 친딸만 자식이고 내 아들은 자식이 아니냐?"

방서령은 머리카락이 쭈뼛 서는 느낌이 들었다. 이월? 그 아이에게 무슨 일이 생겼나? 항분이 스르르 무너지는 방서령을 부축하면서 울먹 이는 소리로 말했다.

"유모 집에서 편지가 왔어요. 유모가 집으로 가는 길에 일본군의 폭격을 맞아 죽었대요. 어머니, 진정하세요. 동생은 안 죽었어요. 한 노승이 동생을 안고 갔대요. 지금은 빈아원에 있대요. 기초 고모가 다니던 빈아원이래요. 어머니, 진정하세요. 동생은 아무 일 없을 거예요……."

"개소리 하지 마! 아무 일 없다고? 누가 아무 일 없다고 그랬어? 아비가 다른 동생이라고 속 편한 소리 하고 자빠졌어."

"이비황, 당신 미쳤어요? 월이는 당신 아들인 동시에 내 아들이에요. 내가 열 달 동안 품고 있다가 배 아파 낳은 아이라고요. 그러고도 당신이 교수라고 할 수 있어요? 당신의 상판 좀 봐요. 무식하고 막돼먹은 천것 저리 가라예요."

"그래, 그래. 내가 이렇게 못 났다, 됐냐? 왜? 나하고 결혼한 게 후회돼? 그러면 다시 돌아가든지. 가화는 매일 공자묘 앞에 앉아 있더구먼, 둘이 다시 만나서 잘해봐."

"아차, 내 정신 좀 봐. 그만해요. 당신 때문에 중요한 일을 그르칠 뻔했잖아요."

방서령은 허둥지둥 우산을 찾으러 안방으로 달려갔다. 싸움닭 같은 마누라가 싸움도 제쳐놓고 다급하게 달려가는 것을 보고 이비황은 사태가 심상치 않다는 사실을 눈치챘다. 급기야 바닥에서 기어일어나면서 물었다.

"무슨 일이야? 방금 이월의 소식을 듣고 당신을 찾았는데 당신이 없어서 화가 났던 거야. 항주 시내의 교회라는 교회는 다 가봤는데 없지 뭐야. 돌아오는 길에 보니 일본 병사들이 청년회관을 겹겹이 포위했던데 무슨 일이야? 나는 또 당신이 연루됐을까봐 얼마나 걱정을 했는데. 당신 혼자면 몰라도 우리 온 가족이 힘들어지면 안 되잖아. 분이는 이제 조금 차도를 보이지만 월이도 실종된 마당에 나도 일본어학교 교사를 찾는 일로 머리가 터질 지경이야. 제발 당신만이라도 좀 가만히 있어주면 안 되겠어? 또 어디를 나가려고 그래?"

마음이 다급해진 방서령은 방금 따귀를 맞은 일은 까맣게 잊은 채 항한의 일에 대해 간략하게 설명했다. 그리고는 우산을 쥐면서 덧붙였다.

"당신하고 입씨름할 시간이 없어요. 사람을 구하는 게 급선무예요. 내가 돌아오거든 그때 가서 이혼을 하든, 살인방화를 하든 당신 마음 대로 해요."

이비황은 계산이 빠른 사람이었다. 그런 사람답게 방금 전의 일은 더 언급하지 않은 채 방서령을 막아서면서 말했다.

"당신 바보야? 그 미치광이를 찾아가서 뭘 하겠다고? 차라리 가교에게 부탁해봐. 일본사람들에게 제일 총애 받는 사람이잖아. 같은 항씨인데 설마 나 몰라라 하겠어? 그의 몇 마디면 일이 쉽게 해결될 것을."

"당신 미쳤어요?"

방서령이 버럭 고함을 질렀다.

"시어머니가 누구 손에 죽었는지 벌써 잊었어요? 한이와 우리 시어머니가 어떤 관계인지 몰라요? 저리 비켜요, 아무튼 나는 가화에게 이 일을 알려줘야 해요."

"지금 뭐 하는 짓이야? 안 그래도 머리가 복잡해죽겠는데 당신까지 왜 이래? 고보리가 우리 분이에게 잔뜩 눈독 들이고 있는 거 몰라? 나는 걱정이 돼 죽겠어. 내가 누구 때문에 이렇게 걱정하는데? 다 항씨네 사람들을 위해서잖아. 당신은 그냥 가만히 있어. 나도 미칠 것 같아."

이비황은 말을 마치자마자 방서령을 침실에 밀어 넣고는 문에 커다란 자물쇠를 잠갔다. 이어 머리 떨어진 파리처럼 거실을 뱅뱅 돌다가 항분에게 소리를 질렀다.

"너도 나가면 안 돼! 대문 밖으로 한 발자국이라도 나갔다가는 다리몽둥이를 분질러 놓을 거야. 의붓딸이고 환자라고 사정을 봐주는 일은 없어. 고보리? 올 테면 오라지. 설마 나를 죽이기야 하겠어?"

이비황은 한바탕 으름장을 놓은 다음 대문을 열고 어디론가 가버렸다.

항분이 침실 문을 두드리면서 말했다.

"어머니, 조급해하지 마세요. 제가 열쇠를 찾아보겠어요."

방서령이 울면서 말했다.

"이비황, 야비한 인간 같으니라고. 마누라와 딸을 도둑놈 대하듯 경계하더니 오늘은 기어이 바닥을 보여주는구나. 분아, 이 어미는 미칠 듯이 후회되는구나. 저런 인간을 남편이라고……."

"어머니, 지금은 울 때가 아니에요. 어머니가 안 되면 제가 갔다 오겠어요."

방서령은 딸의 몸 상태가 걱정이 됐다.

"꽃샘추위라 밖이 엄청 추울 텐데 괜찮겠어? 안 돼, 이제 겨우 차도를 보이고 있는데 감기라도 걸려 덧나면 큰일이야. 그리고 아까 너도 봤겠지만 이비황 저자는 제 정신이 아니야. 돌아와서 네가 없는 걸 보면 난리가 날 거야."

항분이 조용하지만 침착하게 말했다.

"어머니, 걱정 마세요. 옷을 많이 입고 나가면 괜찮아요. 그리고 이제 나가면 다시는 여기로 돌아오지 않을 거예요. 아버지를 따라 망우저택으로 갈 거예요."

방서령은 슬픔이 복받쳐 올랐다. 문틈으로 딸의 얼굴을 보고 싶었지만 잘 보이지 않았다.

"그래, 몇 년 동안 네가 고생이 많았어. 엄마도 이제 이 집에는 한시도 있기 싫은데 너는 오죽하겠냐."

방서령은 터져 나오려는 오열을 꾹꾹 참으면서 흐느끼는 소리로 말했다.

"언젠가 이런 날이 올 줄 알았다. 다만 네 몸 상태가 많이 걱정되는구나. 네 동생도 없는 마당에 네가 여기 더 있어봤자 인간 같지도 않은 놈의 화풀이 상대밖에 더 되겠니. 그래, 당분간 아버지 집에 가 있어. 엄마가 이쪽 교회 일을 마무리하는 대로 너를 데리고 미국으로 갈 거야. 주님이 너를 지켜주실 거야. 얼른 가, 꾸물대다가는 한이가 위험에 처할 수 있어."

항분의 발소리가 점점 멀어져갔다. 방서령이 뒤늦게 우산 생각이 나서 딸을 불렀다.

"우산 가지고 가!"

대답 대신 대문이 쾅, 하고 닫히는 소리가 들렸다.

제15장

항씨 가문은 공자묘와 아무런 관계가 없었다. 그런데 그것은 조기객이 공자묘에 갇히기 전까지의 일이었다. 조기객은 항주의 유명인사였다. 조 넷째 어르신이라고 하면 모르는 사람이 없었다.

조기객은 일본군이 항주에 주둔한 후 고보리에 의해 공자묘에 연금됐다. 그러나 목숨은 여전히 붙어 있었다. 사실은 조기객처럼 강직하고 직설적이면서 늠름하고 정의로운 사람이 지금까지 살아 있는 것을 이상하게 여기는 사람들이 적지 않았다. 소문에 의하면 조기객은 치안유지회 창립대회에서 탁자를 치면서 대로했다고 했다. 온 얼굴에 찻물을 뒤집어쓴 고보리는 그래도 화를 내지 않고 만생호를 안으면서 담담하게 말했다고 한다.

"그 연세에도 화가 많군요. 조용한 곳에서 화를 가라앉히는 법을 배워야겠어요."

조기객은 이렇게 해서 공자묘에 갇히게 되었다.

중국의 공자묘는 예로부터 세 가지 용도로 사용됐다. 우선 공자에게 제사를 지내는 사당 역할을 했다. 교사校舍로도 사용되기도 했다. 과거제가 시작된 이후 중국에는 현학縣學(현 단위 학교), 부학府學(주州 단위 학교), 태학太學(조정에서 세운 국립 학교) 등의 교육기관이 있었으니 자연히 그렇게 되었다. 공자묘는 또 참배와 유람의 명소로도 사용됐다. 대표적인 곳으로 산동성 곡부曲阜에 있는 공씨가묘孔氏家廟와 남경南京에 있는 부자묘夫子廟를 꼽을 수 있다. 역대로 공자묘의 규모는 그 고장이 얼마나 번화한지 판단하는 좋은 척도였다. 항주는 중국의 동남쪽에 자리한 도시로 땅이 넓고 인구가 많았다. 또 경치가 수려하고 교육이 흥해 유명한 인재가 많이 배출되기도 했다. 항주의 공자묘가 으리으리한 것은 당연한 일이었다.

항주 부학府學은 북송 때까지 지금의 봉황산鳳凰山 일대에 있었다. 그러다 남송 때 운사하運司河 아래로 이전했다. 청나라 때는 완공돈阮公墩(서호 가운데 있는 섬)을 준설한 절강 순무 완원阮元이 공자묘를 수리하고 〈수항주공자묘비〉修杭州孔子廟碑라는 글을 썼다. 그 당시에는 큰길 양옆에 대저택들이 즐비했었다. 그러나 항일전쟁이 발발하기 전 국민정부는 공무원들을 동원시켜 운사하를 평평하게 메웠다. 그리고는 노동로勞動路라는 도로를 부설했다.

가화와 가평을 비롯한 학생들이 과거 '1사一師(절강제1사범학교) 소동'을 일으킨 이유도 총장 경형이經亨頤가 봄가을에 있는 공자묘 참배 행사에 학생들을 데리고 참가하는 것을 거부했기 때문이었다. 1919년에 '5.4운동'이 일어나 공가점孔家店이 쓰러지면서 공자묘도 점차 쇠락했다. 민국 16년, 남경 정부는 공자 제사 금지령을 내렸다. 항주의 일부 대학자들은 이에 반발했다. '공성기념회'孔聖紀念會라는 조직도 자발적으로 세웠

다인_3

다. 민간에서만 행해지던 이 공자 제사 활동은 '9.18사변' 이후에야 겨우 정부의 공식 허가를 받았다. 이로써 공자 제사 의식은 다시 부활했고, 정부는 공자 탄신일인 8월 27일을 제공일祭孔日로 정했다.

항일전쟁이 발발하고 항주가 함락되면서 공자 존숭 의식은 또다시 중단됐다. 공성기념회의 모든 장부와 자료는 다행히 하경명何競明이라는 학자가 고향인 동양東陽으로 가지고 간 덕분에 그나마 온전히 보존될 수 있었다.

망우차장 사람들은 예전에는 공자묘 행사에 거의 참가하지 않았다. 가화의 아버지 항천취 세대에 이르러서 공부자에게 조금 흥미를 보이기 시작한 정도였다. 그러다 조기객이 연금된 이후부터는 공자묘 근처에 항씨네 사람들의 모습이 심심찮게 보이기 시작했다. 먼저 소촬이 공자묘 잡역부로 들어갔다. 뒤를 이어 가화도 공자묘 앞에 난전을 열었다.

공자묘는 규모가 작지 않아 조기객은 안에서 자유롭게 활동할 수 있었다. 손님을 만나는 것도 허용됐다. 단 대문 밖으로 나가는 것만 금지됐다. 항주에 있는 항씨네 사람들은 거의 모두 조기객을 보러 왔다. 가화의 경우에는 거의 매일 조기객을 만나러 들어갔다. 그는 조기객 앞에서는 별로 말이 없었다. 조기객을 처음 만났을 때부터 그랬다.

조기객이 심록애와 가초의 소식을 묻자 가화는 짤막하게 대답했다.

"갔어요."

고개를 숙이고 있던 가화는 한참이 지나도 조기객이 반응을 보이지 않자 고개를 들었다. 그리고는 깜짝 놀랐다. 조기객의 길게 자란 수염—항주가 함락된 이후로 한 번도 깎지 않았다—이 흠뻑 젖어 있었기 때문이었다.

가화가 한마디 덧붙였다.

"제가 집에 불을 질렀어요."

조기객은 여전히 한마디도 하지 않았다. 그의 얼굴은 눈물범벅이었다. 가화는 조기객의 우는 모습을 처음 보았다. 그의 기억 속 조기객은 눈물과는 거리가 먼 사람이었다.

가화가 계속 말했다.

"유감스럽게도 물건만 타버리고 사람은 안 죽었어요."

조기객이 말없이 일어섰다. 이어 대성전大成殿 문 앞에 있는 공터로 가서는 자체 개발한 단수권單手拳을 연습하기 시작했다. 그가 모든 동작을 마친 뒤 긴 한숨을 내쉬고 말했다.

"잘했다!"

수염은 여전히 젖은 채로였다. 하지만 조기객의 눈은 큰불이 할퀴고 지나간 것처럼 바짝 말라 있었다.

예전의 조기객이라면 틀림없이 과격한 행동을 취했을 터였다. 그런 그가 무엇 때문에 분노를 꾹꾹 참고 있는지 아무도 몰랐다. 조기객은 공자묘에 있으면서 무언가를 기다리는 것 같았다. 무언가를 증명하려고 하는 것 같았다.

고보리도 가끔씩 공자묘를 찾았다. 하지만 조기객을 만나지는 않았다. 은빛 수염을 휘날리면서 무예 연습을 하는 그의 모습을 멀리서 구경만 할 뿐이었다. 간혹 멍하니 홀린 듯한 표정을 지을 때도 있었다. 하지만 대부분의 경우 음침하고 무표정한 얼굴로 서 있다가 홱 돌아서서 가버리고는 했다.

항한이 일본 헌병의 따귀를 때린 그날 오전, 소촬은 가화를 공자묘로 은밀히 불렀다. 조 넷째 어르신이 할 말이 있다고 했다. 소촬이 대성전으로 통하는 복도에서 주변을 살펴보고 미행하는 사람이 없는 것을 확인한 다음 작은 소리로 말했다.

"조 넷째 어르신이 무슨 일로 부르셨는지 아십니까?"

혼자만의 생각에 잠겨 있던 가화가 걸음을 멈추고 궂은비가 내리는 하늘을 올려다봤다.

"왕오권과 오유가 대성전을 수리하려고 하는 일 때문이겠지."

"말이 좋아서 대성전을 수리하는 거지 조상 사당을 허무는 거잖아요. 불원간 손을 쓸 것 같더군요."

가화는 대성전 처마를 바라봤다. 그리고는 눈을 가늘게 떴다. 그는 공맹孔孟 신봉자가 아니었다. 그래서 대성전에 대해 별로 아는 것이 없었다. 대성전이 남송 때 세워진 건물이라는 것과 기둥과 대들보가 모두 나무로 돼 있다는 사실을 안 것도 조기객이 이곳에 연금된 이후였다. 항일전쟁이 발발하면서 항주에는 연료와 널감 품귀 현상이 벌어졌다. 왕오권과 오유가 대성전을 허물려는 이유는 두말할 필요도 없이 관 가게에 필요한 널감을 마련하기 위해서였다.

두 사람은 대성전 문 앞에 이르렀다. 조기객은 남송 석경石經 앞에서 기다리고 있었다. 가화를 보자 안쪽을 가리키면서 말했다.

"가화, 누가 왔는지 보게나."

말이 끝나자마자 석비 뒤에 서 있던 사람이 모습을 드러냈다. 가화의 오랜 친구인 진읍회였다.

진읍회는 아무 말 없이 가화에게 왼손을 내밀었다. 가화는 잠깐 멍해 있다가 퍼뜩 기억이 났다. 진읍회는 일본 낭인에 의해 오른손을 잃었던 것이다. 가화도 왼손을 내밀어 옛 친구의 손을 꽉 잡았다.

소촬은 망을 보러 문밖으로 나갔다. 대성전에는 세 사람만 남았다.

조기객이 그제야 본론을 끄집어냈다.

"원래는 뒤에 있는 사랑채에서 의논하려고 했네. 하지만 방해꾼들이 너무 많아서 말이야. 벽에도 귀가 있다고 하니 신중해서 나쁠 것은 없잖은가. 그래서 자네들을 이리로 부른 걸세."

진읍회가 말했다.

"지당한 말씀입니다. 그러고 보니 저도 이 '석경'들을 본 지도 꽤 오래 됐군요. 예전에 서예 연습을 할 때는 사흘이 멀다 하고 이곳에 왔었는데 말이죠."

가화가 불쑥 말했다.

"대성전을 허물면 이 석비들도 온전치 못할 텐데요."

"그래서 자네들을 부른 거라네. 어떻게 하면 좋겠나?"

항주의 공자묘는 공자에게 제사 지내는 일은 쇠락하고 석경과 석비를 보존한 장소로서의 역할이 더 커지기 시작했다. 특히 이곳에는 남송 시대의 석두石頭 판본 사서오경四書五經이 소장돼 있었다. 중국에는 석경이 적지 않았지만 황제의 어필御筆을 돌에 새긴 석경은 2부밖에 없었다. 하나는 서안西安 비림碑林에 보존돼 있는 《효경》孝經(당현종唐玄宗의 어필)이고, 다른 하나는 송고종宋高宗 조구趙構와 황후 오씨吳氏의 친필로 된 남송 석경이었다.

따지고 보면 남송 석경의 팔자도 기구했다. 고귀한 '혈통'으로 '태어나' 귀한 대접을 받다가 나라가 무너지자 상갓집 개보다 처량한 신세가 돼버린 것이다. 남송 황릉을 파헤친 번승番僧 양련진가楊璉眞伽(원나라 때 승관僧官)는 남송 황성 옛터에 진남탑鎮南塔을 세우면서 석경을 가져다 탑의 기초를 쌓으려고 했었다. 다행히 많은 사람들의 반대로 액운을 면할 수 있었지만 세월이 흐르면서 많은 부분이 파손되고 명나라 때 공자묘로 옮겨졌을 때는 원래의 절반도 남지 않았다. 갖은 재난을 겪으면서 간신히 지금까지 '살아남은' 석경이 또 절체절명의 위기에 빠진 것이다.

가화는 석경에 새겨진 경문들을 세세히 음미했다. 그리고 입을 열었다.

"살아남지 못할 바에는 다 같이 죽는 편이 낫겠군요."

"그래서 자네는……."

진읍회가 뒷말을 하려다가 황급히 입을 다물었다. 가화가 진읍회의 말을 받았다.

"그래서 내 집에 불을 질렀다네."

조기객이 말했다.

"자기 집을 태우는 건 괜찮지만 나라의 것을 태우면 안 되지."

가화와 진읍회는 재빨리 시선을 교환했다. 조기객의 예전에 없던 인내심이 어디에서 왔는지 궁금했기 때문이었다.

조기객이 대전 깊숙한 곳으로 두 사람을 데리고 갔다. 이어 작은 소리로 귀엣말을 했다.

"이 석경 때문에 자네 둘을 부른 게 아니네. 일본놈들의 눈을 피해 이렇게 크고 무거운 석경을 다른 곳으로 옮기는 건 불가능하네. 다른 방법이 필요하지. 어떤 방법인지 자네들은 몰라도 되네. 오늘은 다른 일을 의논하려고 불렀네."

공자묘에는 제사에 쓰는 악기가 보존돼 있었다. 이 물건들은 국민정부가 철수할 때 아무도 가지고 갈 생각을 못했다. 그런데 얼마 전 고보리가 사람을 보내 이곳의 물품을 점검하면서 제사용 악기들이 하나도 보이지 않는 것을 발견했다. 누군가가 혼란한 틈을 타 훔쳐간 것이라고 다들 생각했다. 하지만 사실은 그렇지 않았다. 조기객이 수염을 쓰다듬으면서 자초지종을 두 사람에게 설명했다.

"내가 막 공자묘에 들어왔을 때는 제사용 악기들이 사당에 그대로 있었다네. 그런데 얼마 전 소촬이 나를 찾아와서 말하더군. 공자묘의 잡역부들이 담 모퉁이에 구덩이를 파고 제사용 악기들을 묻어버렸다고 말이네. 왜놈들에게 빼앗기면 안 되는데 달리 뾰족한 방법이 생각나지 않았다고 했네. 땅속에 묻혀 있으면 나중에 언젠가는 빛을 볼 날이 올 거라고 생각했는데 망할 놈의 한간들이 공자묘를 허문다고 하지 않는가. 그리 되면 제사용 악기들이 왜놈들의 손에 넘어갈 수밖에 없네. 좋은 방법이 없을까? 자네들의 생각을 들어보고 싶네."

조기객은 검을 휘두르는 협객이지 운치를 즐기는 문인이 아니었다. 사당 물품에 흥미를 가질 만한 위인도 아니었다. 가화의 아버지 항천취라면 모를까. 소촬이 조기객을 항천취처럼 믿고 부탁한 것이 틀림없었다.

가화가 말했다.

"어르신, 저와 읍회가 방도를 찾아보겠습니다."

조기객이 빙그레 웃었다.

"자네만 믿겠네. 자네라면 저 물품들 뿐만 아니라 자네 자신도 잘 간수할 수 있을 것이라 믿네."

"오산吳山을 지나니 월산越山이요, 산봉우리는 첩첩하고 뭉게구름 겹겹이네."

가화는 진읍회에게 억지로 끌려 오산에 올랐다.

"나는 연초부터 지금까지 집에서 두문불출했네. 거사를 도모하기 위해서지."

진읍회가 담담하게 말을 꺼냈다.

"거사를 도모할 생각만 아니었다면 내가 지금까지 살아 있을 이유가 없네. 마지막으로 자네의 조언을 듣고 싶네."

오산은 항주 시내 안에 있었다. 높이는 불과 100미터 정도였다. 전설에 의하면 오자서伍子胥가 오왕 부차에게 억울한 죽임을 당한 후 사람들이 그를 불쌍히 여겨 이곳에 그를 기리는 사당을 지었다고 한다. 따라서 오산은 '서산'胥山, 또는 '오산'伍山으로도 불렸다. 오월국吳越國(오대십국 시대의 십국 중 하나)에 이르러 전류錢鏐(오월국을 세운 왕)가 이곳에 성황묘城隍廟를 세웠다. 이후 항주 사람들은 자연스럽게 이 산을 성황산城隍山이라고 불렀다. 더불어 "성황산에서 불구경을 한다"는 속담도 생겨났다. 항주는 예로부터 화제가 많았기 때문이었다.

오산은 가화에게 매우 익숙한 곳이었다. 오산 원동문은 그의 생모와 동생들이 살던 곳이었다. 그가 어릴 때 그의 생모는 이곳에서 목을 매 죽었다. 이어 오승네 가족이 집을 차지했다. 그 뒤로 가화는 오산 원동문 근처에 가는 것조차 싫어했다. 부득이하게 산에 올라야 할 일이 있을 때는 원동문을 멀리 에돌아 다녔다. 진읍회는 가화의 말 못할 아픔을 잘 알고 있었다. 그래서 산에 오르는 내내 이런저런 얘기를 꺼내며 분위기를 띄웠다.

"사람 그림자도 보이지 않는구먼. 오산이 어쩌다 이 지경이 됐을까? 어렸을 때 읽었던 오경재吳敬梓의 《유림외사》儒林外史에 오산이 등장하지. 마이선생馬二先生이 오산에 오르는 장면이 얼마나 대단한가."

두 사람은 수령이 500년이 넘은 녹나무와 예전의 약왕묘藥王廟를 지났다. 비에 젖은 계단이 미끄러웠다. 가화가 천천히 걸으면서 예전에 외웠던 글을 읊었다.

"……계단을 몇 개 오르자 번화가가 나타났다. 길 왼쪽 산 아래에 절간이 몇 개 있고 길 오른쪽은 집이 두 줄로 쭉 늘어서 있었다. 뒷줄에 있는 집은 창문을 열면 전당강^{錢塘江}이 어렴풋이 보였다. 술집, 잡화점, 만두집, 국수집, 점집, 찻집 등 온갖 가게들이 즐비한 가운데 사찰 문 앞에 탁자를 놓고 찻물을 파는 난전이 서른 개도 넘었다. 거리는 인산인해를 이뤄 대단히 떠들썩했다……."

어느새 산꼭대기에 도착했다. 산 아래에 있을 때보다 비바람이 거셌다. 가화가 고개를 돌려 진읍회에게 말했다.

"아무려면 마이선생이 오산에 올라 무엇을 했는지 알고 싶어 나를 부른 건 아니겠지?"

진읍회가 대답했다.

"지금의 오산은 수백 년 전의 오산에 비할 바가 못 되네. 자네도 나도 그 옛날의 마이선생이 아니네. 내가 자네를 이리로 데려온 건 한가롭게 산천경개를 구경하기 위함이 아니네. 여기는 우리 둘뿐이니 마음 터놓고 얘기해보자고. 자네는 아까 조 어르신이 말씀하신 일에 대해 어떤 묘책을 가지고 있는가?"

가화가 빗속에 희끄무레하게 보이는 산과 호수를 보면서 말했다.

"그 자리에 놔두면 안전하지 못하네. 또한 가지고 나오더라도 시내 안에 놔두면 마음을 놓을 수 없네. 시내 밖으로 내오는 것이 상책이네."

가화는 벌써 방도를 생각해낸 게 틀림없었다. 진읍회는 내심 안도를 했다.

'역시 뜬소문은 믿을 게 못돼. 이 친구는 미친 게 아니야. 멀쩡해.'

"자세히 말해보게."

가화가 서호 서남쪽 용정산 쪽으로 시선을 옮기면서 느릿느릿 말했다.

"청명일이 가까워오는군. 우리 항씨 가문의 선산에는 올해 새 무덤이 여러 개 생겼다네. 청명일에는 만사를 제쳐두고 선산을 찾아야겠지. 그날 그 물건들을 성 밖으로 가지고 나갈 계획이네. 우리 선산에 있는 늙은 차나무 아래에 파묻으면 제일 안전할 거네. 읍회, 자네 생각은 어떤가?"

가화의 말이 채 끝나기 전에 진읍회가 뜨거운 눈물을 글썽였다. 가화가 이 말을 하기까지 얼마나 힘들었을지 짐작할 수 있었기 때문이었다. 아마 죽기보다 더 괴로운 심정이었을 것이다. 진읍회는 가화를 와락 껴안고 눈물을 펑펑 쏟고 싶은 충동을 겨우 눌렀다. 남자는 울면 안 된다고 누가 그랬는가?

가화는 진읍회의 시선을 피해 고개를 돌렸다. 괴로운 표정을 친구에게 보이기 싫었거나 아픔이 전염되는 것을 원하지 않았을 것이다. 진읍회가 터져 나오는 눈물을 억지로 참으면서 주먹을 불끈 쥐었다.

"내가 지난 1년 동안 뭘 했는지 아는가? 믿기 어렵겠지만 글씨 연습을 했다네. 놈들은 내 오른손을 자르면 내가 다시는 글씨를 못 쓸 줄 알았나본데 천만의 말씀. 오른손이 없으면 왼손이 있잖은가. 두 손을 다 잃으면 두발이 있잖은가. 두 손, 두 발이 다 잘리면 입이 있잖은가. 목숨이 붙어 있는 한 나는 글을 쓸 거네. 놈들의 뜻대로는 안 될 걸세."

진읍회가 가화를 끌고 대정항ㅊ##ㅂ 쪽의 비탈을 따라 산을 내려가면서 말했다.

"가화, 내가 바위를 하나 봐둔 게 있네. 남몰래 표면을 평평하게 만들어놓았지. 사람 키 높이만 해서 석비로 쓰기에 그저 그만이라네. 지난 1년의 공력은 헛되지 않았네. 내가 왼손으로 연습한 안진경체도 그런데로 괜찮다네. 다만 석비에 뭘 써야 할지 아직 잘 모르겠네. 오늘 자네의 고견을 듣고 싶어 이리로 데리고 온 거네.”

두 사람은 종종걸음으로 산자락의 대정항 길목에 도착했다. 대정항에는 ‘강남의 약왕藥王’으로 불리는 호설암胡雪巖의 중약(한약)가게 ‘호경여당’胡慶餘堂이 있었다. 가게 건너편에 커다란 우물이 있다고 해서 골목 이름이 대정항으로 불리게 된 것이었다. 물론 예전의 번화한 골목은 지금은 인적이 드물다 못해 귀신이 나올 것 같은 음산한 곳으로 변해버렸다. 진읍회가 언급한 석벽은 대정항에서 산으로 올라가는 길목에 있었다.

사람 키 높이의 바위는 표면이 평평하게 다듬어져 글씨 쓰기에 완전히 안성맞춤이었다. 가화는 바위 앞에 오래 머물지 않았다. 진읍회를 끌고 산을 아래에서 위로 다시 아래로 몇 번이나 왔다 갔다 하면서 한참 동안 뭔가를 생각하더니 마침내 입을 열었다.

“내 생각에는 ‘화우겁’火牛劫이라는 세 글자가 좋을 것 같네.”

진읍회가 무릎을 탁 쳤다.

“‘화우겁’. 그야말로 절묘하군. ‘화’火는 정丁, ‘우’牛는 축丑에 해당하지. ‘화우’는 곧 정축이라, 정축년은 민국 26년, 서기 1937년이지. 그해 겨울에 일본군이 항주를 침공해 백성들에게 큰 재난을 입혔지. 금수보다 못한 한간과 왜놈들은 ‘화우겁’이 무엇을 의미하는지 모를 테지. 가화, 역시 자네야. 과거의 수재는 실력이 녹슬지 않았어.”

두 사람은 바위를 지나쳐 용금문 쪽으로 향했다. 가화는 걸으면서 생각했다.

“아까는 조 어르신이 무엇 때문에 목숨을 걸면서까지 한낱 제사용 악기를 보전하려고 하셨는지 몰랐지만 지금은 알 것 같아. 중국 땅에 있는 바늘 하나, 실 한 오리도 일본놈들에게 빼앗겨서는 안 돼.”

가회가 생각을 마치고는 진읍회에게 귀엣말을 했다.

"글자를 새길 때 낙관과 날짜를 남기지 말게. 글자 색깔은 빨간색이 좋겠네. 지나가는 중국사람들이 모두 걸음을 멈추고 그 뜻을 음미할 수 있게 말이네. 알겠는가?"

진읍회가 고개를 끄덕였다. 그는 역시 가화가 미치지 않았다고 확신할 수 있었다. 가화는 세심하고 꼼꼼하고 책임감 있는 예전의 가화 그대로였다.

가화와 진읍회가 비를 맞으며 용금문 길목에 나타났을 때 오승은 창승차행 문 앞에 서 있었다.

오승은 술 냄새를 풍기면서 차를 마시러 온 이비황이 꼴 보기 싫어서 밖으로 나온 것이었다. 이날은 가뜩이나 장사가 안 되는데 비까지 내려 손님이 한 사람도 없었다. 한참 만에 손님이랍시고 들어온 사람이 하필이면 이비황이었다. 오승은 이비황을 좋아하지 않았다. 그래도 대학 교수를 홀대하는 것은 예의가 아닌 것 같아 공손하고 친절하게 맞이했다. 차박사茶博士도 불러 고급스러운 청자 찻잔에 최상품 용정차를 올리게 했다. 햇차는 아직 나오지 않았으나 평생 차 장사를 해온 오승은 묵은 차도 햇차처럼 신선하게 보관하는 방법을 알고 있었다. 오승은 당연히 이비황이 차 향기를 맡고 '좋은 차'라고 극찬할 줄 알았다.

하지만 이비황은 창가 쪽 자리에 앉더니 혀 꼬부라진 소리로 엉뚱한 말을 했다.

"오 사장, 가게가 왜 이리 한산하오? 손님이라고는 나밖에 없네. 이건 뭐 청상과부도 아니고, 참."

여우처럼 교활한 오승은 술 취한 사람과 말을 섞어봤자 득 될 게 없다는 사실을 잘 알고 있었다. 하지만 사람들에게 외면당해 외롭던 차에 잘난 손님, 못난 손님 가릴 처지가 못 됐다. 대화 상대가 생겼다는 자체만으로도 감격스러울 지경이었다.

"청상과부라니요! 나 오승, 오 사장이 있잖소? 자, 자, 내가 말 상대를 해드릴 테니 너무 서운해 마시오."

오승이 능글능글 웃으면서 찻잔을 들고 이비황의 맞은편에 앉았다. 기분이 꿀꿀하던 차에 술까지 몇 잔 걸친 이비황은 평소 교양 있는 척하던 가면을 벗어던지고 본색을 드러냈다. 차를 한 모금 마시고는 이맛살을 찌푸리더니 오승에게 대뜸 삿대질을 하면서 이죽거렸다.

"에이, 오 사장은 내 상대가 안 되지. 이걸 어쩐다? 오 사장을 보니 차 맛이 뚝 떨어지는걸. 오 사장의 딸 오주가 장강리長康裏 서수대장문西首大牆門에 있는 '육삼정六三亭구락부' 옆에 새로 찻집을 차렸던데 거기로 가볼까나."

아픈 곳을 찔린 오승이 화가 나서 눈을 부릅떴다. 이비황이 언급한 '육삼정구락부'는 말이 구락부이지 일본인을 상대로 몸을 파는 매음굴이라고 해도 좋았다. 항주 일본헌병대 수사팀장 여상정餘祥貞의 첩 육건낭六乾娘이 차린 것으로 여상정이 암살당한 후에는 한간 진춘휘陳春輝의 수중에 넘어갔다. 오승의 딸 오주와 육건낭은 의자매를 맺은 사이였다. 따라서 오주와 육건낭이 같은 업종에 종사한다는 것은 알 만한 사람은 다 아는 사실이었다. 오주가 차린 찻집도 당연히 매음굴이었다. 물론 사람들은 오승의 체면을 고려해 '한간 아들', '갈보 딸'이라고 뒤에서만 수군거릴 뿐 대놓고 말하지는 않았다. 그런데 오늘 대학 교수라는 사람이 인정사정없이 오승의 치부를 건드리고 있었다. 말로는 누구에게도 밀리지 않는 오승이지만 사실이 사실인 만큼 마땅히 반박할 말을 찾지 못하

다인_3

고 그저 속만 부글부글 끓였다. 그는 한참이나 끙끙대다가 겨우 한마디를 했다.

"거기가 좋으면 거길 가면 될 거 아니오?"

이비황이 껄껄 크게 웃었다.

"오 사장, 다 알면서 왜 그리 시치미를 뚝 떼시오? 내가 무슨 돈으로 거기를 가겠소. 이 찻집만 해도 원래는 항씨네 소유였잖소. 항씨 집안이 어쩌다 이 찻집을 팔았는지는 오 사장이 나보다 더 잘 알 텐데. 내가 툭 까놓고 말할까요? 항씨네 부자가 아편 때문에 가산을 탕진하고 부득이하게 다른 사람에게 넘겨준 거잖소. 에휴, 나는 명색이 교수인데 지금 막다른 골목에 이르렀소. 오 사장도 잘 알겠지만 나는 가진 게 없소. 찻집도 없고 팔 거라고는 아들딸밖에 없는데 그나마 하나뿐인 딸은 친딸도 아니지요. 의붓딸을 팔 수도 없고 아들 녀석은 죽었는지 살았는지 종무소식이오. 이런 주제에 오입질하고 아편 사 피울 돈이 어디 있다고……. 엉엉엉……."

이비황이 급기야 엉엉 울음을 터뜨렸다. 오승은 속으로 쯧쯧 혀를 찼다.

'교수라는 사람이 추태도 이런 추태가 있나. 이 오승을 만만하게 보고 일부러 주사를 부리려고 온 게지.'

오승은 한숨을 길게 내쉬고는 이비황을 내버려둔 채 아래층으로 내려왔다.

아래층도 손님이 없기는 마찬가지였다. 오승은 소중한 보물 다루듯 조심스럽게 다탁들을 하나씩 어루만졌다. 팬스레 창문도 열었다 닫았다 했다. 부뚜막은 온기라고는 없었다. 벽 모퉁이에 있는 바둑판은 먼지가 두껍게 내려앉아 검은 돌과 흰 돌이 구분이 되지 않을 정도였다. 지나온 세월을 돌이켜보니 갑자기 슬픔이 복받쳤다. 잘 나갈 때는 어디를 가나 아첨꾼들이 따라다녔다. 물론 망우찻집을 창승차행으로 개명했을 때에는 뒤에서 손가락질하고 수군거리는 사람도 적지 않았었다. 하지만 인간은 원래 이익을 좇아 움직이는 존재가 아니던가. 얼마 못 가 단골 다객들이 돌아오고 찻집은 문전성시를 이뤘었다. 그때가 좋았었는데 어쩌다가 이렇게 됐을까.

오승은 위층 주정뱅이의 말이 귀에 거슬리기는 하지만 결코 틀린 말이 아니라는 것은 알고 있었다. 항주에 아편, 헤로인, 모르핀 등 마약이 성행하면서 찻집 손님이 급격히 줄어든 것이 사실이었다.

일본사람들은 항주에 계연국戒煙局을 세웠다. 계연국이 하는 일은 세 가지였다. 하나는 생아편을 비롯한 마약을 도매하는 것이었다, 두 번째 일은 항주 시내 안의 마약 판매업체들을 등록 관리하는 것, 세 번째는 마약 매매를 독점하는 것이었다. 계연국 산하 계연소戒煙所의 수용 인원은 제일 많을 때는 100명이 넘었다. 말이 계연소이지 실상은 '아편소굴'이나 다름없었다. 계연소에서 거래되는 생아편의 경우 비쌀 때는 순금 가격과 맞먹을 정도였다. 돈에 환장한 오유와 오주 남매는 기회는 이때다 싶어 하나는 매춘업, 다른 하나는 아편업에 뛰어들었다. 둘 다 아버지 찻집의 손님이 줄어들건 말건 아예 신경도 쓰지 않았다. 세상이 이러할진대 오승의 힘으로 해결할 수 있는 일은 아무것도 없었다. 차는 본디 태평성세의 길상물吉祥物이니 금수들이 들끓는 험악한 시대에 찬밥신세가 된 것은 어쩌면 당연한 일이었다. 그러니 찻집이 망하지 않은 것만 해도 신기할 지경이었다.

찻집 문 앞에 서서 멍하니 혼자 생각에 잠겨 있던 오승은 항천취의 아들 가화와 예전의 단골 진읍회를 발견하고 조용히 불러 세웠다. 우산

이 없는 두 사람은 비에 푹 젖은 채 묵묵히 가게 앞을 지나치려는 찰나
였다.

"들어와서 비나 피하고 가게."

두 사람은 걸음을 멈추고 조금 의외라는 표정을 지었다. 하지만 이
내 벌레 보듯 떫은 표정으로 오승을 힐끗 쳐다보고는 다시 걸음을 옮겼
다. 그렇게 몇 걸음도 걷지 않았는데 뒤에서 노인의 애원하는 듯한 목소
리가 들렸다.

"내 체면을 봐서라도 따뜻한 차 한 잔 마시고 가면 안 되겠나? 내가
이렇게 사정하네."

두 사람은 다시 걸음을 멈추고 믿을 수 없다는 표정을 지었다. 고
개를 돌려보니 오승이 거의 울 듯한 표정으로 빗속에 우두커니 서 있었
다. 등이 굽고 얼굴에는 주름이 가득해 노태가 완연한 노인이 이른 봄
추위에 덜덜 떨고 있는 모습이 천애고아를 방불케 했다. 노인의 뼛속까
지 사무친 외로움이 두 사람에게도 전염되는 것 같았다. 진읍회가 가화
의 옷자락을 잡아당기면서 귀엣말을 했다.

"내버려두게. 상관 말고 가던 길이나 가자고."

빗속에 한참 동안 서 있던 가화가 찻집을 보면서 말했다.

"이 찻집도 참으로 오랜만이네."

가화가 성큼성큼 찻집 대문 안으로 들어갔다. 진읍회가 고개를 저
으며 가화를 따라갔다.

진읍회는 2층에서 옛 동창 이비황을 발견하고는 잠깐 주저했다. 그
때 이비황이 술병의 술을 잔에 따르면서 진읍회를 향해 히죽 웃었다.

"세 살 버릇 여든까지 간다고 했네. 옛날에 내가 했던 말 기억나는

가? 자네 진읍회는 가화보다 재능이 뛰어나지만 배포는 작다고 했던 말 말이네. 저기 보게, 가화는 나를 보고도 눈 하나 깜짝 않고 지나쳐 저쪽에 가서 앉지 않는가. 과연 장군다운 풍모지. 대단하네, 대단해!"

진읍회가 그제야 정신을 가다듬고 창문 아래의 기다란 나무의자에 앉으면서 응수했다.

"이상할 것도 없네. 옛 성인도 '추구하는 길이 다르면 함께 일을 도모하지 말라'고 했잖은가."

이비황이 술병과 술잔을 들고 비틀거리면서 다가왔다.

"'도가도道可道, 비상도非常道, 명가명名可名, 비상명非常名(도는 항구 불변한 본연의 도가 아니다. 이름 지어 부를 수 있는 이름은 참다운 실재의 이름이 아니다)'이라는 말도 있지. 동창 사이에 그런 말을 하면 내가 섭섭하지. 우리가 추구하는 길이 다르다고 누가 그랬는가? 설령 다르다고 한들 함께 일을 도모해서 안 될 것도 없잖은가. 자네 옆에 앉아 고견을 들어봐야겠네."

이비황은 술에 취해 간이 배 밖으로 나온 것 같았다. 그렇지 않았다면 가화와 합석할 엄두도 못 냈을 터였다. 이비황은 영은사에서 돌아온 후 가증스러운 본색을 드러냈다. 일본인과 한간들에게 대놓고 알랑거리는 짓을 서슴지 않았던 것이다. 가화와 진읍회는 그런 이비황을 경멸했다. 말을 섞는 것은 둘째치고 얼굴을 마주치는 것조차 싫어했다. 두 사람은 이비황이 지껄이건 말건 안개비가 자욱한 서호를 보면서 말없이 차를 음미하기 시작했다.

이비황은 두 사람의 맞은편에 앉아 시끄럽게 떠들기 시작했다.

"'비바람이 몰아치는 캄캄한 새벽, 수탉이 홰를 멈추지 않는구려.' 두 분은 오늘 어쩐 일로 이 시간에 차를 마실 여유가 다 있는가? 설마

나 이 아무개처럼 말 못할 사정이 있는 건가? 언제쯤이면 '웅계일창천하

백雄鷄一唱天下白(수탉이 한 번 우니 천하가 밝아진다)'이 될 것인가?"

진읍회가 이비황이 취한 김에 아무 말이나 내뱉을까봐 재빨리 말을 가로챘다.

"함부로 입을 놀리지 말게. 우리는 오산에 갔다 오는 길에 차를 마시러 들른 것뿐이네. 자네가 있는 줄 알았으면 올라오지도 않았을 걸세."

이비황은 진읍회의 직설적인 말에도 아랑곳하지 않았다. 오히려 이제야 상대를 만났다는 듯 전고를 인용하면서 침방울을 튀겼다.

"아아, 두 분 선배도 '백만 병사 이끌고 서호에 올라, 오산 제일봉에 말을 세우고' 싶었던 거요?"

가화가 이맛살을 찌푸렸다. 평소에도 이비황을 별로 좋아하지 않았으나 오늘따라 더 밉살스러웠다. 더구나 이비황이 방금 인용한 시구는 지금 상황과는 전혀 어울리지 않았다. 사서에 의하면 북송 사인詞人 유영柳永이 항주의 경치를 노래한 〈망해조〉望海潮라는 사詞를 썼는데 첫 구절이 '삼추계자십리하화'三秋桂子十裏荷花였다. 금金나라의 황제 완안량完顏亮(해릉왕)이 이 구절을 읽고는 강남의 풍요로움에 마음이 동해 항주를 점령할 야심을 품었다. 그는 화공 시의생施宜生을 비밀리에 항주로 파견해 서호도西湖圖를 그리게 했다. 뿐만 아니라 그림속의 오산 꼭대기에 자신의 말을 탄 모습을 그려 넣게 했다. 이비황이 인용한 시구는 그 당시 완안량이 지은 칠언절구의 두 구절이었던 것이다.

가화가 입을 열었다.

"읍회, 맞은편에 앉은 사람은 번지수를 잘못 찾은 것 같네. 방금 읊은 시는 일본 헌병사령부에 가져가야 하는 건데 말이네. 하긴 남들이

아무리 뭐라고 해도 쇠귀에 경 읽기일 테지."

진읍회가 맞장구를 쳤다.

"그러게 말이네. 일본어학교를 세우는 일 때문에 눈코 뜰 새 없이 바쁜 귀한 몸이 무엇 때문에 여기서 욕을 먹고 있는가 말이네."

이비황이 술을 한 모금 마시고 나서 말했다.

"드디어 입을 열었군, 가화. 자네 너무한 거 아닌가? 내가 어떤 사람인지 읍회는 잘 모른다 쳐도 자네는 모를 리 없잖은가. 영은사에 큰불이 났을 때 우리는 생사를 같이 했었네. 그리고 가초를 묻을 때에도 나는 옆에 있었네. 자네처럼 사려 깊은 사람이 왜 내 마음을 헤아리지 못하는가?"

가화가 냉소를 터뜨렸다.

"이비황, 내가 지난날의 정리를 생각해 자네를 마주보고 앉아 있는 줄 아나? 착각하지 말게. 우리는 오래 전에 이미 끝난 사이네. 그럼에도 불구하고 내가 굳이 자네와 설전을 벌이는 이유는 정신 차리라고 경고하기 위해서네. 자네는 지금 앞잡이가 되고 싶어 아등바등 애를 쓰지만 잘 안 되고 있지. 일말의 양심이라도 있다면 다시 생각해보게. 아직 안 늦었네. 벼랑 끝에서 고삐를 당겨 말을 세우게. 자네가 아닌 내 딸이 불쌍해서 하는 말이니 명심하게. 나는 내 딸이 한간 계부를 뒀다는 꼬리표를 평생 달고 다니는 걸 원치 않네. 앞으로 어떻게 처신할 것인지 잘 생각해보게. 죽음이 코앞에 닥친 후에야 눈물콧물 흘리면서 후회하지 말고. 하긴 그때 가서는 후회해도 소용없을 테지."

이비황의 안색이 확 바뀌었다. 취한 척 연기하고 막말을 한 것이 들통났으니 그럴 만도 했다. 오승이 술잔을 든 채 앉지도 서지도 못하는 이비황을 보고 차박사를 불렀다.

"얼른 이 선생께 차 한 잔 더 올리거라!"

오승의 말이 끝나기 무섭게 김이 무럭무럭 나는 용정차가 나왔다.

이비황이 가화의 눈을 똑바로 쳐다보지 못하는 데는 다 그럴 만한 이유가 있었다. 그는 요즘 학교를 세우는 일 때문에 노심초사하고 있었다. 물론 대학 교수인 그가 학교를 세우고 교장을 맡는 것은 비난받을 일이 아니었다. 문제는 그가 세우려는 학교가 일반 학교가 아니라는 사실이었다.

항주가 함락된 후 시내 안의 명문 대학과 중학은 모두 다른 지역으로 이전했다. 소학교들도 거의 다 문을 닫았다. 그러다 민국 28년, 일본 사람들의 통제 하에 몇몇 중학이 문을 열었다. 하지만 학교가 생겼다고 학생들이 있는 것은 아니었다. 이를테면 규항葵巷에 있는 희보希甫중학은 처음에 학생이 108명이었는데 몇 달 지나지 않아 다 달아나고 한 명도 남지 않았다.

학생들이 학업을 거부한 이유는 새로 문을 연 학교들이 철두철미하게 일본식 교육을 시켰기 때문이었다. 게다가 소학교 5학년부터는 일본어가 필수과목이었다. 중학교의 일본어 교사는 말이 좋아 '대동아성大東亞省의 파견직 교사'이지 실상은 고보리 이치로 휘하의 항주 특무기관에서 파견한 사람들이었다. 이들 중에는 일본 장교, 일본 고문 집안 식솔, 심지어 남만南滿철도공 출신의 낭인도 있었다. 오합지졸이 다 모였으니 중국인 학생들에게 온갖 횡포를 부리고 군림하려 드는 것은 당연한 일이었다. 그러다 성립 모범중학에 붓으로 쓴 대자보가 나붙은 일이 있었다. "중일 친선은 위선이요, 동아시아 공동번영은 거짓말이다. 동문동종同文同種은 잡종雜種이요, 간음과 약탈은 야마토민족의 혼이다."라는 내용이었다. 교사들은 이 일을 즉시 고보리에게 보고했다. 그 결과 학생 두 명이 쥐도 새도 모르게 사라지고 교장과 교사들은 소환 심문을 받았다.

항주에서는 이 일을 모르는 사람이 거의 없었다. 하지만 고보리에게 불려간 교사들 중에 이비황도 있었다는 사실을 아는 사람은 많지 않았다. 이비황은 고보리와 독대하고 나온 뒤 '항주 대동아일본어학교 상임 부교장'으로 승진했다. 교장은 고보리 본인이 맡았다.

일본어학교를 세우는 목적은 불을 보듯 뻔했다. 일본인의 수족이 돼줄 한간을 양성하려는 것이었다. 항주에는 일본어학교가 여러 개 있었고 이미 일본어 통역관, 특무원, 괴뢰정권 공무원들을 적지 않게 배출했다. 하지만 고보리는 이에 만족하지 않고 또 학교를 세우라고 이비황에게 명령했다. 이비황은 황군이 준 '임무'를 훌륭히 수행하기 위해 동분서주하면서 갖은 노력을 다 했다. 그리고 고보리는 항씨네 며느리 요코를 일본어 교사로 콕 집어 지목했다. 이렇게 되자 이비황의 입장이 난처해졌다. 가화의 눈을 속이고 요코를 초빙해올 수는 없기 때문이었다. 더구나 요코가 항씨네 가문의 불구대천 원수들을 위해 일할 리도 만무했다. 가화가 말속에 뼈를 담아 이비황에게 경고한 것도 이 일 때문이었다. "앞잡이가 되고 싶어 아등바등 애를 쓰고 있지만 잘 안 된다."고 이비황을 비난한 것도 학교를 세우는 일을 말한 것이었다. 하지만 이비황은 나름 억울하다는 생각이 들었다. 누군 앞잡이가 되고 싶어서 된 건가? 황군의 명령을 어기면 목이 날아가는데 누가 죽음을 자초하겠는가? 지금 상황에 '절개'니 '지조'니 하는 허무맹랑한 공담이 무슨 도움이 되겠는가? '절개'를 위해 목숨을 바치는 것은 바보들이나 하는 짓이다. 옛사람들도 "개똥밭에 굴러도 이승이 좋다"고 하지 않았던가.

차를 마시고 정신이 든 이비황은 머리를 굴리기 시작했다. 원래 머리 회전이 빠른 사람다웠다. 이윽고 그가 주먹으로 탁자를 쾅 내리쳤다.

순간 찻잔과 술잔이 위로 튕겨 올랐다가 한 뼘 밖으로 내려앉았다. 그의 입에서 큰 소리가 터져 나왔다.

"가화, 내가 그렇게 못마땅하면 잘난 자네가 천고의 잠언藏言을 말해 보시게, 귀를 씻고 들을 테니."

가화가 가볍게 미소를 지었다. 말투도 방금 전보다 많이 누그러졌다.

"내가 하나님이라도 되는가, 잠언을 만들어내게. 이비황 자네는 평소에 '명나라 말기 역사 전문가'를 자처하는 사람이니 나도 얄팍하나마 그쪽 지식으로 승부하겠네. 영은사로 피난 갔던 얘기가 나왔으니 하는 말인데 자네는 그때 열변을 토하면서 설교했었지. 그런 자네를 보니 명나라 말기 인물 한 사람이 문득 떠오르는군. 읍회, 자네는 《갑신전신록》甲申傳信錄에 등장하는 왕손혜王孫蕙라는 역신逆臣이 기억나는가?"

진읍회가 가화의 말뜻을 곧 알아차리고 말했다.

"당연하지. 왕손혜라는 자는 눈물콧물 흘리면서 숭정제崇禎帝 앞에서 맹세했지, 끝까지 충신으로 남아 순국하겠다고 말이네. 하지만 사흘이 채 지나지 않아 이자성李自成이 입경했고 왕손혜는 '대순영창황제大順永昌皇帝 만만세'라는 글을 쓴 누런 천을 대나무 장대에 매달아 대문 앞에 세워놓았다네."

가화가 말을 이었다.

"왕손혜는 예부시랑禮部侍郎이었네. 관직이 낮다고 숭정제에게 불만이 많았던 모양이네. 그러기에 사람들 앞에서 '지금은 개국 초기라 남들보다 앞장서서 충심을 보여야 한다.'는 말을 뻔뻔하게 할 수 있었던 거지. 이비황, 나는 요코를 찾아온 자네를 볼 때마다 왕손혜가 생각난다네. 그자는 말로가 좋지 않았지. 대순왕조의 신임을 얻지 못하고 높은

벼슬도 가망이 없게 되자 거지분장을 하고 수도를 빠져나오다가 비적들에게 잡혀 죽임을 당했지."

이비황의 하얗게 질린 얼굴이 급기야 푸르딩딩해졌다. 그가 술을 크게 한 모금 마시고 입을 열었다.

"가화, 이건 아니지 않나? 자네가 다른 걸 예로 들었다면 내가 머리를 숙이고 수긍했을지도 모르지만 이건 아니지. 자네가 내 직업을 비하했으니 나도 한마디 하지 않을 수 없네. 나는 예전에 명나라 말기 역사를 두루 섭렵하면서 전겸익錢謙益, 오매촌吳梅村, 후방역侯方域 등의 문인들이 제일 이해가 가지 않았다네. 한 시대를 풍미한 최고의 문인들이 어떻게 충심을 저버리고 청나라에 항복할 수 있었는지 그것이 궁금했지. 하지만 지금 북경에 남아 있는 주작인周作人(대문호, 노신魯迅의 동생) 선생을 보면서 이제 알 것 같네. 맹자는 '백성이 가장 귀하고 사직이 그 다음이요 군주가 가장 가볍다'고 했지. 백성은 왜 귀한가? 그것은 백성의 목숨이 귀하기 때문이지. 다른 예로 사가법史可法(명나라 말기의 충신)의 경우를 보자고. 끝까지 절개를 지켜 청나라에 맞서 싸운 덕분에 본인은 애국영웅으로 청사에 이름을 날렸으나 양주揚州의 수십만 백성들은 도탄에 빠졌다네. 두 분은 화를 내지 말고 차분히 생각해보게, 한낱 개인의 명성과 절개가 천하 백성들의 목숨보다 중한가?"

쉽게 흥분하는 진읍회는 얼마나 화가 치미는지 온몸을 덜덜 떨었다. 당장에 이비황의 따귀를 후려치고 싶은 듯했다. 그러나 억지로 참느라 의자 팔걸이를 주먹으로 쾅쾅 내려쳤다.

"이비황, 자네 입에서 공맹 성현의 가르침이 나오다니 부끄럽지도 않은가? 뭐 '백성이 가장 귀하고 사직이 그 다음'이라고? 그런 사람이 이 세상에 문인 사대부가 전겸익, 오매촌, 후방역 세 사람만이 아니라는 걸 모르는가? 다른 사람은 차치하고 우리 절강 태생의 명나라 말기의 충신 예원로倪元璐를 보게. 그는 목을 매 자결하기 전에 북쪽을 향해 꿇어앉아 '신은 사직의 신하로 사직을 지키지 못했사옵니다. 신은 죄인이옵니다.'라고 절규했네. 또 여기서 몇 리' 떨어진 남산 자락에는 반청 명장 장창수張蒼水 선생의 무덤이 있지. 예전에 우리 학우들은 그 무덤을 지나갈 때마다 창수 선생 흉내 내기를 좋아했지. 너도 나도 서호를 마주하고 '경치가 좋구나'라고 외쳤다네. 이비황 자네도 눈물콧물 흘리면서 그 시대에 태어나지 못한 것을 통탄하지 않았던가. 말해보게, 그때하고 지금 시국이 뭐가 다른가? 창수 선생을 '내 스승'이라고 하던 자네의 호기豪氣는 다 어디로 갔는가? 전겸익 얘기가 나왔으니 하는 말인데 그 당시 강남 명기名妓들조차 기개 없는 무골충 문인들을 창피하게 여겼다는 후문이 전해지고 있네. 나도 여기서 자네하고 말을 섞고 있는 것이 부끄럽네."

정곡을 찔린 이비황은 덜덜 떨리는 손으로 애꿎은 술잔만 비워냈다. 이윽고 그가 주먹으로 가슴을 두드리면서 울부짖듯 소리쳤다.

"자네……, 자네들은 삿대질하면서 욕할 줄만 알았지 내가 얼마나 힘든지는 아는가? 나도 나름 고충이 있다고."

가화가 일어서면서 말했다.

"이비황, 이제야 진심을 얘기하는군. 자네에게도 당연히 나름의 고충이 있겠지. 사직, 민중, 군주와는 하등 상관없는 고충 말이네. 굳이 전겸익 무리를 예로 든 것도 허장성세로 우리를 으르고 속이기 위한 것이겠지. 자네도 잘 알겠지만 청나라 병사들이 쳐들어왔을 때 전겸익은 애첩 유여시柳如是와 함께 호수로 갔다네. 하지만 몸을 던지기 직전 '물이 너무 얕다'면서 망설였지. 유여시가 끝까지 몸을 던지려고 하자 그는

'나중에는 죽기 싫어도 죽어야 할 때가 있다'면서 돌아섰다네. 그는 무엇 때문에 '물이 얕다'는 핑계를 댔을까? 가증스러운 위선자이기 때문이지. 읍회, 가세. 애국영웅 사가법을 매도하는 명사明史 전문가와는 더 이상 길게 얘기하고 싶지 않네. 가자고."

두 사람은 몸을 돌려 계단 쪽으로 걸어왔다. 그러다 계단을 내려가다 말고 가화가 걸음을 멈추더니 이비황에게 말했다.

"비황, 충고 한마디 하겠네. 자네가 설사 원하는 바를 이룬다고 하더라도 그리 좋은 결과는 없을 거네. 언젠가 자네가 전겸익의 일화를 나에게 말해준 적 있지. 전겸익이 한번은 깃이 작고 소매가 너른 옷을 입고 소주를 유람하는데 한 강남 선비가 물었다지. '옷이 왜 이렇습니까?'라고. 그러자 전겸익이 '깃을 작게 해 현재의 조정에 대한 존중함을 나타내고, 소매를 너르게 해 전대를 잊지 않는다는 뜻을 나타내려고 했다.'고 대답했다지. 그래서 선비가 '대인大人은 과연 양조兩朝를 아우르는 충신임에 틀림없다.'고 감탄했다지. 이비황 자네는 아마 '제2의 전겸익'이 되기를 원하나 본데 꿈 깨게. 자네는 '제10의 전겸익'도 될 수 없네. 다만 둘 다 죽음을 무서워한다는 점에서 자네와 전겸익이 공통점이 있다는 것은 인정하네. 비황, 하나만 묻겠네, 한간 노릇을 안 하면 정말 죽는 길밖에 없는가? 아직 우리를 믿는다면 나를 찾아오게. 나 가화는 죽음이 두렵지 않으니 죽기를 각오하고 자네를 안전한 곳으로 빼돌려주겠네. 그러면 한간이 되지 않고도 목숨을 보전할 수 있지 않겠는가. 자네 생각은 어떤가?"

이비황을 똑바로 쳐다보는 가화의 눈빛이 활화산처럼 이글이글 타올랐다. 이비황은 자리에서 벌떡 일어났다. 치열하게 고민하는 표정이었다. 구석에 서서 이비황을 주시하던 오승이 나지막이 탄식을 했다. 이비황이 고개를 저으며 다시 자리에 주저앉았던 것이다. 오승이 고개를 돌렸을 때 가화와 진읍회는 이미 찻집에서 나가고 없었다.

오승은 이비황의 맞은편에 앉았다. 이비황은 완전히 취한 것 같았다. 오승이 한 번도 들어보지 못한 곡조를 흥얼거렸다.

……수재^{秀才}는 몸이 뜨겁고 마음이 급하다네, 이놈의 해는 왜 이리 길고 이놈의 술자리는 왜 아직도 끝나지 않는 건가, 수재는 술 한 잔을 막 들이켰다네……

이비황이 술을 한 모금 마셨다. 이어 거슴츠레한 눈으로 오승을 보면서 호통치듯 물었다.

"내가 방금 부른 곡이 무슨 곡인지 아시오?"

오승이 고개를 저었다. 이비황이 한 글자씩 또박또박 말했다.

"〈도화선〉桃花扇이오."

오승이 고개를 끄덕였다. 〈도화선〉이라면 찻집에서도 가끔 공연하는 극이었다. 오승은 이비황을 한참이나 바라보다 말고 천천히 찻잔을 집어 들었다. 그러더니 한 잔 가득한 냉차를 이비황의 얼굴에 냅다 끼얹었다. 이비황이 화들짝 놀라면서 일어났다.

"무슨 짓이오?"

오승이 찻잎 찌꺼기를 잔뜩 뒤집어쓴 이비황의 얼굴을 보면서 말했다.

"정신 좀 차리시오. 얼른 일어나서 목숨을 구해줄 은인을 쫓아가지 않고 뭐하시오? 이런 기회를 놓치면 다시는 기회가 없소. 빨리 가시오,

빨리!"

오승은 다짜고짜 이비황을 끌고 밖으로 나왔다. 그런데 찻집에서 쫓겨난 이비황의 눈앞에 가화와 항분이 들어왔다. 항분은 친아버지의 품에 안겨 흑흑 흐느껴 울면서 항한의 일에 대해 얘기하는 중이었다. 이비황은 눈에 불을 켜고 달려가 항분을 끌어당기면서 꽥, 고함을 질렀다.

"망할 년, 누가 여기 오라고 했어? 냉큼 집으로 돌아가지 못해?"

화가 난 진읍회가 이비황을 홱 밀쳐내면서 말했다.

"자네가 그러고도 사람인가? 한이가 위험한 상황에 처해 있는 걸 알면서도 왜 우리에게 말하지 않았는가?"

이비황이 쓴웃음을 지었다.

"내가 그걸 왜 알려줘야 하나? 알려준들 무슨 소용이 있나? 자네들은 죽음도 무서워하지 않는 충신이 아닌가? 자기 목숨도 아깝지 않은 사람들이 남의 목숨을 아까워할까? 가화, 내가 제안 하나 할까? 요코를 고보리에게 보내게. 요코가 사정하면 자네 조카의 목숨을 구할 수 있을 거네. 자네는 내 제안을 받아들일 수 있겠나? 받아들일 수 없다면 자네 조카는 목숨을 잃겠지. 받아들인다면 어떻게 될까? 자네가 방금 전 찻집에서 나한테 잔뜩 늘어놓은 거창한 말들은 말짱 개소리겠지."

말이 끝나기 무섭게 가화의 매서운 손바닥이 날아들었다. 항한이 일본 헌병을 때리고 이비황이 방서령을 때린 뒤를 이어 항씨 집안과 연관된 세 번째 따귀였다. 안 그래도 술 때문에 몸을 제대로 가누기 힘들던 이비황은 찻집 옆 진창에 맥없이 나동그라졌다.

가화는 딸을 데리고 빠른 걸음으로 자리를 떴다. 이비황이 누운 채 소리를 질렀다.

다인_3

"다시는 집에 들어오지 마!"

항분도 고개를 돌리고 소리를 질렀다.

"죽어도 안 가요!"

이비황은 비틀거리면서 일어나다가 다시 넘어졌다. 오승이 가까이 다가왔다.

"……수재는 몸이 뜨겁고 마음이 급하다네, 이놈의 해는 왜 이리 길고 이놈의 술자리는 왜 아직도 끝나지 않는 건가, 수재는 술 한 잔을 막 들이켰다네……."

오승은 이비황의 흥얼거리는 소리를 듣고는 곧바로 몸을 돌렸다. 심부름꾼이 이비황을 부축하려고 했다. 그러자 오승이 가볍게 호통을 쳤다.

"내버려둬!"

〈④권에 계속〉

더봄 중국문학 06

다인 ③

제1판 1쇄 인쇄	2022년 5월 2일
제1판 1쇄 발행	2022년 5월 6일

지은이	왕쉬펑
옮긴이	홍순도
펴낸이	김덕문

책임편집	손미정
디자인	블랙페퍼디자인
마케팅	이종률
제작	백상종

펴낸곳	**더봄**
등록번호	등록일 2015년 4월 20일
	서울시 노원구 화정로51길 78, 507동 1208호
대표전화	02-975-8007 ‖ 팩스 02-975-8006
전자우편	thebom21@naver.com
블로그	blog.naver.com/thebom21

한국어 출판권 ⓒ 더봄, 2022

ISBN 979-11-88522-18-7 04820
ISBN 979-11-88522-15-6 (전6권)

이 책의 내용의 전부 또는 일부를 재사용하려면 반드시 저작권자와 출판사 더봄 양측의 동의를 받아야 합니다.
책값은 뒤표지에 표시되어 있습니다. 잘못된 책은 바꾸어 드립니다.